鲁迅全集

第七卷

鲁迅 著

王德领 钱振文 葛涛 等审订

致许广平书信集

集外集

集外集拾遗

中国科学技术出版社

·北京·

图书在版编目（CIP）数据

鲁迅全集.第七卷 / 鲁迅著. -- 北京 : 中国科学
技术出版社, 2024.3

ISBN 978-7-5236-0206-5

Ⅰ.①鲁… Ⅱ.①鲁… Ⅲ.①鲁迅著作－全集 Ⅳ.
①I210.1

中国国家版本馆CIP数据核字（2023）第093513号

目 录

集外集拾遗

附录

致许广平书信集

（一九二五年——一九二九年）

序言

　　这一本书，是这样地编起来的——

　　一九三二年八月五日，我得到霁野、静农、丛芜三个人署名的信，说漱园于八月一日晨五时半，病殁于北平同仁医院了，大家想搜集他的遗文，为他出一本纪念册，问我这里可还藏有他的信札没有。这真使我的心突然紧缩起来。因为，首先，我是希望着他能够全愈[1]的，虽然明知道他大约未必会好；其次，是我虽然明知道他未必会好，却有时竟没有想到，也许将他的来信统统毁掉了——那些伏在枕上，一字字写出来的信。

　　我的习惯，对于平常的信，是随复随毁的，但其中如果有些议论，有些故事，也往往留起来。直到近三年，我才大烧毁了两次。

　　五年前，我在广州，常听到因为捕甲，从甲这里看见乙的信，于是捕乙，又从乙家搜得丙的信，于是连丙也捕去了，都不知道下落。古时候有牵牵连连的"瓜蔓抄"，我是知道的，但总以为这是古时候的事，直到事实给了我教训，我才分明省悟了做今人也和做古人一样难。然而我还是漫不经心，随随便便。待到一九三〇年我签名于自由大同盟，浙江省党部呈请中央通缉"堕落文人鲁迅等"的时候，我在弃家出走之前，忽然心血来潮，将朋友给我的信都毁掉了。这并非为了消灭"谋为不轨"的痕迹，不过以为因通信而累及别人，是很无谓的，况且中国的衙门是谁都知道只要一碰着，就有多么的可怕。后来逃过了这一关，搬了寓，而信札又积起来，我又随随便便了，不料一九三一年一月，柔石被捕，在他的衣袋里搜出有我名字

1　现代汉语常用"痊愈"。——编者注

的东西来，因此听说就在找我。自然啰，我只得又弃家出走，但这回是心血来潮得更加明白[2]，当然先将所有信札完全烧掉了。

因为有过这样的两回事，所以一得到北平的来信，我就担心，怕大约未必有，但还是翻箱倒箧的寻了一通，果然无踪无影。朋友的信一封也没有，我们自己的信倒寻出来了，这也并非对于自己的东西特别看作宝贝，倒是因为那时时间很有限，而自己的信至多也不过蔓在自身上，因此放下了的。此后这些信又在枪炮的交叉火线下，躺了二三十天，也一点没有损失。其中虽然有些缺少，但恐怕是自己当时没有留心，早经遗失，并不是由于什么官灾兵燹的。

一个人如果一生没有遇到横祸，大家决不[3]另眼相看，但若坐过牢监，到过战场，则即使他是一个万分平凡的人，人们也总看得特别一点。我们对于这些信，也正是这样。先前是一任他垫在箱子底下的，但现在一想起他曾经几乎要打官司，要遭炮火，就觉得他好像有些特别，有些可爱似的了。夏夜多蚊，不能静静的[4]写字，我们便略照年月，将他编了起来，因地而分为三集，统名之曰《两地书》。

这是说：这一本书，在我们自己，一时是有意思的，但对于别人，却并不如此。其中既没有死呀活呀的热情，也没有花呀月呀的佳句；文辞呢，我们都未曾研究过"尺牍精华"或"书信作法"，只是信笔写来，大背文律，活该进"文章病院"的居多。所讲的又不外乎学校风潮，本身情况，饭菜好坏，天气阴晴，而最坏的是我们当日居漫天幕中，幽明莫辨，讲自己的事倒没有什么，但一遇到推测天下大事，就不免胡涂[5]得很，所以凡有欢欣鼓舞之词，从现在看起来，大抵成了梦呓了。如果定要恭维这一本书的特色，那么，我

---

2 此处原文为"但这回是心血潮得更加明白"，疑为原文漏字，故更正。——编者注
3 现代汉语常用"绝不"。——编者注
4 现代汉语常用"地"。——编者注
5 现代汉语常用"糊涂"。——编者注

想，恐怕是因为他的平凡罢[6]。这样平凡的东西，别人大概是不会有，即有也未必存留的，而我们不然，这就只好谓之也是一种特色。

然而奇怪的是竟又会有一个书店愿意来印这一本书。要印，印去就是，这倒仍然可以随随便便，不过因此也就要和读者相见了，却使我又得加上两点声明在这里，以免误解。其一是，我现在是左翼作家联盟中之一人，看近来书籍的广告，大有凡作家一旦向左，则旧作也即飞升，连他孩子时代的啼哭也合于革命文学之概，不过我们的这书是不然的，其中并无革命气息。其二，常听得有人说，书信是最不掩饰、最显真面的文章，但我也并不，我无论给谁写信，最初总是敷敷衍衍、口是心非的，即在这一本中，遇有较为紧要的地方，到后来也还是往往故意写得含胡[7]些，因为我们所处，是在"当地长官"、邮局、校长……都可以随意检查信件的国度里。但自然，明白的话，是也不少的。

还有一点，是信中的人名，我将有几个改掉了，用意有好有坏，并不相同。此无他，或则怕别人见于我们的信里，于他有些不便，或则单为自己，省得又是什么"听候开审"之类的麻烦而已。

回想六七年来，环绕我们的风波也可谓不少了，在不断的挣扎中，相助的也有，下石的也有，笑骂诬蔑的也有，但我们紧咬了牙关，却也已经挣扎着生活了六七年。其间，含沙射影者都逐渐自己没入更黑暗的处所去了，而好意的朋友也已有两个不在人间，就是漱园和柔石。我们以这一本书为自己记念[8]，并以感谢好意的朋友，并且留赠我们的孩子，给将来知道我们所经历的真相，其实大致是如此的。

一九三二年十二月十六日　鲁迅

6　现代汉语常用"吧"。——编者注
7　现代汉语常用"含糊"。——编者注
8　现代汉语常用"纪念"。——编者注

北京

（一九二五年三月至七月）

一

广平兄：

今天收到来信，有些问题恐怕我答不出，姑且写下去看——

学风如何，我以为和政治状态及社会情形相关的，倘在山林中，该可以比城市好一点，只要办事人员好。但若政治昏暗，好的人也不能做办事人员，学生在学校中，只是少听到一些可厌的新闻，待到出校和社会接触，仍然要苦痛，仍然要堕落，无非略有迟早之分。所以我的意思，以为倒不如在都市中，要堕落的从速堕落罢，要苦痛的速速苦痛罢，否则从较为宁静的地方突到闹处，也须[1]意外地吃惊受苦，而其苦痛之总量，与本在都市者略同。

学校的情形，也向来如此，但一二十年前，看去仿佛较好者，乃是因为足够办学资格的人们不很多，因而竞争也不猛烈的缘故。现在可多了，竞争也猛烈了，于是坏脾气也就彻底显出。教育界的称为清高，本是粉饰之谈，其实和别的什么界都一样，人的气质不大容易改变，进几年大学是无甚效力的，况且又有这样的环境，正如人身的血液一坏，体中的一部分决不能独保健康一样，教育界也不会在这样的民国里特别清高的。

所以，学校之不甚高明，其实由来已久，加以金钱的魔力，本是非常之大，而中国又是向来善于运用金钱诱惑法术的地方，于是自然就

---

1 现代汉语常用"需"。——编者注

成了这现象。听说现在是中学校也有这样的了。间有例外，大约即因年龄太小，还未感到经济困难或花费的必要之故罢。至于传入女校，当是近来的事，大概其起因，当在女性已经自觉到经济独立的必要，而借以获得这独立的方法，不外两途，一是力争，一是巧取。前一法很费力，于是就堕入后一手段去，就是略一清醒，又复昏睡了。可是这情形不独女界为然，男人也多如此，所不同者巧取之外，还有豪夺而已。

我其实那里²会"立地成佛"，许多烟卷，不过是麻醉药，烟雾中也没有见过极乐世界。假使我真有指导青年的本领——无论指导得错不错——我决不藏匿起来，但可惜我连自己也没有指南针，到现在还是乱闯。倘若闯入深渊，自己有自己负责，领着别人又怎么好呢？我之怕上讲台讲空话者就为此。记得有一种小说里攻击牧师，说有一个乡下女人，向牧师沥诉困苦的半生，请他救助，牧师听毕答道："忍着罢，上帝使你在生前受苦，死后定当赐福的。"其实古今的圣贤以及哲人学者所说，何尝能比这高明些？他们之所谓"将来"，不就是牧师之所谓"死后"么³？我所知道的话就全是这样，我不相信，但自己也并无更好的解释。章锡琛的答话是一定要模胡⁴的，听说他自己在书铺子里做伙计，就时常叫苦连天。

我想，苦痛是总与人生联带⁵的，但也有离开的时候，就是当睡熟之际。醒的时候要免去若干苦痛，中国的老法子是"骄傲"与"玩世不恭"，我觉得我自己就有这毛病，不大好。苦茶加糖，其苦之量如故，只是聊胜于无糖，但这糖就不容易找到，我不知道在那里，这一节只好交白卷了。

以上许多话，仍等于章锡琛，我再说我自己如何在世上混过去

2　现代汉语常用"哪里"。——编者注
3　现代汉语常用"吗"。——编者注
4　现代汉语常用"模糊"。——编者注
5　现代汉语常用"连带"。——编者注

的方法，以供参考罢——

一，走"人生"的长途，最易遇到的有两大难关。其一是"歧路"，倘若墨翟先生，相传是恸哭而返的。但我不哭也不返，先在歧路头坐下，歇一会，或者睡一觉，于是选一条似乎可走的路再走，倘遇见老实人，也许夺他食物充饥，但是不问路，因为我料定他并不知道的。如果遇见老虎，我就爬上树去，等它饿得走去了再下来，倘它竟不走，我就自己饿死在树上，而且先用带子缚住，连死尸也决不给它吃。但倘若没有树呢？那么，没有法子，只好请它吃了，但也不妨也咬它一口。其二便是"穷途"了，听说阮籍先生也大哭而回，我却也像在歧路上的办法一样，还是跨进去，在刺丛里姑且走走。但我也并未遇到全是荆棘毫无可走的地方过，不知道是否世上本无所谓穷途，还是我幸而没有遇着。

二，对于社会的战斗，我是并不挺身而出的，我不劝别人牺牲什么之类者就为此。欧战的时候，最重"壕堑战"，战士伏在壕中，有时吸烟，也唱歌、打纸牌、喝酒，也在壕内开美术展览会，但有时忽向敌人开他几枪。中国多暗箭，挺身而出的勇士容易丧命，这种战法是必要的罢。但恐怕也有时会逼到非短兵相接不可的，这时候，没有法子，就短兵相接。

总结起来，我自己对于苦闷的办法，是专与袭来的苦痛捣乱，将无赖手段当作胜利，硬唱凯歌，算是乐趣，这或者就是糖罢。但临末也还是归结到"没有法子"，这真是没有法子！

以上，我自己的办法说完了，就是不过如此，而且近于游戏，不像步步走在人生的正轨上（人生或者有正轨罢，但我不知道）。我相信写了出来，未必于你有用，但我也只能写出这些罢了。

鲁迅　三月十一日

二

广平兄：

　　这回要先讲"兄"字的讲义了。这是我自己制定，沿用下来的例子，就是：旧日或近来所识的朋友，旧同学而至今还在来往的，直接听讲的学生，写信的时候我都称"兄"；此外如原是前辈，或较为生疏，较需客气的，就称先生、老爷、太太、少爷、小姐、大人之类。总之我这"兄"字的意思，不过比直呼其名略胜一筹，并不如许叔重先生所说，真含有"老哥"的意义。但这些理由，只有我自己知道，则你一见而大惊力争，盖无足怪也。然而现已说明，则亦毫不为奇焉矣。

　　现在的所谓教育，世界上无论那一国，其实都不过是制造许多适应环境的机器的方法罢了。要适如其分[6]，发展各各的个性，这时候还未到来，也料不定将来究竟可有这样的时候。我疑心将来的黄金世界里，也会有将叛徒处死刑，而大家尚以为是黄金世界的事，其大病根就在人们各各不同，不能像印版书似的每本一律。要彻底地毁坏这种大势的，就容易变成"个人的无政府主义者"，如《工人绥惠略夫》里所描写的绥惠略夫就是。这一类人物的运命[7]，在现在——也许虽在将来——是要救群众，而反被群众所迫害，终至于成了单身，忿激之余，一转而仇视一切，无论对谁都开枪，自己也归于毁灭。

　　社会上千奇百怪，无所不有；在学校里，只有捧线装书和希望得到文凭者，虽然根柢[8]上不离"利害"二字，但是还要算好的。中国大约太老了，社会上事无大小，都恶劣不堪，像一只黑色的染缸，无论加进什么新东西去，都变成漆黑。可是除了再想法子来改革之

6　现代汉语常用"恰如其分"。——编者注
7　现代汉语常用"命运"。——编者注
8　现代汉语常用"根底"。——编者注

外，也再没有别的路。我看一切理想家，不是怀念"过去"，就是希望"将来"，对于"现在"这一个题目，都缴[9]了白卷，因为谁也开不出药方。其中最好的药方，即所谓"希望将来"的就是。

"将来"这回事，虽然不能知道情形怎样，但有是一定会有的，就是一定会到来的，所虑者到了那时，就成了那时的"现在"。然而人们也不必这样悲观，只要"那时的现在"比"现在的现在"好一点，就很好了，这就是进步。

这些空想，也无法证明一定是空想，所以也可以算是人生的一种慰安，正如信徒的上帝。你好像常在看我的作品，但我的作品太黑暗了，因为我常觉得惟[10]"黑暗与虚无"乃是"实有"，却偏要向这些作绝望的抗战，所以很多着偏激的声音。其实这或者是年龄和经历的关系，也许未必一定的确的，因为我终于不能证实：惟黑暗与虚无乃是实有。所以我想，在青年，须是有不平而不悲观，常抗战而亦自卫，倘荆棘非践不可，固然不得不践，但若无须必践，即不必随便去践，这就是我之所以主张"壕堑战"的原因，其实也无非想多留下几个战士，以得更多的战绩。

子路先生确是勇士，但他因为"吾闻君子死冠不免"，于是"结缨而死"，则我总觉得有点迂。掉了一顶帽子，又有何妨呢？却看得这么郑重，实在是上了仲尼先生的当了。仲尼先生自己"厄于陈蔡"，却并不饿死，真是滑得可观。子路先生倘若不信他的胡说，披头散发的战起来，也许不至于死的罢，但这种散发的战法，也就是属于我所谓"壕堑战"的。

时候不早了，就此结束了。

鲁迅　三月十八日

9　现代汉语常用"交"。——编者注
10　现代汉语常用"唯"。——编者注

三

广平兄：

仿佛记得收到来信有好几天了，但因为偶然没有工夫，一直到今天才能写回信。

"一步步的现在过去"，自然可以比较的不为环境所苦，但"现在的我"中，既然"含有原来的我"，而这"我"又有不满于时代环境之心，则苦痛也依然相续。不过能够随遇而安——即有船坐船云云——则比起幻想太多的人们来，可以稍为[11]安稳，能够敷衍下去而已。总之，人若一经走出麻木境界，便即增加苦痛，而且无法可想，所谓"希望将来"，不过是自慰——或者简直是自欺——之法，即所谓"随顺现在"者也一样。必须麻木到不想"将来"也不知"现在"，这才和中国的时代环境相合，但一有知识，就不能再回到这地步去了。也只好如我前信所说，"有不平而不悲观"，也即来信之所谓"养精蓄锐以待及锋而试"罢。

来信所说"时代的落伍者"的定义，是不对的。时代环境全都迁流，并且进步，而个人始终如故，毫无长进，这才谓之"落伍者"。倘若对于时代环境怀着不满，要它更好，待较好时，又要它更更好，即不当有"落伍者"之称。因为世界上改革者的动机，大抵就是这对于时代环境的不满的缘故。

这回教育次长的下台，我以为似乎是他自己的失策，否则，不至于此的。至于妨碍《民国日报》，乃是北京官场的老手段，实在可笑。停止一种报章，他们的天下便即太平么？这种漆黑的染缸不打破，中国即无希望，但正在准备毁坏者，目下也仿佛有人，只可惜

11　现代汉语常用"稍微"。——编者注

数目太少。然而既然已有，即可望多起来，一多，可就好玩了——但是这自然还在将来，现在呢，只是准备。

我如果有所知道，当然不至于不说的，但这种满纸"将来"和"准备"的指教，其实不过是空言，恐怕于"小鬼"无甚好处。至于时间，那倒不要紧的，因为我即使不写信，也并不做着什么了不得的事。

鲁迅　三月二十三日

四

广平兄：

现在才有写回信的工夫，所以我就写回信。

那一回演剧时候，我之所以先去者，实与剧的好坏无关，我在群集里面，是向来坐不久的。那天观众似乎不少，筹款的目的，该可以达到一点了罢。好在中国现在也没有什么批评家、鉴赏家，给看那样的戏剧，已经尽够了。严格的说起来，则那天的看客，什么也不懂而胡闹的很多，都应该用大批的蚊烟，将它们熏出去的。

近来的事件，内容大抵复杂，实不但学校为然。据我看来，女学生还要算好的，大约因为和外面的社会不大接触之故罢，所以还不过谈谈衣饰宴会之类。至于别的地方，怪状更是层出不穷，东南大学事件就是其一，倘细细剖析，真要为中国前途万分悲哀。虽至小事，亦复如是，即如《现代评论》上的"一个女读者"的文章，我看那行文造语，总疑心是男人做的，所以你的推想，也许不确。世上的鬼蜮是多极了。

说起民元的事来，那时确是光明得多，当时我也在南京教育部，觉得中国将来很有希望。自然，那时恶劣分子固然也有的，然而他

11

总失败。一到二年二次革命失败之后，即渐渐坏下去，坏而又坏，遂成了现在的情形。其实这也不是新添的坏，乃是涂饰的新漆剥落已尽，于是旧相又显了出来。使奴才主持家政，那里会有好样子。最初的革命是排满，容易做到的，其次的改革是要国民改革自己的坏根性，于是就不肯了。所以此后最要紧的是改革国民性，否则，无论是专制，是共和，是什么什么，招牌虽换，货色照旧，全不行的。

但说到这类的改革，便是真叫作"无从措手"。不但此也，现在虽只想将"政象"稍稍改善，尚且非常之难。在中国活动的现有两种"主义者"，外表都很新的，但我研究他们的精神，还是旧货，所以我现在无所属，但希望他们自己觉悟，自动的改良而已。例如世界主义者而同志自己先打架，无政府主义者的报馆而用护兵守门，真不知是怎么一回事。土匪也不行，河南的单知道烧抢，东三省的渐趋于保护雅片¹²，总之是抱"发财主义"的居多，梁山泊劫富济贫的事，已成为书本子上的故事了。军队里也不好，排挤之风甚盛，勇敢无私的一定孤立，为敌所乘，同人不救，终至阵亡，而巧滑骑墙，专图地盘者反很得意。我有几个学生在军中，倘不同化，怕终不能占得势力，但若同化，则占得势力又于将来何益。一个就在攻惠州，虽闻已胜，而终于没有信来，使我常常苦痛。

我又无拳无勇，真没有法，在手头的只有笔墨，能写这封信一类的不得要领的东西而已。但我总还想对于根深蒂固的所谓旧文明，施行袭击，令其动摇，冀于将来有万一之希望。而且留心看看，居然也有几个不问成败而要战斗的人，虽然意见和我并不尽同，但这是前几年所没有遇到的。我所谓"正在准备破坏者目下也仿佛有人"的人，不过这么一回事。要成联合战线，还在将来。

希望我做一点什么事的人，也颇有几个了，但我自己知道，是

12　现代汉语常用"鸦片"。——编者注

不行的。凡做领导的人，一须勇猛，而我看事情太仔细，一仔细，即多疑虑，不易勇往直前，二须不惜用牺牲，而我最不愿使别人做牺牲（这其实还是革命以前的种种事情的刺激的结果），也就不能有大局面。所以，其结果，终于不外乎用空论来发牢骚，印一通书籍杂志。你如果也要发牢骚，请来帮我们，倘曰"马前卒"，则吾岂敢，因为我实无马，坐在人力车上，已经是阔气的时候了。

投稿到报馆里，是碰运气的，一者编辑先生总有些胡涂，二者投稿一多，确也使人头昏眼花。我近来常看稿子，不但没有空闲，而且人也疲乏了，此后想不再给人看，但除了几个熟识的人们。你投稿虽不写什么"女士"，我写信也改称为"兄"，但看那文章，总带些女性。我虽然没有细研究过，但大略看来，似乎"女士"的说话的句子排列法，就与"男士"不同，所以写在纸上，一见可辨。

北京的印刷品现在虽然比先前多，但好的却少。《猛进》很勇，而论一时的政象的文字太多。《现代评论》的作者固然多是名人，看去却显得灰色。《语丝》虽总想有反抗精神，而时时有疲劳的颜色，大约因为看得中国的内情太清楚，所以不免有些失望之故罢。由此可知见事太明，做事即失其勇，庄子所谓"察见渊鱼者不祥"，盖不独谓将为众所忌，且于自己的前进亦复大有妨碍也。我现在还要找寻生力军，加多破坏论者。

鲁迅　三月三十一日

<h2 style="text-align:center">五</h2>

广平兄：

我先前收到五个人署名的印刷品，知道学校里又有些事情，但并未收到薛先生的宣言，只能从学生方面的信中猜测一点。我的习性不大好，每不肯相信表面上的事情，所以我疑心薛先生辞职的意思，恐怕还在先，现在不过借题发挥，自以为去得格外好看。其实"声势汹汹"的罪状，未免太不切实，即使如此，也没有辞职的必要的。如果自己要辞职而必须牵连几个学生，我觉得办法有些恶劣。但我究竟不明白内中的情形，要之，那普通所想得到的，总无非是"用阴谋"与"装死"，学生都不易应付的。现在已没有中庸之法，如果他的所谓罪状，不过是"声势汹汹"，则殊不足以制人死命[13]，有那一回反驳的信，已经可以了。此后只能平心静气，再看后来，随时用质直的方法对付。

这回演剧，每人分到二十余元，我以为结果并不算坏，前年世界语学校演剧筹款，却赔了几十元。但这几个钱，自然不够旅行，要旅行只好到天津。其实现在何必旅行，江浙的教育，表面上虽说发达，内情何尝佳，只要看母校，即可以推知其他一切。不如买点心，一日吃一元，反有实益。

大同的世界，怕一时未必到来，即使到来，像中国现在似的民族，也一定在大同的门外，所以我想，无论如何，总要改革才好。但改革最快的还是火与剑，孙中山奔波一世，而中国还是如此者，最大原因还在他没有党军，因此不能不迁就有武力的别人。近几年似乎他们也觉悟了，开起军官学校来，惜已太晚。中国国民性的堕落，我觉得不是因为顾家，他们也未尝为"家"设想。最大的病根，是眼光不远，加以"卑怯"与"贪婪"，但这是历久养成的，一时不容易去掉。我对于攻打这些病根的工作，倘有可为，现在还不想放手，但即使有效，也恐很迟，我自己看不见了。由我想来——这只是如此感到，说不出理由——目下的压制和黑暗还要增加，但因此

13　现代汉语常用"致人死命"。——编者注

也许可以发生较激烈的反抗与不平的新分子，为将来的新的变动的萌蘖。

"关起门来长吁短叹"，自然是太气闷了，现在我想先对于思想习惯加以明白的攻击，先前我只攻击旧党，现在我还要攻击青年。但政府似乎已在张起压制言论的网来，那么，又须准备"钻网"的法子——这是各国鼓吹改革的人照例要遇到的。我现在还在寻有反抗和攻击的笔的人们，再多几个，就来"试他一试"，但那效果，仍然还在不可知之数，恐怕也不过聊以自慰而已。所以一面又觉得无聊，又疑心自己有些暮气，"小鬼"年青[14]，当然是有锐气的，可有更好、更有聊的法子么？

我所谓"女性"的文章，倒不专在"唉、呀、哟……"之多，就是在抒情文，则多用好看字样，多讲风景，多怀家庭，见秋花而心伤，对明月而泪下之类。一到辩论之文，尤易看出特别。即历举出对手之语，从头至尾，逐一驳去，虽然犀利，而不沉重，且罕有正对"论敌"之要害，仅以一击给与[15]致命的重伤者。总之是只有小毒而无剧毒，好作长文而不善于短文。

《猛进》昨已送上五期，想已收到，此后如不被禁止，我当寄上，因为我这里有好几份。

鲁迅　四月八日

□□女士的举动似乎不很好：听说她办报章时，到加拉罕那里去募捐，说如果不给，她就要对于俄国说坏话云云。

14　现代汉语常用"年轻"。——编者注
15　现代汉语常用"给予"。——编者注

六

广平兄：

有许多话，那天本可以口头答复，但我这里从早到夜，总有几个各样的客在座，所以只能论天气之好坏，风之大小。因为虽是平常的话，但偶然听了一段，即容易莫名其妙，由此造出谣言，所以还不如仍旧写回信。

学校的事，也许暂时要不死不活罢。昨天听人说，章太太不来，另荐了两个人，一个也不来，一个是不去请。还有□太太却很想做，而当局似乎不敢请教。听说评议会的挽留倒不算什么，而问题却在不能得人。当局定要在"太太类"中选择，固然也过于拘执，但别的一时可也没有，此实不死不活之大原因也。后事如何，且听下回分解可耳。

来信所说的意见，我实在也无法说一定是错的，但是不赞成，一是由于全局的估计，二是由于自己的偏见。第一，这不是少数人所能做，而这类人现在很不多，即或有之，更不该轻易用去；还有，是纵使有一两回类此的事件，实不足以震动国民，他们还很麻木，至于坏种，则警备极严，也未必就肯洗心革面。还有，是此事容易引起坏影响，例如民二，袁世凯也用这方法了，革命者所用的多青年，而他的乃是用钱雇来的奴子，试一衡量，还是这一面吃亏。但这时革命者们之间，也曾用过雇工以自相残杀，于是此道乃更堕落，现在即使复活，我以为虽然可以快一时之意，而与大局是无关的。第二，我的脾气是如此的，自己没有做的事，就不大赞成。我有时也能辣手评文，也尝煽动青年冒险，但有相识的人，我就不能评他的文章，怕见他的冒险，明知道这是自相矛盾的，也就是做不出什么事情来的死症，然而终于无法改良，奈何不得——姑且由他去罢。

"无处不是苦闷，苦闷（此下还有四个和……）"，我觉得"小鬼"的"苦闷"的原因是在"性急"。在进取的国民中，性急是好的，但生在麻木如中国的地方，却容易吃亏，纵使如何牺牲，也无非毁灭自己，于国度没有影响。我记得先前在学校演说时候也曾说过，要治这麻木状态的国度，只有一法，就是"韧"，也就是"锲而不舍"。逐渐的做一点，总不肯休，不至于比"踔厉风发"无效的。但其间自然免不了"苦闷，苦闷（此下还有四个并……）"，可是只好便与这"苦闷……"反抗。这虽然近于劝人耐心做奴隶，而其实很不同，甘心乐意的奴隶是无望的，但若怀着不平，总可以逐渐做些有效的事。

我有时以为"宣传"是无效的，但细想起来，也不尽然。革命之前，第一个牺牲者，我记得是史坚如，现在人们都不大知道了，在广东一定是记得的人较多罢，此后接连的有好几人，而爆发却在湖北，还是宣传的功劳。当时和袁世凯妥协，种下病根，其实却还是党人实力没有充实之故。所以鉴于前车，则此后的第一要图，还在充足实力，此外各种言动，只能稍作辅佐而已。

文章的看法，也是因人不同的，我因为自己好作短文，好用反语，每遇辩论，辄不管三七二十一，就迎头一击，所以每见和我的办法不同者便以为缺点。其实畅达也自有畅达的好处，正不必故意减缩（但繁冗[16]则自应删削），例如玄同之文，即颇汪洋，而少含蓄，使读者览之了然，无所疑惑，故于表白意见，反为相宜，效力亦复很大。我的东西却常招误解，有时竟大出于意料[17]之外，可见意在简练，稍一不慎，即易流于晦涩，而其弊有不可究诘者焉（"不可究诘"

---

16 现代汉语常用"烦冗"，也作"繁冗"。——编者注
17 现代汉语常用"出乎意料"。——编者注

四字颇有语病，但一时想不出适当之字，姑仍之。意但云"其弊颇大"耳）。

前天仿佛听说《猛进》终于没有定妥，后来因为别的话岔开，不说下去了。如未定，便中可见告，当寄上。我虽说忙，其实也不过"口头禅"，每日常有闲坐及讲空话的时候，写一个信面，尚非大难事也。

鲁迅 四月十四日

七

广平兄：

十六和廿日的信，都收到了，实在对不起，到现在才一并回答。几天以来，真所谓忙得不堪，除些琐事以外，就是那可笑的"□□周刊"。这一件事，本来还不过一种计划，不料有一个学生对邵飘萍一说，他就登出广告来，并且写得那么夸大可笑。第二天我就代拟了一个别的广告，硬令登载，又不许改动，不料他却又加了几句无聊的案语[18]。做事遇着隔膜者，真是连小事情也碰头。至于我这一面，则除百来行稿子以外，什么也没有，但既然受了广告的鞭子的强迫，也不能不跑了，于是催人去做，自己也做，直到此刻，这才勉强凑成，而今天就是交稿的日子。统看全稿，实在不见得高明，你不要那么热望，过于热望，要更失望的。但我还希望将来能够比较的好一点。如有稿子，也望寄来，所论的问题也不拘大小。你不知定有《京报》否，如无，我可以嘱他们将《莽原》——即所谓"□□周刊"——寄上。

---

18 现代汉语常用"按语"。——编者注

但星期五，你一定在学校先看见《京报》罢。那"莽原"二字，是一个八岁的孩子写的，名目也并无意义，与《语丝》相同，可是又仿佛近于"旷野"。投稿的人名都是真的，只有末尾的四个都由我代表，然而将来从文章上恐怕也仍然看得出来，改变文体，实在是不容易的事。这些人里面，做小说的和能翻译的居多，而做评论的没有几个：这实在是一个大缺点。

薛先生已经复职，自然极好，但来来去去，似乎未免太劳苦一点了。至于今之教育当局，则我不知其人。但看他挽孙中山对联中之自夸，与对于完全"道不同"之段祺瑞之密切，为人亦可想而知。所闻的历来的言行，盖是一大言无实，欺善怕恶之流而已。要之，在这昏浊的政局中，居然出为高官，清流大约无这种手段。由我看来，王九龄要好得多罢。校长之事，部中毫无所闻，此人之来，以整顿教育自命，或当别有一反从前一切之新法（他是不满于今之学风的），但是否又是大言，则不得而知，现在鬼鬼祟祟之人太多，实在无从说起。

我以前做些小说、短评之类，难免描写或批评别人，现在不知道怎么，似乎报应已至，自己忽而变了别人的文章的题目了。张王两篇，也已看过，未免说得我太好些。我自己觉得并无如此"冷静"，如此能干，即如"小鬼"们之光降，在未得十六来信以前，我还未悟出已被"探检"而去，倘如张君所言，从第一至第三，全是"冷静"，则该早已看破了。但你们的研究，似亦不甚精细，现在试出一题，加以考试：我所坐的有玻璃窗的房子的屋顶，是什么样子的？后园已经到过，应该可以看见这个，仰即答复可也！

星期一的比赛"韧性"，我确又失败了，但究竟抵抗了一点钟，成绩还可以在六十分以上。可惜众寡不敌，终被逼上午门，此后则遁入公园，避去近于"带队"之厄。我常想带兵抢劫，固然无可讳言，但若一变而为带女学生游历，则未免变得离题太远，先前之逃来逃去者，非怕"难为""出轨"，等等，其实不过是逃脱领队而已。

琴心问题，现在总算明白了。先前，有人说是司空蕙，有人说是陆晶清，而孙伏园坚谓俱不然，乃是一个新出的女作者。盖投稿非其自写，所以是另一样笔迹，伏园以善认笔迹自负，岂料反而上当。二则所用的红信封绿信纸，早将伏园善识笔迹之眼睛吓昏，遂愈加疑不到司空蕙身上去了。加以所作诗文，也太近于女性，今看他署着真名之文，也是一样色彩，本该容易识破，但他人谁会想到他为了争一点无聊的名声，竟肯如此钩心斗角，无所不至呢。他的"横扫千人"的大作，今天在《京报副刊》似乎露一点端倪了；所扫的一个是批评廖仲潜小说的芳子，但我现在疑心芳子就是廖仲潜，实无其人，和琴心一样的。第二个是向培良，则识力比他坚实得多，琴心的扫帚，未免太软弱一点。但培良已往河南去办报，不会有答复的了，这实在可惜，使我们少看见许多痛快的议论。

《民国公报》的实情，我不知道，待探听了再回答罢。普通所谓考试编辑，多是一种手段，大抵因为荐条太多，无法应付，便来装作这一种门面，故作秉公选用之状，以免荐送者见怪，其实却是早已暗暗定好，别的应试者不过陪他变一场戏法罢了。但《民国公报》是否也这样，却尚难决（我看十之九也这样）。总之，先去打听一回罢。我的意见，以为做编辑是不会有什么进步的，我近来常与周刊之类相关，弄得看书和休息的工夫也没有了，因为选用的稿子，也常须动笔改削，倘若任其自然，又怕闹出笑话来。还是"人之患"较为从容，即使有时逼上午门，也不过费两三个钟头而已。

鲁迅　四月二十二日夜

八

广平兄：

　　来信收到了。今天又收到一封文稿，拜读过了，后三段是好的，首段累坠[19]一点，所以看纸面如何，也许将这一段删去。但第二期上已经来不及登，因为不知"小鬼"何意，竟不署作者名字。所以请你捏造一个，并且通知我，并且必须于下星期三上午以前通知，并且回信中不准说"请先生随便写上一个可也"之类的油滑话。

　　现在的小周刊，目录必在角上者，是为订成本子之后，读者容易翻检起见，倘要检查什么，就不必全本翻开，才能够看见每天的细目。但也确有隔断读者注意的弊病，我想了另一格式，是专用第一版上层的，如下：则目录既在边上，容易检查，又无隔断本文之弊，可惜《莽原》第一期已经印出，不能便即变换了，但到二十期以后，我想来"试他一试"。至于印在末尾，书籍尚可，定期刊却不合宜，放在第一版中央，尤为不便，擅起此种"心理作用"，应该记大过二次。

　　《莽原》第一期的作者和性质，诚如来信所言，长虹确不是我，乃是我今年新认识的，意见也有一部分和我相合，而似是安那其主义者。他很能做文章，但大约因为受了尼采的作品的影响之故罢，

19　现代汉语常用"累赘"。——编者注

常有太晦涩难解处，第二期登出的署着 CH 的，也是他的作品。至于《棉袍里的世界》所说的"掠夺"问题，则敢请少爷不必多心，我辈赴贵校教书，每月明明写定"致送脩[20]金十三元五角正"。夫既有"十三元五角"而且"正"，则又何"掠夺"之有也欤哉！

割舌之罪，早在我的意中，然而倒不以为意。近来整天的和人谈话，颇觉得有点苦了，割去舌头，则一者免得教书，二者免得陪客，三者免得做官，四者免得讲应酬话，五者免得演说，从此可以专心做报章文字，岂不舒服。所以你们应该趁我还未割去舌头之前，听完《苦闷的象征》，前回的不肯听讲而逼上午门，也就应该记大过若干次。而我的六十分，则必有无疑。因为这并非"界限分得太清"之故，我无论对于什么学生，都不用"冲锋突围而出"之法也。况且，窃闻小姐之类，大抵容易潜然泪下，倘我挥拳打出，诸君在后面哭而送之，则这一篇文章的分数，岂非当在零分以下？现在不然，可知定为六十分者，还是自己客气的。

但是这次试验，我却可以自认失败，因为我过于大意，以为广平少爷未必如此"细心"，题目出得太容易了。现在也只好任凭排卦拈签，不再辩论，装作舌头已经割去之状。惟报仇题目，却也不再交卷，因为时间太严。那信是星期一上午收到的，午后即须上课，其间更无作答的工夫，而一经上课，则无论答得如何正确，也必被冤为"临时预备夹带，然后交卷"，倒不如拼出，交了白卷便宜。

中国现今文坛（？）的状态，实在不佳，但究竟做诗[21]及小说者尚有人。最缺少的是"文明批评"和"社会批评"，我之以《莽原》起哄，大半也就为了想由此引出些新的这一种批评者来，虽在割去敝舌之后，也还有人说话，继续撕去旧社会的假面。可惜所收的至

20　现代汉语常用"脩"。——编者注
21　现代汉语常用"作诗"。——编者注

今为止的稿子，也还是小说多。

鲁迅　四月二十八日

九

广平兄：

四月卅的信收到了。闲话休提，先来攻击朱老夫子的"假名论"罢。

夫朱老夫子者，是我的老同学，我对于他在窗下孜孜研究[22]，久而不倦，是十分佩服的，然此亦惟于古学一端而已，若夫评论世事，乃颇觉其迂远之至者也。他对于假名之非难，实不过其最偏的一部分，如以此诬陷毁谤个人之类，才可谓之"不负责任的推诿的表示"，倘在人权尚无确实保障的时候，两面的众寡强弱，又极悬殊，则须又作别论才是。例如子房为韩报仇，以君子看来，盖是应该写信给秦始皇，要求两人赤膊决斗，才算合理的。然而博浪一击，大索十日而终不可得，后世亦不以为"不负责任"者，知公私不同，而强弱之势亦异，一匹夫不得不然之故也。况且，现在的有权者，是什么东西呢？他知道什么责任呢？《民国日报》案故意拖延月余，才来裁判，又决罚至如此之重，而叫喊几声的人独要硬负片面的责任，如孩子脱衣以入虎穴，岂非大愚么？朱老夫子生活于平安中，所做的是《萧梁旧史考》，负责与否，没有大关系，也并没有什么意外的危险，所以他的侃侃而谈之谈，仅可以供他日共和实现之后的参考，若今日者，则我以为只要目的是正的——这所谓正不正，又只专凭自己判断——即可用无论什么手段，而况区区假名真名之小

22　此处原文为"我对于他的在窗下孜孜研究"，疑为原文多字，故更正。——编者注

23

事也哉。此我所以指窗下为活人之坟墓,而劝人们不必多读中国之书者也!

本来还要更长更明白的骂几句,但因为有所顾忌,又哀其胡子之长,就此收束罢。那么,话题一转,而论"小鬼"之假名问题。那两个"鱼与熊掌",虽并为足下所喜,我以为用于论文,却不相宜,因为以真名招个无聊的麻烦,固然不值得,但若假名太近于滑稽,则足以减少论文的重量,所以也不很好。你这许多名字中,既然"非心"总算还未用过,我就以"编辑"兼"先生"之威权,给你写上这一个罢。假如于心不甘,赶紧发信抗议,还来得及,但如到星期二夜为止并无痛哭流涕之抗议,即以默认论,虽驷马也难于追回了。而且此后的文章,也应细心署名,不得以"因为忙中"推诿!

试验题目出得太容易了,自然也算得我的失策,然而也未始没有补救之法。其法即称之为"少爷",刺之以"细心",则效力之大,也抵得记大过二次。现在果然慷慨激昂的来"力争"了,而且写至七行之多,可见费力不少。我的报复计划,总算已经达到了一部分,"少爷"之称,姑且准其取消罢。

历来的《妇周》,几乎还是一种文艺杂志,议论很少,即偶有之,也不很好。前回的那一篇,则简直是笑话。请他们诸公来"试他一试",也不坏罢。然而咱们的《莽原》也很窘,寄来的多是小说与诗,评论很少,倘不小心,也容易变成文艺杂志的。我虽然被称为"编辑先生",非常骄气,但每星期被逼作文,却很感痛苦,因为这就像先前学校中的星期考试。你如有议论,敢乞源源寄来,不胜荣幸感激涕零之至!

缝纫先生听说又不来了,要寻善于缝纫的,北京很多,本不必发电号召,奔波而至,她这回总算聪明。继其后者,据现状以观,总还是太太类罢。其实这倒不成为什么问题,不必定用毛瑟,因为

"女人长女校"，还是社会的公意，想章士钊和社会奋斗，是不会的，否则，也不成其为章士钊了。老爷类也没有什么相宜的人，名人不来，来也未必一定能办好。我想：校长之类，最好是请无大名而真肯做事的人做，然而目下无之。

我也可以"不打自招"：东边架上一盒盒的确是书籍。但我已将废去考试法不用，倘有必须报复之处，即尊称之曰"少爷"，就尽够了。

鲁迅 五月三日

（其间缺鲁迅五月八日信一封。）

十

广平兄：

两信均收到，一信中并有稿子，自然照例"感激涕零"而阅之。小鬼"最怕听半截话"，而我偏有爱说半截话的毛病，真是无可奈何。本来想做篇详明的《朱老夫子论》呈政，而心绪太乱，又没有工夫。简截[23]地说一句罢，就是：他历来所走的都是最稳的路，不做一点小小冒险事，所以他偶然的话倒是不负责任的，待到别人因此而被祸，他不作声了。

群众不过如此，由来久矣，将来恐怕也不过如此。公理也和事之成败无关。但是，女师大的教员也太可怜了，只见暗中活动之鬼，而竟没有站出来说话的人。我近来对于□先生之赴西山，也有些怀疑了，但也许真真恰巧，疑之者倒是我自己的神经过敏。

23 现代汉语常用"简洁"。——编者注

我现在愈加相信说话和弄笔的都是不中用的人，无论你说话如何有理，文章如何动人，都是空的。他们即使怎样无理，事实上却着着得胜。然而，世界岂真不过如此而已么？我要反抗，试他一试。

提起牺牲，就使我记起前两三年被北大开除的冯省三。他是闹讲义风潮之一人，后来讲义费撤消[24]了，却没有一个同学再提起他。我那时曾在《晨报副刊》上做过一则杂感，意思是：牺牲为群众祈福，祀了神道之后，群众就分了他的肉，散胙。

听说学校当局有打电报给家属之类的举动，我以为这些手段太毒了。教员之类该有一番宣言，说明事件的真相，几个人也可以的。如果没有一个人肯负这一点责任（署名），那么，即使校长竟去，学籍也恢复了，也不如走罢，全校没有人了，还有什么可学？

鲁迅　五月十八日

十一

广平兄：

午回来，看见留字。现在的现象是各方面黑暗，所以有这情形，不但治本无从说起，便是治标也无法，只好跟着时局推移而已。至于《京报》事，据我所闻却不止秦小姐一人，还有许多人运动，结果是说定两面的新闻都不载，但久而久之，也许会反而帮牠们（男女一群，所以只好用"牠"）。办报的人们，就是这样的东西。其实报章的宣传于实际上也没有多大关系。

今天看见《现代评论》，所谓西滢也者，对于我们的宣言出来

24　现代汉语常用"撤销"。——编者注

说话了，装作局外人的样子，真会玩把戏。我也做了一点寄给《京副》，给他碰个小钉子。但不知于伏园饭碗之安危如何。牠们是无所不为的，满口仁义，行为比什么都不如。我明知道笔是无用的，可是现在只有这个，只有这个而且还要为鬼魅所妨害。然而只要有地方发表，我还是不放下；或者《莽原》要独立，也未可知。独立就独立，完结就完结，都无不可。总而言之，倘笔舌尚存，是总要使用的，东滢西滢，都不相干也。

西滢文托之"流言"，以为此次风潮是"某系某籍教员所鼓动"，那明明是说"国文系浙籍教员"了，别人我不知道，至于我之骂杨荫榆，却在此次风潮之后，而"杨家将"偏来诬赖，可谓卑劣万分。但浙籍也好，夷籍也好，既经骂起，就要骂下去，杨荫榆尚无割舌之权，总还要被骂几回的。

现在老实说一句罢，"世界岂真不过如此而已么？……"这些话，确是"为对小鬼而说的"。我所说的话，常与所想的不同，至于何以如此，则我已在《呐喊》的序上说过：不愿将自己的思想，传染给别人。何以不愿，则因为我的思想太黑暗，而自己终不能确知是否正确之故。至于"还要反抗"，倒是真的，但我知道这"所以反抗之故"，与小鬼截然不同。你的反抗，是为了希望光明的到来罢？我想，一定是如此的。但我的反抗，却不过是与黑暗捣乱。大约我的意见，小鬼很有几点不大了然，这是年龄、经历、环境等等[25]不同之故，不足为奇。例如我是诅咒"人间苦"而不嫌恶"死"的，因为"苦"可以设法减轻，而"死"是必然的事，虽曰"尽头"，也不足悲哀。而你却不高兴听这类话——但是，为什么将好的活人看作"废物"的？这就比不做"痛哭流涕的文字"还"该打"！又如来信说，凡有死的同我有关的，同时我就憎恨所有与我无关的……而我正相

25　此句式在现代汉语中常用一个"等"。——编者注

反，同我有关的活着，我倒不放心，死了，我就安心，这意思也在《过客》中说过，都与小鬼的不同。其实，我的意见原也一时不容易了然，因为其中本含有许多矛盾，教我自己说，或者是人道主义与个人主义这两种思想的消长起伏罢。所以我忽而爱人，忽而憎人；做事的时候，有时确为别人，有时却为自己玩玩，有时则竟因为希望生命从速消磨，所以故意拼命的做。此外或者还有什么道理，自己也不甚了然。但我对人说话时，却总拣择光明些的说出，然而偶不留意，就露出阎王并不反对，而"小鬼"反不乐闻的话来。总而言之，我为自己和为别人的设想，是两样的。所以者何，就因为我的思想太黑暗，但是究竟是否真确，不得而知，所以只能在自身试验，不能邀请别人。其实小鬼希望父兄长存，而自视为"废物"，硬去替"大众请命"，大半也是如此。

《莽原》实在有些穿棉花鞋了，但没有撒泼文章，真也无法。自己呢，又做惯了晦涩的文章，一时改不过来，下笔时立志要显豁，而后来往往仍以晦涩结尾，实在可气之至！现在除附《京报》分送外，另售千五百，看的人也算不少。待"闹潮"略有结束，你这一匹"害群之马"多来发一点议论罢。

鲁迅　五月三十日

十二

广平兄：

　　拆信案件，或者牠们有些受了冤，因为卅一日的那一封，也许是我自己拆过的。那时已经很晚，又写了许多信，所以自己不大记得清楚，只记得将其中之一封拆开（从下方），在第一张上加了一点细注。如你所收的第一张上有小注，那就确是我自己拆过的了。

至于别的信，我却不能代牠们辩护。其实私拆函件，本是中国的惯技，我也早料到的。但是这类技俩[26]，也不过心劳日拙而已。听说明的方孝孺就被永乐皇帝灭十族，其一是"师"，但也许是齐东野语，我没有考查过这事的真伪。可是从西滢的文字上看来，此辈一得志，则不但灭族，怕还要"灭系""灭籍"了。

明明将学生开除，而布告文中文其词曰"出校"，我当时颇叹中国文字之巧。今见上海印捕击杀学生，而路透电则云，"华人不省人事"，可谓异曲同工，但此系中国报译文，不知原文如何。

其实我并不很喝酒，饮酒之害，我是深知道的。现在也还是不喝的时候多，只要没有人劝喝。多住些时，固无不可的。短刀我的确有，但这不过为夜间防贼之用，而偶见者少见多怪，遂有"流言"，皆不足信也。

汪懋祖先生的宣言发表了，而引"某女士"之言以为重，可笑。他们大抵爱用"某"字，不知何也。又观其意，似乎说是"某籍某系"想将学校解散，也是一种奇谈。黑幕中人面目渐露，亦殊可观，可惜他又说要"南归"了。躲躲闪闪，躲躲闪闪，此其所以为"黑幕中人"欤？哈哈！

迅　六月二日

十三

广平兄：

六月六日的信早收到了，但我久没有复；今天又收到十二夕

26　现代汉语常用"伎俩"。——编者注

信，并文稿。其实我并不做什么事，而总是忙，拿不起笔来，偶然在什么周刊上写几句，也不过是敷衍，近几天尤其甚。这原因大概是因为"无聊"，人到无聊，便比什么都可怕，因为这是从自己发生的，不大有药可救。喝酒是好的，但也很不好。等暑假时闲空一点，我很想休息几天，什么也不做，什么也不看，但不知道可能够。

第一，小鬼不要变成狂人，也不要发脾气了。人一发狂，自己或者没有什么——俄国的索洛古勃以为倒是幸福——但从别人看来，却似乎一切都已完结。所以我倘能力所及，决不肯使自己发狂，实未发狂而有人硬说我有神经病，那自然无法可想。性急就容易发脾气，最好要酌减"急"的角度，否则，要防自己吃亏，因为现在的中国，总是阴柔人物得胜。

上海的风潮，也出于意料之外。可是今年的学生的动作，据我看来是比前几回进步了。不过这些表示，真所谓"就是这么一回事"。试想：北京全体（？）学生而不能去一章士钉[27]，女师大大多数学生而不能一去杨荫榆，何况英国和日本。但在学生一方面，也只能这么做，唯一的希望，就是等候意外飞来的"公理"。现在"公理"也确有点飞了，而且，说英国不对的，还有英国人。所以无论如何，我总觉得洋鬼子比中国人文明，货只管排，而那品性却很有可学的地方。这种敢于指摘自己国度的错误的，中国人就很少。

所谓"经济绝交"者，在无法可想中，确是一个最好的方法。但有附带条件，要耐久，认真。这么办起来，有人说中国的实业就会借此促进，那是自欺欺人之谈。（前几年排斥日货时，大家也那么说，然而结果不过做成功了一种"万年糊"。草帽和火柴发达的原因，尚不在此。那时候，是连这种万年糊也不会做的，排货事

27　指章士钉。据一九二五年五月十二日《京报》，某学究曾将章士钊讹为章士钉。这里移来戏用。

起，有三四个学生组织了一个小团体来制造，我还是小股东，但是每瓶八枚铜子的糊，成本要十枚，而且货色总敌不过日本品。后来，折本、闹架、关门。现在所做的好得多，进步得多了，但和我辈无关也。）因此获利的却是美法商人。我们不过将送给英日的钱，改送美法，归根结蒂[28]，二五等于一十。但英日却究竟受损，为报复计，亦足快意而已。

可是据我看来，要防一个不好的结果，就是白用了许多牺牲，而反为巧人取得自利的机会，这种在中国是常有的。但在学生方面，也愁不得这些，只好凭良心做去，可是要缓而韧，不要急而猛。中国青年中，有些很有太"急"的毛病（小鬼即其一），因此，就难于耐久（因为开首太猛，易将力气用完），也容易碰钉子，吃亏而发脾气，此不佞所再三申说者也，亦自己所曾经实验者也。

前信反对喝酒，何以这回自己"微醉"（？）了？大作中好看的字面太多，拟删去一些，然后赐列第□期《莽原》。

□□的态度我近来颇怀疑，因为似乎已与西滢大有联络。其登载几篇反杨之稿，盖出于不得已。今天在《京副》上，至于指《猛进》《现代》《语丝》为"兄弟周刊"，大有卖《语丝》以与《现代》拉拢之观。或者《京副》之专载沪事，不登他文，也还有别种隐情（但这也许是我的妄猜），《晨副》即不如此。

我明知道几个人做事，真出于"为天下"是很少的。但人于现状，总该有点不平、反抗、改良的意思。只这一点共同目的，便可以合作。即使含些"利用"的私心也不妨，利用别人，又给别人做点事，说得好看一点，就是"互助"。但是，我总是"罪孽深重，祸延"自己，每每终于发见[29]纯粹的利用，连"互"字也安不上，被用

28　现代汉语常用"归根结底"，也作"归根结蒂""归根到底"。——编者注
29　现代汉语常用"发现"。——编者注

之后，只剩下耗了气力的自己一个。有时候，他还要反而骂你；不骂你，还要谢他的洪恩。我的时常无聊，就是为此，但我还能将一切忘却，休息一时之后，从新[30]再来，即使明知道后来的运命未必会胜于过去。

本来有四张信纸已可写完，而牢骚发出第五张上去了。时候已经不早，非结束不可。止此而已罢。

迅　六月十三夜

然而，这一点空白，也还要用空话来填满。司空蕙，前回登过启事，说要到欧洲去，现在听说又不到欧洲去了。我近来收到一封信，署名"捏蚊"，说要加入《莽原》，大约就是"雪纹"，也即司空蕙。这回《民众文艺》上所登的署名"聂文"的，我看也是他。碰一个小钉子，就说要到欧洲去，一不到欧洲去，就又闹"琴心"式的老玩艺[31]了。

这一点空白即以这样填满。

十四

（前缺。）

那一首诗，意气也未尝不盛，但此种猛烈的攻击，只宜用散文，如"杂感"之类，而造语还须曲折，否，即容易引起反感。诗歌较有永久性，所以不甚合于做这样题目。

30　现代汉语常用"重新"。——编者注
31　现代汉语常用"玩意""玩意儿"。——编者注

沪案以后，周刊上常有极锋利肃杀的诗，其实是没有意思的，情随事迁，即味如嚼蜡。我以为感情正烈的时候，不宜做诗，否则锋铓 [32] 太露，能将"诗美"杀掉。这首诗有此病。

我自己是不会作诗的，只是意见如此。编辑者对于投稿，照例不加批评，现遵来信所嘱，妄说几句，但如投稿者并未要知道我的意见，仍希不必告知。

迅　六月二十八日

十五

广平兄：

昨夜，或者今天早上，记得寄上一封信，大概总该先到了。刚才得二十八日函，必须写几句回答，便是小鬼何以屡次诚惶诚恐的赔罪不已，大约也许听了"某籍"小姐的什么谣言了罢？辟谣之举，是不可以已的：

第一，酒精中毒是能有的，但我并不中毒。即使中毒，也是自己的行为，与别人无干。且夫不佞年届半百，位居讲师，难道还会连喝酒多少的主见也没有，至于被小娃儿所激么？这是决不会的。

第二，我并不受有何种"戒条"，我的母亲也并不禁止我喝酒。我到现在为止，真的醉止有一回半，决不会如此平和。

然而"某籍"小姐为粉饰自己的逃走起见，一定将不知从那里拾来的故事（也许就从太师母那里得来的），加以演义，以致小鬼也不免吓得赔罪不已了罢。但是，虽是太师母，观察也未必就对，虽是太太师母，观察也未必就对。我自己知道，那天毫没有醉，更何

32　现代汉语常用"锋芒"。——编者注

至于胡涂，击房东之拳，吓而去之的事，全都记得的。

所以，此后不准再来道歉，否则，我"学笈单洋，教鞭17载"，要发杨荫榆式的宣言以传布小姐们胆怯之罪状了。看你们还敢逞能么？

来稿有过火处，或者须改一点。其中有些话[33]，大约是为反对往执政府请愿而说的罢。总之，这回以打学生手心之马良为总指挥，就可笑。

《莽原》第十期，与《京报》同时罢工了。发稿是星期三，当时并未想到要停刊，所以并将目录在别的周刊上登载了。现在正在交涉，要他们补印，还没有头绪；倘不能补，则旧稿须在本星期五出版。

《莽原》的投稿，就是小说太多，议论太少。现在则并小说也少，大约大家专心爱国，要"到民间去"，所以不做文章了。

迅　六，二九，晚

十六

广平仁兄大人阁下，敬启者：

前蒙投赠之大作，就要登出来，而我或将被作者暗暗咒骂。因为我连题目也已经改换，而所以改换之故，则因为原题太觉怕人故也。收束处太没有力量，所以添了几句，想来也未必与尊意背驰；但总而言之：殊为专擅。尚希曲予海涵，免施贵骂，勿露"勃谿"之技，暂羁"害马"之才，仍复源源投稿，以光敝报，不胜侥幸之至！

至于大作之所以常被登载者，实在因为《莽原》有些闹饥荒之故也。我所要多登的是议论，而寄来的偏多小说、诗。先前是虚伪

33　此处原文为"其中的有些话"，疑为原文多字，故更正。——编者注

的"花呀""爱呀"的诗，现在是虚伪的"死呀""血呀"的诗。呜呼，头痛极了！所以倘有近于议论的文章，即易于登出，夫岂"骗小孩"云乎哉！又，新做文章的人，在我所编的报上，也许比较的易于登出，此则颇有"骗小孩"之嫌疑者也。但若做得稍久，该有更进步之成绩，而偏又偷懒，有敷衍之意，则我要加以猛烈之打击：小心些罢！

肃此布达，敬请

"好说话的"安！

"老师"谨训　七月九日

报言"章士钉"将辞，屈映光继之，此即浙江有名之"兄弟素不吃饭"人物也，与"士钉"盖伯仲之间，或且不及。所以我总以为不革内政，即无一好现象，无论怎样游行示威。

十七

广平兄：

在好看的天亮还未到来之前，再看了一遍大作，我以为还不如不发表。这类题目，其实，在现在，是只能我做的，因为大概要受攻击。然而我不要紧，一则我自有还击的方法；二则现在做"文学家"似乎有些做厌了，仿佛要变成机械，所以倒很愿意从所谓"文坛"上摔下来。至于如诸君之雪花膏派则究属"嫩"之一流，犯不上以一篇文章而招得攻击或误解，终至于"泣下沾襟"。

那上半篇，倘在小说，或回忆的文章里，固然毫不足奇，但在论文中，而给现在的中国读者看，却还太直白。至于下半篇，则实在有点迂。我在那篇文章里本来说：这种骂法，是"卑劣"的。而你却还硬诬赖我"引以为荣",真是可恶透了。

其实,对于满抱着传统思想的人们,也还大可以这样骂。看目下有些批评文字,表面上虽然没有什么,而骨子里却还是"他妈的"思想,对于这样批评的批评,倒不如直捷34爽快的骂出来,就是"即以其人之道,还治其人之身",于人我均属合适。我常想:治中国应该有两种方法,对新的用新法,对旧的仍用旧法。例如"遗老"有罪,即该用清朝法律:打屁股。因为这是他所佩服的。民元革命时,对任何人都宽容(那时称为"文明"),但待到二次革命失败,许多旧党对于革命党却不"文明"了:杀。假使那时(元年)的新党不"文明",则许多东西早已灭亡,那里会来发挥他们的老手段?现在用"他妈的"来骂那些背着祖宗的木主以自傲的人们,夫岂太过也欤哉?

还有一篇,今天已经发出去,但将两段并作一个题目了:《五分钟与半年》。多么漂亮呀。

天只管下雨,绣花衫不知如何?放晴的时候,赶紧晒一晒罢,千切千切!

迅　七月二十九,或三十,随便

34　现代汉语常用"直截"。——编者注

厦门——广州

（一九二六年九月至一九二七年一月）

十八

广平兄：

我九月一日夜半上船，二日晨七时开，四日午后一时到厦门，一路无风，船很平稳，这里的话，我一字都不懂，只得暂到客寓，打电话给林语堂，他便来接，当晚即移入学校居住了。

我在船上时，看见后面有一只轮船，总是不远不近地走着，我疑心就是"广大"。不知你在船中，可看见前面有一只船否？倘看见，那我所悬拟的便不错了。

此地背山面海，风景佳绝，白天虽暖——约八十七八度——夜却凉。四面几无人家，离市面约有十里，要静养倒好的。普通的东西，亦不易买。听差懒极，不会做事也不肯做事；邮政也懒极，星期六下午及星期日都不办事。

因为教员住室尚未造好（据说一月后可完工，但未必确），所以我暂住在一间很大的三层楼上，上下虽不便，眺望却佳。学校开课是二十日，还有许多日可闲。

我写此信时，你还在船上，但我当于明天发出，则你一到校，此信也就到了。你到校后，望即见告，那时再写较详细的情形罢，因为现在我初到，还不知什么。

迅　九月四日夜

十九

（明信片背面）

从后面（南普陀）所照的厦门大学全景。

前面是海，对面是鼓浪屿。

最右边的是生物学院与国学院，第三层楼上有⊗记的便是我所住的地方。

昨夜发飓风，拔木发屋，但我没有受损害。

迅　九，十一

（明信片正面）

想已到校，已开课否？

此地二十日上课。

十三日

二〇

广平兄：

依我想，早该得到你的来信了，然而还没有。大约闽粤间的通邮，不大便当，因为并非每日都有船。此地只有一个邮局代办所，星期六下午及星期日不办事，所以今天什么信件也没有——因为是星期——且看明天怎样罢。

我到厦门后便发一信（五日），想早到。现在住了已经近十天，渐渐习惯起来了，不过言语仍旧不懂，买东西仍旧不便。开学在二十日，我有六点钟功课，就要忙起来，但未开学之前，却又觉得太闲，有些无聊，倒望从速开学，而且合同的年限早满。学校的房子尚未造齐，所以我暂住在国学院的陈列所空屋里，是三层楼上，眺望风景，极其合宜，我已写好一张有这房子照相的明信片，或者将与此信一同发出。上遂的事没有结果，我心中很不安，然而也无法可想。

十日之夜发飓风，十分利害[1]，语堂的住宅的房顶也吹破了，门也吹破了，粗如笔管的铜闩也都挤弯，毁东西不少。我住的屋子只破了一扇外层的百叶窗，此外没有损失。今天学校近旁的海边漂来不少东西，有桌子，有枕头，还有死尸，可见别处还翻了船或漂没了房屋。

此地四无人烟，图书馆中书籍不多，常在一处的人，又都是"面笑心不笑"，无话可谈，真是无聊之至。海水浴倒是很近便，但我多年没有浮水了，又想，倘使你在这里，恐怕一定不赞成我这种举动，所以没有去洗，以后也不去洗罢，学校有洗浴处的。夜间，电灯一开，飞虫聚集甚多，几乎不能做事，此后事情一多，大约非早睡而一早起来做不可。

迅　九月十二日夜

今天（十四日）上午到邮政代办所去看看，得到你六日八日的两封来信，高兴极了。此地的代办所太懒，信件往往放在柜台上，不送来，此后来信可于厦门大学下加"国学院"三字，使他易于投递，且看如何。这几天，我是每日去看的，昨天还未见你的信，因

1　现代汉语常用"厉害"。——编者注

想起报载英国鬼子在广州胡闹，进口船或者要受影响，所以心中很不安，现在放心了。看上海报，北京已戒严，不知何故；女师大已被合并为女子学院，师范部的主任是林素园（小研究系），而且于四日武装接收了，真令人气愤，但此时无暇管也无法管，只得暂且不去理会它，还有将来呢。

回上去讲我途中的事，同房的是一个五十多岁的广东人，姓魏或韦，我没有问清楚，似乎也是民党中人，所以还可谈，也许是老同盟会员罢。但我们不大谈政事，因为彼此都不知道底细，也曾问他从厦门到广州的走法，据说最好是从厦门到汕头，再到广州，和你所闻于客栈中人的话一样。船中的饭菜顿数，和广大同，也有鸡粥，船也很平，但无耶稣教徒，比你所遭遇的好得多了。小船的倾侧，真太危险，幸而终于"马"已登陆，使我得以放心。我到厦门时，亦以小船搬入学校，浪也不小，但我是从小惯于坐小船的，所以一点也没有什么。

我前信似乎说过这里的听差很不好，现在熟识些了，觉得殊不尽然。大约看惯了北京的听差的唯唯从命的，即易觉得南方人的倔强，其实是南方的等级观念，没有北方之深，所以便是听差，也常有平等言动，现在我和他们的感情好起来了，觉得并不可恶。但茶水很不便，所以我现在少喝茶了，或者这倒是好的。烟卷似乎也比先前少吸。

我上船时，是克士送我去的，并有客栈里的茶房。当未上船之前，我们谈了许多话。我才知道关于我的事情，伏园已经大大的宣传过了，还做些演义。所以上海的有些人，见我们同车到此，便深信伏园之说了，然而也并不为奇。

我已不喝酒了，饭是每餐一大碗（方底的碗，等于尖底碗的两碗），但因为此地的菜总是淡而无味（校内的饭菜是不能吃的，我们合雇了一个厨子，每月工钱十元，每人饭菜钱十元，但仍然淡而无味），所以还不免吃点辣椒末，但我还想改良，逐渐停止。

我的功课，大约每周当有六小时，因为语堂希望我多讲，情不可却。其中两点是小说史，无须预备；两点是专书研究，须预备；两点是中国文学史，须编讲义。看看这里旧的讲义，则我随便讲讲就很够了，但我还想认真一点，编成一本较好的文学史。你已在大大地用功，预备讲义了罢，但每班一小时，八时相同，或者不至于很费力罢。此地北伐顺利的消息也甚多，极快人意。报上又常有闽粤风云紧张之说，在这里却看不出，不过听说鼓浪屿上已有很多寓客，极少空屋了，这屿就在学校对面，坐舢板一二十分钟可到。

迅　九月十四日午

二一

广平兄：

十三日发的给我的信，已经收到了。我从五日发了一信之后，直到十三四日才发信，十四以前，我只是等着等着，并没有写信，这一封才是第三封。前天，我寄了《彷徨》和《十二个》各一本。

看你所开的职务，似乎很繁重，住处亦不见佳。这种四面"碰壁"的住所，北京没有，上海是有的，在厦门客店里也看见过，实在使人气闷。职务有定，除自己心知其意，善为处理外，更无他法；住室却总该有一间较好才是，否则，恐怕要瘦下。

本校今天行开学礼，学生在三四百人之间，就算作四百人罢，分为预科及本科七系，每系分三级，则每级人数之寥寥，亦可想而知。此地不但交通不便，招考极严，寄宿舍也只容四百人，四面是荒地，无屋可租，即使有人要来，也无处可住，而学校当局还想本校发达，真是梦想。大约早先就是没有计划的，现在也很散漫，我们来后，都被搁在须作陈列室的大洋楼上，至今尚无一定住所。听说现正赶造着教员的住所，但何时造成，殊不可知。我现在如去上课，须走石阶九十六级，来回就是一百九十二级；喝开水也不容易，幸而近来倒已习惯，不大喝茶了。我和兼士及朱山根，是早就收到聘书的，此外还有几个人，已经到此，而忽然不送聘书，玉堂费了许多力，才于前天送来。玉堂在此似乎也不大顺手，所以上遂的事，竟无法开口。

我的薪水不可谓不多，教科是五或六小时，也可以算很少，但别的所谓"相当职务"，却太繁，有本校季刊的作文，有本院季刊的作文，有指导研究员的事（将来还有审查），合计起来，很够做做了。学校当局又急于事功，问履历，问著作，问计划，问年底有什么成绩发表，令人看得心烦。其实我只要将《古小说钩沉》整理一下拿出去，就可以作为研究教授三四年的成绩了，其余都可以置之不理。但为了玉堂好意请我，所以我除教文学史外，还拟指导一种编辑书目的事，范围颇大，两三年未必能完，但这也只能做到那里算那里了。

在国学院里的，朱山根是胡适之的信徒，另外还有两三个，好像都是朱荐的，和他大同小异，而更浅薄，一到这里，孙伏园便要算可以谈谈的了。我真想不到天下何其浅薄者之多。他们面目倒漂亮的，而语言无味，夜间还要玩留声机，什么梅兰芳之类。我现在惟一的方法是少说话；他们的家眷到来之后，大约要搬往别处去了罢。从前在女师大做办事员的白果是一个职员兼玉堂的秘书，一样浮而不实，将来也许会生风作浪[2]，我现在也竭力地少和他往来。

2　现代汉语常用"兴风作浪"。——编者注此外，教员内有一个熟人，是先前往陕西去时认识的，似乎还好；集美中学内有师大旧学生五人，都是国文系毕业的，昨天他们请我们吃饭，算作欢迎，他们是主张白话的，在此好像有点孤立。

这一星期以来，我对于本地更加习惯了，饭量照旧，这几天而且更能睡觉，每晚总可以睡九至十小时；但还有点懒，未曾理发，只在前晚用安全剃刀刮了一回髭须而已。我想从此整理为较有条理的生活，大约只要少应酬，关起门来，是做得到的。此地的点心很好；鲜龙眼已吃过了，并不见佳，还是香蕉好。但我不能自己去买东西，因为离市有十里，校旁只有一个小店，东西非常之少，店中人能说几句"普通话"，但我懂不到一半。这里的人似乎很有点欺生，因为是闽南了，所以称我们为北人；我被称为北人，这回是第一次。

现在的天气正像北京的夏末，虫类多极了，最利害的是蚂蚁，有大有小，无处不至，点心是放不过夜的。蚊子倒不多，大概是我在三层楼上之故。生疟疾的很多，所以校医常给我们吃金鸡纳。霍乱已经减少了。但那街道，却真是坏，其实是在绕着人家的墙下，檐下走，无所谓路的。

兼士似乎还要回京去，他要我代他的职务，我不答应他。最初的布置，我未与闻，中途接手，一班极不相干的人，指挥不灵，如何措手，还不如关起门来，"自扫门前雪"罢，况且我的工作也已够多了。

章锡琛托建人写信给我，说想托你给《新女性》做一点文章，嘱我转达。不知可有这兴致？如有，可先寄我，我看后转寄去。《新女性》的编辑，近来好像是建人了，不知何故。那第九（？）期，我已寄上，想早到了。

我从昨日起，已停止吃青椒，而改为胡椒了，特此奉闻。

再谈。

迅　九月二十日下午

二二

广平兄：

十七日的来信，今天收到了。我从五日发信后，只在十三日发一信片，十四日发一信，中间间隔，的确太多，致使你猜我感冒，我真不知怎样说才好。回想那时，也有些傻气，因为我到此以后，正听见唤人在广州肇事，遂疑你所坐的船，亦将为彼等所阻，所以只盼望来信，连寄信的事也拖延了。这结果，却使你久不得我的信。

现在十四的信，总该早到了罢。此后，我又于同日寄《新女性》一本，于十八日寄《彷徨》及《十二个》各一本，于二十日寄信一封（信面却写了廿一），想来都该到在此信之前。

我在这里，不便则有之，身体却好。此地无人力车，只好坐船或步行，现在已经炼得走扶梯百余级，毫不费力了。眠食也都好，每晚吃金鸡纳霜[3]一粒，别的药一概未吃。昨日到市去，买了一瓶麦精鱼肝油，拟日内吃它。因为此地得开水颇难，所以不能吃散拿吐瑾。但十天内外，我要移住到旧的教员寄宿所去了，那时情形又当与在此不同，或者易得开水罢。（教员寄宿舍有两所，一所住单身人者曰博学楼，一所住有夫人者曰兼爱楼，不知何人所名，颇可笑。）

教科也不算忙，我只六时，开学之结果，专书研究二小时无人选，只剩了文学史，小说史各二小时了。其中只有文学史须编讲义，大约每星期四五千字即可，我想不管旧有的讲义，而自己好好

3　即"奎宁"。——编者注

的来编一编，功罪在所不计。

这学校化钱不可谓不多，而并无基金，也无计划，办事散漫之至，我看是办不好的。

昨天中秋，有月，玉堂送来一筐月饼，大家分吃了，我吃了便睡，我近来睡得早了。

迅　九月二十二日下午

二三

广平兄：

十八日之晚的信，昨天收到了。我十三日所发的明信片既然已经收到，我惟有希望十四日所发的信也接着收到。我惟有以你现在一定已经收到了我的几封信的事，聊自慰解而已。至于你所寄的七、九、十二、十七的信，我却都收到了，大抵是我或孙伏园从邮务代办处去寻来的，他们很乱，或送或不送，堆成一团，只要人去说要拿那几封，便给拿去，但冒领的事倒似乎还没有。我或伏园是每日自去看一回。

看厦大的国学院，越看越不行了。朱山根是自称只佩服胡适、陈源两个人的，而田千顷、辛家本、白果三人，似皆他所荐引。白果尤善兴风作浪，他曾在女师大做过职员，你该知道的罢，现在是玉堂的襄理，还兼别的事，对于较小的职员，气焰不可当，嘴里都是油滑话。我因为亲闻他密语玉堂"谁怎样不好"，等等，就看不起他了。前天就很给他碰了一个钉子，他昨天借题报复，我便又给他碰了一个大钉子，而自己则辞去国学院兼职。我是不与此辈共事的，否则，何必到厦门。

　　我原住的房屋，要陈列物品了，我就须搬。而学校之办法甚奇，一面催我们，却并不指出搬到那里，教员寄宿舍已经人满，而附近又无客栈，真是无法可想。后来总算指给我一间了，但器具毫无，向他们要，而白果又故意特别刁难起来（不知何意，此人大概是有喜欢给别人吃点小苦头的脾气的），要我开账签名具领，于是就给碰了一个钉子而又大发其怒。大发其怒之后，器具就有了，还格外添了一把躺椅，总务长亲自监督搬运。因为玉堂邀请我一场，我本想做点事，现在看来，恐怕不行的，能否到一年，也很难说。所以我已决计将工作范围缩小，希图在短时日中，可以有点小成绩，不算来骗别人的钱。

　　此校用钱并不少，也很不撙节，而有许多悭吝举动，却令人难耐。即如今天我搬房时，就又有一件。房中有两个电灯，我当然只用一个的，而有电机匠来，必要取去其一个玻璃泡，止之不可。其实对于一个教员，薪水已经化了这许多了，多点一个电灯或少点一个，又何必如此计较呢？

　　至于我今天所搬的房，却比先前的静多了，房子颇大，是在楼上。前回的明信片上，不是有照相么？中间一共五座，其一是图书馆，我就住在那楼上，间壁是孙伏园与张颐教授（今天才到，原先也是北大教员），那一面是钉书作场，现在还没有人。我的房有两个窗门，可以看见山。今天晚上，心就安静得多了，第一是离开了那些无聊人，也不必一同吃饭，听些无聊话了，这就很舒服。今天晚饭是在一个小店里买了面包和罐头牛肉吃的，明天大概仍要叫厨子包做。又自雇了一个当差的，每月连饭钱十二元，懂得两三句普通话，但恐怕颇有点懒。如果再没有什么麻烦事，我想开手编《中国文学史略》了。来听我的讲义的学生，一共有二十三人（内女生二人），这不但是国文系全部，而且还含有英文、教育系的。这里的动物学系，全班只有一人，天天和教员对坐而听讲。

但是我也许还要搬。因为现在是图书馆主任正请假着，由玉堂代理，所以他有权。一旦本人回来，或者又有变化也难说。在荒地里开学校，无器具，无房屋给教员住，实在可笑。至于搬到那里去，现在是无从揣测的。

现在的住房还有一样好处，就是到平地只须走扶梯二十四级，比原先要少七十二级了。然而"有利必有弊"，那"弊"是看不见海，只能见轮船的烟通⁴。

今夜的月色还很好，在楼下徘徊了片时，因有风，遂回，已是十一点半了。我想，我的十四的信，到二十、二十一或二十二总该寄到了罢，后天（二十七）也许有信来，因先来写了这两张，待二十八日寄出。

二十二日曾寄一信，想已到了。

迅　二十五日之夜

今天是礼拜，大风，但比起那一次来，却差得远了。明天未必一定有从粤来的船，所以昨天写好的两张信，我决计于明天一早寄出。

昨天雇了一个人，叫作流水，然而是替工，今天本人来了，叫作春来，也能说几句普通话，大约可以用罢。今天又买了许多器具，大抵是铝做的，又买了一只小水缸，所以现在是不但茶水饶足，连吃散拿吐瑾也不为难了。（我从这次旅行，才觉到散拿吐瑾是补品中之最麻烦者，因为它须兼用冷水热水两种，别的补品不如此。）

今天忽然有瓦匠来给我刷墙壁了，懒懒地乱了一天。夜间大约

4　现代汉语常用"烟囱"。——编者注

也未必能静心编讲义，玩一整天再说罢。

迅　九月二十六日晚七点钟

二四

广平兄：

廿七日寄上一信，收到了没有？今天是我在等你的信了，据我想，你于廿一二大约该有一封信发出，昨天或今天要到的，然而竟还没有到。所以我等着。

我所辞的兼职（研究教授），终于辞不掉，昨晚又将聘书送来了，据说林玉堂因此一晚睡不着。使玉堂睡不着，我想，这是对他不起的，所以只得收下，将辞意取消。玉堂对于国学院，不可谓不热心，但由我看来，希望不多，第一是没有人才，第二是校长有些掣肘（我觉得这样）。但我仍然做我该做的事，从昨天起，已开手编中国文学史讲义，今天编好了第一章。眠食都好，饭两浅碗，睡觉是可以有八或九小时。

从前天起，开始吃散拿吐瑾，只是白糖无法办理。这里的蚂蚁可怕极了，有一种小而红的，无处不到。我现在将糖放在碗里，将碗放在贮水的盘中，然而倘若偶然忘记，则顷刻之间，满碗都是小蚂蚁。点心也这样。这里的点心很好，而我近来却怕敢[5]买了，买来之后，吃过几个，其余的竟无处安放，我住在四层楼上的时候，常将一包点心和蚂蚁一同抛到草地里去。

风也很利害，几乎天天发，较大的时候，使人疑心窗玻璃就要吹破；若在屋外，则走路倘不小心，也可以被吹倒的。现在就呼呼地吹

5　现代汉语常用"不敢"。——编者注

着。我初到时，夜夜听到波声，现在听不见了[6]，因为习惯了，再过几时，风声也会习惯的罢。

现在的天气，同我初来时差不多，须穿夏衣，用凉席，在太阳下行走，即遍身是汗。听说这样的天气，要继续到十月（阳历？）底。

L.S. 九月二十八日夜

今天下午收到廿四发的来信了，我所料的并不错。但粤中学生情形如此，却真出我的"意表之外"，北京似乎还不至此。你自然只能照你来信所说的做，但看那些职务，不是忙得连一点闲空都没有了么？我想做事自然是应该做的，但不要拼命地做才好。此地对于外面情形，也不大了然，看今天的报章，登有上海电（但这些电报是什么来路，却不明），总结起来：武昌还未降，大约要攻击；南昌猛扑数次，未取得；孙传芳已出兵；吴佩孚似乎在郑州，现正与奉天方面暗争保定大名。

我之愿合同早满者，就是愿意年月过得快，快到民国十七年，可惜到此未及一月，却如过了一年了。其实此地对于我的身体，仿佛倒好，能吃能睡，便是证据，也许肥胖一点了罢。不过总有些无聊，有些不高兴，好像不能安居乐业似的，但我也以转瞬便是半年，一年，聊自排遣，或者开手编讲义，来排遣排遣，所以眠食是好的。我在这里的情形，就是如此，还可以无须帮助，你还是给学校办点事的好。

中秋的情形，前信说过了，谢君的事，原已早向玉堂提过的，没有消息。听说这里喜欢用"外江佬"，理由是因为倘有不合，外江佬卷铺盖就走了，从此完事，本地人却永久在近旁，容易结怨云。

6　此处原文为"现在不听见了"，疑为原文错误，故更正。——编者注

这也是一种特别的哲学。谢君的令兄我想暂且不去访问他，否则，他须来招呼我，我又须去回谢他，反而多一番应酬也。

伏园今天接孟余一电，招他往粤办报。他去否似尚未定。这电报是廿三发的，走了七天，同信一样慢，真奇。至于他所宣传的，大略是说：他家不但常有男学生，也常有女学生，但他是爱高的那一个的，因为她最有才气云云。平凡得很，正如伏园之人，不足多论也。

此地所请的教授，我和兼士之外，还有朱山根。这人是陈源之流，我是早知道的，现在一调查，则他所安排的羽翼，竟有七人之多，先前所谓不问外事，专一看书的舆论，乃是都为其骗。他已在开始排斥我，说我是"名士派"，可笑。好在我并不想在此挣帝王万世之业，不去管他了。

我到邮政代办处的路，大约有八十步，再加八十步，才到便所，所以我一天总要走过三四回，因为我须去小解，而它就在中途，只要伸首一窥，毫不费事。天一黑，我就不到那里去了，就在楼下的草地上了事。此地的生活法，就是如此散漫，真是闻所未闻。我因为多住了几天，渐渐习惯，而且骂来了一些用具，又自买了一些用具，又自雇了一个用人，好得多了，近几天有几个初到的教员，被迎进在一间冷房里，口干则无水，要小便则须旅行，还在"茫茫若丧家之狗"哩。

听讲的学生倒多起来了，大概有许多是别科的。女生共五人。我决定目不邪视[7]，而且将来永远如此，直到离开了厦门。嘴也不大乱吃，只吃了几回香蕉，自然比北京的好，但价亦不廉，此地有一所小店，我去买时，倘五个，那里的一位胖老婆子就要"吉格浑"（一角钱），倘是十个，便要"能（二）格浑"了。究竟是确要这许多

7　现代汉语常用"目不斜视"。——编者注

呢，还是欺我是外江佬之故，我至今还不得而知。好在我的钱原是从厦门骗来的，拿出"吉格浑""能格浑"去给厦门人，也不打紧。

我的功课现在有五小时了，只有两小时须编讲义，然而颇费事，因为文学史的范围太大了。我到此之后，从上海又买了一百元书。克士已有信来，说他已迁居，而与一个同事姓孙的同住，我想这是不好的，但他也不笨，或不至于上当。

要睡觉了，已是十二时，再谈罢。

迅　九月三十日之夜

二五

广平兄：

一日寄出一信并《莽原》两本，早到了罢。今天收到九月廿九的来信了，忽然于十分的邮票大发感慨，真是孩子气。花了十分，比寄失不是好得多么？我先前闻粤中学生情形，颇"出于意表之外"，今闻教员情形，又"出于意表之外"，我先前总以为广东学界状况，总该比别处好得多，现在看来，似乎也只是一种幻想。你初作事，要努力工作，我当然不能说什么，但也须兼顾自己，不要"鞠躬尽瘁"才好。至于作文，我怎样鼓舞、引导呢？我说，大胆做来，先寄给我，不够么？好否我先看，即使不好，现在太远，不能打手心，只得记账了，这就已可以放胆下笔，无须畏缩的了，还要怎么样呢？

从信上推测起你的住室来，似乎比我的阔些，我用具寥寥，只有六件，皆从奋斗得来者也。但自从买了火酒灯之后，我也忙了一点，因为凡有饮用之水，我必煮沸一回才用，因为忙，无聊也仿佛减少了。酱油已买，也常吃罐头牛肉，何尝省钱！火腿我却不想吃，在北京时吃怕了。在上海时，我和建人因为吃不多，便只叫了一碗炒饭，不料又惹出影响，至于不在先施公司多买东西，孩子之神经过敏，真令人无法可想。相距又远，鞭长不及马腹，也还是姑且记在帐[8]上罢。

我在此常吃香蕉、柚子，都很好；至于杨桃，却没有见过，又不知道是甚么[9]名字，所以也无从买起。鼓浪屿也许有罢，但我还未去过，那地方大约也不过像别处的租界，我也无甚趣味，终于懒下来了。此地雨倒不多，只有风，现在还热，可是荷叶却干了。一切花，我大抵不认识。羊是黑的。防止蚂蚁，我现也用四面围水之法，总算白糖已经安全，而在桌上，则昼夜总有十余匹爬着，拂去又来，没有法子。

我现在专取闭关主义，一切教职员，少与往来，也少说话。此地之学生似尚佳，清早便运动，晚亦常有；阅报室中也常有人。对我之感情似亦好，多说文科今年有生气了，我自省自己之懒惰，殊为内愧。小说史有成书，所以我对于编文学史讲义，不愿草率，现已有两章付印了，可惜本校藏书不多，编起来很不便。

北京信已有收到，家里是平安的，煤已买，每吨至二十元。学校还未开课，北大学生去缴学费，而当局不收，可谓客气，然则开学之毫无把握可知。女师大的事，没有听到什么，单知道教员都换了男师大的，大概暂时当是研究系势力。总之，环境如此，女师大是不会单独弄好的。

上遂要搬家眷回南，自己行踪未定，我曾为之写信向天津学校设法，但恐亦无效。他也想赴广东，而无介绍。此地总无法想，玉堂也不能指挥如意，许多人的聘书，校长压了多日才发下来。校长

8 现代汉语常用"账"。——编者注
9 现代汉语常用"什么"。——编者注

是尊孔的,对于我和兼士,倒还没有什么,但因为化 [10] 了这许多钱,汲汲要有成效,如以好草喂牛,要挤些牛乳一般。玉堂盖亦窥知此隐,故不日要开展览会,除学校自买之泥人(古冢中土偶也)而外,还要将我的石刻拓片挂出。其实这些古董,此地人那里会要看,无非胡里胡涂 [11],忙碌一番而已。

在这里好像刺戟 [12] 少些,所以我颇能睡,但也做不出文章来,北京来催,只好不理。□□书店想我有书给他印,我还没有;对于北新,则我还未将《华盖集续篇》整理给他,因为没有工夫。长虹和这两店,闹起来了,因为要钱的事。沉钟社和创造社,也闹起来了,现已以文章口角;创造社伙计内部也闹起来了,已将柯仲平逐出,原因我不知道。

迅　十,四,夜

二六

广平兄:

十月四日得九月廿九日来信后,即于五日寄一信,想已收到了。人间的纠葛真多,兼士直到现在,未在应聘书上签名,前几天便拟于国学研究院成立会一开毕,便往北京去,因为那边也有许多事待他料理。玉堂大不以为然,而兼士却非去不可。我便从中调和,先令兼士在应聘书上签名,然后请假到北京去一趟,年内再来厦门一次,算是在此半年。兼士有些可以了,玉堂却又坚执不允,非他在此整半年不可。我只好退开。过了两天,玉堂也可以了,大

10　现代汉语常用“花”。——编者注
11　现代汉语常用“糊里糊涂”。——编者注
12　现代汉语常用“刺激”。——编者注

约也觉得除此更无别路了罢。现在此事只要经校长允许后，便要告一结束了。兼士大约十五左右动身，闻先将赴粤一看，再向上海。伏园恐怕也同行，至是否便即在粤，抑接洽之后，仍再回厦门一次，则不得而知。孟余请他是办副刊，他已经答应了，但何时办起，则似未定。

据我想：兼士当初是未尝不预备常在这里的，待到厦门一看，觉交通之不便，生活之无聊，就不免"归心如箭"了。这实在是无可奈何的事，叫我如何劝得他。

这里的学校当局，虽出重资聘请教员，而未免视教员如变把戏者，要他空拳赤手，显出本领来。即如这回开展览会，我就吃苦不少。当开会之先，兼士要我的碑碣拓片去陈列，我答应了。但我只有一张小书桌和小方桌，不够用，只得摊在地上，伏着，一一选出。及至拿到会场去时，则除孙伏园自告奋勇，同去陈列之外，没有第二人帮忙，寻校役也寻不到，于是只得二人陈列，高处则须桌上放一椅子，由我站上去。弄至中途，白果又硬将孙伏园叫去了，因为他是襄理（玉堂的），有叫孙伏园去之权力。兼士看不过去，便自来帮我，他已喝了一点酒，这回跳上跳下，晚上就大吐了一通。襄理的位置，正如明朝的太监，可以倚靠权势，胡作非为，而受害的不是他，是学校。昨天因为白果对书记们下条子（上谕式的），下午同盟罢工了，后事不知如何。玉堂信用此人，可谓胡涂。我前回辞国学院研究教授而又中止者，因怕兼士玉堂为难也，现在看来，总非坚决辞去兼职不可，人亦何苦因为别人计，而自轻自辱至此哉。

此地的生活也实在无聊，外省的教员，几乎无一人作长久之计，兼士之去，固无足怪。但我比兼士随便一些，又因为见玉堂的兄弟及太太，都很为我们的生活操心。学生对我尤好，只恐怕我在此住不惯，有几个本地人，甚至于星期六不回家，预备星期日我要往市上去玩，他们好同去作翻译。所以只要没有什么大下不去的事，我总想在此至少讲一年，否则，我也许早跑到广州或上海去了。（但还有几个很欢迎我的人，是想我首先开口攻击此地的社会，等等，他们好跟着来开枪。）

今天是"双十节"，却使我欢喜非常，本校先行升旗礼，三呼万岁，于是有演说、运动、放鞭爆[13]。北京的人，仿佛厌恶"双十节"似的，沉沉如死，此地这才像"双十节"。我因为听北京过年的鞭爆听厌了，对鞭爆有了恶感，这回才觉得却也好听。中午同学生上饭厅，吃了一碗不大可口的面（大半碗是豆芽菜）；晚上是恳亲会，有音乐和电影，电影因为电力不足，不甚了然，但在此已视同宝贝了。教员太太将最新的衣服都穿上了，大约在这里，一年中另外也没有什么别的聚会了罢。

听说厦门市上今天也很热闹，商民都自动地挂旗结彩庆贺，不像北京那样，听警察吩咐之后，才挂出一张污秽的五色旗来。此地人民的思想，我看其实是"国民党的"的，并不怎样老旧。

自从我到此之后，寄给我的各种期刊很杂乱，忽有忽无。我有时想分寄给你，但不见得期期有，勿疑为邮局失落。好在这类东西，看过便罢，未必保存，完全与否亦无什么关系。

我来此已一月余，只做了两篇讲义，两篇稿子给《莽原》，但能睡，身体似乎好些。今天听到一种传说，说孙传芳的主力兵已败，没有什么可用的了，不知确否。我想，一二天内该可以得到来信，但这信我明天要寄出了。

迅　十月十日

13　现代汉语常用"鞭炮"。——编者注

二七

广平兄：

昨天刚寄出一封信，今天就收到你五日的来信了。你这封信，在船上足足躺了七天多，因为有一个北大学生来此做编辑员的，就于五日从广州动身，船因避风，或行或止，直到今天才到，你的信大约就与他同船的。一封信的往返，往往要二十天，真是可叹。

我看你的职务太烦剧了，薪水又这么不可靠，衣服又须如此变化，你够用么？我想：一个人也许应该做点事，但也无须乎劳而无功。天天看学生的脸色办事，于人我都无益，这也就是所谓"敝精神于无用之地"，听说在广州寻事做并不难，你又何必一定要等到学期之末呢？忙自然不妨，但倘若连自己休息的时间都没有，那可是不值得的。

我的能睡，是出于自然的，此地虽然不乏琐事，但究竟没有北京的忙，即如校对等事，在这里就没有。酒是自己不想喝，我在北京，太高兴和太愤懑时就喝酒，这里虽然仍不免有小刺戟，然而不至于"太"，所以可以无须喝了，况且我本来没有瘾。少吸烟卷，可不知道是怎么一回事，大约因为编讲义，只要调查，不须思索之故罢。但近几天可又多吸了点，因为我连做了四篇《旧事重提》。这东西还有两篇便完，拟下月再做，从明天起，又要编讲义了。

兼士尚未动身，他连替他的人也还未弄妥，但因为急于回北京，听说不往广州了。孙伏园似乎还要去一趟。今天又得李逢吉从大连来信，知道他往广州，但不知道他去作何事。

广东多雨，天气和厦门竟这么不同么？这里不下雨，不过天天有风，而风中很少灰尘，所以并不讨厌。我自从买了火酒灯以后，开水不生问题了，但饭菜总不见佳。从后天起，要换厨子了，然而大概总还是差不多的罢。

迅　十月十二日夜

八日的信，今天收到了；以前九月廿四、廿九、十月五日的信，也都收到。看你收入和做事的比例，实在相距太远了，你不知能即另作他图否？我以为如此情形，努力也都是白费的。

"经过一次解散而去的"，自然要算有福，倘我们在那里，一定比现在还要气愤得多。至于我在这里的情形，我信中都已陆续说出。其实也等于卖身。除为了薪水之外，再没有别的什么，但我现在或者还可以暂时敷衍，再看情形。当初我也未尝不想起广州，后来一听情形，就暂时不作此想了。你看陈惺农尚且站不住，何况我呢？

我在这里不大高兴的原因，首先是在周围多是语言无味的人物，令我觉得无聊。他们倘肯让我独自躲在房里看书，倒也罢了，偏又常常寻上门来给我小刺戟。但也很有一班人当作宝贝看，和在北京的天天提心吊胆，要防危险的时候一比，平安得多，只要自己的心静一静，也未尝不可暂时安住。但因为无人可谈，所以将牢骚都在信里对你发了。你不要以为我在这里苦得很，其实也不然的，身体大概比在北京还要好一点。

你收入这样少，够用么？我希望你通知我。

今天本地报上的消息很好，但自然不知道可确的，一，武昌已攻下；二，九江已取得；三，陈仪（孙之师长）等通电主张和平；四，樊钟秀已入开封，吴佩孚逃保定（一云郑州）。总而言之，即使要打折扣，情形很好总是真的。

迅　十月十五日夜

二八

广平兄:

今天(十六日)刚寄一信,下午就收到双十节的来信了。寄我的信,是都收到的。我一日所寄的信,既然未到,那就恐怕已和《莽原》一同遗失。我也记不清那信里说的是什么了,由它去罢。

我的情形,并未因为怕你神经过敏而隐瞒,大约一受刺激,便心烦,事情过后,即平安些。可是本校情形实在太不见佳,朱山根之流已在国学院大占势力,□□(□□)又要到这里来做法律系主任了,从此《现代评论》色彩,将弥漫厦大。在北京是国文系对抗着的,而这里的国学院却弄了一大批胡适之、陈源之流,我觉得毫无希望。你想:兼士至于如此模胡,他请了一个朱山根,山根就荐三人,田难干、辛家本、田千顷,他收了;田千顷又荐两人,卢梅、黄梅,他又收了。这样,我们个体,自然被排斥。所以我现在很想至多在本学期之末,离开厦大。他们实在有永久在此之意,情形比北大还坏。

另外又有一班教员,在作两种运动:一是要求永久聘书,没有年限的;一是要求十年二十年后,由学校付给养老金终身。他们似乎要想在这里建立他们理想中的天国,用橡皮做成的。谚云"养儿防老",不料厦大也可以"防老"。

我在这里又有一事不自由,学生个个认得我了,记者之类亦有来访,或者希望我提倡白话,和旧社会闹一通,或者希望我编周刊,鼓吹本地新文艺,而玉堂之流又要我在《国学季刊》上做些"之乎者也",还有到学生周会去演说,我真没有这三头六臂。今天在本地报上载着一篇访我的记事,对于我的态度,以为"没有一点架子,也没有一点派头，也没有一点客气，衣服也随便，铺盖也随便，说话也不装腔作势……"觉得很出意料之外。这里的教员是外国博士很多，他们看惯了那俨然的模样的。

今天又得了朱家骅君的电报，是给兼士玉堂和我的，说中山大学已改职（当是"委"字之误）员制，叫我们去指示一切，大概是议定学制罢。兼士急于回京，玉堂是不见得去。我本来大可以借此走一遭，然而上课不到一月，便请假两三星期，又未免难于启口，所以十之九总是不能去了，这实是可惜，倘在年底，就好了。

无论怎么打击，我也不至于"秘而不宣"，而且也被打击而无怨。现在柚子是不吃已有四五天了，因为我觉得不大消化。香蕉却还吃，先前是一吃便要肚痛的，在这里却不，而对于便秘，反似有好处，所以想暂不停止它，而且每天至多也不过四五个。

一点泥人和一点拓片便开展览会，你以为可笑么？还有可笑的呢。田千顷并将他所照的照片陈列起来，几张古壁画的照片，还可以说是与"考古"相关，然而还有什么"牡丹花""夜的北京""北京的刮风""苇子"……倘使我是主任，就非令撤去不可，但这里却没有一个人觉得可笑，可见在此也惟有田千顷们相宜。又国学院从商科借了一套历代古钱来，我一看，大半是假的，主张不陈列，没有通过。我说，那么，应该写作"古钱标本"。后来也不实行，听说是恐怕商科生气。后来的结果如何呢？结果是看这假古钱的人们最多。

这里的校长是尊孔的，上星期日他们请我到周会演说，我仍说我的"少读中国书"主义，并且说学生应该做"好事之徒"。他忽而大以为然，说陈嘉庚也正是"好事之徒"，所以肯兴学，而不悟和他的尊孔冲突。这里就是如此胡里胡涂。

L. S. 十月十六日之夜

二九

广平兄：

伏园今天动身了。我于十八日寄你一信，恐怕就在邮局里一直躺到今天，将与伏园同船到粤罢。我前几天几乎也要同行，后来中止了。要同行的理由，小半自然也有些私心，但大部分却是为公，我以为中山大学既然需我们商议，应该帮点忙，而且厦大也太过于闭关自守，此后还应与他大学往还。玉堂正病着，医生说三四天可好，我便去将此意说明，他亦深以为然，约定我先去，倘尚非他不可，我便打电报叫他，这时他病已好，可以坐船了。不料昨天又有了变化，他不但自己不说去，而且对于我的自去也翻了成议，说最好是向校长请假。教员请假，向来是归主任管理的，现在这样说，明明是拿难题给我做。我想了一想，就中止了。此外还有一个原因，大概因为与南洋相距太近之故罢，此地实在太斤斤于银钱，"某人多少钱一月"等等的话，谈话中常听见。我们在此，当局者也日日希望我们从速做许多工作，发表许多成绩，像养牛之每日挤牛奶一般。某人每日薪水几元，大约是大家念念不忘的。我一走，至少需两星期，有些人一定将以为我白白骗去了他们半月薪水，玉堂之不愿我旷课，或者就因为顾虑着这一节。我已收了三个月的薪水，而上课才一月，自然不应该又请假，但倘计划远大，就不必拘拘于此，因为将来可以尽力之日正长。然而他们是眼光不远的，我也不作久远之想，所以我便不走，拟于本年中为他们作篇季刊上的文章，到学术讲演会去讲演一次，又将我所辑的《古小说钩沉》献出，则学校可以觉得钱不白化，而我也可以来去自由了。至于研究教授，那自然不再去辞，因为即使辞掉，他们也仍要想法使你做别的工作，使收成与国文系教授之薪水相当的，还是任它拖着的好。

"现代评论"派的势力，在这里我看要膨胀起来，当局者的性质，也与此辈相合。理科也很忌文科，正与北大一样。闽南与闽北人之感情颇不洽，有几个学生极希望我走，但并非对我有恶意，乃是要学校倒楣[14]。

这几天此地正在欢迎两个名人。一个是太虚和尚到南普陀来讲经，于是佛化青年会提议，拟令童子军捧鲜花，随太虚行踪而散之，以示"步步生莲花"之意。但此议竟未实行，否则和尚化为潘妃，倒也有趣。一个是马寅初博士到厦门来演说，所谓"北大同人"，正在发昏章第十一，排班欢迎。我固然是"北大同人"之一，也非不知银行之可以发财，然而于"铜子换毛钱，毛钱换大洋"学说，实在没有什么趣味，所以都不加入，切由它去罢。

二十日下午

写了以上的信之后，躺下看书，听得打四点的下课钟了，便到邮政代办所去看，收得了十五日的来信。我那一日的信既已收到，那很好。邪视尚不敢，而况"瞪"乎？至于张先生的伟论，我也很佩服，我若作文，也许这样说的。但事实怕很难，我若有公之于众的东西，那是自己所不要的，否则不愿意。以己之心，度人之心，知道私有之念之消除，大约当在二十五世纪，所以决计从此不瞪了。

这里近三天凉起来了，可穿夹衫，据说到冬天，比现在冷得不多，但草却已有黄了的。学生方面，对我仍然很好。他们想出一种文艺刊物，已为之看稿，大抵尚幼稚，然而初学的人，也只能如此，

14 现代汉语常用"倒霉"。——编者注

或者下月要印出来。至于工作，我不至于拼命，我实在比先前懒得多了，时常闲着玩，不做事。

你不会起草章程，并不足为能力薄弱之证据。草章程是别一种本领，一须多看章程之类，二须有法律趣味，三须能顾到各种事件。

我就最怕做这东西，或者也非你之所长罢。然而人又何必定须会做章程呢？即使会做，也不过一个"做章程者"而已。

据我想，伏园未必做政论，是办副刊。孟余们的意思，盖以为副刊的效力很大，所以想大大的干一下。上遂还是找不到事做，真是可叹，我不得已，已嘱伏园面托孟余去了。

北伐军得武昌，得南昌，都是确的。浙江确也独立了，上海附近也许又要小战，建人又要逃难，此人也是命运注定，不大能够安逸的。但走几步便是租界，大概不要紧。

重九日这里放一天假，我本无功课，毫无好处，登高之事，则厦门似乎不举行。肉松我不要吃，不去查考了。我现在买来吃的，只是点心和香蕉，偶然也买罐头。

明天要寄你一包书，都是零零碎碎的期刊之类，历来积下，现在一总寄出了。内中的一本《域外小说集》，是北新书局寄来的，夏季你要，我托他们去买，回说北京没有，这回大约是碰见了，所以寄来的罢，但不大干净，也许是久不印，没有新书之故。现在你不教国文，已没有用，但他们既然寄来，也就一并寄上，自己不要，可以送人的。

我已将《华盖集续编》编好，昨天寄去付印了。

迅　二十日灯下

三〇

广平兄：

　　我今天上午刚发一信，内中说到厦门佛化青年会欢迎太虚的笑话，不料下午便接到请柬，是南普陀寺和闽南佛学院公宴太虚，并邀我作陪，自然也还有别的人。我决计不去，而本校的职员硬要我去，说否则他们将以为本校看不起他们。个人的行动，会涉及全校，真是窘极了，我只得去。罗庸说太虚"如初日芙蓉"，我实在看不出这样，只是平平常常。入席，他们要我与太虚并排上坐，我终于推掉，将一个哲学教员供上完事。太虚倒并不专讲佛事，常论世俗事情，而作陪之教员们，偏好问他佛法，什么"唯识"呀，"涅槃"哪，真是其愚不可及，此所以只配作陪也欤。其时又有乡下女人来看，结果是跪下大磕其头，得意之状可掬而去。

　　这样，总算白吃了一餐素斋。这里的酒席，是先上甜菜，中间咸菜，末后又上一碗甜菜，这就完了，并无饭及稀饭。我吃了几回，都是如此。听说这是厦门的特别习惯，福州即不然。

　　散后，一个教员和我谈起，知道有几个这回同来的人物之排斥我，渐渐显著了，因为从他们的语气里，他已经听得出来，而且他们似乎还同他去联络。他于是叹息说："玉堂敌人颇多，但对于国学院不敢下手者，只因为兼士和你两人在此也。兼士去而你在，尚可支持，倘你亦走，敌人即无所顾忌，玉堂的国学院就要开始动摇了。玉堂一失败，他们也站不住了。而他们一面排斥我，一面又个个接家眷，准备作长久之计，真是胡涂"云云。我看这是确的，这学校，就如一部《三国志演义[15]》，你枪我剑，好看煞人。北京的学界在都

15　现常用"三国演义"。——编者注

市中挤轧，这里是在小岛上挤轧，地点虽异，挤轧则同。但国学院内部的排挤现象，外敌却还未知道（他们误以为那些人们倒是兼士和我的小卒，我们是给他们来打地盘的），将来一知道，就要乐不可支。我于这里毫无留恋，吃苦的还是玉堂，我和玉堂交情，还不到可以向他说明这些事情的程度，即便说了，他是否相信，也难说的。我所以只好一声不响，自做我的事，他们想攻倒我，一时也很难，我在这里到年底或明年，看我自己的高兴。至于玉堂，我大概是爱莫能助的了。

二十一日灯下

十九的信和文稿，都收到了。文是可以用的，据我看来。但其中的句法有不妥处，这是小姐们的普通病，其病根在于粗心，写完之后，大约自己也未必再看一遍。过一两天，改正了寄去罢。

兼士拟于廿七日动身向沪，不赴粤；伏园却已走了，打听陈悈农该可以知道他的住址。但我以为他是用不着翻译的，他似认真非认真，似油滑非油滑，模模胡胡[16]的走来走去，永远不会遇到所谓"为难"。然而行旌所过，却往往会留一点长远的小麻烦来给别人打扫。我不是雇了一个工人么？他却给这工人的朋友绍介[17]，去包什么"陈源之徒"的饭，我教他不要多事，也不听。现在是"陈源之徒"常常对我骂饭菜坏，好像我是厨子头，工人则因为帮他朋友，我的事不大来做了。我总算出了十二块钱给他们雇了一个厨子的帮工，还要听埋怨。今天听说他们要不包了，真是感激之至。

上遂的事，除嘱那该打的伏园面达外，昨天又同兼士合写了一

16　现代汉语常用"模模糊糊"。——编者注
17　现代汉语常用"介绍"。——编者注

封信给孟余他们，可做的事已做，且听下回分解罢。至于我的别处的位置，可从缓议，因为我在此虽无久留之心，但目前也还没有决去之必要，所以倒非常从容。既无"患得患失"的念头，心情也自然安泰，决非[18]欲"骗人安心，所以这样说"的：切祈明鉴为幸。

理科诸公之攻击国学院，这几天已经开始了，因国学院屋未造，借用生物学院屋，所以他们的第一着是讨还房子。此事和我辈毫不相关，就含笑而旁观之，看一大堆泥人儿搬在露天之下，风吹雨打，倒也有趣。此校大约颇与南开相像，而有些教授，则惟校长之喜怒是伺，妒别科之出风头，中伤挑眼，无所不至，姜妇之道也。我以北京为污浊，乃至厦门，现在想来，可谓妄想，大沟不干净，小沟就干净么？此胜于彼者，惟不欠薪水而已。然而"校主"一怒，一怒亦立刻可以关门也。

我所住的这么一所大洋楼上，到夜，就只住着三个人：一张颐教授，一伏园，一即我。张因不便，住到他朋友那里去了，伏园又已走，所以现在就只有我一人。但我却可以静观默想，所以精神上倒并不感到寂寞。年假之期又已近来，于是就比先前沉静了。我自己计算，到此刚五十天，而恰如过了半年。但这不只我，兼士们也这样说，则生活之单调可知。

我新近想到了一句话，可以形容这学校的，是"硬将一排洋房，摆在荒岛的海边上"。然而虽然是这样的地方，人物却各式俱有，正如一滴水，用显微镜看，也是一个大世界。其中有一班"姜妇"们，上面已经说过了。还有希望得爱，以九元一盒的糖果恭送女教员的老外国教授；有和著名的美人结婚，三月复离的青年教授；有以异性为玩艺儿，每年一定和一个人往来，先引之而终拒之的密斯先生；有打听糖果所在，群往吃之的无耻之徒……世事大概差不

18　现代汉语常用"绝非"。——编者注

多，地的繁华和荒僻，人的多少，都没有多大关系。

浙江独立，是确的了。今天听说陈仪的兵已与卢永祥开仗，那么，陈在徐州也独立了，但究竟确否，却不能知。闽边的消息倒少听见，似乎周荫人是必倒的，而民军则已到漳州。

长虹又在和韦漱园吵闹了，在上海出版的《狂飚》上大骂，又登了一封给我的信，要我说几句话。他们真是吃得闲空，然而我却不愿意奉陪着了，这几年来，生命耗去不少，也陪得够了，所以决计置之不理。况且闹的原因，据说是为了《莽原》不登向培良的剧本，但培良和漱园在北京发生纠葛，而要在上海的长虹破口大骂，还要在厦门的我出来说话，办法真是离奇得很。我那里知道其中的底细曲折呢。

此地天气凉起来了，可穿夹衣。明天是星期，夜间大约要看影戏，是林肯一生的故事。大家集资招来的，需六十元，我出了一元，可坐特别席。林肯之类的故事，我是不大要看的，但在这里，能有好的影片看吗？大家所知道而以为好看的，至多也不过是林肯的一生之类罢了。

这信将于明天寄出，开学以后，邮政代办所在星期日也办公半日了。

L. S. 十月二十三日灯下

三一

广平兄：

廿三日得十九日信及文稿后，廿四日即发一信，想已到。廿二日寄来的信，昨天收到了。闽粤间往来的船，当有许多艘，而邮递信件，似乎被一个公司所包办，惟它的船才带信，所以一星期只有两回，上海也如此，我疑心这公司是太古。

我不得同意，不见得用对付少爷们之法，请放心。但据我想，自己是恐怕决不开口的，真是无法可想。这样食少事烦的生活，怎么持久？但既然决心做一学期，又有人来帮忙，做做也好，不过万不要拼命。人固然应该办"公"，然而总须大家都办，倘人们偷懒，而只有几个人拼命，未免太不"公"了，就该适可而止，可以省下的路少走几趟，可以不管的事少做几件，自己也是国民之一，应该爱惜的，谁也没有要求独独几个人应该做得劳苦而死的权利。

我这几年来，常想给别人出一点力，所以在北京时，拼命地做，忘记吃饭，减少睡觉，吃了药来编辑、校对、作文。谁料结出来的，都是苦果子。有些人将我做广告来自利，不必说了；便是小小的《莽原》，我一走也就闹架。长虹因为社里压下（压下而已）了投稿，和我理论，而社里则时时来信，说没有稿子，催我作文。我实在有些愤愤了，拟至二十四期止，便将《莽原》停刊，没有了刊物，看大家还争持些什么。

我早已有些想到过，你这次出去做事，会有许多莫名其妙的人们来访问你的，或者自称革命家，或者自称文学家，不但访问，还要要求帮忙。我想，你是会去帮的，然而帮忙之后，他们还要大不满足，而且怨恨，因为他们以为你收入甚多，这一点即等于不帮，你说竭力的帮了，乃是你吝啬的谎话。将来或有些失败，便都一哄而散，甚者还要下石，即将访问你时所见的态度、衣饰、住处等等，作为攻击之资，这是对于先前的吝啬的罚。这种情形，我都曾一一尝过了，现在你大约也正要开始尝着这况味。这很使人苦恼，不平，但尝尝也好，因为知道世事就可以更加真切了。但这状态是永续不得的，经验若干时之后，便须恍然大悟、斩钉截铁地将他们撇开，否则，即使将自己全部牺牲了，他们也仍不满足，而且仍不能得救。其实呢，就是你现在见得可怜的所谓"妇孺"，恐怕也不在这例外。

以上是午饭前写的，现在是四点钟，今天没有事了。兼士昨天已走，早上来别。伏园已有信来，云船上大吐（他上船之前喝了酒，活该），现寓长堤的广泰来客店，大概我信到时，他也许已走了。浙江独立已失败，外面的报上虽然说得热闹，但我看见浙江本地报，却很吞吐其词，好像独立之初，本就灰色似的，并不如外间所传的轰轰烈烈。福建事也难明真相，有一种报上说周荫人已为乡团所杀，我看也未必真。

这里可穿夹衣，晚上或者可加棉坎肩，但近几天又无需了。今天下雨，也并不凉。我自从雇了一个工人之后，比较的便当得多。至于工作，其实也并不多，闲工夫尽有，但我总不做什么事，拿本无聊的书玩玩的时候多，倘连编三四点钟讲义，便觉影响于睡眠，不容易睡着，所以我讲义也编得很慢，而且遇有来催我做文章时，大抵置之不理，做事没有上半年那么急进了，这似乎是退步，但从别一面看，倒是进步也难说。

楼下的后面有一片花圃，用有刺的铁丝拦着，我因为要看它有怎样的拦阻力，前几天跳了一回试试。跳出了，但那刺果然有效，给了我两个小伤，一股上，一膝旁，可是并不深，至多不过一分。这是下午的事，晚上就痊愈了，一点没有什么。恐怕这事会招到告诫，但这是因为知道没有什么危险，所以试试的，倘觉可虑，就很谨慎。例如，这里颇多小蛇，常见被打死着[19]，颚部多不膨大，大抵是没有什么毒的，但到天暗，我便不到草地上走，连夜间小解也不下楼去了，就用磁[20]的唾壶装着，看夜半无人时，即从窗口泼下去。

19　现代汉语常用"者"。——编者注

20　现代汉语常用"瓷"。——编者注

这虽然近于无赖，但学校的设备如此不完全，我也只得如此。

玉堂病已好了。白果已往北京去接家眷，他大概决计要在这里安身立命。我身体是好的，不喝酒，胃口亦佳，心绪比先前较安帖。

迅　十月二十八日

三二

广平兄：

前日（廿七）得廿二日的来信后，写一回信，今天上午自己送到邮局去，刚投入邮箱，局员便将二十三发的快信交给我了。这两封信是同船来的，论理本应该先收到快信，但说起来实在可笑，这里的情形是异乎寻常的。普通信件，一到就放在玻璃箱内，我们倒早看见；至于挂号的呢，则秘而不宣，一个局员躲在房里，一封一封上帐，又写通知单，叫人带印章去取。这通知单也并不送来，仍然供在玻璃箱内，等你自己走过看见。快信也同样办理，所以凡挂号信和"快"信，一定比普通信收到得迟。

我暂不赴粤的情形，记得又在二十一日的信里说过了。现在伏园已有信来，并未有非我即去不可之概；开学既然在明年三月，则年底去也还不迟。我固然很愿意现在就走一趟，但事实的牵扯也实在太利害，就是，走开三礼拜后，所任的事搁下太多，倘此后一一补做，则工作太重，倘不补，就有占了便宜的嫌疑。假如长在这里，自然可以慢慢地补做，不成问题，但我又并不作长久之计，而况还有玉堂的苦处呢。

至于我下半年那里去，那是不成问题的。上海、北京，我都不去，倘无别处可走，就仍在这里混半年。现在的去留，专在我自己，外界的鬼祟，一时还攻我不倒。我很想尝尝杨桃，其所以熬着者，为己，只有一个经济问题，为人，就只怕我一走，玉堂要立刻被攻击，因此有些彷徨。一个人就能为这样的小问题所牵掣，实在可叹。

才发信，没有什么事了，再谈罢。

迅　十，二九

三三

广平兄：

十月廿七日的信，今天收到了；十九、二十二、二十三的，也都收到。我于廿四、廿九、卅日均发信，想已到。至于刊物，则查载在日记上的，是廿一、廿各一回，什么东西，已经忘记，只记得有一回内中有《域外小说集》。至于十月六的刊物，则不见于日记上，不知道是失载，还是其实是廿一所发，而我将月日写错了。只要看你是否收到廿一寄的一包，就知道，倘没有，那是我写错的了；但我仿佛又记得六日的是别一包，似乎并不是包，而是三本书对叠，像普通寄期刊那样的。

伏园已有信来，据说上遂的事很有希望，学校的别的事情却没有提。他大约不久当可回校，我可以知道一点情形，如果中大定要我去，我到后于学校有益，那我便于开学之前到那边去。此处别的都不成问题，只在对不对得起玉堂。但玉堂也太胡涂——不知道还是老实——至今还迷信着他的襄理，这是一定要糟的，无药可救。山根先生仍旧专门荐人，图书馆有一缺，又在计画[21]荐人了，是胡适之的书记，但这回好像不大顺手似的。至于学校方面，则这几天正

21　现代汉语常用"计划"。——编者注

在大敷衍马寅初。昨天浙江学生欢迎他，硬要拖我去一同照相，我竭力拒绝，他们颇以为怪。呜呼，我非不知银行之可以发财也，其如"道不同不相为谋"何。明天是校长赐宴，陪客又有我，他们处心积虑，一定要我去和银行家扳谈，苦哉苦哉！但我在知单上只写了一个"知"字，不去可知矣。

据伏园信说，副刊十二月开手，那么他回校之后，两三礼拜便又须去了，也很好。

十一月一日午后

但我对于此后的方针，实在很有些徘徊不决，那就是做文章呢，还是教书？因为这两件事，是势不两立的：作文要热情，教书要冷静。兼做两样时，倘不认真，便两面都油滑浅薄，倘都认真，则一时使热血沸腾，一时使心平气和，精神便不胜困惫，结果也还是两面不讨好。看外国，兼做教授的文学家，是从来很少有的。我自己想，我如写点东西，也许于中国不无小好处，不写也可惜。但如果使我研究一种关于中国文学的事，大概也可以说出一点别人没有见到的话来，所以放下也似乎可惜。但我想，或者还不如做些有益的文章，至于研究，则于余暇时做，不过倘使应酬多，可又不行了。

此地这几天很冷，可穿夹袍，晚上还可以加棉背心。我是好的，胃口照常，但菜还是不能吃，这在这里是无法可想的。讲义已经一共做了五篇，从明天起，想做季刊的文章了。

迅 十一月一日灯下

三四

广平兄：

昨天刚发一信，现在也没有什么话要说，不过有一些小闲事，可以随便谈谈。我又在玩——我这几天不大用功，玩着的时候多——所以就随便写它下来。

今天接到一篇来稿，是上海大学的曹轶欧寄来的，其中讲起我在北京穿着洋布大衫在街上走的事，下面注道："这是我的朋友 P. 京的 H. M. 女校生亲口对我说的。" P. 自然是北京，但那校名却奇怪，我总想不出是那一个学校来，莫非就是女师大，和我们所用的是同一意义么？

今天又知道一件事，一个留学生在东京自称我的代表去见盐谷温氏，向他索取他所印的《三国志平话》，但因为书尚未装成，没有拿去。他怕将来盐谷氏直接寄我，将事情弄穿，使托 C. T. 写信给我，要我追认他为代表，还说，否则，于中国人之名誉有关。你看，"中国人的名誉"是建立在他和我的说谎之上了。

今天又知道一件事。先前朱山根要荐一个人到国学院，但没有成。现在这人终于来了，住在南普陀寺。为什么住到那里去的呢？因为伏园在那寺里的佛学院有几点钟功课（每月五十元），现在请人代着，他们就想挖取这地方。从昨天起，山根已在大施宣传手段，说伏园假期已满（实则未满）而不来，乃是在那边已经就职，不来的了。今天又另派探子，到我这里来探听伏园消息。我不禁好笑，答得极其神出鬼没，似乎不来，似乎并非不来，而且立刻要来，于是乎终于莫名其妙而去。你看"现代"派下的小卒就这么阴鸷，无孔不入，真是可怕可厌。不过我想这实在难对付，譬如要我去和此辈周旋，就必须将别的事情放下，另用一番心机，本业抛荒，所得的成绩就有限了。"现代"派学者之无不浅薄，即因为分心于此等下流事情之故也。

迅　十一月三日大风之夜

十月卅日的信，今天收到了。马又要发脾气，我也无可奈何。事情也只得这样办，索性解决一下，较之天天对付，劳而无功的当然好得多。教我看戏目，我就看戏目，在这里也只能看戏目，不过总希望勿太做得力尽神疲，一时养不转。

今天有从中大寄给伏园的信到来，可见他已经离开广州，但尚未到，也许到汕头或福州游观去了罢。他走后给我两封信，关于我的事，一字不提。今天看见中大的考试委员名单，文科中人多得很，他也在内，郭沫若、郁达夫也在，那么我的去不去也似乎没有多大关系，可以不必急急赶到了。

关于我所用的听差的事，说起来话长了。初来时确是好的，现在也许还不坏。但自从伏园要他的朋友去给大家包饭之后，他就忙得很，不大见面。后来他的朋友因为有几个人不大肯付钱（这是据听差说的），一怒而去，几个人就算了，而还有几个人却要他接办。此事由伏园开端，我也没法禁止，也无从一一去接洽，劝他们另寻别人。现在这听差是忙，钱不够，我的饭钱和他自己的工钱都已预支一月以上。又，伏园临走宣言：自己不在时仍付饭钱。然而只是一句话，现在这一笔帐也在向我索取。我本来不善于管这些琐事，所以常常弄得头昏眼花。这些代付和预支的款，不消说是不能收回的，所以在十月这一个月中，我就是每日早上得一盆脸水，吃两顿饭，而共需大洋约五十元。这样贵的听差，用得下去的么？"解铃还仗系铃人",所以这回伏园回来,我仍要他将事情弄清楚。否则,我大概只能不再雇人了。

明天是季刊文章交稿的日期,所以昨夜我写信一张后,即开手做文章,别的东西不想动手研究了,便将先前弄过的东西东抄西撮,到半夜,并今天上午,做好了,有四千字,并不吃力,从此就又玩几天。

这里已可穿棉坎肩,似乎比广州冷。我先前同兼士往市上,见他买鱼肝油,便趁热闹也买了一瓶。近来散拿吐瑾吃完了,就试服鱼肝油,这几天胃口仿佛渐渐好起来似的,我想再试几天看,将来或者就改吃这鱼肝油(麦精的,即"帕勒塔")也说不定。

迅 十一月四日灯下

三五

广平兄:

昨上午寄出一信,想已到。下午伏园就回来了,关于学校的事,他不说什么。问了的结果,所知道的是:(1)学校想我去教书,但并无聘书;(2)上遂的事尚无结果,最后的答复是"总有法子想";(3)他自己除编副刊外,也是教授,已有聘书;(4)学校又另电请几个人,内有"现代"派。这样看来,我的行止,当看以后的情形再定。但总当于阴历年假去走一回,这里阳历只放几天,阴历却有三礼拜。

李逢吉前有信来,说访友不遇,要我给他设法绍介,我即寄了一封绍介于陈惺农的信,从此无消息。这回伏园说遇诸途,他早在中大做职员了,也并不去见惺农,这些事真不知是怎么的,我如在做梦。他寄一封信来,并不提起何以不去见陈,但说我如往广州,创造社的人们很喜欢云云，似乎又与他们在一处，真是莫名其妙。

伏园带了杨桃回来，昨晚吃过了。我以为味并不十分好，而汁多可取，最好是那香气，出于各种水果之上。又有"桂花蝉"和"龙虱"，样子实在好看，但没有一个人敢吃。厦门也有这两种东西，但不吃。你吃过么？什么味道？

以上是午前写的，写到那地方，须往外面的小饭店去吃饭。因为我的听差不包饭了，说是本校的厨子要打他（这是他的话，确否殊不可知），我们这里虽吃一口饭也就如此麻烦。在饭店里遇见容肇祖（东莞人，本校讲师）和他的满口广东话的太太。对于桂花蝉之类，他们俩的主张就不同，容说好吃的，他的太太说不好吃的。

六日灯下

从昨天起，吃饭又发生问题了，须上小馆子或买面包来，这种问题都得自己时时操心，所以也不大静得下。我本可以于年底将此地决然舍去，我所迟疑的是怕广州比这里还烦劳，认识我的人们也多，不几天就忙得如在北京一样。

中大的薪水比厦大少，这我倒并不在意，所虑的是功课多，听说每周最多可至十二小时，而做文章一定也万不能免，即如伏园所办的副刊，就非投稿不可，倘再加上别的事情，我就又须吃药做文章了。在这几年中，我很遇见了些文学青年，由经验的结果，觉他们之于我，大抵是可以使役时便竭力使役，可以诘责时便竭力诘责，可以攻击时自然是竭力攻击，因此我于进退去就，颇有戒心，这或者也是颓唐之一端，但我觉得也是环境造成的。

其实我也还有一点野心，也想到广州后，对于"绅士"们仍然加以打击，至多无非我不能到北京去，并不在意。第二是与创造社联合起来，造一条战线，更向旧社会进攻，我再勉力写些文字。但不知怎的，看见伏园回来吞吞吐吐之后，便又不作此想了。然而这也不过是近一两天如此，究竟如何，还当看后来的情形的。

今天大风，仍为吃饭而奔忙；又是礼拜，陪了半天客，无聊得头昏眼花了，所以心绪不大好，发了一通牢骚，望勿以为虑，静一静又会好的。

明天想寄给你一包书，没有什么好的，自己如不要，可以分给别人。

迅　十一月七日灯下

昨天在信上发了一通牢骚后，又给《语丝》做了一点《厦门通信》，牢骚已经发完，舒服得多了。今天又已约定了一个厨子包饭，每月十元，饭菜还过得去，大概可以敷衍半月一月罢。

昨夜玉堂来打听广东的情形，我们因劝其将此处放弃，明春同赴广州。他想了一会，说："我来时提出条件，学校——允许，怎能忽然不干呢？"他大约决不离开这里的了。但我看现在的一批人物，国学院是一定没有希望的，至多只能小小补苴，混下去而已。

浙江独立早已灰色，夏超确已死了，是为自己的兵所杀的，浙江的警备队，全不中用。今天看报，知九江已克，周凤岐（浙兵师长）降，也已见于路透电，定是确的，则孙传芳仍当声势日蹙耳，我想浙江或当还有点变化。

L.S.十一月八日午后

三六

广平兄：

昨天上午寄出一包书并一封信，下午即得五日的来信。我想如果再等信来而后写，恐怕要隔许多天了，所以索性再写几句，明天付邮，任它和前信相接，或一同寄到罢。

对于学校也只能这么办。但不知近来如何？如忙，则不必详叙，因为我也并不怎样放在心里，情形已和对杨荫榆时不同也。

伏园已回厦门，大约十二月中再去。逢吉只托他带给一封我含含胡胡[22]的信，但我已推测出，他前信说在广州无人认识是假的。《语丝》第百一期上，徐耀辰所做的《送南行的爱而君》的L就是他，他给他好几封信，绍介给熟人（＝创造社中人），所以他和创造社人在一处了，突然遇见伏园，乃是意外之事，因此对我便只好吞吞吐吐。"老实"与否，可研究之。

忽而匿名写信来骂，忽而又自来取消的乌文光也和他在一处，另外还有些我所认识的人们。我这几天忽而对于到广州教书的事，很有些踌躇了，恐怕情形会和在北京时相像。厦门当然难以久留，此外也无处可走，实在有些焦躁。我其实还敢站在前线上，但发见当面称为"同道"的暗中将我作傀儡或从背后枪击我，却比被敌人所伤更其悲哀。我的生命，碎割在给人改稿子、看稿子、编书、校字、陪坐这些事情上者，已经很不少，而有些人因此竟以主子自居，稍不合意就责难纷起，我此后颇想不再蹈这覆辙了。

忽又发起牢骚来，这回的牢骚似乎发得日子长一点，已经有两三天。但我想，明后天就要平复了，不要紧的。

22　现代汉语常用"含含糊糊"。——编者注

这里还是照先前一样，并没有什么，只听说漳州是民军就要入城了。克复九江，则其事当甚确。昨天又听到一消息，说陈仪入浙后，也独立了，这使我很高兴，但今天无续得之消息，必须再过几天，才能知道真假。

中国学生学什么意大利，以趋奉北政府，还说什么"树的党"，可笑极了。别的人就不能用更粗的棍子对打么？伏园回来说广州学生情形，真很出我意外。

迅　十一月九日灯下

三七

广平兄：

十日寄出一信，次日即得七日来信，略略一懒，便迟到今天才写回信了。

对于侄子的帮助，你的话是对的。我愤激的话多，有时几乎说："宁我负人，毋人负我。"然而自己也往往觉得太过，实行上或者且正与所说的相反。人也不能将别人都作坏人看，看能帮也还是帮，不过最好是量力，不要拼命就是了。

"急进"问题，我已经不大记得清楚了，这意思，大概是指"管事"而言，上半年还不能不管事者，并非因为有人和我淘气，乃是身在北京，不得不尔，譬如挤在戏台面前，想不看而退出，也是不很容易的。至于不以别人为中心，也很难说，因为一个人的中心并不一定在自己，有时别人倒是他的中心，所以虽说为人，其实也是为己，所以不能"以自己定夺"的事，也就往往有之。

我先前为北京为文学青年打杂，耗去生命不少，自己是知道的。

但到这里，又有几个学生办了一种月刊，叫作《波艇》，我却仍然去打杂。这也还是上文所说，不能因为遇见过几个坏人便将人们都作坏人看的意思。但先前利用过我的人，现在见我偃旗息鼓，遁迹海滨，无从再来利用，就开始攻击了。长虹在《狂飙》第五期上尽力攻击，自称见过我不下百回，知道得很清楚，并捏造了许多会话（如说我骂郭沫若之类）。其意即在推倒《莽原》，一方面则推广《狂飙》销路，其实还是利用，不过方法不同。他们那时的种种利用我，我是明白的，但还料不到他看出活着他不能吸血了，就要打杀了煮吃，有如此恶毒。我现在姑且置之不理，看看他技俩发挥到如何。总之，他戴着见了我"不下百回"的假面具，现在是除下来了，我还要子细[23]的看看。

校事不知如何，如少暇，简略的告知几句就好。我已收到中大聘书，月薪二百八，无年限的，大约那计画是将以教授治校，所以认为非军阀帮闲的，就不立年限。但我的行止，一时也还不能决定。此地空气恶劣，当然不愿久居，而到广州也有不合的几点：（一）我对于行政方面，素不留心，治校恐非所长；（二）听说政府将移武昌，则熟人必多离粤，我独以"外江佬"留在校内，大约未必有味；而况（三）我的一个朋友或者将往汕头，则我虽至广州，与在厦门何异？所以究竟如何，当看情形再定了，好在开学还在明年三月初，很有考量的余地。

我在静夜中，回忆先前的经历，觉得现在的社会，大抵是可利用时则竭力利用，可打击时则竭力打击，只要于他有利。我在北京这么忙，来客不绝，但一受段祺瑞、章士钊们的压迫，有些人就立刻来索还原稿，不要我选定、作序了。其甚还要乘机下石，连我请他吃过饭也是罪状了，这是我在运动他；请他喝过好茶也是罪状了，这是我奢侈的证据。借自己的升沉，看看人们的嘴脸的变化，

23　现代汉语常用"仔细"。——编者注

虽然很有益，也有趣，但我的涵养工夫[24]太浅了，有时总还不免有些愤激，因此又常迟疑于此后所走的路：（一）死了心，积几文钱，将来什么事都不做，顾自己苦苦过活；（二）再不顾自己，为人们做些事，将来饿肚也不妨，也一任别人唾骂；（三）再做一些事，倘连所谓"同人"也都从背后枪击我了，为生存和报复起见，我便什么事都敢做，但不愿失了我的朋友。第二条我已行过两年了，终于觉得太傻。前一条当先托庇于资本家，恐怕熬不住。末一条则颇险，也无把握（于生活），而且略有所不忍。所以实在难于下一决心，我也就想写信和我的朋友商议，给我一条光。

昨天今天此地都下雨，天气稍凉。我仍然好的，也不怎么忙。

迅　十一月十五日灯下

三八

广平兄：

十六日寄出一信，想已到。十二日发的信，今天收到了。校事已见头绪，很好，总算结束了一件事。至于你此后所去的地方，却教我很难代下断语。你初出来办事，到各处看看，历练历练，本来也很好的，但到太不熟悉的地方去，或兼任的事情太多，或在一个小地方拜帅，却并无益处，甚至会变成浅薄的政客之流。我不知道你自己是否仍旧愿在广州，抑非走开不可，倘非决欲离开，则伏园下月中旬当赴粤，我可以托他问一问，看中大女生指导员之类有无缺额，他一定肯绍介的。上遂的事，我也要托他办。

曹轶欧大约不是男生假托的，因为回信的地址是女生宿舍，但

24　现代汉语常用"功夫"。——编者注

这些都不成问题，由它去罢。中山生日的情形，我以为和他本身是无关的，只是给大家看热闹；要是我，实在是"身后名，不如即时一杯酒"，恐怕连盛大的提灯会也激不起来的了。但在这里，却也太没有生气，只见和尚自做水陆道场，男男女女上庙拜佛，真令人看得索然气尽。我近来只做了几篇付印的书的序跋，虽多牢骚，却有不少真话。还想做一篇记事，将五年来我和种种文学团体的关涉讲一个大略，但究竟做否，现在还未决定。至于真正的用功，却难，这里无须用功，也不是用功的地方。国学院也无非装门面，不要实际。对于教员的成绩，常要查问，上星期我气起来，就对校长说，我原已辑好了古小说十本，只须略加整理，学校既如此急急，月内便去付印就是了。于是他们就从此没有后文了。你没有稿子，他们就天天催，一有，却并不真准备付印的。

我虽然早已决定不在此校，但时期是本学期末抑明年夏天，却没有定，现在是至迟至本学期末非走不可了。昨天出了一件可笑可叹的事。下午有校员恳亲会，我是向来不到那种会的，而一个同事硬拉我去。我不得已，去了。不料会中竟有人演说，先感谢校长给我们吃点心，次说教员吃得多么好，住得多么舒服，薪水又这么多，应该大发良心，拼命做事，而校长之如此体贴我们，真如父母一样……我真要跳起来，但已有别一个教员上前驳斥他了，闹得不欢而散。

还有希奇[25]的事情，是教员里面，竟有对于驳斥他的教员不以为然的。他说，在西洋，父子和朋友不大两样，所以倘说谁和谁如父子，也就是谁和谁如朋友的意思。这人是西洋留学生，你看他到西洋一番，竟学得了这样的大识见。

昨天的恳亲会是第三次，我却初次到，见是男女分房的，不但分坐。

我才知道在金钱下的人们是这样的，我决计要走了，但我不想以这件事为口实，且仍于学期之类作一结束。至于到那里去，一时也难定，总之无论如何，年假中我必到广州走一遭，即使无噉饭²⁶处，厦门也决不住下去的了。又我近来忽然对于做教员发生厌恶，于学生也不愿意亲近起来，接见这里的学生时，自己觉得很不热心，不诚恳。

我还要忠告玉堂一回，劝他离开这里，到武昌或广州做事。但看来大半是无效的，这里是他的故乡，他不肯轻易决绝，同来的鬼祟又遮住了他的眼睛，一定要弄到大失败才罢，我的计画，也不过聊尽同事一场的交情而已。

迅　十八，夜

三九

广平兄：

十九日寄出一信，今天收到十三、六、七日来信了，一同到的。看来广州有事做，所以你这么忙，这里是死气沉沉，也不能改革，学生也太沉静，数年前闹过一次，激烈的都走出，在上海另立大夏大学了。我决计至迟于本学期末（阳历正月底）离开这里，到中山大学去。

中大的薪水是二百八十元，可以不搭库券。朱骝先还对伏园说，也可以另觅兼差，照我现在的收入之数，但我却并不计较这一层，实收百余元，大概已经够用，只要不在不死不活的空气里就好了。我想我还不至于完在这样的空气里，到中大后，也许不难择一并不空耗精力而较有益于学校或社会的事。至于厦大，其实是不必请我的，

26　现代汉语常用"啖饭"。——编者注

因为我虽颓唐，而他们还比我颓唐得利害。

玉堂今天辞职了，因为减缩预算的事，但只辞国学院秘书，未辞文科主任。我已托伏园转达我的意见，劝他不必烂在这里，他无回话。我还要自己对他说一回，但我看他的辞职是不会准的。

从昨天起，我又很冷静了，一是因为决定赴粤，二是因为决定对长虹们给一打击。你的话大抵不错的，但我之所以愤慨，却并非因为他们使我失望，而在觉得了他先前日日吮血，一看见不能再吮了，便想一棒打杀，还将肉作罐头卖以获利。这回长虹笑我对章士钊的失败道"于是遂戴其纸糊的'思想界的权威者'之假冠，而入于身心交病之状态矣。"但他八月间在《新女性》登广告，却云"与思想先驱者鲁迅合办《莽原》"，一面自己加我"假冠"以欺人，一面又因别人所加之"假冠"而骂我，真是轻薄卑劣，不成人样。有青年攻击或讥笑我，我是向来不去还手的，他们还脆弱，还是我比较的禁得起践踏。然而他竟得步进步，骂个不完，好像我即使避到棺材里去，也还要戮尸的样子。所以我昨天就决定，无论什么青年，我也不再留情面，先作一个启事，将他利用我的名字，而对于别人用我名字，则加笑骂等情状，揭露出来，比他的唠唠叨叨的长文要刻毒得多，即送登《语丝》《莽原》《新女性》《北新》四种刊物。我已决定不再彷徨，拳来拳对，刀来刀当，所以心里也很舒服了。

我大约也终于不见得为了小障碍而不走路，不过因为神经不好，所以容易说愤话。小障碍能绊倒我，我不至于要离开厦门了。但我也很想走坦途，但目前还不能，非不愿，势不可也。至于你的来厦，我以为大可不必，"劳民伤财"，都无益处，况且我也并不觉得"孤独"，没有什么"悲哀"。

你说我受学生的欢迎，足以自慰么？我对于他们不大敢有希望，我觉得特出者很少，或者竟没有。但我做事是还要做的，希望全在未见面的人们，或者如你所说："不要认真"。我其实毫不懈怠，一面发牢骚，一面编好《华盖集续编》，做完《旧事重提》，编好《争自由的波浪》（董秋芳译的小说），看完《卷葹》，都分头寄出去了。至于还有人和我同道，那自然足以自慰的，并且因此使我自勉，但我有时总还虑他为我而牺牲。而"推及一二以至无穷"，我也不能够。有这样多的么？我倒不要这样多，有一个就好了。

提起《卷葹》，又想到了一件事了。这是王品青送来的，淦女士所作，共四篇，皆在《创造》上发表过。这回送来要印入《乌合丛书》，据我看来，是因为创造社不征作者同意，将这些印成小丛书，自行发卖，所以这边也出版，借谋抵制的。凡未在那边发表过者，一篇都不在内，我要求再添几篇新的，品青也不肯。创造社量狭而多疑，一定要以为我在和他们捣乱，结束是成仿吾借别的事来骂一通。但我给她编定了，不添就不添罢，要骂就骂去罢。

我过了明天礼拜，便又要编讲义，余闲就玩玩，待明年换了空气，再好好做事。今天来客太多，无工夫可写信，写了这两张，已经夜十二点半了。

和这信同时，我还想寄一束杂志，其中的《语丝》九七和九八，前回曾经寄去，但因为那是切光的，所以这回补寄毛边者两本。你大概是不管这些的，不过我的脾气如此，所以仍寄。

迅　十一月廿日

四〇

广平兄：

二十一日寄一信，想已到。十七日所发的又一简信，二十二日收到了；包裹还未来，大约包裹及书籍之类，照例比普通信件迟，我想明天也许要到，或者还有信，我等着。我还想从上海买一合[27]较好的印色来，印在我到厦后所得的书上。

近日因为校长要减少国学院预算，玉堂颇愤慨，要辞去主任，我因劝其离开此地，他极以为然。今天和校长谈话会，我即提出强硬之抗议，以去留为孤注，不料校长竟取消前议了，别人自然大满足，玉堂亦软化，反一转而留我，谓至少维持一年，因为教员中途难请，云云。又，我将赴中大消息，此地报上亦经揭载，大约是从广州报上抄来的，学生因亦有劝我教满他们一年者。这样看来，我年底大概未必能走了，虽然校长的维持预算之说十之九不久又会取消，问题正多得很。

我自然要从速离开此地，但什么时候，殊不可知。我想 H. M. 不如不管我怎样，而到自己觉得相宜的地方去，否则，也许去做很牵就[28]，非意所愿的事务，比现在的事情还无聊。至于我，再在这里熬半年，也还做得到的，以后如何，那自然此时还无从说起。

今天本地报上的消息很好，泉州已得，浙陈仪又独立，商震反戈攻张家口，国民一军将至潼关。此地报纸大概是民党色采[29]，消息或倾于宣传，但我想，至少泉州攻下总是确的。本校学生中，民党不过三十左右，其中不少是新加入者，昨夜开会，我觉他们都没有历练，不深沉，连设法取得学生会以供我用的事情都不知道，真是奈何奈何。开一回会，空嚷一通，徒令当局者因此注意，那夜反民党的职员就在门外窃听。

二十五日之夜，大风时

---

27 现代汉语常用“盒”。——编者注
28 现代汉语常用“迁就”。——编者注
29 现代汉语常用“色彩”。——编者注

写了一张之（刚写了这五个字，就来了一个客，一直坐到十二点）后，另写了一张应酬信，还不想睡，再写一点罢。伏园下月准走，十二月十五左右，一定可到广州了。上遂的事，则至今尚无消息，不知何故。我同兼士曾合写一信，又托伏园面说，又写一信，都无回音，其实上遂的办事能力，比我高得多。

我想 H. M. 正要为社会做事，为了我的牢骚而不安，实在不好，想到这里，忽然静下来了，没有什么牢骚了。其实我在这里的不方便，仔细想起来，大半是由于言语不通，例如前天厨房又不包饭了，我竟无法查问是厨房自己不愿做了呢，还是听差和他冲突，叫我不要他做了。不包则不包亦可。乃同伏园去到一个福州馆，要他包饭，而馆中只有面，问以饭，曰无有，废然而返。今天我托一个福州学生去打听，才知道无饭者，乃适值那时无饭，并非永远无饭也，为之大笑。大约明天起，当在这一个福州馆包饭了。

仍是二十五日之夜，十二点半

此刻是上午十一时，到邮务代办处去看了一回，没有信。而我这信要寄出了，因为明天大约有从厦门赴粤之船，倘不寄，便须待下星期三这一艘了。但我疑心此信一寄，明天便要收到来信，那时再写罢。

记得约十天以前，见报载新宁轮由沪赴粤，在汕头被盗劫，纵火。不知道我的信可有被烧在内。我的信是十日之后，有十六、十九、二十一等三封。

此外没有什么事了，下回再谈罢。

迅　十一月二十六日

午后一时经过邮局门口，见有别人的东莞来信，而我无有，那么，今天是没有信的了，就将此发出。

四一

广平兄：

二十六日寄出一信，想当已到。次日即得二十三日来信，包裹的通知书，也一并送到了，即向邮政代办处取得收据，星期六下午已来不及。星期日不办事，下星期一（廿九日）可以取来，这里的邮政，就是如此费事。星期六这一天，我同玉堂往集美学校讲演，以小汽船来往，还耗去了一整天。夜间会客，又耗去了许多工夫，客去正想写信，间壁的礼堂里走了电，校役吵嚷，校警吹哨，闹得"石破天惊"，究竟还是物理学教授有本领，走进去关住了总电门，才得无事，只烧焦了几块木头。我虽住在并排的楼上，但因为墙是石造的，知道不会延烧，所以并不搬动，也没有损失，不过因为电灯俱熄，洋烛的光摇摇而昏暗，于是也不能写信了。

我一生的失计，即在向来并不为自己生活打算，一切听人安排，因为那时预料是活不久的。后来预料并不确中，仍须生活下去，遂至弊病百出，十分无聊。再后来，思想改变了，但还是多所顾忌，这些顾忌，大部分自然是为生活，几分也为地位，所谓地位者，就是指我历来的一点小小工作而言，怕因我的行为的剧变而失去力量。这些瞻前顾后，其实也是很可笑的，这样下去，更将不能动弹。第三法最为直截了当，而细心一点，也可以比较的安全，所以一时也决不定。总之，我先前的办法已是不妥，在厦大就行不通，我也决计不再敷衍了，第一步我一定于年底离开这里，就中大教授职。但我极希望 H. M. 也在同地，至少可以时常谈谈，鼓励我再做些有益于人的工作。

昨天我向玉堂提出以本学期为止，即须他去的正式要求，并劝他同走。对于我走这一层，略有商量的话，终于他无话可说了，他自己呢，我看未必走，再碰几个钉子，则明年夏天可以离开。

此地无甚可为。近来组织了一种期刊，而作者不过寥寥数人，或则受创造社影响，过于颓唐，或则像狂飙社嘴脸，大言无实，又在日报上添了种文艺周刊，恐怕不见得有什么好结果。大学生都很沉静，本地人文章，则"之乎者也"居多，他们一面请马寅初写字，一面要我做序 [30]，真是一视同仁，不加分别。有几个学生因为我和兼士在此而来的，我们一走，大约也要转学到中大去。

离开此地之后，我必须改变我的农奴生活。为社会方面，则我想除教书外，仍然继续作文艺运动，或其他更好的工作，俟那时再定。我觉得现在 H. M. 比我有决断得多，我自到此地以后，仿佛全感空虚，不再有什么意见，而且有时确也有莫名其妙的悲哀，曾经作了一篇我的杂文集的跋，就写着那时的心情，十二月末的《语丝》上可以发表，你一看就知道。自己也明知道这是应该改变的，但现在无法，明年从新来过罢。

逢吉既知通信的地方，何以又须详询住址，举动颇为离奇。我想他是在研究 H. M. 是否真在广州办事，也说不定。因他们一群中流言甚多，或者会有 H. M. 亦在厦门之说也。

女师校长给三主任的信，我在报上早见过了，现在未知如何？无米之炊，是人力所做不到的。能别有较好之地，自以从速走开为宜。但在这个时候，不知道可有这样凑巧的处所？

迅　十一月廿八日十二时

30　现代汉语常用"作序"。——编者注

四二

广平兄：

上月廿九日寄一信，想已收到了。廿七日发来的信，今天已到。同时伏园也得接陈惺农信，知道政府将移武昌，他和孟余都将出发，报也移去，改名《中央日报》，叫伏园直接往那边去，因为十二月下旬须出版，所以伏园大约不再赴广州。广州情状，恐怕比较地要不及先前热闹了。

至于我呢，仍然决计于本学期末离开这里而往广州中大，教半年书看看再说。一则换换空气，二则看看风景，三则……教不下去时，明年夏天又走，如果住得便，多教几时也可以。不过"指导员"一节，无人先为打听了。

其实，你的事情，我想还是教几点钟书好。要预备足，则钟点不宜多。办事与教书，在目下都是淘气之事，但我们舍此亦无可为。我觉得教书与办别事实在不能并行，即使没有风潮，也往往顾此失彼，不知你此后可有教书之处（国文之类），有则可以教几点钟，不必多，每日匀出三四点钟来看书，也算预备，也算是自己的享乐，就好了，暂时也算是一种职业。你大约世故没有我这么深，所以思想虽较简单，却也较为明快，研究一种东西，不会困难的，不过那粗心要纠正。还有一种吃亏之处是不能看别国书，我想较为便利的是来学日本文，从明年起我当勒令学习，反抗就打手心。

至于中央政府迁移而我到广州，于我倒并没有什么。我并不在追踪政府，许多人和政府一同移去，我或者反而可以闲暇些，不至于又大欠文章债，所以无论如何，我还是到中大去的。

包裹已经取来了，背心已穿在小衫外，很暖，我看这样就可以过冬，无需棉袍了。印章很好，其实这大概就是称为"金星石"的，并不是"玻璃"。我已经写信到上海去买印泥，因为旧有的一盒油太多，印在书上是不合适的。

计算起来，我在此至多也只有两个月了，其间编编讲义、烧烧开水，也容易混过去。厨子的菜又变为不能吃了，现在是单买饭，伏园自己做一点汤，且吃罐头。他十五左右当去，我是什么菜也不会做的，那时只好仍包菜，但好在其时离放学已只四十多天了。

阅报，知北京女师大失火，焚烧不多，原因是学生自己做菜，烧伤了两个人：杨立侃、廖敏。姓名很生，大约是新生，你知道么？她们后来都死了。

以上是午后四点钟写的，因琐事放下，接着是吃饭、陪客，现在已是夜九点钟了。在金钱下呼吸，实在太苦，苦还罢了，受气却难耐。大约中国在最近几十年内，怕未必能够做若干事，即得若干相当的报酬，干干净净。（写到这里，又放下了，因为有客来。我这里是毫无躲避处，有人要进来就直冲进来的。你看如此住处，岂能用功。）往往须费额外的力，受无谓的气，无论做什么事，都是如此。我想此后只要能以工作赚得生活费，不受意外的气，又有一点自己玩玩的余暇，就可以算是万分幸福了。

我现在对于做文章的青年，实在有些失望，我看有希望的青年恐怕大抵打仗去了，至于弄弄笔墨的，却还未遇着真有几分为社会的，他们多是挂新招牌的利己主义者。而他们竟自以为比我新一二十年，我真觉得他们无自知之明，这也就是他们之所以"小"的地方。

上午寄出一束刊物，是《语丝》《北新》各两本，《莽原》一本。《语丝》上有我的一篇文章，不是我前信所说发牢骚的那一篇，那一篇还未登出，大概当在一〇八期。

迅　十二月二日之夜半

四三

广平兄：

今天刚发一信，也许这信要一同寄到罢，你初看或者会以为又有甚么要事了，其实并不，不过是闲谈。前回的信，我半夜投在邮筒中。这里邮筒有两个，一在所内，五点后就进不去了，夜间便只能投入所外的一个。而近日邮政代办所里的伙计是新换的，满脸呆气，我觉得他连所外的一个邮筒也未必记得开，我的信不知送往总局否，所以再写几句，俟明天上午投到所内的一个邮筒里去。

我昨夜的信里是说，伏园也得惺农信，说国民政府要搬了，叫他直接上武昌去，所以他不再往广州。至于我，则无论如何，仍于学期之末离开厦门而往中大，因为我倒并不一定要跟随政府，熟人较少，或者反而可以清闲些。但你如离开师范，不知在本地可有做事之处，我想还不如教点国文，钟点以少为妙，可以多预备。大略不过如此。

政府一搬，广东的"外江佬"要减少了。广东被"外江佬"刮了许多天，此后也许要向"遗佬"报仇，连累我未曾搜刮的"外江佬"吃苦，但有"害马"保镳[31]，所以不妨胆大。《幻洲》上有一篇文章，很称赞广东人，使我更愿意去看看，至少也住到夏季。大约说话是一点不懂，和在此盖相同，但总不至于连买饭的处所也没有。我还想吃一回蛇，尝一点龙虱。

31　现代汉语常用"保镖"。——编者注

到我这里来空谈的人太多，即此一端也就不宜久居于此。我到中大后，拟静一静，暂时少与别人往来，或用点功，或玩玩。我现在身体是好的，能吃能睡，但今天我发见我的手指有点抖，这是吸烟太多了之故，近来我吸到每天三十支了，从此必须减少。我回忆在北京的时候，曾因节制吸烟而给人大碰钉子，想起来心里很不安，自觉脾气实在坏得可以。但不知怎的，我于这一事自制力会如此薄弱，总是戒不掉。但愿明年能够渐渐矫正，并且不至于再闹脾气的了。

我明年的事，自然是教一点书，但我觉得教书和创作，是不能并立的，近来郭沫若、郁达夫之不大有文章发表，其故盖亦由于此。所以我此后的路还当选择：研究而教书呢，还是仍作游民而创作？倘须兼顾，即两皆没有好成绩。或者研究一两年，将文学史编好，此后教书无须预备，则有余暇，再从事于创作之类也可以。但这也并非紧要问题，不过随便说说。

《阿Q正传》的英译本已经出版了，译得似乎并不坏，但也有几个小错处。你要否？如要，当寄上，因为商务印书馆有送给我的。

写到这里，还不到五点钟，也没有什么别的事了，就此封入信封，赶今天寄出罢。

迅　十二月三日下午

四四

广平兄：

三日寄出一信，并刊物一束，系《语丝》等五本，想已到。今天得二日来信，可谓快矣。对于廿六日函中的一段话，我于廿九日即发一函，想当我接到此信时，那边必亦已到，现在我也无须再说了。其实我这半年来并不发生什么"奇异感想"，不过"我不太将人当作牺牲么"这一种思想——这是我向来常常想到的思想——却还有时起来，一起来，便沉闷下去，就是所谓"静下去"，而间或形于词色。但也就悟出并不尽然，故往往立即恢复，二日得中央政府迁移消息后，便连夜发一信（次日又发一信），说明我的意思与廿九日信中所说并无变更，实未有愿你"终生颠倒于其中而不自拔"之意，当时仅以为在社会上阅历几时，可以得较多之经验而已，并非我将永远静着，以至于冷眼旁观，将 H. M. 卖掉，而自以为在孤岛中度寂寞生活，咀嚼着寂寞，即足以自慰自赎也。

但廿六日信中的事，已成往事，也不必多说了。中大的钟点虽然较多，但我想总可以设法教一点担子较轻的功课，以求有休息的余暇，况且抄录材料，等等，又可有帮我的人，所以钟点倒不成问题。每周二十时左右者，大抵是纸面文章，也未必实做的。

你们的学校，真是好像"湿手捏了干面粉"，黏缠极了，虽说"天下兴亡，匹夫有责"，但在位者不讲信用，专责"匹夫"，使几个人挑着重担，未免太任意将人来做无谓的牺牲。我想，事到如此，该以自己为主了，觉得耐不住，便即离开，倘因生计或别的关系，非暂时敷衍不可，便在敷衍它几日。"以德感""以情系"这些老话头只好置之度外，只有几个人是做不好的。还傻什么呢？"匹夫匹妇之为谅也，自经于沟渎而莫之知也！"

伏园须直往武昌去了，不再转广州，前信似已说过。昨有人（据云系民党）从汕头来，说陈启修因为泄漏[32]机密，已被党部捕治了。我和伏园正惊疑，拟电询，今日得你信，知二日曾经看见他，以日期算来，则此人是造谣言的。但何以要造如此谣言，殊不可解。

32　现代汉语常用"泄露"。——编者注

前一束刊物不知到否？记得先前也有一次，久不到，而终在学校的邮件中寻来。三日又寄一束，到否也是问题。此后寄书，殆非挂号不可。《桃色之云》再版已出了，拟寄上一册，但想写上几个字，并用新印，而印泥才向上海去带，大约须十日后才来，那时再寄罢。

迅　十二月六日之夜

四五

广平兄：

本月六日接到三日来信后，次日（七日）即发一信，想已到。我猜想昨今两日当有信来，但没有。明天是星期，没有信件到校的了。我想或者是你校事太忙，没有发，或者是轮船误了期。

计算从今天到一月底，只有了五十天，我到这里，已经三个月又一星期了。现在倒没有什么事。我每天能睡八九小时，然而仍然懒。有人说我胖了一点了，也不知确否，恐怕也未必。对于学生，我已经说明了学期末要离开。有几个因我在此而来的，大约也要走。至于有一部分，那简直无药可医，他们整天的读《古文观止》。

伏园就要动身，仍然十五左右，但也许仍从广州，取陆路往武昌去。

我想一两日内，当有信来，我的廿九日信的回信也应该就到了，那时再写罢。

迅　十二月十一日之夜

四六

广平兄：

今天早上寄了一封信。现在是虽在星期日，邮政代办所也开半天了。我今天起得早，因为平民学校的成立大会要我演说，我去说了五分钟，又恭听校长辈之胡说至十一时。有一曾经留学西洋之教授曰：这学校之有益于平民也，例如底下人认识了字，送信不再会送错，主人就喜欢他，要用他，有饭吃……我感佩之极，溜出会场，再到代办所去一看，果然已有三封信在：两封是七日发的，一封是八日发的。

金星石虽然中国也有，但看印匣的样子，还是日本做的，不过这也没有什么关系。"随便叫它曰玻璃"，则可谓胡涂，玻璃何至于这样脆？又岂可"随便"到这样？若夫"落地必碎"，则一切印石，大抵如斯，岂独玻璃为然？特买印泥，亦非"多事"，因为不如此，则不舒服也。

近来对于厦大一切，什么都不过问了，但他们还常要来找我演说，一演说，则与当局者的意见一定相反，真是无聊。玉堂现在亦深知其不可为，有相当机会，什九是可以走的。我手已不抖，前信竟未说明。至于寄给《语丝》的那篇文章，因由未名社转寄，被社中截留了，登在《莽原》第廿三期上。其中倒没有什么未尽之处。当时动笔的原因，一是恨自己为生活起见，不能不暂戴假面；二是感到了有什么青年之于我，见可利用则尽情利用，倘觉不能利用了，便想一棒打杀，所以很有些悲愤之言。不过这种心情，现在早已过去了。我时时觉得自己很渺小，但看他们的著作，竟没有一个如我，敢自说是戴着假面和承认"党同伐异"的，他们说到底总必以"公平"或"中立"自居，因此，我又觉得我或者并不渺小。现在拼命要蔑视我和骂倒我的人们的眼前，终于黑的恶鬼似的站着"鲁迅"这两个字，恐怕就为此。

我离厦门后，有几个学生要随我转学，还有一个助教也想同我走，他说我对于金石的知识于他有帮助。我在这里，常有客来谈空天，弄得自己的事无暇做，这样下去，是不行的。我将来拟在校中取得一间屋，算是住室，作为预备功课及会客之用，另在外面觅一相当的地方，作为创作及休息之用，庶几不至于起居无节，饮食不时，再蹈在北京时之覆辙。但这可俟到粤后再说，无须未雨绸缪。总之，我的主意是在想少陪无聊之客而已。倘在学校，谁都可以直冲而入，并无可谈，而东拉西扯，坐着不走，殊讨厌也。

现在我们的饭是可笑极了，外面仍无好的包饭处，所以还是从本校厨房买饭，每人每月三元半，伏园做菜，辅以罐头。而厨房屡次宣言：不买菜，他要连饭也不卖了。那么，我们为买饭计，必须月出十元，一并买他毫不能吃之菜。现在还敷衍着，伏园走后，我想索性一并买菜，以省麻烦，好在日子也已经有限了。工人则欠我二十元，其中二元，是他兄弟急病时借去的，我以为他穷，说这二元不要他还了，算是欠我十八元，他即于次日又借去二元，仍凑足二十元之数。厦门之于"外江佬"，好像也颇要愚弄似的。

以中国人一般的脾气而论，失败之后的著作，是没有人看的，他们见可役使则尽量地役使，可笑骂则尽量地笑骂，虽一向怎样常常往来，也即刻翻脸不识，看和我往来最久的少爷们的举动，便可推知。但只要作品好，大概十年或数十年后，就又有人看了，不过这只是书坊老板得益，至于作者，则也许早被逼死，不再有什么相干。遇到这样的时候，为省事计，则改业也行，走外国也行；为赌气计，则无所不为也行，倒行逆施也行。但我还没有细想过，因为这还不是急切的问题，此刻不过发发空议论。

"能食能睡"，是的确的，现在还如此，每天可睡至八九小时。然而人还是懒，这大约是气候之故。我想厦门的气候、水土似乎于居民都不宜，我所见的本地人，胖子很少，十之九都黄瘦，女性也很少有丰满活泼的。加以街道污秽，空地上就都是坟，所以人寿保险的价格，居厦门者比别处贵。我想国学院倒大可以缓办，不如作卫生运动，一面将水、土壤都分析分析，讲一个改善之方。

此刻已经夜一时了，本来还可以投到所外的箱子里去，但既有"命令"，就待至明晨罢，真是可惧，"我着实为难"。

迅　十二月十二日

四七

广平兄：

昨（十三日）寄一信，今天则寄出期刊一束，怕失少，所以挂号，非因特别宝贵也。束中有《新女性》一本，大作在内，又《语丝》两期，即登着我之发牢骚文，盖先为未名社截留，到底又被小峰夺过去了，所以仍在《语丝》上。

慨自寄了二十三日之信，几乎大不得了，伟大之钉子，迎面碰来，幸而上帝保佑，早有廿九日之信发出，声明前此一函，实属大逆不道，应即取消，于是始蒙褒为"傻子"，赐以"命令"，作善者降之百祥，幸何如之。

现在对于校事已悉不问，专编讲义，作一结束，授课只余五星期，此后便是考试了。但离校恐当在二月初，因为一月份薪水，是要等着拿走的。

中大又有信来，催我速去，且云教员薪水，当设法增加，但我还是只能于二月初出发。至于伏园，却在二十左右要走了，大约先至粤，再从陆路入武汉。今晚语堂饯行，亦颇有活动之意，而其太太则不大谓然，以为带着两个孩子，常常搬家，如何是好。其实站在她的地位上来观察，的确也困苦的，旅行式的家庭教管理家政的女性如何措手？然而语堂殊激昂。后事如何，只得"且听下回分解"了。

狂飙中人一面骂我，一面又要用我了。培良要我在厦门或广州寻地方，尚钺要将小说编入《乌合丛书》去，并谓前系误骂，后当停止，附寄未发的骂我之文稿，请看毕烧掉云。我想，我先前的种种不客气，大抵施之于同年辈或地位相同者，而对于青年，则必退让，或默然甘受损失。不料他们竟以为可欺，或纠缠，或奴役，或责骂，或诬蔑，得步进步，闹个不完。我常叹中国无"好事之徒"，所以什么也没有人管，现在看来，做"好事之徒"实在也不大容易，我略管闲事，就弄得这么麻烦。现在是方针要改变了，地方也不寻，丛书也不编，文稿也不看，也不烧，回信也不写，关门大吉，自己看书、吸烟、睡觉。

《妇女之友》第五期上，有沄沁给你的一封公开信，见了没？内中也没有什么，不过是对于女师大再被毁坏的牢骚。我看《世界日报》，似乎程干云仍在校，罗静轩却只得滚出了，报上有一封她的公开信，说卖文也可以过活，我想，怕很难罢。

今天白天有雾，器具都有点潮湿。蚊子很多，过于夏天，真是奇怪。叮得可以，要躲进帐子里去了，下次再写。

十四日灯下

天气今天仍热，但大风，蚊子忽而很少了，不知道是怎么一回事。于是编了一篇讲义。印泥已从上海寄来，此刻就在《桃色的云》上写了几个字，将那"玻璃"印和印泥都第一次用在这上面，预备等《莽原》第二十三期到来时，一同寄出。因为天气热，印泥软，所以印得不大好，但那也不要紧。必须如此办理，才觉舒服，虽被斥为"多事"，亦不再辩，横竖受攻击惯了的，听点申斥又算得什么。

本校并无新事发生。惟山根先生仍是日日夜夜布置安插私人。白果从北京到了，一个太太、四个小孩、两个用人、四十件行李，大有"山河永固"之意。不知怎地我忽而记起了"燕巢危幕"的故事，看到这一大堆人物，不禁为之凄然。

十五夜

十二日的来信，今天（十六）就到了，也算快的。我看广州厦门间的邮信船大约每周有二次。假如星期二、五开的罢，那么，星期一、四发的信更快，三、六发的就慢了，但我终于研究不出那船期是星期几。

贵校的情形实在不大高妙，也如别处的学校一样，恐怕不过是不死不活，不上不下。一沾手，一定为难。倘使直截痛快，或改革，或被攻倒，爽快，或苦痛，那倒好了，然而大抵不如此。就是办也办不好，放也放不下，不爽快，也并不大苦痛，只是终日浑身不舒服，那种感觉，我们那里有一句俗语，叫作"穿湿布衫"，就是恰如将没有晒干的小衫，穿在身体上。我所经历的事情，几乎无不如此，近来的作文印书，即是其一。我想接手之后，随俗敷衍，你一定不能；改革呢，能办到固然好，即使自己因此失败也不妨，但看你来信所说，是恐怕没有改革之望的。那就最好是不接手，倘难却，则仿"前校长"的方法:躲起来。待有结束后,再出来另觅事情做。

政治经济,我晓得你是没有研究的,幸而只有三星期。我也有这类苦恼,常不免被逼去做"非所长""非所好"的事。然而往往只得做,如在戏台下一般,被挤在中间,退不开去了,不但于己有损,事情也做不好。而别人见你推辞,却以为谦虚或偷懒,仍然坚执要你去做。这样地玩"杂耍"一两年,就只剩下些油滑学问,失了专长,而也逐渐被社会所弃,变了"药渣"了,虽然也曾煎熬了请人喝过汁。一变药渣,便什么人都来践踏,连先前喝过汁的人也来践踏,不但践踏,还要冷笑。

牺牲论究竟是谁的"不通"而该打手心,还是一个疑问。人们有自志取舍,和牛羊不同,仆虽不敏,是知道的。然而这"自志"又岂出于本来,还不是很受一时代的学说和别人的言动的影响的么?那么,那学说的是否真实,那人的是否确当,就是一个问题。我先前何尝不出于自愿,在生活的路上,将血一滴一滴地滴过去,以饲别人,虽自觉渐渐瘦弱,也以为快活。而现在呢,人们笑我瘦弱了。连饮过我的血的人,也来嘲笑我的瘦弱了。我听得甚至有人说:"他一世过着这样无聊的生活,本早可以死了的,但还要活着,可见他没出息。"于是也乘我困苦的时候,竭力给我下闷棍,然而,这是他们在替社会除去无用的废物呵!这实在使我愤怒,怨恨了,有时简直想报复。我并没有略存求得称誉,报答之心,不过以为喝过血的人们,看见没有血喝了就该走散,不要记着我是血的债主,临走时还要打杀我,并且为消灭债券计,放火烧掉我的一间可怜的灰棚。我其实并不以债主自居,也没有债券。他们的这种办法,是太过的。我近来的渐渐倾向个人主义,就是为此;常常想到像我先前那样以为"自所甘愿,即非牺牲"的人,也就是为此;常常劝别人要一并顾及自己,也就是为此。但这是我的意思,至于行为,和这矛盾的还很多，所以终于是言行不一致，恐怕不足以服足下之心，好在不久便有面谈的机会，那时再辩论罢。

我离厦门的日子还有四十多天，说"三十多"，少算了十天了，然则性粗而傻，似乎也和"傻气的傻子"差不多，"半斤八两相等也"。伏园大约一两日内启行，此信或者也和他同船出发。从今天起，我们兼包饭菜了，先前单包饭的时候，每人只得一碗半（中小碗），饭量大的人，兼吃两人的也不够，今天是多一点了，你看厨子多么利害。这里的工役，似乎都与当权者有些关系，换不掉的，所以无论如何，只好教员吃苦，即如这厨子，原是国学院听差中之最懒而最狡猾的，兼士费了许多力，才将他弄走，而他的地位却更好了。他那时的主张是：他是国学院的听差，所以别人不能使他做事。你想，国学院是一所房子，会开口叫他做事的么？

我向上海买书很便当，那两本当即去带，并遵来命，年底面呈。

迅　十六日下午

四八

广平兄：

十六日得十二日信后，即复一函，想已到。我猜想一两日内当有信来，但此刻还没有，就先写几句，预备明天发出。

伏园前天晚上走了，昨晨开船。现在你也许已经看见过。中大有无可做的事，我已托他探问，但不知结果如何。上遂南归，杳无消息，真是奇怪，所以他的事情也无从计划。

我这里是什么事也没有发生，不过前几天很阔了一通。将伏园的火腿用江瑶柱煮了一大锅，吃了。我又从杭州带来茶叶两斤，每斤二元，喝着。伏园走后，庶务科便派人来和我商量，要我搬到他所住过的半间小屋子里去。我即和气的回答他：一定可以，不过可否再缓一个多月的样子，那时我一定搬。他们满意而去了。

其实，教员的薪水，少一点倒不妨的，只是必须顾到他的居住饮食，并给以相当的尊重。可怜他们全不知道，看人如一把椅子或一个箱子，搬来搬去，弄不完，幸而我就要搬出，否则要成为旅行式的教授的。

朱山根已经知道我必走，较先前安静得多了，但听说他的"学问"好像也已讲完，渐渐讲不出来，在课堂上愈加装口吃。田千顷是只能在会场上唱昆腔，真是到了所谓"俳优畜之"的境遇。但此辈也正和此地相宜。

我很好，手指早已不抖，前信已经声明。厨房的饭又克减了，每餐复归于一碗半，幸而我还够吃，又幸而只有四十天了。北京上海的信虽有来的，而印刷物多日不到，不知其故何也。再谈。

迅　十二月二十日午后

现已夜十一时，终不得信，此信明天寄出罢。

二十日夜

四九

广平兄：

十九日信今天到，十六的信没有收到，怕是遗失了，所以终于不知寄信的地方，此信也不知能收到否？我于十二上午寄一信，此外尚有十六、廿一两信，均寄学校。

前日得郁达夫和逢吉信，十四日发的，似于中大颇不满，都走了。次日又得中大委员会十五来信，言所定"正教授"只我一人，催我速往。那么，恐怕是主任了。不过我仍只能结束了学期再走，拟即复信说明，但伏园大概已经替我说过。至于主任，我想不做，只要教教书就够了。

这里一月十五考起，阅卷完毕，当在廿五左右，等薪水，所以至早恐怕要在一月廿八才可以动身罢。我想先住客栈，此后如何，看情形再定，现在可以不必预先酌定。

电灯坏了，洋烛所余无几，只得睡了。倘此信能收到，可告我更详细的地址，以便写信面。

迅　十二月廿三夜

怕此信失落，另写一信寄学校。

五〇

广平兄：

今日得十九来信，十六日信终于未到，所以我不知你住址，但照信面所写的发了一信，不知能到否？因此另写一信，挂号寄学校，冀两信中有一信可到。

前日得郁达夫及逢吉信，说当于十五离粤，似于中大颇不满。又得中大委员会信，十五发，催我速往，言正教授只我一人。然则当是主任。拟即作复，说一月底才可以离厦，但也许伏园已经替我说明了。

我想不做主任，只教书。

厦校一月十五考试，阅卷及等候薪水等，恐至早须廿八九才得动身。我想先住客栈，此后则看情形再定。

我除十二、十三各寄一信外，十六、二十一又俱发信，不知收到否？

电灯坏了，洋烛已短，又无处买添，只得睡觉，这学校真是不便极了。

此地现颇冷，我白天穿夹袍，夜穿皮袍，其实棉被已够，而我懒于取出。

迅　十二月廿三夜

告我通信地址。

五一

广平兄：

昨（廿三）得十九日信，而十六信待到今晨还没有到，以为一定遗失的了，因写两信，一寄高第街，一挂号寄学校，内容是一样的，上午发出，想该有一封可以收到。但到下午，十六日发的一封信竟收到了，一共走了九天，真是奇特的邮政。

学校现状，可见学生之无望，和教职员之聪明，独做傻子，实在不值得，还不如暂逃回家，不闻不问。这种事我也遇到过好几次，所以世故日深，而有量力为之，不拼死命之说。因为别人太巧，看得生气也。伏园想早到粤，已见过否？他曾说要为你向中大一问。

郁达夫已走了，有信来。又听说成仿吾也要走。创造社中人，似乎和中大有什么不对似的，但这不过是我的猜测。达夫逢吉则信上确有愤言。我且不管，旧历年底仍往粤，算起来只有一个多月了。

现在这里还没有什么不舒服，因为横竖不远要走，什么都心平气和了。今晚去看了一回电影。川岛夫妇已到，他们还只有看见山水花木的新奇。我这里常有学生来，也不大能看书。有几个还要转学广州，他们总是迷信我，具是无法可想。

玉堂恐怕总弄不下去，但国学院是一时不会倒的，不过不死不活。"学者"和白果，已在联络校长了，他们就会弄下去。然而我们走后，不久他们也要滚出的。为什么呢，这里所要的人物，是学者皮而奴才骨。他们却连皮也太奴才了，这又使校长看不起，非走不可。

再谈。

迅　十二月二十四日灯下（电灯修好了）

五二

广平兄：

廿五日寄一函，想已到。今天以为当得来信，而竟没有，别的粤信，都到了。伏园已寄来一函，今附上，可借知中大情形。上遂与你的地方，大概都极易设法。我已写信通知上遂，他本在杭州，目下不知怎样。

看来中大似乎等我很急，所以我想就与玉堂商量，能早走则早走。况且我在厦大，他们并不以为必要，为之收束学期与否，不成什么问题也。但你信只管发，即我已走，也有人代收寄回。

厦大我只得抛开了，中大如有可为，我还想为之尽一点力，但自然以不损自己之身心为限。我来厦门，虽是为了暂避军阀官僚"正人君子"们的迫害。然而小半也在休息几时，及有些准备，不料有些人遽以为我被夺掉笔墨了，不再有开口的可能，便即翻脸攻击，想踏着死尸站上来，以显他的英雄，并报他自己心造的仇恨。北京似乎也有流言，和在上海所闻者相似，且云长虹之拼命攻击我，乃为此。这真出我意外，但无论如何，用这样的手段，想来征服我，是不行的。我先前对于青年的唯唯听命，乃是退让，何尝是无力战斗。现既逼迫不完，我就偏又出来做些事，而且偏在广州，住得更近点，看他们躲在黑暗里的诸公其奈我何。然而这也许是适逢其会的借口，其实是即使并无他们的闲话，我也还是要到广州的。

再谈。

迅　十二月廿九日灯下

五三

广平兄：

自从十二月廿三，四日得十九、六日信后，久不得信，真是好等，今天（一月二日）上午，总算接到十二月廿四的来信了。伏园想或已见过，他到粤所问的事情，我已于三十日函中将他的信附上，收到了罢。至于刊物，则十一月廿一之后，我又寄过两次，一是十二月三日，恐已遗失，一是十四日，挂号的，也许还会到，门房连公物都据为己有，真可叹，所以工人地位升高的时候，总还须有教育才行。

前天，十二月卅一日，我已将正式的辞职书提出，截至当日止，辞去一切职务。这事很给学校当局一点苦闷：为虚名计，想留我，为干净、省事计，愿放走我，所以颇为难。但我和厦大根本冲突，无可调和，故无论如何，总是收得后者的结果的。今日学生会也举代表来留。自然是具文而已。接着大概是送别会，有恭维和愤慨的演说。学生对于学校并不满足，但风潮是不会有的，因为四年前曾经失败过一次。

上月的薪水，听说后天可发；我现在是在看试卷，两三天即完。此后我便收拾行李，至迟于十四五以前，离开厦门，但其时恐怕已有转学的学生同走了，须为之交涉安顿。所以此信到后，不必再寄信来，其已经寄出的，也无妨，因为有人代收。至于器具，我除几种铝制的东西和火酒炉而外，没有什么，当带着，恭呈钧览。

想来二十日以前，总可以到广州了。你的工作的地方，那时当能设法，我想即同在一校也无妨，偏要同在一校，管他妈的。

今天照了一个相，是在草莽丛中，坐在一个洋灰的坟的祭桌上，但照得好否，要后天才知道。

迅　一月二日下午

五四

广平兄：

伏园想已见过了，他于十二月廿九日给我一封信，今裁出一部分附上，未知以为何如。我想助教是不难做的，并不必讲授功课，而给我做助教，尤其容易，我可以少摆教授架子。

这几天，"名人"做得太苦了，赴了几处送别会，都要演说、照相。我原以为这里是死海，不料，经这一搅，居然也有了些波动，许多学生因此而颇愤慨，有些人颇恼怒。有些人则借此来攻击学校或人们，而被攻击者是竭力要将我之为人说得坏些，以减轻自己的伤害。所以近来谣言颇多，我但袖手旁观，煞是有趣。然而这些事故于学校是仍无益的，这学校除全盘改造之外，没有第二法。

学生至少有二十个也要走。我确也非走不可了，因为我在这里，竟有从河南中州大学转学而来的，而学校的实际又是这模样，我若再帮同来招徕，岂不是误人子弟？所以我一面又做了一篇《通信》，去登《语丝》，表明我已离开厦门。我好像也已经成了偶像了，记得先前有几个学生拿了《狂飙》来，力劝我回骂长虹，说道："你不是你自己的了，许多青年等着听你的话！"我曾为之吃惊，心里想，我成了大家的公物，那是不得了的，我不愿意。还不如倒下去，舒服得多。

现在看来，还得再硬做"名人"若干时，这才能够罢手。但也并无大志，只要中大的文科办得还像样，我的目的就达了，此外都不管。我近来改变了一点态度，诸事都随手应付，不计利害，然而也不很认真，倒觉得办事很容易，也不疲劳。

此信以后，我在厦门大约不再发信了。

迅　一月五日午后

五五

广平兄：

五日寄一信，想当先到了。今天得十二月卅日信，所以再来写几句。

中大拟请你作助教，并非伏园故意谋来，和你开玩笑的，看我前次附上的两信便知，因为这原是李逢吉的遗缺，现在正空着。北大和厦大的助教，平时并不授课，厦大是教授请假半年或几月时，间或由助教代课，但这样的事是极少见的，我想中大的规定当不至于特别罢。况且教授编而助教讲，也太不近情理，足下所闻，殆谣言也。即非谣言，亦有法想，似乎无须神经过敏。未发聘书，想也不至于中变，其于上遂亦然。我想中学职员可不必去做，即有中变，我当托人另行设法。

至于引为同事，恐因谣言而牵连自己——我真奇怪，这是你因为碰了钉子，变成神经过敏，还是广州情形，确是如此的呢？倘是后者，那么，在广州做人，要比北京还难了。不过我是不管这些的，我被各色人物用各色名号相加，由来久矣，所以被怎么说都可以。这回去厦，这里也有各种谣言，我都不管，专用大总统哲学：听其自然。

我十日以前走不成了，因为上月的薪水至今还没有付给我，说是还得等几天。但无论怎样，我十五日以前总要动身的。我看这是他们的一点小玩艺，无非使我不能早走，在这里白白的等几天。不过这种小巧，恐怕反而失策了：校内大约要有风潮，现在正在酝酿，两三日内怕要爆发。但已由挽留运动转为改革学校运动，本已与我不相干，不过我早走，则学生少一刺戟，或者不再举动，但拖下去可不行了。那时一定又有人归罪于我，指为"放火者"，然而也只得"听其自然"，放火者就放火者罢。

这几天全是赴会和饯行，说话和喝酒，大概这样的还有两三天。这种无聊的应酬，真是和生命有仇，即如这封信，就是夜里三点钟写的，因为赴席后回来是十点钟，睡了一觉起来，已是三点了。

那些请吃饭的人，蓄意也是种种不同，所以席上的情形，倒也煞是好看。我在这里是许多人觉得讨厌的，但要走了却又都恭维为大人物。中国老例，无论谁，只要死了，挽联上不都说活着的时候多么好，没有了又多么可惜么？于是连白果也称我为"吾师"了，并且对人说道："我是他的学生呀，感情当然很好的。"他今天还要办酒给我饯行,你想这酒是多么难喝下去。

这里的惰气,是积四五年之久而弥漫的,现在有些学生们要借我的四个月的魔力来打破它,我看不过是一个幻想。

迅　一月六日灯下

五六

广平兄:

五日与七日的两函,今天(十一)上午一同收到了。这封挂号信,却并无要事,不过我因为想发几句议论,倘被遗失,未免可惜,所以宁可做得稳当些。

这里的风潮似乎还在蔓延,但结果是决不会好的。有几个人已在想利用这机会高升,或则向学生方面讨好,或则向校长方面讨好,真令人看得可叹。我的事情大致已了,本可以动身了,今天有一只船,来不及坐,其次,只有星期六有船,所以于十五日才能走。这封信大约要和我同船到粤,但姑且先行发出。我大概十五日上船,也许要到十六才开,则到广州当在十九或二十日。我拟先住广泰来栈,待和学校接洽之后,便暂且搬入学校,房子是大钟楼,据伏园来信说,他所住的一间就留给我。

助教是伏园出力,中大聘请的,俺何敢"自以为给"呢?至于其余等等则"爆发"也好,"发爆"也好,我就是这么干,横竖种种谨慎,也还是重重逼迫,好像是负罪无穷。现在我就来自画招供,自卸甲胄,看着他们的第二拳是怎样的打法。我对于"来者",先是抱着博施于众的心情,但现在我不独于其一,抱了独自求得的心情了。(这一段也许我误解了原意,但已经写下,不再改了。)这即使是对头，是敌手，是枭蛇鬼怪，我都不问。要推我下来，我即甘心跌下来，我何尝高兴站在台上？我对于名声、地位，什么都不要，只要枭蛇鬼怪够了，对于这样的，我就叫作"朋友"。谁有什么法子呢？但现在之所以还只（！）说了有限的消息者：一，为己，是总还想到生计问题；二，为人，是可以暂借我已成之地位，而作改革运动。但要我兢兢业业，专为这两事牺牲，是不行了。我牺牲得不少了，而享受者还不够，必要我奉献全部的性命。我现在不肯了，我爱对头，我反抗他们。

这是你知道的，单在这三四年中，我对于熟识的和初初相识的文学青年是怎么样，只要有可以尽力之处就尽力，并没有什么坏心思。然而男的呢，他们自己之间也掩不住嫉妒，到底争起来了，一方面于心不满足，就想打杀我，给那方面也失了助力。看见我有女生在坐³³，他们便造流言。这些流言，无论事之有无，他们是在所必造的，除非我和女人不见面。他们大抵是貌作新思想者，骨子里却是暴君、酷吏、侦探、小人。如果我再隐忍、退让，他们更要得步进步，不会完的。我蔑视他们了。我先前偶一想到爱，总立刻自己惭愧，怕不配，因而也不敢爱某一个人，但看清了他们的言行思想的内幕，便使我自信我决不是必须自己贬抑到那么样的人了，我可以爱！

那流言，是直到去年十一月，从韦漱园的信里才知道的。他说，由沉钟社里听来，长虹的拼命攻击我是为了一个女性，《狂飙》上有一首诗，太阳是自比，我是夜，月是她。他还问我这事可是真的，要知道一点详细。我这才明白长虹原来在害"单相思病"，以及川流不息的到我这里来的原因，他并不是为《莽原》，却在等月亮。但对我竟毫不表示一些敌对的态度，直待我到了厦门，才从背后骂

33　现代汉语常用"在座"。——编者注

得我一个莫名其妙，真是卑怯得可以。我是夜，则当然要有月亮的，还要做什么诗，也低能得很。那时就做了一篇小说，和他开了一些小玩笑，寄到未名社去了。

那时我又写信去打听孤灵，才知道这种流言，早已有之，传播的是品青、伏园、玄倩、微风、宴太。有些人又说我将她带到厦门去了，这大约伏园不在内，是送我上车的人们所流布的。白果从北京接家眷来此，又将这带到厦门，为攻击我起见，便和田千顷分头广布于人，说我之不肯留居厦门，乃为月亮不在之故。在送别会上，田千顷且故意当众发表，意图中伤。不料完全无效，风潮并不稍减，因为此次风潮，根柢甚深，并非由我一人而起，而他们还要玩些这样的小巧，真可谓"至死不悟"了。

现在是夜二时，校中暗暗的熄了电灯，帖[34]出放假布告，当即学生被发见，撕掉了。此后怕风潮还要扩大一点。

我现在真自笑我说话往往刻薄，而对人则太厚道，我竟从不疑及玄倩之流到我这里来是在侦探我，虽然他的目光如鼠，各处乱翻，我有时也有些觉得讨厌。并且今天才知道我有时请他们在客厅里坐，他们也不高兴，说我在房里藏了月亮，不容他们进去了。你看这是多么难以伺候的大人先生呵。我托令弟买了几株柳，种在后园，拔去了几株玉蜀黍，母亲很可惜，有些不高兴，而宴太即大放谣诼，说我在纵容着学生虐待她。力求清宁，偏多滓秽，我早先说，呜呼老家，能否复返，是一问题，实非神经过敏之谈也。

但这些都由它去，我自走我的路。不过这次厦大风潮之后，许多学生，或要同我到广州，或想转学到武昌，去为他们计，在这一年半载之中，是否还应该暂留几片铁甲在身上，此刻却还不能骤然决定。这只好于见到时再商量。不过不必连助教都怕做，同事都避

34　现代汉语常用"贴"。——编者注

忌，倘如此，可真成了流言的囚人，中了流言家的诡计了。

迅 一月十一日

五七

广平兄：

现在是十七夜十时，我在"苏州"船中，泊在香港海上。此船大约明晨九时开，午后四时可到黄埔，再坐小船到长堤，怕要八九点钟了。

这回一点没有风浪，平稳如在长江船上，明天是内海，更不成问题。想起来真奇怪，我在海上，竟历来不遇到风波，但昨天也有人躺下不能起来的，或者我比较的不晕船也难说。

我坐的是唐餐间，两人一房，一个人到香港上去了，所以此刻是独霸一间。至于到广州后，先住那一家客栈，现在不能决定。因为有一个侦探性的学生跟住我。此人大概是厦大当局所派，探听消息的，因为那边的风潮未平，他怕我帮助学生，在广州活动。我在船上用各种方法拒斥，至于恶声厉色，令他不堪，但是不成功，他终于嬉皮笑脸，谬托知己，并不远离。大约此后的手段是和我住同一客栈，时时在我房中，打听中大情形。我虽并不怀挟秘密，而尾随着这么一个东西，却也讨厌，所以明天我当相机行事，能将他撇下便撇下，否则再设法。

此外还有三个学生，是广东人，要进中大的，我已通知他们一律戒严，所以此人在船上，也探不到什么消息。

迅

北平——上海

（一九二九年五月至六月）

五八

H. M. D：

在沪宁车上，总算得了一个坐位[1]，渡江上了平浦通车，也居然定着一张卧床。这就好了。吃过夜饭，十一点睡觉，从此一直睡到第二天十二点，醒来时，不但已出江苏境，并且通过了安徽界蚌埠，到山东界了。不知道你可能如此大睡，恐怕不能这样罢。

车上和渡江的船上，遇见许多熟人，如幼渔之侄、寿山之友、未名社的人物，还有几个阔人，自说是我的学生，但我不认识他们了。

今天午后到前门站，一切大抵如旧，因为正值妙峰山香市，所以倒并不冷静。正大风，饱餐了三年未吃的灰尘。下午发一电，我想，倘快，则十六日下午可达上海了。

家里一切也如旧；母亲精神容貌仍如三年前，但关心的范围好像减少了不少，谈的都是邻近的琐事，和我毫不相干的。以前似似常常有客来住，久至三四个月，连我的日记本子也都翻过了，这很讨厌，大约是姓车的男人所为，莫非他以为我一定死在外面，不再回家了么？

不过这种情形，我倒并不气恼，自然也不喜欢。久说必须回家一趟，现在是回来了，了却一件事，总是好的。此刻是夜十二点，

---

1 现代汉语常用"座位"。——编者注

静得很，和上海大不相同。我不知她睡了没有？我觉得她一定还未睡着，以为我正在大谈三年来的经历了，其实并未大谈，却在写这封信。

今天就是这样罢，下次再谈。

EL. 五月十五夜

五九

H. D：

昨天寄上一函，想已到。今天下午我访了未名社一趟，又去看幼渔，他未回，马珏是因病进了医院许多日子了。一路所见，倒并不怎样萧条，大约所减少的不过是南方籍的官僚而已。

关于咱们的事，闻南北统一后，此地忽然盛传，研究者也颇多，但大抵知不确切。我想，这忽然盛传的缘故，大约与小鹿之由沪入京有关的。前日到家，母亲即问我害马为什么不一同回来，我正在付车钱，匆忙中即答以有些不舒服，昨天才告诉她火车震动，不宜于孩子的事，她很高兴，说："我想也应该有了，因为这屋子里早应该有小孩子走来走去了。"这种"应该"的理由，虽然和我们的意见很不同，但总之她非常高兴。

这里很暖，可穿单衣了。明天拟去访徐旭生。此外再看几个熟人，别的也无事可做。尹默风举，似已倾心于政治，尹默之汽车，昨天和电车相撞，他臂膊也碰肿了，明天也想去看他，并还草帽。静农为了一朋友，听说天天在查号码，忙不可当。林振鹏在西山医胃病。

附笺一纸，可交与赵公。又通知老三，我当于日内寄书一包（约四五本）给他，其实是托他转交赵公的，到时即交去。

我的身体是好的，和在上海时一样。勿念，但 H. 也应该善自保养，使我放心。我相信她正是如此。

迅　五月十七夜

六〇

D. H.：

听说上海北平之间的信件，最快是六天，但我于昨天（十八）晚上姑且去看看信箱——这是我们出京后新设的——竟得到了十四日发来的信，这使我怎样意外地高兴呀。未曾四条胡同，尤其令我放心，我还希望你善自消遣，能食能睡。

母亲的记忆力坏了些了，观察力注意力也略减，有些脾气颇近于小孩子了。对于我们的感情是很好的。也希望老三回来，但其实是毫无事情。

前天幼渔来看我，要我往北大教书，当即婉谢。同日又看见执中，他万不料我也在京，非常高兴。他们明天在来今雨轩结婚，我想于上午去一趟，已托羡苏买了绸子衣料一件，作为贺礼带去。新人是女子大学学生，音乐系。

昨晚得到你的来信后，正在看，车家的男女突然又来了，见我已归，大吃一惊，男的便到客栈去，女的今天也走了。我对他们很冷淡，因为我又知道了车男住客厅时，不但乱翻日记，并且将书厨[2]的锁弄破，并书籍也查抄了一通。

以上十九日之夜十一点写

2　现代汉语常用"书橱"。——编者注

二十日上午，你十六日所发的信也收到了，也很快。你的生活法，据报告，很使我放心。我也好的，看见的人，都说我精神比在北京时好。这里天气很热，已穿纱衣，我于空气中的灰尘，已不习惯，大约就如鱼之在浑水里一般，此外却并无什么不舒服。

昨天下午往中央公园贺李执中，新人一到，我就走了。她比李执中短一点，相貌适中。下午访沈尹默，略谈了一些时；又访兼士、凤举、耀辰、徐旭生，都没有会见。就这样的过了一天。夜九点钟，就睡着了，直至今天七点才醒。上午想择取些书籍，但头绪纷繁，无从下手，也许终于没有结果的，恐怕《中国字体变迁史》也不是在上海所能作罢。

今天下午我仍要出去访人，明天是往燕大演讲。我这回本来想决不多说话，但因为有一些学生渴望我去，所以只得去讲几句。我于月初要走了，但决不冒险，千万不要担心。《冰块》留下两本，其余可分送赵公们。《奔流》稿可请赵公写回信寄还他们，措辞和上次一样。

愿你好好保养，下回再谈。

以上二十一日午后一时写

ELEF.

六一

D. H. M：

二十一日午后发了一封信，晚上便收到十七日来信，今天上午又收到十八日来信，每信五天，好像交通十分准确似的。但我赴沪时想坐船，据凤举说，日本船并不坏，二等六十元，不过比火车为慢而已。至于风浪，则夏期一向很平静。但究竟如何，还须俟十天以后看情形决定。不过我是总想于六月四五日动身的，所以此信到时，倘是廿八九，那就不必写信来了。

我到北平已一星期，其间无非是吃饭、睡觉、访人、陪客，此外什么也不做。文章是没有一句。昨天访了几个教育部旧同事，都穷透了，没有事做，又不能回家。今天和张凤举谈了两点钟天，傍晚往燕京大学讲演了一点钟，照例说些成仿吾徐志摩之类，听的人颇不少——不过也不是都为了来听讲演的。这天有一个人对我说："燕大是有钱而请不到好教员，你可以来此教书了。"我即答以我奔波了几年，已经心粗气浮，不能教书了。D. H.，我想，这些好地方，还是请他们绅士们去占有罢，咱们还是漂流几时的好。沈士远也在那里做教授，听说全家住在那里，但我没有工夫去看他。

今天寄到一本《红玫瑰》，陈西滢和凌叔华的照片都登上了。胡适之的诗载于《礼拜六》，他们的像见于《红玫瑰》，时光老人的力量，真能逐渐的显出"物以类聚"的真实。

云南腿已将吃完，很好，肉多，油也足，可惜这里的做法千篇一律，总是蒸。带回来的鱼肝油已吃完，新买了一瓶，价钱是二元二角。

云章未到西三条来，所以不知道她住在何处，小鹿也没有来过。

北平久不下雨，比之南方的梅雨天，真有"霄壤之别"。所有带来的夹衣，都已无用，何况绒衫。我从明天起，想去医牙齿，大约有一星期，总可以补好了。至于时局，若以询人，则因其人之派别，而所答不同，所以我也不加深究。总之，到下月初，京津车总该是可走的。那么，就可以了。

这里的空气真是沉静，和上海的烦扰险恶，大不相同，所以我是平安的。然而也静不下，惟看来信，知道你在上海都好，也就暂自宽慰了。但愿能够这样继续下去，不再疏懈才好。

L. 五月廿二夜一时

六二

D. H. M：

此刻是二十三日之夜十点半，我独自坐在靠壁的桌前，这旁边，先前是有人屡次坐过的，而她此刻却远在上海。我只好来写信算作谈天了。

今天上午，来了六个北大国文系学生的代表，要我去教书，我即谢绝了。后来他们承认我回上海，只要预定下几门功课，何时来京，便何时开始，我也没有答应他们。他们只得回去，而希望我有一回讲演，我已约于下星期三去讲。

午后出街，将寄给你的信投入邮箱中。其次是往牙医寓，拔去一齿，毫不疼痛，他约我于廿七上午去补好，大约只要一次就可以了。其次是走了三家纸铺，集得中国纸印的信笺数十种，化钱约七元，也并无什么妙品，如这信所用的一种，要算是很漂亮的了。还有两三家未去，便中当再去走一趟，大约再用四五元，即将琉璃厂略佳之笺收备了。

计到北平，已将十日，除车钱外，自己只化了十五元，一半买信笺，一半是买碑帖的。至于旧书，则仍然很贵，所以一本也不买。

明天仍当出门，为士衡的饭碗去设设法；将来又想往西山看看漱园，听他朋友的口气，恐怕总是医不好的了。韦丛芜却长大了一点。待廿九日往北大讲演后，便当作回沪之准备，听说日本船有一只名"天津丸"的是从天津直航上海，并不绕来绕去，但不知在我赴沪的时候，能否相值耳。

今天路过前门车站，看见很扎着些素彩牌坊了，但这些典礼，似乎只有少数人在忙。

我这次回来，正值暑假将近，所以很有几处想送我饭碗，但我对于此种地位，总是毫无兴趣。为安闲计，往北平是不坏的，但因为和南方太不同了，所以几乎有"世外桃源"之感，我来此虽已十天，却毫不感到什么刺戟，略不小心，确有"落伍"之惧的。上海虽烦扰，但也别有生气。

下次再谈罢。我是很好的。

L. 五月二十三日

六三

H. D：

昨天上午寄上一函，想已到。十点左右有沉钟社的人来访我，至午邀我至中央公园去吃饭，一直谈到五点才散。内有一人名郝荫潭，是女师大学生，但是新的，我想你未必认识罢。中央公园昨天是开放的，但到下午为止，游人不多，风景大略如旧，芍药已开过，将谢了，此外则"公理战胜"的牌坊上，添了许多蓝地白字的标语。

从公园回来之后，未名社的人来访我了，谈了一点钟。他们去后，就接到你的十九、二十所写的两函。我毫不"拼命的写、做、干、想……"至今为止，什么也不想、干、写……昨天因为说话太多了，十点钟便睡觉，一点醒了一次，即刻又睡，再醒已是早上七点钟，躺到九点，便是现在，就起来写这信。

绍平的信，吞吞吐吐，初看颇难解，但一细看就知道那意思是想将他的译稿，由我为之设法出售，或给北新，或登《奔流》，而又要居高临下，不肯自己开口，于是就写成了那样子。但我是决不来做这样傻子的了，莫管目前闲事，免惹他日是非。

今天尚无客来，这信安安静静的写到这里，本可以永远写下去，但要说的也大略说过了，下次再谈罢。

L. 五月廿五日上午十点钟

六四

H. D:

此刻是二十五日之夜的一点钟，我是十点钟睡着的，十二点醒来了，喝了两碗茶，还不想睡，就来写几句。

今天下午，我出门时，将寄你的一封信，投入邮筒，接着看见邮局门外帖着条子道："奉安典礼放假两天。"那么，我的那一封信，须在二十七日才会上车的了。所以我明天不再寄信，且待"奉安典礼"完毕之后罢。刚才我是被炮声惊醒的，数起来共有百余响，亦"奉安典礼"之一也。

我今天的出门，是为士衡寻地方去的，和幼渔接洽，已略有头绪，访凤举却未遇。途次往孔德学校，去看旧书，遇金立因，胖滑有加，唠叨如故，时光可惜，默不与谈。少顷，则朱山根叩门而入，见我即踟蹰不前，目光如鼠，终即退出，状极可笑也。他的北来，是为了觅饭碗的，志在燕大，否则清华，人地相宜，大有希望云。

傍晚往未名社闲谈，知燕大学生又在运动我去教书，先令宗文劝诱，我即谢绝。宗文因吞吞吐吐说，彼校教授中本有人早疑我未必肯去，因为在南边有唔唔唔……我答以原因并不在"在南边有唔唔唔"，那非大树，不能迁移，那是也可以同到北边的，但我也不来做教员，也不想说明别的原因之所在，于是就在混沌中完结了。

明天是星期日，恐怕来访之客必多，我要睡了。现在已两点钟，遥想你在"南边"或已醒来,但我想,因为她明白,一定也即睡着的。

二十五夜

星期日上午,是因为葬式的行列,道路几乎断绝交通,下午是可以走了,但只有紫佩一人来谈,所以我能够十分休息。夜十点入睡,此刻两点又醒了,吸一枝³烟,照例是便能睡着的。明天十点要去镶牙,所以就将闹钟拨在九点上。

看现在的情形,下月之初,火车大概是还可以走,倘如此,我想坐六月三日的通车回上海,即使有耽误之事,六日总该可以到了罢——如果不去访上遂。但这仍须临时再决定,因为距今还有十来天,变化殊不可测也。

明天想当有信来,但此信我当于上午先行发出。

二十六夜二点半
ELEF

六五

D. H. M:

今天——二十七日——下午,果然收到你廿一日所发信。我十五日信所用的笺纸,确也选了一下,觉得这两张很有思想的,尤其是第二张,但后来各笺,却大抵随手取用,并非幅幅含有义理,你不要求之过深,百思而不得其解,以致神经过敏无端受苦为要。

阿苦如此吃苦,实为可怜,但既是出牙,则也无法可想,现在

3　现代汉语常用"支"。——编者注

必已全好了罢。我今天已将牙齿补好，只花了五元，据云将就一二年，即须全盘做过了。但现在试用，尚觉合式⁴。晚间是徐旭生、张凤举等在中央公园邀我吃饭，也算饯行，因为他们已都相信我确无留在北平之意。同席约有十人。总算为士衡寻得了一个饭碗。

旭生说，今天女师大因两派对于一教员之排斥和挽留，发生冲突，有甲者，以钱袋击乙之头，致乙昏厥过去，抬入医院。小姐们之挥拳，在北平似以此为嚆矢云。

明天拟往东城探听船期，晚则幼渔邀我夜饭；后天北大讲演；大后天拟赴西山看韦漱园。这三天中较忙，也许未必能写什么信了。

计我回北平以来，已两星期，除应酬之外，读书作文，一点也不做，且也做不出来。那间灰棚，一切如旧，而略增其萧瑟，深夜独坐，时觉过于森森然。幸而来此已两星期，距回沪之期渐近了。新租的屋，已说明为堆什物及住客之用，客厅之书不动，也不住人。

此刻不知你是睡着还是醒着。我在这里只能遥愿你天然的安眠，并且人为的保重。

L. 五月廿七夜十二时

六六

D. H:

廿一日所发的信，是前天收到的，当夜写了一点回信，于昨天寄出。昨今两天，都未曾收到来信，我想，这一定是因为葬式的缘故，火车被耽搁了。

昨天下午去问日本船，知道从天津开行后，因须泊大连两三天，

4　现代汉语常用"合适"。——编者注

至快要六天才到上海。我看现在，坐车还不妨，所以想于六月三日动身，顺便看看上遂，而于八日或九日抵沪。倘到下月初发见不宜于坐车，那时再改走海道，不过到沪又要迟几天了。总之，我当择最妥当的方法办理，你可以放心。

昨天又买了些笺纸，这便是其一种，北京的信笺搜集，总算告一段落了。

晚上是在幼渔家里吃饭，马珏还在生病，未见，病也不轻，但据说可以没有危险。谈了些天，回寓时已九点半。十一点睡去，一直睡到今天七点钟。

此刻是上午九点钟，闲坐无事，写了这些。下午要到未名社去，七点起是在北大讲演。讲毕之后，恐怕还有尹默他们要来拉去吃夜饭。倘如此，则回寓时又要十点左右了。

D. H. ET D. L.，我是好的，很能睡，饭量和在上海时一样，酒喝得极少，不过一小杯蒲陶酒[5]而已。家里有一瓶别人送的汾酒，连瓶也没有开。倘如我的预计，那么，再有十天便可以面谈了。D. H，愿你安好，并保重为要。

EL. 五月廿九日

六七

D. H：

此刻是二十九夜十二点，原以为可得你的来信的了，因为我料定你于廿一日的信以后，必已发了昨今可到的两三信，但今未得，这一定是被奉安列车耽搁了，听说星期一的通车，还没有到。

5　现代汉语常用"葡萄酒"。——编者注

今天上午来了一个客。下午到未名社去，晚上他们邀我去吃晚饭，在东安市场森隆饭店，七点钟到北大第二院演讲一小时，听者有千余人，大约北平寂寞已久，所以学生们很以这类事为新鲜了。八时，尹默凤举等又为我饯行，仍在森隆，不得不赴，但吃得少些，十一点才回寓。现已吃了三粒消化丸，写了这一张信，即将睡觉了，因为明天早晨，须往西山看韦漱园去。

今天虽因得不到来信，稍觉怅怅，但我知道迟延的原因，所以睡得着的，并祝你在上海也睡得安适。

L. 二十九夜

三十日午后二时，我从西山访韦漱园回来，果然得到你的廿三及廿五日两封信，彼此都为邮局寄递之忽迟忽早所捉弄，真是令人生气。但我知道你已经得到我的信，略得安慰，也就借此稍稍自慰了。

今天我是早晨八点钟上山的，用的是摩托车，霁野等四人同去。漱园还不准起坐，因日光浴，晒得很黑，也很瘦，但精神却好，他很喜欢，谈了许多闲天。病室壁上挂着一幅陀思妥耶夫斯基的画像，我有时瞥见这用笔墨使读者受精神上的苦刑的名人的苦脸，便仿佛记得有人说过，漱园原有一个爱人，因为他没有全愈的希望，已与别人结婚。接着又感到他将终于死去——这是中国的一个损失——便觉得心脏一缩，暂时说不出话，然而也只得立刻装出欢笑。除了这几刹那之外，我们这回的聚谈是很愉快的。

他也问些关于我们的事，我说了一个大略。他所听到的似乎还有许多谣言，但不愿谈，我也不加追问。因为我推想得到，这一定是几位教授所流布，实不过怕我去抢饭碗而已。然而我流宕三年了，并没有饿死，何至于忽而去抢饭碗呢，这些地方，我觉得他们实在比我小气。

今天得小峰信，云因战事，书店生意皆不佳，但由分店划给我二百元，不过此款现在还未交来。

你廿五的信，今天到了，则交通无阻可知，但四五日后就又难说，三日能走即走，否则当改海道，不过到沪当在十日前后了。总之，我当选一最安全的走法，决不冒险，千万放心。

L. 五月卅日下午五时

六八

D. L. ET D. H. M：

现在是三十日之夜一点钟，我快要睡了。下午已寄出一信，但我还想讲几句话，所以再写一点——

前几天，春菲给我一信，说他先前的事，要我查考鉴察。他的事情，我来"查考鉴察"干什么呢，置之不答。下午从西山回，他却已等在客厅中，并且知道他还先曾向母亲房里乱闯，大家都吓得心慌意乱，空气甚为紧张。我即出而大骂之，他竟毫不反抗，反说非常甘心。我看他未免太无刚骨，而他自说其实是勇士，独对于我，却不反抗。我说，我是愿意人对我反抗，不合则拂袖而去的。他却道正因如此，所以佩服而愈不反抗了。我只得为之好笑，乃送而出之大门之外，大约此后当不再来缠绕了罢。

晚上来了两个人，一个是忙于翻检电码之静农，一个是帮我校过《唐宋传奇集》之建功，同吃晚饭，谈得很为畅快，和上午之纵谈于西山，都是近来快事。他们对于北平学界现状，似俱不欲多言，我也竭力的避开这题目。其实，这是我到此不久，便已感觉了出来的：南北统一后，"正人君子"们树倒猢狲散，离开北平，而他们的衣钵却没有带走，被先前和他们战斗的有些人拾去了。未改其原来面目者，据我所见，殆惟幼渔、兼士而已。由是又悟到我以前之和"正人君子"们为敌，也失之不通世故，过于认真，所以现在倒非常自在，于衮衮诸公之一切言动，全都漠然。即下午之呵斥春菲，事后思之，也觉得大可不必。因叹在寂寞之世界里，虽欲得一可以对垒之真敌，亦不易也。

这两星期以来，我一点也不颓唐，但此刻想到你之采办布帛之类，先事经营，却实在觉得一点凄苦。这种性质，真是怎么好呢。我应该快到上海，去约制她。

三十日夜一点半

D. H.，三十一日晨被母亲叫醒，睡眠时间缺少了一点，所以晚上九点钟便睡去，一觉醒来，此刻已是三点钟了。泡了一碗茶，坐在桌前，想起 H. M. 大约是躺着，但不知道是睡着还是醒着。五月卅一这一天，没有什么事，只在下午有三个日本人来看我所搜集的关于佛教石刻拓本，以为已经很多，力劝我作目录，这是并不难的，于学术上也许有点用处，然而我此刻也并无此意。晚间紫佩来，已为我购得车票，是三日午后二时开，他在报馆里，知道车还可以坐，至多不过误点（迟到）而已。所以我定于三日启行，有一星期，就可以面谈了。此信发后，拟不再寄信，如果中途去访上遂，自然当从那里再发一封。

EL. 六月一日黎明前三点

D. S：

写了以上的几行信以后，又写了几封给人的回信，天也亮起来了，还有一篇讲演稿要改，此刻大约是不能睡的了，再来写几句——

我自从到此以后，总计各种感受，知道弥漫于这里的，依然是"敬而远之"和倾陷，甚至于比"正人君子"时代还要分明——但有些学生和朋友自然除外。再想上去，则我的创作和编著一发表，总有一群攻击或嘲笑的人们，那当然是应该的，如果我的作品真如所说的庸陋。然而一看他们的作品，却比我的还要坏。例如小说史罢，好几种出在我的那一本之后，而凌乱错误，更不行了。这种情形，即使我大胆阔步，小觑此辈，然而也使我不复专于一业，一事无成。而且又使你常常担心，"眼泪往肚子里流"。所以我也对于自己的坏脾气，时时痛心，想竭力的改正一下。我想，应该一声不响，来编《中国字体变迁史》或《中国文学史》了。然而那里去呢？在上海，创造社中人一面宣传我怎样有钱，喝酒，一面又用《东京通信》诬栽我有杀戮青年的主张，这简直是要谋害我的生命，住不得了。北京本来还可住，图书馆里的旧书也还多，但因历史关系，有些人必有奉送饭碗之举，而在别一些人即怀来抢饭碗之疑，在瓜田中，可以不纳履，而要使人信为永不纳履是难的，除非你赶紧走远。D. H．，你看，我们到那里去呢？我们还是隐姓埋名，到什么小村里去，一声也不响，大家玩玩罢。

D. H. M. ET D. L．，你不要以为我在这里时时如此呆想，我是并不如此的。这回不过因为睡够了，又值没有别的事，所以就随便谈谈。吃了午饭以后，大约还要睡觉。行期在即，以后也许要忙一些。小米（H. 吃的）、榽子面（同上）、果脯等，昨天都已买齐了。

这信封的下端，是因为加添这两张，自己拆过的。

L. 六月一日晨五时

集外集

序言

　　听说，中国的好作家是大抵"悔其少作"的，他在自定集子的时候，就将少年时代的作品尽力删除，或者简直全部烧掉。我想，这大约和现在的老成的少年，看见他婴儿时代的出屁股、衔手指的照相一样，自愧其幼稚，因而觉得有损于他现在的尊严，于是以为倘使可以隐蔽，总还是隐蔽的好。但我对于自己的"少作"，愧则有之，悔却从来没有过。出屁股、衔手指的照相，当然是惹人发笑的，但自有婴年的天真，决非少年以至老年所能有。况且如果少时不作，到老恐怕也未必就能作，又怎么还知道悔呢？

　　先前自己编了一本《坟》，还留存着许多文言文，就是这意思。这意思和方法，也一直至今没有变。但是，也有漏落的，是因为没有留存着底子，忘记了。也有故意删掉的，是或者因为看去好像抄译，却又年远失记，连自己也怀疑，或者因为不过对于一人、一时的事，和大局无关，情随事迁，无须再录，或者因为本不过开些玩笑，或是出于暂时的误解，几天之后，便无意义，不必留存了。

　　但使我吃惊的是霁云先生竟抄下了这么一大堆，连三十多年前的时文、十多年前的新诗，也全在那里面。这真好像将我五十多年前的出屁股、衔手指的照相，装潢起来，并且给我自己和别人来赏鉴。连我自己也诧异那时的我的幼稚，而且近乎不识羞。但是，有什么法子呢？这的确是我的影像——由它去罢。

　　不过看起来也引起我一点回忆。例如最先的两篇，就是我故意删掉的。一篇是"雷锭"的最初的介绍，一篇是斯巴达的尚武精神的描写，但我记得自己那时的化学和历史的程度并没有这样高，所以大概总是从什么地方偷来的，不过后来无论怎么记，也再也记不起它们的老家。而且我那时初学日文，文法并未了然，就急于看书，看书并不很懂，就急于翻译，所以那内容也就可疑得很。而且文章又多么古怪，尤其是那一篇《斯巴达之魂》，现在看起来，自己也不免耳朵发热。但这是当时的风气，要激昂慷慨、顿挫抑扬，才能被称为好文章，我还记得"被发大叫，抱书独行，无泪可挥，大风灭烛"是大家传诵的警句。但我的文章里，也有受着严又陵的影响的，例如"涅伏"，就是"神经"的腊丁[1]语的音译，这是现在恐怕只有我自己懂得的了。此后又受了章太炎先生的影响，古了起来，但这集子里却一篇也没有。

以后回到中国来，还给日报之类做了些古文，自己不记得究竟是什么了，霁云先生也找不出，我真觉得侥幸得很。

以后是抄古碑，再做就是白话，也做了几首新诗。我其实是不喜欢做新诗的——但也不喜欢做古诗——只因为那时诗坛寂寞，所以打打边鼓，凑些热闹，待到称为诗人的一出现，就洗手不作了。我更不喜欢徐志摩那样的诗，而他偏爱到各处投稿，《语丝》一出版，他也就来了，有人赞成他，登了出来，我就做了一篇杂感，和他开一通玩笑，使他不能来，他也果然不来了。这是我和后来的"新月派"积仇的第一步，《语丝》社同人中有几位也因此很不高兴我。不过不知道为什么没有收在《热风》里，漏落，还是故意删掉的呢？已经记不清，幸而这集子里有，那就是了。

只有几篇讲演，是现在故意删去的。我曾经能讲书，却不善于讲演，这已经是大可不必保存的了。而记录的人，或者为了方音[2]的不同，听不很懂，于是漏落、错误；或者为了意见的不同，取舍

1　现译"拉丁"。——编者注
2　现代汉语常用"方言"。——编者注

因而不确。我以为要紧的，他并不记录，遇到空话，却详详细细记了一大通，有些则简直好像是恶意的捏造，意思和我所说的正是相反的。凡这些，我只好当作记录者自己的创作，都将它由我这里删掉。

我惭愧我的少年之作，却并不后悔，甚而至于还有些爱，这真好像是"乳犊不怕虎"，乱攻一通，虽然无谋，但自有天真存在。现在是比较的精细了，然而我又别有其不满于自己之处。我佩服会用拖刀计的老将黄汉升，但我爱莽撞的不顾利害而终于被部下偷了头去的张翼德，我却又憎恶张翼德型的不问青红皂白，抡板斧"排头砍去"的李逵，我因此喜欢张顺的将他诱进水里去，淹得他两眼翻白。

一九三四年十二月二十日夜，鲁迅记于上海之卓面书斋。

一九〇三年

斯巴达之魂

西历纪元前四百八十年，波斯王泽耳士大举侵希腊。斯巴达王黎河尼佗将市民三百，同盟军数千，扼温泉门（德尔摩比勒）。敌由间道至。斯巴达将士殊死战，全军歼焉。兵气萧森，鬼雄昼啸，迫浦累皆之役，大仇斯复，迄今读史，犹懔懔有生气也。我今掇其逸事，贻我青年。呜呼！世有不甘自下于巾帼之男子乎？必有掷笔而起者矣。译者无文，不足摸拟[1]其万一。噫，吾辱读者，吾辱斯巴达之魂！

依格那海上之曙色，潜入摩利逊之湾，衣驮第一峰之宿云，亦冉冉呈雾色。湾山之间，温泉门石垒之后，大无畏大无敌之希腊军，置黎河尼佗王麾下之七千希腊同盟军，露刃枕戈，以待天曙。而孰知波斯军数万，已乘深夜，得间道，拂晓而达衣驮山之绝顶。趁朝暾之瑟然，偷守兵之微睡。如长蛇赴壑，蜿蜒以逾峰后。

旭日最初之光线，今也闪闪射垒角，照此淋漓欲滴之碧血，其语人以昨日战争之烈兮。垒外死士之残甲累累成阜，上刻波斯文"不死军"三字，其示人以昨日敌军之败绩兮。然大军三百万，夫岂惩此败北，夫岂消其锐气。噫嘻，今日血战哉！血战哉！黎河尼佗终夜防御，以待袭来。然天既曙而敌竟杳，敌幕之乌，向初日而噪，众军大惧，而果也斥候于不及防之地，赍不及防之警报至。

有奢刹利人曰爱飞得者，以衣驮山中峰有他间道告敌，故敌军

1　现代汉语常用"模拟"。——编者注

万余，乘夜进击，败佛雪守兵，而攻我军背。

咄咄危哉！大事去矣！警报戟脑，全军沮丧，退军之声，嚣嚣然挟飞尘以磅礴于军中。黎河尼佗爰集同盟将校，以议去留，佥谓守地既失，留亦徒然，不若退温泉门以为保护希腊将来计。黎河尼佗不复言，而徐告诸将曰："希腊存亡，系此一战，有为保护将来计而思退者，其速去此。惟斯巴达人有'一履战地，不胜则死'之国法，今惟决死！今惟决死战！余者其留意。"

于是而胚罗蓬诸州军三千退，而访嘻斯军一千退，而螺克烈军六百退，未退者惟刹司骇人七百耳。慨然偕斯巴达武士，誓与同生死，同苦战，同名誉，以留此危极凄极壮绝之旧垒。惟西蒲斯人若干，为反复无常之本国质，而被抑留于黎河尼佗。

嗟此斯巴达军，其数仅三百，然此大无畏大无敌之三百军，彼等曾临敌而笑，结怒欲冲冠之长发，以示一瞑不视之决志。黎河尼佗王，亦于将战之时，毅然谓得"王不死则国亡"之神诫。今无所迟疑，无所犹豫，同盟军既旋，乃向亚波罗神而再拜，从斯巴达之军律，舆榇以待强敌，以待战死。

呜呼全军，惟待战死。然有三人焉，王欲生之者也，其二为王戚，一则古名祭司之裔，曰预言者息每卡而向以神诫告王者也。息每卡故侍王侧，王窃语之，彼固有家，然彼有子，彼不欲亡国而生，誓愿殉国以死，遂侃然谢王命。其二王戚，则均弱冠矣，正抚大好头颅，屹立阵头，以待进击。而孰意王召之至，全军肃肃，谨听王言。噫二少年，今日生矣，意者其雀跃返国，聚父母亲友作再生之华筵耶！而斯巴达武士岂其然？噫，如是我闻，而王遂语，且熟视其乳毛未褪之颜。

（王）："卿等知将死乎？"（少年甲）"然，陛下。"（王）"何以死？"（甲）"不待言：战死！战死！"（王）："然则与卿等以最佳之战地，何如？"（甲乙）"臣等固所愿。"（王）："然则卿等持此书返国以报战状。"

异哉！王何心乎？青年愕然疑，肃肃全军，谛听谛听。而青年恍然悟，厉声答王曰："王欲生我乎？臣以执盾至，不作寄书邮。"志决矣，示必死矣，不可夺矣。而王犹欲遣甲，而甲不奉诏；欲遣乙，而乙不奉诏。曰："今日之战，即所以报国人也。"噫，不可夺矣。而王乃曰："伟哉，斯巴达之武士！予复何言。"一青年退而谢王命之辱。飘飘大旗，荣光闪灼，於铄豪杰，鼓铸全军，诸君诸君，男儿死耳！

初日上，征尘起。睁目四顾，惟见如火如荼之敌军先锋队，挟三倍之势，潮鸣电击以阵于斯巴达军后。然未挑战，未进击，盖将待第二第三队至也。斯巴达王以斯巴达军为第一队，刹司骇军次之，西蒲斯军殿，策马露刃，以速制敌。壮哉劲气亘天，竣乌退舍。未几惟闻"进击"一声，而金鼓忽大振于血碧沙晶之大战斗场里。此大无畏、大无敌之劲军，于左海右山，危不容足之峡间，与波斯军遇。呐喊格击，鲜血倒流，如鸣潮飞沫，奔腾喷薄于荒矶。不刹那顷，而敌军无数死于刃，无数落于海，无数蹂躏于后援。大将号令，指挥官叱咤，队长鞭遁者，鼓声盈耳哉。然敌军不敢迎此朱血涂附，日光斜射，愈增爝灿[2]，而霍霍如旋风之白刃，大军一万，蜂涌[3]至矣。然敌军不能撼此拥盾屹立，士气如山，若不动明王之大磐石。

然未与此战者，犹有斯巴达武士二人存也，以罹目疾故，远送之爱尔俾尼之邑。于郁郁闲居中，忽得战报。其一欲止，其一遂行。偕一仆以赴战场，登高远瞩，呐喊盈耳，踊跃三百，勇魂早浮动盘旋于战云黯淡处。然日光益烈，目不得瞬，徒促仆而问战状。

刃碎矣！镞尽矣！壮士歼矣！王战死矣！敌军猬集，欲劫王

2　现代汉语常用"璀璨"。——编者注
3　现代汉语常用"蜂拥"。——编者注

尸，而我军殊死战，咄咄……然危哉，危哉！其仆之言盖如是。嗟此壮士，热血滴沥于将盲之目，攘臂大跃，直趋战垒。其仆欲劝止，欲代死，而不可，而终不可。今也主仆连袂，大呼"我亦斯巴达武士"一声，以闯入层层乱军里。左顾王尸，右拂敌刃，而再而三，终以疲惫故，引入热血朱殷之垒后，而此最后决战之英雄队，遂向敌列战死之枕。噫，死者长已矣，而我闻其言：

汝旅人兮，我从国法而战死，其告我斯巴达之同胞。

巍巍乎温泉门之峡，地球不灭，则终存此斯巴达武士之魂，而七百刹司骇人，亦掷头颅，洒热血，以分其无量名誉。此荣光纠纷之旁，犹记通敌卖国之奢刹利人爱飞得，降敌乞命之四百西蒲斯军。虽然，此温泉门一战而得无量光荣、无量名誉之斯巴达武士间，乃亦有由爱尔俾尼目病院而生还者。

夏夜半阑，屋阴覆路，惟柝声断续，犬吠如豹而已。斯巴达府之山下，犹有未寝之家。灯光黯然，微透窗际。未几有一少妇，送老妪出，切切作离别语，旋铿然阖门，惨淡入闺里。孤灯如豆，照影成三，首若飞蓬，非无膏沐，盖将临蓐，默祝愿生刚勇强毅之丈夫子，为国民有所尽耳。时适万籁寥寂[4]，酸风戛窗，脉脉无言，似闻叹息，忆征戍欤？梦沙场欤？噫，此美少妇而女丈夫也，宁有叹息事？叹息岂斯巴达女子事？惟斯巴达女子能支配男儿，惟斯巴达女子能生男儿。此非黎河尼佗王后格尔歌与夷国女王应答之言，而添斯巴达女子以万丈荣光者乎。噫，斯巴达女子宁知叹息事。

长夜未央，万籁悉死。噫，触耳膜而益明者何声欤？则有剥啄叩关者。少妇出问曰："其克力泰士君乎？请以明日至。"应曰："否

4　现代汉语常用"寂寥"。——编者注

否，予生还矣！"咄咄，此何人？此何人？时斜月残灯，交映其面，则温泉门战士其夫也。

少妇惊且疑。久之久之乃言曰："何则……生还……污妾耳矣！我夫既战死，生还者非我夫，意其鬼雄欤。告母国以吉占兮，归者其鬼雄，愿归者其鬼雄。"

读者得勿疑非人情乎？然斯巴达固尔尔也。激战告终，例行国葬，烈士之毅魄，化无量微尘分子，随军歌激越间，而磅礴戟刺于国民脑筋里。而国民乃大呼曰："为国民死！为国民死！"且指送葬者一人曰："若夫为国民死，名誉何若！荣光何若！"而不然者，则将何以当斯巴达女子之嘉名？诸君不见下第者乎？泥金不来，妇泣于室，异感而同情耳。今夫也不良，二三其死，奚能勿悲，能勿怒？而户外男子曰："涘烈娜乎？卿勿疑。予之生还也，故有理在。"遂推户脱扃，潜入室内，少妇如怨如怒，疾诘其故。彼具告之。且曰："前以目疾未愈，不甘徒死。设今夜而有战地也，即洒吾血耳。"

少妇曰："君非斯巴达之武士乎？何故其然，不甘徒死，而遽生还。则彼三百人者，奚为而死？噫嘻君乎！不胜则死，忘斯巴达之国法耶？以目疾而遂忘斯巴达之国法耶？'愿汝持盾而归来，不然则乘盾而归来。'君习闻之……而目疾乃更重于斯巴达武士之荣光乎？来日之行葬式也，妾为君妻，得参其列。国民思君，友朋思君，父母妻子，无不思君。呜呼，而君乃生还矣！"

侃侃哉其言。如风霜疾来，袭击耳膜，懦夫懦夫，其勿言矣。而彼犹嗫嚅曰："以爱卿故。"少妇拂然怒曰："其诚言耶！夫夫妇之契，孰则不相爱者。然国以外不言爱之斯巴达武士，其爱其妻为何若？而三百人中，无一生还者何……君诚爱妾，曷不誉妾以战死者之妻。妾将娩矣，设为男子，弱也则弃之泰噶托士之谷；强也则忆温泉门之陈迹，将何以厕身于为国民死之同胞间乎？……君诚爱妾，愿君速亡，否则杀妾。呜呼，君犹佩剑，剑犹佩于君，使剑而有灵，奚不离其人？奚不为其人折？奚不断其人首？设其人知耻，奚不解剑？奚不以其剑战？奚不以其剑断敌人头？噫，斯巴达之武德其式微哉！妾辱夫矣，请伏剑于君侧。"

丈夫生矣，女子死耳。颈血上薄，其气魂魂，人或疑长夜之曙光云。惜也一应一答，一死一生，暮夜无知，伟影将灭。不知有慕涘烈娜之克力泰士者，虽遭投梭之拒，而未能忘情者也。是时也，彼乃潜行墙角以去。

初日瞳瞳，照斯巴达之郊外。旅人寒起，胥驻足于大逵。中有老人，说温泉门地形，杂以往事，昔也石垒，今也战场，絮絮不休止。噫，何为者？则其间有立木存，上书曰：

有捕温泉门堕落武士亚里士多德至者膺上赏。

盖政府之令，而克力泰士所诉也。亚里士多德者，昔身受迅雷，以霁神怒之贤王，而其余烈，乃不能致一士之战死，咄咄不可解。

观者益众，聚讼嚣嚣。遥望斯巴达府，有一队少年军，鍪甲映旭日，闪闪若金蛇状。及大逵，析为二队，相背驰去，且抗声而歌曰：

战哉！此战场伟大而庄严兮，尔何为遗尔友而生还兮？尔生还兮蒙大耻，尔母笞尔兮死则止！

老人曰："彼等其觅亚里士多德者欤……不闻抗声之高歌乎？此二百年前之军歌也，迄今犹歌之。"

而亚里士多德则何如？史不曰：浦累皆之战乎，世界大决战之一也，波斯军三十万，拥大将漠多尼之尸，如秋风吹落叶，纵横零乱于大漠。斯巴达鬼雄三百，则凭将军柏撒纽，以敌人颈血，一洗积年之殊怨。酸风夜鸣，薤露竞落，其窃告人生之脆者钦。初月相照，皎皎残尸，马迹之间，血痕犹湿，其悲蝶尔飞神之不灵者钦。斯巴达军人，各觅其同胞至高至贵之遗骸，运于高原，将行葬式。不图累累敌尸间，有凛然僵卧者，月影朦胧，似曾相识。其一人大呼曰："何战之烈也！噫，何不死于温泉门而死于此。"识者谁？克力泰士也。彼已为戍兵矣，遂奔告将军柏撒纽。将军欲葬之，以询全军，而全军哗然，甚咎亚里士多德。将军乃演说于军中曰：

> 然则从斯巴达军人之公言，令彼无墓。然吾见无墓者之战死，益令我感，令我喜，吾益见斯巴达武德之卓绝。夫子勖哉，不见夫杀国人媚异族之奴隶国乎，为谍为伥又奚论？而我国则宁弃不义之余生，以偿既破之国法。嗟尔诸士，彼虽无墓，彼终有斯巴达武士之魂！

克力泰士不觉卒然呼曰："是因其妻涘烈娜以死谏！"阵云寂寂，响渡寥天；万目如炬，齐注其面。将军柏撒纽返问曰："其妻以死谏？"

全军咽唾，耸听其说。克力泰士欲言不言，愧恶无地，然以不忍没女丈夫之轶事[5]也，乃述颠末。将军推案起曰：

"猗钦女丈夫……为此无墓者之妻立纪念碑则何如？"军容益庄，惟欢呼殷殷若春雷起。

斯巴达府之北，侑洛佗士之谷，行人指一翼然倚天者走相告曰："此涘烈娜之碑也，亦即斯巴达之国！"

西历一九〇三年七、十一月《浙江潮》第五、九期

---

5 现代汉语常用"逸事"。——编者注

说钮

昔之学者曰："太阳而外，宇宙间殆无所有。"历纪以来，翕然从之；怀疑之徒，竟不可得。乃不谓忽有一不可思议之原质，自发光热，煌煌焉出现于世界，辉新世纪之曙光，破旧学者之迷梦。若能力保存说，若原子说，若物质不灭说，皆蒙极酷之袭击，跄踉倾欹，不可终日。由是而思想界大革命之风潮，得日益磅礴，未可知也！此新原质以何因缘，乃得发见？则不能不曰："X 线（旧译透物电光）之赐。"

X 线者，一八九五年顷，德人伦琴所发明者也。其性质之奇异：若（一）贯通不透明体，（二）感写真干板，（三）与气体以导电性等。大惹学者之注意，谓 X 线外，当更有 Y 线，若 Z 线等者。相率覃思，冀获新质。乃果也驰运涅伏，必获报酬。翌年而法人贝克勒尔复有一大发见。

或曰，贝氏以厚黑纸二重，包写真干板，暴[1]之日光，越一二日，略无感应，乃上置磷光体铀盐，欲再行实验，而天适晦，不得已姑纳机兜中，数日后检之，则不待日光，已感干板。贝氏大骇异，细测其理，知其力非借磷光，而铀之盐类，实自具一种类似 X 线之辐射线，爰名之曰铀线，生此种线之体曰刺伽刻佉夫体。此种物体所放射之线，则例以发见者之名名之曰贝克勒尔线。犹 X 线之亦名伦琴线也。然铀线则无待器械电气之助，而自能放射，故较 X 线已大进步。

尔后研究益盛，学者涅伏中，均结种种 Y 线 Z 线之影。至一八九八年，施米特氏于钍之化合物中，亦发见伦琴线。

1　现代汉语常用"曝"。——编者注

同时，法国巴黎工艺化学学校教授居里夫人，于授业时，为空气传导之装置，偶于别及不兰[2]（奥大利产之复杂矿物）中，见有类似 X 线之放射线，闪闪然光甚烈。亟告其夫居里，研究之末，知含有铋化合物，其放射性凡四千倍于铀盐。以夫人生于坡兰德[3]故，即以坡罗尼恩[4]名之。既发表于世，学者大感谢，法国学士会院复酬以四千法郎，居里夫妇益奋励，日事研究，遂于别及不兰中，又得一新原质曰钼（Radium），符号为 Ra。（按旧译 Germanium 曰钼。然其音义于 Radium 尤惬，故篡取之，而 Germanium 则别立新名可耳。）

一八九九年，独比伦氏亦于别及不兰中得他种剌伽剌佉夫体[5]，名曰爱客地恩[6]。然其辐射性不及钼。

坡罗尼恩与铋，爱客地恩与钍，钼与钡，均有相似之性质。而其纯质，皆不可得。惟钼则经居里夫人辛苦经营，始得略纯粹者少许，测定分剂及光图，已确认为一新原质，其他则尚在疑似之间，或谓仅得保存其能力而已。

钼盐类之水溶液，加以锂，或轻二硫，或锂二硫，不生沉淀，钼硫养四或钼炭养三，不溶解于水，其钼绿二，则易溶于水，而不溶解于强盐酸及酒精中。利用此性，可于制铀之别及不兰残滓中，分析钼质。然因性殊类钡，故钡恒羼杂其间，去钡之法，须先令成盐化物，溶于水中，再注酒精，即生沉淀，然终不免有钡少许，存留溶液内，反复至再，始得略纯之钼盐。至于纯质，则迄今未能得也。且其量极稀，制铀残滓五千吨，所得钼盐不及一启罗格兰，此三年间所取纯与不纯者，合计仅五百格兰耳。而有谓世界中全量恐已

2　现译"沥青铀矿"。——编者注
3　现译"波兰"。——编者注
4　现译"钋"。——编者注
5　现译"放射性物质"。——编者注
6　现译"锕"。——编者注

尽是者,其珍贵如此。故值亦綦昂,虽含钡甚多者,每一格兰,非三十五弗不能得。至居里氏之最纯品,以世界惟一称者,亦仅如微尘大,积二万购之,犹不可得,其放射力则强于铀盐百万倍云。

此最纯品,即钼绿二也。昨年居里夫人化分其绿,令成银绿二,计其量,然后算得之分剂为二百二十五。

德马塞曾照以分光器,钼之特有光图外,不复有他光图,亦为新原质之一证。钼线虽多与X线同,而此外复有与玻璃陶器以褐色或革色,令银绿二复原,岩盐带色,染白纸,一昼夜间变黄磷为赤磷,及灭亡种子发芽力之种种性。又以色儿路多皿贮钼盐(放射性强于铀线五千倍者),握掌中二时间,则皮肤被灼,今居里氏伤痕历历犹未灭也。居里氏曰:"若有人入置纯钼一密里格兰之室中,则当丧明焚身,甚或致死。"而加奈大[7]之卢索夫氏,则谓纯钼一格兰,足起一磅之重高及一呎[8]。甚或有谓足击英国所有军舰,飞上英国第一高山辩那维[9]之巅者,则威廉可洛克之言也。综观诸说,虽觉近夸,而放射力之强,亦可想见矣。尤奇者,其放射力,毫不假于外物,而自发于微小之本体中,与太阳无异。

钼线亦若X线然,有贯通金属力,此外若纸木皮肉等,俱无所阻。然放射后,每为被贯通之物质所吸收,而力变弱,设以钼线通过○○○二五密里之钼箔,则强率变为其初之四十九%,再一次则又减为三十六%,二次以后,减率乃不如初之著矣。由是知钼线决非单纯,有易被他物所吸收者,有强于贯通力者,其贯物而过也若滤分然。各放射线,析为数种,感写真干板之力强者,即贯通线也,其中复有善感眼之组织者,故虽瞑目不视,而仍见其所在。

钼之奇性犹不止是。有巴尔敦者,曾于暗室中,解包出钼,忽

7　现译"加拿大"。——编者注
8　现代汉语常用"尺"。——编者注
9　现译为"本尼维斯"。——编者注

闪闪然发青白色光，室中骤明，其纸裹亦受微光，良久不灭。是即副放射线，感写真干板之作用，亦与主放射同。盖钼能本体发光，及与光于接近物体之二性质，宛如太阳与光于周围游星然。其能力之根源，竟不可测。

或曰贝克勒尔氏贮比较的纯钼于管中，藏之衣底，六小时后，体上忽现焦灼痕，未几忽隐现于头腕间，不能指其定处。后居里氏乃设法测其热度，法用热电柱，其一方接合点，置纯铜盐，他方接合点，置含铜盐六分一之锡盐。计算所生电流之强率，知置铜盐处之温度，高一度半。又以篷然测热器，测〇·〇八格兰之纯钿盐所生温度，一小时凡十四加罗厘，即一格兰所放射之热，每一小时凡百加罗厘以上也。其光与热，既非出于燃烧，亦无化学的变化，不知此多量能力，以何为根？如曰本体所自发软，则昔所谓能力之原则者，不得不破。如曰由外围能力而发软，则钼必当有利用外围能力之性，而此能力之本性，又为吾人所未及知者也。

钼线亦有与空气以导电性之性质，设有钢板及锌板各一，联以铜丝，两板间之空气，令钼线通过之，则铜丝即生电流，与两板各浸于稀硫酸液中无稍异。盖钼线能令气体为衣盎（集于两极间之电解质之总名），分出荷阴阳电气之部分，故气体之作用，遂与液体电解质同。钼线中之易被他物吸收者，此性尤著。

从克尔格司管阴极发生之恺多图线，及伦琴线，及钼线，若受强磁力之作用，则进行必偏，设与钼线成直角之方向，有磁力作用，则钼线即越与磁力相对之左而行。然因钼线非单纯者，故析出屈于磁力及不屈于磁力之种种线，进路各不相同，与日光过三棱玻璃而成七色无异。钼线中之强于贯通力者，此性尤著，且因对于磁力之作用，故钼线之大部分，遂含有荷阴电气而飞运极迅之微粒云。

被磁力而偏之钼线中，既含有荷阴电之微粒，则以之投射于或物体，亦当得阴电。居里夫妇曾用封蜡绝缘之导电体，投以钋线，而确得阴电，又以同法绝缘之铜盐，因带阴电之微粒飞去，而荷阳电。此电气之集积量，每一平方密厘每一秒时凡得4×19^{-12}安培云。钋线中带阴电之微粒，在强电场时，必偏其进行方向，即在一密厘有一万波的之强电场，则偏四生的许，此贝克勒尔氏所实证者也。

自钋所发射微粒之速度，每秒凡1.6×10^{10}密厘，约当光速度之半，因此微粒之飞散，故钋于一小时所失之能力额凡4.4×10^{-6}加罗厘，与前记之放出热量较，则觉甚微。又从钋之表面一平方密厘所放射之微粒，其质量亦綦少，计每一格兰之飞散，约需十亿万年。准此，则其微粒之大，应为轻气原子三千分之一，是名电子。

电子说曰："凡物质中，皆含原子，而原子中，复含电子，电子之于原子，犹原子之于物质也。此电子受四围之电气与磁气之感化，循环飞运，无有已时，凡诸物体，罔不如是，虽吾人类，亦由是成。然飞运迟速，则因物而异，钋之电子，乃极速者，以过速故，有一部分，飞出体外，而光与热，自然发生，为辐射线。"然是说也，必电子自具物质构成之能，乃得秩然成理。不然，则纵调和之曰飞散极微，悠久之曰须无量载，而于物质不灭之说，则仍无救也。且创原子说者，非以是为至微极小，分割物质之达于究极者乎。电子说兴，知飞动之微点，实小于原子千分之一，乃不得不褫原子宇宙间小达极点之嘉名，以归电子，而原子说亡。

自X线之研究，而得钋线；由钋线之研究，而生电子说。由是而关于物质之观念，倏一震动，生大变象。最人涅伏，吐故纳新，败果既落，新葩欲吐，虽曰居里夫人之伟功，而终当脱冠以谢十九世末之X线发见者伦琴氏。

西历一九〇三年十月《浙江潮》第八期

梦

很多的梦，趁黄昏起哄，

前梦才挤却大前梦，后梦又赶走了前梦。

　去的前梦黑如墨，在的后梦墨一般黑；

　去的在的仿佛都说："看我真好颜色。"

颜色许好，暗里不知；

而且不知道，说话的是谁？

暗里不知，身热头痛。

你来你来，明白的梦！

《新青年》第四卷第五号

爱之神

一个小娃子，展开翅子在空中，
一手搭箭，一手张弓，
不知怎么一下，一箭射着前胸。
　"小娃子先生，谢你胡乱栽培！
但得告诉我，我应该爱谁？"
娃子着慌，摇头说："唉！
你是还有心胸的人，竟也说这宗话。
　你应该爱谁，我怎么知道？
　总之我的箭是放过了！
　你要是爱谁，便没命的去爱他；
　你要是谁也不爱，也可以没命的去自己死掉。"

《新青年》第四卷第五号

桃花

春雨过了，太阳又很好，随便走到园中。

桃花开在园西，李花开在园东。

　我说："好极了！桃花红，李花白。"

（没说，桃花不及李花白。）

桃花可是生了气，满面涨作"杨妃红"。

　好小子！真了得！竟能气红了面孔。

　我的话可并没得罪你，你怎的便涨红了面孔！

　唉！花有花的道理[1]，我不懂。

1　此处原文为"花有花道理"，疑为原文错漏，故更正。——编者注

他们的花园

小娃子，卷螺发，

银黄的面庞上还有微红——看他意思是正要活。

　　走出破大门，望见邻家：

　　他们大花园里，有许多好花。

用尽小心机，得了一朵百合，

又白又光明，像才下的雪。

好生拿了回家，映着面庞，分外映出血色。

　　苍蝇绕花飞鸣，乱在一屋子里——

　　"偏爱这不干净花，是胡涂孩子！"

　　忙看百合花，却已有几点蝇矢。

看不得，舍不得。

瞪眼望天空，他更无话可说。

　　说不出话，想起邻家：

　　他们大花园里，有许多好花。

《新青年》第五卷第一号

人与时

一人说，将来胜过现在。

一人说，现在远不及从前。

一人说，什么？

时道，你们都侮辱我的现在。

　从前好的，自己回去。

　将来好的，跟我前去。

　这说什么的，

　我不和你说什么。

《新青年》第五卷第一号

渡河与引路

玄同兄：

两日前看见《新青年》五卷二号通信里面，兄有唐俟也不反对 Esperanto[1]，以及可以一齐讨论的话。我于 Esperanto 固不反对，但也不愿讨论，因为我的赞成 Esperanto 的理由，十分简单，还不能开口讨论。

要问赞成的理由，便只是依我看来，人类将来总当有一种共同的言语，所以赞成 Esperanto。

至于将来通用的是否 Esperanto，却无从断定。大约或者便从 Esperanto 改良，更加圆满，或者别有一种更好的出现，都未可知。但现在既是只有这 Esperanto，便只能先学这 Esperanto。现在不过草创时代，正如未有汽船，便只好先坐独木小舟。倘使因为预料将来当有汽船，便不造独木小舟，或不坐独木小舟，那便连汽船也不会发明，人类也不能渡水了。

然问将来何以必有一种人类共通的言语，却不能拿出确凿证据。说将来必不能有的，也是如此。所以全无讨论的必要，只能各依自己所信的做去就是了。

但我还有一个意见，以为学 Esperanto 是一件事，学 Esperanto 的精神，又是一件事。白话文学也是如此，倘若思想照旧，便仍然换牌不换货。才从"四目仓圣"面前爬起，又向"柴明华先师"脚下跪倒，无非反对人类进步的时候，从前是说 no，现在是说 ne；从前写作"咈哉"，现在写作"不行"罢了。所以我的意见，以为灌输

---

1 即"世界语"。——编者注

正当的学术文艺，改良思想，是第一事；讨论 Esperanto，尚在其次；至于辨难驳诘，更可一笔勾消[2]。

《新青年》里的通信，现在颇觉发达，读者也都喜看。但据我个人意见，以为还可酌减，只须将诚恳切实的讨论，按期登载，其他不负责任的随口批评，没有常识的问难，至多只要答他一回，此后便不必多说，省出纸墨，移作别用。例如见鬼、求仙、打脸之类，明明白白全是毫无常识的事情，《新青年》却还和他们反复辩论，对他们说"二五得一十"的道理，这功夫岂不可惜，这事业岂不可怜。

我看《新青年》的内容，大略不外两类：一是觉得空气闭塞污浊，吸这空气的人，将要完结了，便不免皱一皱眉，说一声"唉"。希望同感的人，因此也都注意，开辟一条活路。假如有人说这脸色声音，没有妓女的眉眼一般好看，唱小调一般好听，那是极确的真话，我们不必和他分辩，说是皱眉叹气，更为好看。和他分辩，我们就错了。一是觉得历来所走的路，万分危险，而且将到尽头，于是凭着良心，切实寻觅，看见别一条平坦有希望的路，便大叫一声说："这边走好！"希望同感的人，因此转身，脱了危险，容易进步。假如有人偏向别处走，再劝一番，固无不可，但若仍旧不信，便不必拼命去拉，各走自己的路。因为拉得打架，不独于他无益，连自己和同感的人，也都耽搁了工夫。

耶稣说，见车要翻了，扶他一下。Nietzsche[3] 说，见车要翻了，推他一下。我自然是赞成耶稣的话，但以为倘若不愿你扶，便不必硬扶，听他罢了。此后能够不翻，固然很好，倘若终于翻倒，然后再来切切实实的帮他抬。

2　现代汉语常用"一笔勾销"。——编者注
3　即"尼采"。——编者注

老兄，硬扶比抬更为费力，更难见效。翻后再抬，比将翻便扶，于他们更为有益。

唐俟 十一月四日

《新青年》第五卷第五号

"说不出"

看客在戏台下喝倒采[1]，食客在膳堂里发标[2]，伶人厨子，无嘴可开，只能怪自己没本领。但若看客开口一唱戏，食客动手一做菜，可就难说了。

所以，我以为批评家最平稳的是不要兼做创作。假如提起一支屠城的笔，扫荡了文坛上一切野草，那自然是快意的。但扫荡之后，倘以为天下已没有诗，就动手来创作，便每不免做出这样的东西来：

> 宇宙之广大呀，我说不出；
>
> 父母之恩呀，我说不出；
>
> 爱人的爱呀，我说不出。
>
> 阿呀[3]阿呀，我说不出！

这样的诗，当然是好的——倘就批评家的创作而言。太上老君的《道德》五千言，开头就说"道可道，非常道"，其实也就是一个"说不出"，所以这三个字，也就替得五千言。

呜呼，"王者之迹熄，而《诗》亡；《诗》亡，然后《春秋》作。""予岂好辩哉？予不得已也！"

《语丝》第一号

---

1 现代汉语常用"喝倒彩"。——编者注
2 现代汉语常用"发飙"。——编者注
3 现代汉语常用"哎呀"。——编者注

记"杨树达"君的袭来

今天早晨，其实时候是大约已经不早了。我还睡着，女工将我叫了醒来，说："有一个师范大学的杨先生，杨树达，要来见你。"我虽然还不大清醒，但立刻知道是杨遇夫君，他名树达，曾经因为邀我讲书的事，访过我一次的。我一面起来，一面对女工说："略等一等，就请罢。"

我起来看钟，是九点二十分。女工也就请客去了。不久，他就进来，但我一看很愕然，因为他并非我所熟识的杨树达君，他是一个方脸、淡赭色脸皮、大眼睛、长眼梢、中等身材的二十多岁的学生风的青年。他穿着一件藏青色的爱国布（？）长衫，时式的大袖子，手上拿一顶很新的淡灰色中折帽，白的围带，还有一个采色[1]铅笔的扁匣，但听那摇动的声音，里面最多不过是两支很短的铅笔。

"你是谁？"我诧异的问，疑心先前听错了。

"我就是杨树达。"

我想：原来是一个和教员的姓名完全相同的学生，但也许写法并不一样。

"现在是上课时间，你怎么出来的？"

"我不乐意上课！"

我想，原来是一个孤行己意、随随便便的青年，怪不得他模样如此傲慢。

"你们明天放假罢……"

"没有，为什么？"

1　现代汉语常用"彩色"。——编者注

"我这里可是有通知的……"我一面说，一面想，他连自己学校里的纪念日都不知道了，可见是已经多天没有上课，或者也许不过是一个假借自由的美名的游荡者罢。

"拿通知给我看。"

"我团掉了。"我说。

"拿团掉的我看。"

"拿出去了。"

"谁拿出去的?"

我想：真奇怪[2]，怎么态度如此无礼? 然而他似乎是山东口音，那边的人多是率直的，况且年青的人思想简单……或者他知道我不拘这些礼节：这不足为奇。

"你是我的学生么?"但我终于疑惑了。

"哈哈哈，怎么不是?"

"那么，你今天来找我干什么?"

"要钱呀，要钱!"

我想：那么，他简直是游荡者，荡窘了，各处乱钻。

"你要钱什么用?"我问。

"穷呀。要吃饭不是总要钱吗? 我没有饭吃了!"他手舞足蹈起来。

"你怎么问我来要钱呢?"

"因为你有钱呀。你教书，做文章，送来的钱多得很。"他说着，脸上做出凶相，手在身上乱摸。

我想：这少年大约在报章上看了些什么上海的恐吓团的记事，竟模仿起来了，还是防着点罢。我就将我的坐位略略移动，预备容易取得抵抗的武器。

2　此处原文为"这奇怪"，疑为原文错误，故更正。——编者注

"钱是没有。"我决定的说。

"说谎！哈哈哈，你钱多得很。"

女工端进一杯茶来。

"他不是很有钱么？"这少年便问她，指着我。

女工很惶窘了，但终于很怕的回答："没有。"

"哈哈哈，你也说谎！"

女工逃出去了。他换了一个坐位，指着茶的热气，说：

"多么凉。"

我想：这意思大概算是讥刺我，犹言不肯将钱助人，是凉血动物。

"拿钱来。"他忽而发出大声，手脚也愈加舞蹈起来，"不给钱是不走的！"

"没有钱。"我仍然照先的说。

"没有钱？你怎么吃饭？我也要吃饭。哈哈哈哈。"

"我有我吃饭的钱，没有给你的钱。你自己挣去。"

"我的小说卖不出去。哈哈哈！"

我想：他或者投了几回稿，没有登出，气昏了。然而为什么向我为难呢？大概是反对我的作风的。或者是有些神经病的罢。

"你要做就做，要不做就不做，一做就登出，送许多钱，还说没有，哈哈哈哈。晨报馆的钱已经送来了罢，哈哈哈。什么东西！周作人、钱玄同；周树人就是鲁迅，做小说的，对不对？孙伏园；马裕藻就是马幼渔，对不对？陈通伯、郁达夫。什么东西！Tolstoi[3]、Andreev[4]、张三，什么东西！哈哈哈，冯玉祥，吴佩孚，哈哈哈。"

"你是为了我不再向晨报馆投稿的事而来的么？"但我又即刻

3　即"托尔斯泰"。——编者注

4　即"安德烈夫"。——编者注

觉到我的推测有些不确了，因为我没有见过杨遇夫马幼渔在《晨报副镌》上做过文章，不至于拉在一起，况且我的译稿的稿费至今还没有着落，他该不至于来说反话的。

"不给钱是不走的。什么东西，还要找！还要找陈通伯去。我就要找你的兄弟去，找周作人去，找你的哥哥去。"

我想：他连我的兄弟哥哥都要找遍，大有恢复灭族法之意了，的确古人的凶心都遗传在现在的青年中。我同时又觉得这意思有些可笑，就自己微笑起来。

"你不舒服罢？"他忽然问。

"是的，有些不舒服，但是因为你骂得不中肯。"

"我朝南。"他又忽而站起来，向后窗立着说。

我想：这不知道是什么意思。

他忽而在我床上躺下了。我拉开窗幔，使我的佳客的脸显得清楚些，以便格外看见他的笑貌。他果然有所动作了，是使他自己的眼角和嘴角都颤抖起来，以显示凶相和疯相，但每一抖都很费力，所以不到十抖，脸上也就平静了。

我想：这近于疯人的神经性痉挛，然而颤动何以如此不调匀，牵连的范围又何以如此之大，并且很不自然呢？一定，他是装出来的。

我对于这杨树达君的纳罕和相当的尊重，忽然都消失了，接着就涌起要呕吐和沾了龌龊东西似的感情来，原来我先前的推测，都太近于理想的了。初见时我以为简率的口调，他的意思不过是装疯，以热茶为冷，以北为南的话，也不过是装疯。从他的言语举动综合起来，其本意无非是用了无赖和狂人的混合状态，先向我加以侮辱和恫吓，希图由此传到别个，使我和他所提出的人们都不敢再做辩论或别样的文章。而万一自己遇到困难的时候，则就用"神经病"这一个盾牌来减轻自己的责任。但当时不知怎样，我对于他装疯技术的拙劣，就是其拙至于使我在先觉不出他是疯人，后来渐渐觉到有些疯意，而又立刻露出破绽的事，尤其抱着特别的反感了。

他躺着唱起歌来，但我于他已经毫不感到兴味，一面想，自己竟受了这样浅薄卑劣的欺骗了，一面却照了他的歌调吹着口笛，藉[5]此嘘出我心中的厌恶来。

"哈哈哈！"他翘起一足，指着自己鞋尖大笑。那是玄色的深梁的布鞋，裤是西式的，全体是一个时髦的学生。

我知道，他是在嘲笑我的鞋尖已破，但已经毫不感到什么兴味了。

他忽而起来，走出房外去，两面一看，极灵敏地找着了厕所，小解了。我跟在他后面，也陪着他小解了。

我们仍然回到房里。

"吓！什么东西！……"他又要开始。

我可是有些不耐烦了，但仍然恳切地对他说：

"你可以停止了。我已经知道你的疯是装出来的。你此来也另外还藏着别的意思。如果是人，见人就可以明白的说，无须装怪相。还是说真话罢，否则，白费许多工夫，毫无用处的。"

他貌如不听见，两手搂着裤裆，大约是扣扣子，眼睛却注视着壁上的一张水彩画。过了一会，就用第二个指头指着那画大笑：

"哈哈哈！"

这些单调的动作和照例的笑声，我本已早经觉得枯燥的了，而况是假装的，又如此拙劣，便愈加看得烦厌[6]。他侧立在我的前面，我坐着，便用了曾被讥笑的破的鞋尖一触他的胫骨，说：

"已经知道是假的了，还装甚么呢？还不如直说出你的本意来。"

5　现代汉语常用"借"。——编者注
6　现代汉语常用"厌烦"。——编者注

但他貌如不听见, 徘徊之间, 突然取了帽和铅笔匣, 向外走去了。

这一着棋是又出于我的意外的, 因为我还希望他是一个可以理喻、能知惭愧的青年。他身体很强壮, 相貌很端正的。Tolstoi 和 Andreev 的发音也还正。

我追到风门前, 拉住他的手, 说道: "何必就走, 还是自己说出本意来罢, 我可以更明白些……" 他却一手乱摇, 终于闭了眼睛, 拼两手向我一挡, 手掌很平的正对着我: 他大概是懂得一点国粹的拳术的。

他又往外走。我一直送到大门口, 仍然用前说去固留, 而他推而且挣, 终于挣出大门了。他在街上走得很傲然, 而且从容地。

这样子, 杨树达君就远了。

我回进来, 才向女工问他进来时候的情形。

"他说了名字之后, 我问他要名片, 他在衣袋里掏了一会, 说道: '阿[7], 名片忘了, 还是你去说一声罢。' 笑嘻嘻, 一点不像疯的。"女工说。

我愈觉得要呕吐了。

然而这手段却确乎使我受损了——除了先前的侮辱和恫吓之外, 我的女工从此就将门关起来, 到晚上听得打门声, 只大叫是谁, 却不出去, 总须我自己去开门。我写完这篇文字之间, 就放下了四回笔。

"你不舒服罢?"杨树达君曾经这样问过我。

是的, 我的确不舒服。我历来对于中国的情形, 本来多已不舒服的了, 但我还没有预料到学界或文界对于他的敌手竟至于用了疯子来做武器, 而这疯子又是假的, 而装这假疯子的又是青年的学生。

二四年十一月十三日夜

《语丝》第二期

---

7 现代汉语常用"啊"。——编者注

关于杨君袭来事件的辩正 [1]

一

今天有几位同学极诚实地告诉我，说十三日访我的那一位学生确是神经错乱的，十三日是发病的一天，此后就加重起来了。我相信这是真实情形，因为我对于神经患者的初发状态没有实见和注意研究过，所以很容易有看错的时候。

现在我对于我那记事后半篇中神经过敏的推断这几段，应该注销。但以为那记事却还可以存在：这是意外地发露了人对人——至少是他对我和我对他——互相猜疑的真面目了。

当初，我确是不舒服，自己想，倘使他并非假装，我即不至于如此恶心。现在知道是真的了，却又觉得这牺牲实在太大，还不如假装的好。然而事实是事实，还有什么法子呢？我只能希望他从速回复 [2] 健康。

十二月二十一日

二

伏园兄：

今天接到一封信和一篇文稿，是杨君的朋友，也是我的学生做

---

1 现代汉语常用"辩证"。——编者注
2 现代汉语常用"恢复"。——编者注

的，真挚而悲哀，使我看了很觉得惨然，自己感到太易于猜疑，太易于愤怒。他已经陷入这样的境地了，我还可以不赶紧来消除我那对于他的误解么？

所以我想，我前天交出的那一点辩正，似乎不够了，很想就将这一篇在《语丝》第三期上给他发表。但纸面有限，如果排工有工夫，我极希望增刊两板³（大约此文两板还未必容得下），也不必增价，其责任即由我负担。

由我造出来的酸酒，当然应该由我自己来喝干。

鲁迅　十二月二十四日

《语丝》第三期

3　现代汉语常用"版"。——编者注

烽话五则

父子们冲突着。但倘用神通将他们的年纪变成约略相同，便立刻可以像一对志同道合的好朋友。

伶俐人叹"人心不古"时，大抵是他的巧计失败了，但老太爷叹"人心不古"时，则无非因为受了儿子或姨太太的气。

电报曰：天祸中国。天曰：委实冤枉！

精神文明人作飞机论曰：较之灵魂之自在游行，一钱不值矣。写完，遂率家眷移入东交民巷使馆界。

倘诗人睡在烽火旁边，听得烘烘地响时，则烽火就是听觉。但此说近于味觉，因为太无味。然而无为即无不为，则无味自然就是至味了。对不对？

《语丝》第二期

"音乐"?

夜里睡不着，又计画着明天吃辣子鸡，又怕和前回吃过的那一碟做得不一样，愈加睡不着了。坐起来点灯看《语丝》，不幸就看见了徐志摩先生的神秘谈——不，"都是音乐"，是听到了音乐先生的音乐：

> ……我不仅会听有音的乐，我也会听无音的乐（其实也有音就是你听不见）。我直认我是一个甘脆[1]的Mystic[2]，我深信……

此后还有什么什么"都是音乐"云云，云云云云。总之："你听不着就该怨你自己的耳轮太笨或是皮粗！"

我这时立即疑心自己皮粗，用左手一摸右胳膊，的确并不滑；再一摸耳轮，却摸不出笨也与否。然而皮是粗定了，不幸而"拊不留手"的竟不是我的皮，还能听到什么庄周先生所指教的天籁地籁和人籁。但是，我的心还不死，再听罢，仍然没有——阿，仿佛有了，像是电影广告的军乐。呸！错了。这是"绝妙的音乐"么？再听罢，没……唔，音乐，似乎有了：

> ……慈悲而残忍的金苍蝇，展开馥郁的安琪儿的黄翅，俺，颉利，弥缚谛弥谛，从荆芥萝卜叮玎瑠洋的彤海里起来。Br-rrr tatata tahi tal 无终始的金刚石天堂的娇袅鬼茉莪，蘸着半分之一

1　现代汉语常用"干脆"。——编者注
2　即"神秘主义者"。——编者注

的北斗的蓝血,将翠绿的忏悔写在腐烂的鹦哥伯伯的狗肺上!你不懂么?咄!吁,我将死矣!婀娜涟漪的天狼的香而秽恶的光明的利镞,射中了塌鼻阿牛的妖艳光滑蓬松而冰冷的秃头,一匹黯黮欢愉的瘦螳螂飞去了。哈,我不死矣!无终……

危险,我又疑心我发热了,发昏了,立刻自省,即知道又不然。这不过是一面想吃辣子鸡,一面自己胡说八道,如果是发热发昏而听到的音乐,一定还要神妙些。并且其实连电影广告的军乐也没有听到,倘说是幻觉,大概也不过自欺之谈,还要给粗皮来粉饰的妄想。我不幸终于难免成为一个苦韧的非 Mystic 了,怨谁呢?只能恭颂志摩先生的福气大,能听到这许多"绝妙的音乐"而已。但倘有不知道自怨自艾的人,想将这位先生"送进疯人院"去,我可要拼命反对,尽力呼冤的——虽然将音乐送进音乐里去,从甘脆的 Mystic 看来并不算什么一回事。

然而音乐又何等好听呵,音乐呀!再来听一听罢,可惜而且可恨,在檐下已有麻雀儿叫起来了。

咦,玲珑零星邦滂砰玟的小雀儿呵,你总依然是不管甚么地方都飞到,而且照例来"唧唧啾啾"地叫,轻飘飘地跳么?然而这也是音乐呀,只能怨自己的皮粗。

只要一叫而人们大抵震悚的怪鸱的真的恶声在那里?

我来说"持中"的真相

风闻有我的老同学玄同其人者，往往背地里褒贬我，褒固无妨，而又有贬，则岂不可气呢？今天寻出漏洞，虽然与我无干，但也就来回敬一箭罢：报仇雪恨，《春秋》之义也。

他在《语丝》第二期上说，有某人挖苦叶名琛的对联"不战，不和，不守；不死，不降，不走。"大概可以作为中国人"持中"的真相之说明。我以为这是不对的。

夫近乎"持中"的态度大概有二：一者"非彼即此"，二者"可彼可此"也。前者是无主意，不盲从，不附势，或者别有独特的见解，但境遇是很危险的，所以叶名琛终至于败亡，虽然他不过是无主意。后者则是"骑墙"，或是极巧妙的"随风倒"了，然而在中国最得法，所以中国人的"持中"大概是这个。倘改篡了旧对联来说明，就该是：

似战，似和，似守；
似死，似降，似走。

于是玄同即应据精神文明法律第九万三千八百九十四条，治以"误解真相，惑世诬民"之罪了。但因为文中用有"大概"二字，可以酌给末减：这两个字是我也很喜欢用的。

《语丝》第七期

一九二五年

Petöfi Sándor[1] 的诗

我的父亲的和我的手艺

从幼小以来，亲爱的父亲，
你的诚实的嘴嘱咐我，很谆谆，
教我该像你似的，做一个屠兽者——
但你的儿子却成了文人。
你用了你的家伙击牛，
我的柔翰向人们开仗——
所做的都就是这个，
单是那名称两样。

愿我是树，倘使你……

愿我是树，倘使你是树的花朵；
你是露，我就愿意成花；
愿我是露罢，倘使你是太阳的一条光线；
我们的存在这就打成一家。
而且，倘使你，姑娘，是高天，
我就愿意是，其中闪烁的一颗星；
然而倘使你，姑娘，是地狱——

---

1 即"裴多菲·山陀尔"。——编者注

为要和你一处，我宁可永不超生。

太阳酷热地照临……

太阳酷热地照临，
周遭的谷子都已成熟；
一到明天早晨，
我就开手去收获。
我的爱也成熟了。
红炽的是我的精神；
但愿你，甜蜜的，唯一的——
但愿你是收割的人！

坟墓休息着……

坟墓里休息着我的初恋的人儿，
而我的苦痛就如月亮，当坟墓的夜中。
新的爱从我这里起来了，太阳似的，
而那月亮……在太阳的威力下柔融。

我的爱——并不是……

我的爱——并不是一只夜莺，
在曙红的招呼中觉醒，
用了受白昼的亲吻而赤热了的妙音，
来响彻这人境。

我的爱并不是郁郁葱葱的林薮，

有白鹄浮泛于闲静的鱼塘，

而且以雪白的颈子点首，

向了照耀在川水里的月亮的影光。

我的爱并不是欢欣安静的人家，

花园似的，将平和一门关住，

其中有"幸福"慈爱地往来，

而抚养那"欢欣"，那娇小的仙女。

我的爱，就如荒凉的沙漠一般——

一个大盗似的有嫉妒在那里霸着；

他的剑是绝望的疯狂，

而每一刺是各样的谋杀。

《语丝》第九、十一期

咬嚼之余

我的一篇《咬文嚼字》的"滥调",又引起小麻烦来了,再说几句罢。

我那篇的开首说:"以摆脱传统思想之束缚……"

第一回通信的某先生似乎没有看见这一句,所以多是枝叶之谈,况且他大骂一通之后,即已声明不管,所以现在也不在话下。

第二回的潜源先生的通信是看见那一句的了,但意见和我不同,以为都非不能"摆脱传统思想之束缚……"各人的意见,当然会各式各样的。

他说女名之所以要用"轻靓艳丽"字眼者,(一)因为"总常想知道他或她的性别"。但我却以为这"常想"就是束缚。小说看下去就知道,戏曲是开首有说明的。(二)因为便当,譬如托尔斯泰有一个女儿叫作 Elizabeth Tolstoi,全译出来太麻烦,用"妥妳丝苔"就明白简单得多。但假如托尔斯泰还有两个女儿,叫做 Mary Tolstoi et Hilda Tolstoi,即又须别想八个"轻靓艳丽"字样,反而麻烦得多了。

他说 Go 可译郭,Wi 可译王,Ho 可译何,何必故意译做"各""旺""荷"呢?再者,《百家姓》为什么不能有伟力?但我却以为译"郭""王""何"才是"故意",其游魂是《百家姓》。我之所以诧异《百家姓》的伟力者,意思即见前文的第一句中。但来信又反问了,则又答之曰:意思即见前文第一句中。

再说一遍罢,我那篇的开首说:"以摆脱传统思想之束缚……"所以将翻译当作一种工具,或者图便利,爱折中的先生们是本来不在所讽的范围之内的。两位的通信似乎于这一点都没有看清楚。

末了，我对于潜源先生的"末了"的话，还得辩正几句。（一）我自己觉得我和"三苏"中之任何一苏，都绝不相类，也不愿意比附任何古人，或者"故意"凌驾他们。倘以某古人相拟，我也明知是好意，但总是满身不舒服，和见人使 Corky 姓高相同。（二）其实《呐喊》并不风行，其所以略略流行于新人物间者，因为其中的讽刺在表面上似乎大抵针对旧社会的缘故，但使老先生们一看，恐怕他们也要以为"吹敲""苛责"，深恶而痛绝之的。（三）我并不觉得我有"名"，即使有之，也毫不想因此而作文更加郑重，来维持已有的名，以及别人的信仰。纵使别人以为无聊的东西，只要自己以为有聊，且不被暗中禁止阻碍，便总要发表曝露[1]出来，使厌恶滥调的读者看看，可以从速改正误解，不相信我。因为我觉得我若专讲宇宙人生的大话，专刺旧社会给新青年看，希图在若干人们中保存那由误解而来的"信仰"，倒是"欺读者"，而于我是苦痛的。

一位先生当面，一位通信，问我《现代评论》里面的一篇《鲁迅先生》，为什么没有了。我一查，果然，只剩了前面的《苦恼》和后面的《破落户》，而本在其间的《鲁迅先生》确乎没有了。怕还有同样的误解者，我在此顺便声明一句：我一点不知道为什么。

假如我说要做一本《妥妳丝苔传》，而暂不出版，人便去质问托尔斯泰的太太或女儿，我以为这办法实在不很对，因为她们是不会知道我所玩的是什么把戏的。

一月二十日

1　现代汉语常用"暴露"。——编者注

【备考】：

"无聊的通信"

伏园先生：

　　自从先生出了征求"青年爱读书十部"的广告之后，《京报副刊》上就登了关于这类的许多无聊的通信，如"年青妇女是否可算'青年'"之类。这样无聊的文字，这样简单的脑筋，有登载的价值么？除此，还有前天的副刊上载有鲁迅先生的《咬文嚼字》一文，亦是最无聊的一种，亦无登载的必要！《京报副刊》的篇幅是有限的，请先生宝贵它吧，多登些有价值的文字吧！兹寄上一张征求的表请收下。

十三，仲潜

　　凡记者收到外间的来信，看完以后认为还有再给别人看看的必要，于是在本刊上发表了。例如廖仲潜先生这封信，我也认为有公开的价值，虽然或者有人（也许连廖先生自己）要把它认为"无聊的通信"。我发表"'青年'二字是否连妇女也包括在内？"的李君通信，是恐怕读者当中还有像李君一般怀疑的，看了我的答案可以连带的明白了。关于这层我没有什么其他的答辩。至于鲁迅先生的《咬文嚼字》，在记者个人的意见，是认为极重要、极有意义的文字的，所以特用了二号字的标题、四号字的署名，希望读者特别注意。因为鲁迅先生所攻击的两点，在记者也以为是晚近翻译界堕落的征兆，不可不力求改革的。中国从翻译印度文字以来，似乎数千年中还没有人

171

想过这样的怪思想，以为女人的名字应该用美丽的字眼，男人的名字的第一音应该用《百家姓》中的字，的确是近十年来的人发明的（这种办法在严几道时代还未通行），而近十年来的翻译文字的错误百出也可以算得震铄前古的了。至于这两点为什么要攻击，只要一看鲁迅先生的讽刺文字就会明白。他以中国"周家的小姐不另姓绸"去映衬有许多人用"玛丽亚""婀娜""娜拉"这些美丽字眼译外国女人名字之不当，以"吾家rky"一语去讥讽有许多人将无论那一国的人名硬用《百家姓》中的字作第一音之可笑，只这两句话给我们的趣味已经够深长够浓厚了，而廖先生还说它是"最无聊"的文字么？最后我很感谢廖先生热心的给我指导，还很希望其他读者如对于副刊有什么意见时不吝赐教。

伏园敬复

一九二五年一月十六日《京报副刊》所载

关于《咬文嚼字》

伏园先生：

我那封短信，原系私人的通信，应无发表的必要，不过先生认为有公开的价值，就把它发表了。但因此那封信又变为无聊的通信了，岂但无聊而已哉，且恐要惹起许多无聊的是非来，这个挑拨是非之责，应该归记者去担负吧！所以如果没有彼方的答辩则已，如有，我可不理了。至于《咬文嚼字》一文，先生认为原意中攻击的两点是极重要且极有意义的，我不无怀疑之点：A，先生照咬文嚼字的翻译看起来，以为是晚近翻译界

堕落的征兆。为什么是堕落？我不明白。你以为女人的名字应
该用美丽的字眼，男人的名字的第一音应该用《百家姓》中的
字，是近来新发明的，因名之曰怪思想么？但我要问先生认它
为"堕落"的，究竟是不是"怪思想"？我以为用美丽的字眼翻
译女性的名字是翻译者完全的自由与高兴，无关紧要的，虽是
新发明，却不是堕落的征兆，更不是怪思想！B，外国人的名是
在前，姓是在后。"高尔基"三个音连成的字，是 Gorky 的姓，
并不是他就是姓"高"，不过便于中国人的习惯及记忆起见，把
第一音译成一个相似的中国姓，或略称某氏以免重复的累赘
底[1]困难。如果照中国人的姓名而认他姓高，则尔基就变成他
的名字了？岂不是笑话吗！又如，Wilde 可译为王尔德，可译
魏尔德，又可译为樊尔德，然则他一人姓了王又姓魏又姓樊，
此理可说的通吗？可见所谓"吾家 rky"者，我想，是鲁迅先生
新发明的吧！不然，就是说"吾家 rky"的人，根本不知"高尔
基"三音连合的字是他原来的姓！因同了一个"高"字，就贸贸
然称起吾家还加上 rky 来，这的确是新杜撰的滑稽话！却于事
实上并无滑稽的毫末，只惹得人说他无意思而已，说他是门外
汉而已，说他是无聊而已！先生所谓够深长够浓厚极重要极有
意义的所在，究竟何所而在？虽然，记者有记者个人的意见，
有记者要它发表不发表的权力，所以二号字的标题与四号字的
署名，就刊出来了。最后我很感谢先生上次的盛意并希望先生
个人认为很有意思的文字多登载几篇。还有一句话：将来如有
他方面的各种笔墨官司打来[2]，怨我不再来答辩了，不再来凑无
聊的热闹了。此颂

1　现代汉语常用"的"。——编者注
2　此处原文为"将来如有他方面的各种的笔墨官司打来"，疑为原文多字，故更正。——
编者注

撰安！

十六，弟仲潜敬复

"高尔基三个音连成的字，是 Gorky 的姓，并不是他就姓高。"廖先生这句话比鲁迅先生的文字更精采[3]。可惜这句话不能天天派一个人对读者念着，也不能叫翻译的人在篇篇文章的原著者下注着"高尔基不姓高，王尔德不姓王，白利欧不姓白……"廖先生这篇通信登过之后不几天，廖先生这句名言必又被人忘诸脑后了。所以，鲁迅先生的讽刺还是重要，如果翻译界的人被鲁迅先生的"吾家尔基"一语刺得难过起来，竟毅然避去《百家姓》中之字而以声音较近之字代替了（如高尔基、王尔德、勃利欧……），那末[4]阅者一望而知"三个音连成的字是姓，第一音不是他的姓"，不必有烦廖先生的耳提面命了。不过这样改善以后，其实还是不妥当，所以用方块儿字译外国人名的办法，其寿命恐怕至多也不过还有五年，进一步是以注音字母译（钱玄同先生等已经实行了，昨天记者遇见钱先生，他就说即使第一音为《百家姓》中的字之办法改良以后，也还是不妥），再进一步是不译，在欧美，许多书籍的原名已经不译了，主张不译人名，即使在今日的中国恐怕也不算过激罢。

伏园附注
一九二五年一月十八日《京报副刊》

---

3 此处原文为"廖先生这句话比鲁迅先生的文字更有精采"，疑为原文多字，故更正。精采，现代汉语常用"精彩"。——编者注
4 现代汉语常用"那么"。——编者注

《咬文嚼字》是"滥调"

伏园先生：

　　鲁迅先生《咬文嚼字》一篇，在我看来，实在毫无意义。仲潜先生称它为"最无聊"之作，极为得体。不料先生在仲潜先生信后的附注，对于这"最无聊"三字大为骇异，并且说鲁迅先生所举的两种，为翻译界堕落的现象，这真使我大为骇异了。

　　我们对于一个作家或小说戏剧上的人名，总常想知道他或她的性别（想知道性别，并非主张男女不平等）。在中国的文字上，我们在姓底下有"小姐""太太"或"夫人"，若把姓名全写出来，则中国女子的名字，大多有"芳""兰""秀"等"轻靓艳丽"的字眼。周家的姑娘可以称之为周小姐，陈家的太太可以称之为陈太太，或者称为周菊芳、陈兰秀亦可。从这些字样中，我们知道这个人物是女性。在外国文字中可就不同了。外国人的姓名有好些 Syllables 是极多的，用中文把姓名全译出来非十数字不可，这是何等惹人讨厌的事。年来国内的人对于翻译作品之所以比较创造作品冷淡，就是因为翻译人名过长的缘故（翻译作品之辞句不顺口，自然亦是原因中之一）。假如托尔斯泰有一个女叫做 Elizabeth Tolstoi，我们全译出来，成为"托尔斯泰伊丽莎白"八字，何等麻烦。又如有一个女子叫做 Mary Hilda Stuwart，我们全译出来，便成为"玛丽海尔黛司徒渥得"也很讨厌。但是我们又不能把这些名字称为托尔斯泰小姐或司徒渥得夫人，因为这种六个字的称呼，比起我们看惯了周小姐、陈太太三字的称呼多了一半，也不方便。没法，只得把名字删去，"小姐"，"太太"也省略，而用"妥娜丝苔"译 Elizabeth

Tolstoi，用"丝图娃德"译 Mary Hilda Stuwart，这诚是不得已之举。至于说为适合中国人的胃口，故意把原名删去，有失原意的，那末，我看根本外国人的名字，便不必译，直照原文写出来好。因为中国人能看看不惯的译文，多少总懂得点洋文的。鲁迅先生此举诚未免过于吹毛求疵？

至于用中国姓译外国姓，我看也未尝不可以。假如 Gogol 的 Go 可以译做郭，Wilde 的 Wi 可以译做王，Holz 的 Ho 可以译做何，我们又何必把它们故意译做"各""旺""荷"呢？再者，《百家姓》为什么不能有伟力？

诚然，国内的翻译界太糟了，太不令人满意了！翻译界堕落的现象正多，却不是这两种。伏园先生把它用二号字标题，四号字标名，也算多事，气力要卖到大地方去，却不可做这种吹敲的勾当。

末了，我还要说几句：鲁迅先生是我所佩服的。讥刺的言辞、尖锐的笔锋、精细的观察，诚可引人无限的仰慕。《呐喊》出后，虽不曾名噪天下，也名噪国中了。他的令弟启明先生，亦为我崇拜之一人。读书之多，令人惊叹。《自己的园地》为国内文艺界一朵奇花。我尝有现代三周（还有一个周建人先生），驾乎从前三苏之慨。不过名人名声越高，作品也越要郑重。若故意纵事吹敲或失之苛责，不免带有失却人信仰的危险。而记者先生把名人的"滥调"来充篇幅，又不免带有欺读者之嫌。冒犯，恕罪！顺祝健康。

潜源

一月十七日于唐山大学

鲁迅先生的那篇《咬文嚼字》，已有两位"潜"字辈的先生看了不以为然，我猜想青年中这种意见或者还多，那么这篇文章不是"滥调"可知了。你也会说，我也会说，我说了你也同意，你说了他也说这不消说：那是滥调。鲁迅先生那两项主张，在簇新头脑的青年界中尚且如此通不过去，名为滥调，是冤枉了，名为最无聊，那更冤枉了。记者对于这项问题，是加入讨论的一人，自知态度一定不能公平，所以对于"潜"字辈的先生们的主张，虽然万分不以为然，也只得暂且从缓答辩。好在超于我们的争论点以上，还有两项更高一层的钱玄同先生的主张，站在他的地位看我们这种争论也许是无谓已极，无论谁家胜了也只赢得"不妥"二字的考语罢了。

伏园附注

一九二五年一月二十日《京报副刊》所载

咬嚼未始"乏味"

对于四日副刊上潜源先生的话再答几句：

一，原文云：想知道性别并非主张男女不平等。答曰：是的。但特别加上小巧的人工，于无须区别的也多加区别者，又作别论。从前独将女人缠足穿耳，也可以说不过是区别；现在禁止女人剪发，也不过是区别，偏要逼她头上多加些"丝苔"而已。

二，原文云：却于她字没有讽过。答曰：那是译 She 的，并非无风作浪。即不然，我也并无遍讽一切的责任，也不觉得有要讽草头丝旁，必须从讽她字开头的道理。

三，原文云："常想"真是"传统思想的束缚"么？答曰：是的，因为"性意识"强。这是严分男女的国度里必有的现象，一时颇不容易脱体的，所以正是传统思想的束缚。

四，原文云：我可以反问：假如托尔斯泰有两兄弟，我们不要另想几个"非轻靓艳丽"的字眼么？答曰：断然不必。我是主张连男女的姓也不要妄加分别的，这回的辩难一半就为此。怎么忽然又忘了？

五，原文云：赞成用郭译 Go……习见故也。答曰："习见"和"是"毫无关系。中国最习见的姓是"张王李赵"，《百家姓》的第一句是"赵钱孙李"，"潜"字却似乎颇不习见，但谁能说"钱"是而"潜"非呢？

六，原文云：我比起"三苏"，是因为"三"字凑巧，不愿意，"不舒服"，马上可以去掉。答曰：很感谢。我其实还有一个兄弟，早死了。否则也要防因为"四"字"凑巧"，比起"四凶"，更加使人着急。

一九二五年二月十日《京报副刊》第五十七号

【备考】：

咬嚼之乏味

潜源

当我看《咬文嚼字》那篇短文时，我只觉得这篇短文无意义，其时并不想说什么。后来伏园先生在仲潜先生信后的附注中，把这篇文字大为声张，说鲁迅先生所举的两点是翻译界堕落的现象，所以用二号字标题，四号字标名，并反对在我以为"极为得体"的仲潜先生的"最无聊"三字的短评。因此，我才写信给伏园先生。

在给伏园先生的信中，我说过："气力要卖到大地方去，却不可从事吹敲""记者先生用二号字标题，四号字标名，也是多事"几句话。我的意思是：鲁迅先生所举的两点是翻译界极小极小的事，用不着去声张做势；翻译界可论的大事正多着呢，何不到那去卖气力？（鲁迅先生或者不承认自己声张，然伏园先生却为之声张了。）就是这两点极小极小的事，我也不能迷信"名人说话不会错的"而表示赞同，所以后面对于这两点加以些微非议。

在未入正文之先，我要说几句关于"滥调"的话。

实在，我的"滥调"的解释与普通一般的解释有点不同。在"滥调"二字旁，我加了""，表示它的意义是全属于字面的（literal），即是指"无意义的论调"或直指"无聊的论调"亦可。伏园先生与江震亚先生对于"滥调"二字似乎都有误解，故顺便提及。

现在且把我对于鲁迅先生《咬嚼之余》一篇的意见说说。

先说第一点吧：鲁迅先生在《咬嚼之余》说："我那篇开首说：'以摆脱传统思想之束缚……'……两位的通信似乎于这一点都没有看清楚。"于是我又把《咬文嚼字》再看一遍。的确，我看清楚了。那篇开首明明写着"以摆脱传统思想的束缚而来主张男女平等的男人，却……"，那面的意思即是：主张男女平等的男人，即已摆脱传统思想的束缚了，我在前次通信曾说过，"加些草头，女旁，丝旁"，"来译外国女人的姓氏"，是因为我们想知道他或她的性别，然而知道性别并非主张男女不平等。（鲁迅先生对于此点没有非议。）那末，结论是，用"轻靓艳丽"的字眼译外国女人名，既非主张男女不平等，则其不受传统思想的束缚可知。糟就糟在我不该在"想"字上面加个"常"字，于是鲁迅先生说，"'常想'就是束缚。""常想"真是"束缚"吗？是"传统思想的束缚"吗？口吻太"幽默"了，我不懂。"小说看下去就知道，戏曲是开首有说明的。"作家的姓名呢？还有，假如照鲁迅先生的说法，数年前提倡新文化运动的人们特为"创"出一个"她"字来代表女人，比"想"出"轻靓艳丽"的字眼来译女人的姓氏，不更为受传统思想的束缚而更麻烦吗？然而鲁迅先生对于用"她"字却没有讽过。至于说托尔斯泰有两个女儿，又须别想八个"轻靓艳丽"的字眼，麻烦得多，我认此点并不在我们所谈之列。我们所谈的是"两性间"的分别，而非"同性间"。而且，同样我可以反问：假如托尔斯泰有两兄弟，我们不要另想几个"非轻靓艳丽"的字眼吗？

关于第二点，我仍觉得把 Gogol 的 Go 译做郭，把 Wilde 的 Wi 译做王……既不曾没有"介绍世界文学"，自然已"摆脱传统思想的束缚"。鲁迅说"故意"译做"郭""王"是受传统思想的束缚，游魂是《百家姓》，也未见得。我少时简直没有读过

《百家姓》，我却赞成用"郭"译 Gogol 的 Go，用"王"译 Wilde 的 Wi，为什么？"习见"故也。

他又说："将翻译当作一种工具，或者图便利，爱折中的先生们是本来不在所讽的范围之内的。"对于这里我自然没有话可说。但是反面"以摆脱传统思想束缚的，而借翻译以主张男女平等，介绍世界文学"的先生们，用"轻俏艳丽"的字眼译外国女人名，用郭译 Go，用王译 Wi，我也承认是对的，而"讽"为"吹敲"，为"无聊"，理由上述。

正话说完了。鲁迅先生"末了"的话太客气了。（一）我比起"三苏"，是因为"三"字凑巧，不愿意，"不舒服"，马上可以去掉。（二）《呐喊》风行得很，讽刺旧社会是对的，"故意"讽刺已摆脱传统思想的束缚的人们是不对。（三）鲁迅先生名是有的：《现代评论》有《鲁迅先生》，以前的《晨报附刊》对于"鲁迅"这个名字，还经过许多滑稽的考据呢！

最后我要说几句好玩的话。伏园先生在我信后的附注中，指我为簇新青年，这自然挖苦的成分多，真诚的成分少。假如我真是"簇新"，我要说用"她"字来代表女性，是中国新文学界最堕落的现象，而加以"讽刺"呢。因为非是不足以表现"主张男女平等"，非是不足以表现"摆脱传统思想的束缚"！

二，一，一九二五，唐大
一九二五年二月四日《京报副刊》所载

杂语

称为神的和称为魔的战斗了，并非争夺天国，而在要得地狱的统治权。所以无论谁胜，地狱至今也还是照样的地狱。

两大古文明国的艺术家握手了，因为可图两国的文明的沟通。沟通是也许要沟通的，可惜"诗哲"又到意大利去了。

"文士"和老名士战斗，因为……——我不知道要怎样。但先前只许"之乎者也"的名公捧角，现在却也准 ABCD 的"文士"入场了。这时戏子便化为艺术家，对他们点点头。

新的批评家要站出来么？您最好少说话，少作文，不得已时，也要做得短。但总须弄几个人交口说您是批评家。那么，您的少说话就是高深，您的少作文就是名贵，永远不会失败了。

新的创作家要站出来么？您最好是在发表过一篇作品之后，另造一个名字，写点文章去恭维：倘有人攻击了，就去辩护。而且这名字要造得艳丽一些，使人们容易疑心是女性。倘若真能有这样的一个，就更佳；倘若这一个又是爱人，就更更佳。"爱人呀！"这三个字就多么旖旎而饶于诗趣呢？正不必再有第四字，才可望得到奋斗的成功。

一九二五年四月二十四日《莽原》第一期

编完写起

近几天收到两篇文章，是答陈百年先生的《一夫多妻的新护符》的，据说《现代评论》不给登他们的答辩，又无处可投，所以寄到我这里来了，请为介绍到可登的地方去。诚然，《妇女杂志》上再不见这一类文章了，想起来毛骨悚然，悚然于阶级很不同的两类人，在中国竟会联成一气。但我能向那里介绍呢？饭碗是谁都有些保重的。况且，看《现代评论》的预告，已经登在二十二期上了，我便决意将这两篇没收。

但待到看见印成的《现代评论》的时候，我却又决计将它登出来，因为这比那挂在那边的尾巴上的一点要详得多，但是，委屈得很，只能在这无聊的《莽原》上。我于他们三位都是熟识之至，又毫没有研究过什么性伦理性、心理之类，所以不敢来说外行话。可是我总以为章周两先生在中国将这些议论发得太早——虽然外国已经说旧了，但外国是外国。可是我总觉得陈先生满口"流弊流弊"，是论利害而不像论是非，莫明其妙。

但陈先生文章的末段，读来却痛快——

> ……至于法律和道德相比，道德不妨比法律严些，法律所不禁止的，道德尽可加以禁止。例如拍马吹牛，似乎不是法律所禁止的……然则我们在道德上也可以容许拍马屁，认为无损人格么？

这我敢回答：是不能容许的。然而接着又起了一个类似的问题：例如女人被强奸，在法律上似乎不至于处死刑，然则我们在道德上也可以容许被强奸，认为无须自杀么？

章先生的驳文似乎激昂些，因为他觉得陈先生的文章发表以后，攻击者便源源而来，就疑心到"教授"的头衔上去。那么，继起者就有"拍马屁"的嫌疑了，我想未必。但教授和学者的话比起一个小编辑来，容易得社会信任，却也许是实情，因此从论敌看来，这些名称也就有了流弊了，真所谓"有一利必有一弊"。

十一日

《莽原》第四期

案：这《编完写起》共有三段，第一段和第三段都已经收在《华盖集》里了，题为《导师》和《长城》，独独这一段没有收进去，大约是因为那时以为只关于几个人的事情，并无多谈的必要的缘故。

然而在当时，却也并非小事情。《现代评论》是学者们的喉舌，经它一喝，章锡琛先生的确不久就失去《妇女杂志》的编辑的椅子，终于从商务印书馆走出——但积久却做了开明书店的老板，反而获得予夺别人的椅子的威权，听说现在还在编辑所的大门口也站起了巡警，陈百年先生是经理考试去了，这真教人不胜今昔之感。

就这文章的表面看来，陈先生是意在防"弊"，欲以道德济法律之穷，这就是儒家和法家的不同之点。但我并不是说，陈先生是儒家，章、周两先生是法家——中国现在，家数又并没有这么清清楚楚。

一九三五年二月十五日晨，补记

俄文译本《阿Q正传》序及著者自叙[1]传略

《阿Q正传》序

这在我是很应该感谢，也是很觉得欣幸的事，就是：我的一篇短小的作品，仗着深通中国文学的王希礼（B. A. Vassiliev）先生的翻译，竟得展开在俄国读者的面前了。

我虽然已经试做，但终于自己还不能很有把握，我是否真能够写出一个现代的我们国人的魂灵来。别人我不得而知，在我自己，总仿佛觉得我们人人之间各有一道高墙，将各个分离，使大家的心无从相印。这就是我们古代的聪明人，即所谓圣贤，将人们分为十等，说是高下各不相同。其名目现在虽然不用了，但那鬼魂却依然存在，并且，变本加厉，连一个人的身体也有了等差，使手对于足也不免视为下等的异类。造化生人，已经非常巧妙，使一个人不会感到别人的肉体上的痛苦了，我们的圣人和圣人之徒却又补了造化之缺，并且使人们不再会感到别人的精神上的痛苦。

我们的古人又造出了一种难到可怕的一块一块的文字，但我还并不十分怨恨，因为我觉得他们倒并不是故意的。然而，许多人却不能借此说话了，加以古训所筑成的高墙，更使他们连想也不敢想。现在我们所能听到的，不过是几个圣人之徒的意见和道理，为了他们自己。至于百姓，却就默默的生长、萎黄、枯死了，像压在大石底下的草一样，已经有四千年！

要画出这样沉默的国民的魂灵来，在中国实在算一件难事，因

为，已经说过，我们究竟还是未经革新的古国的人民，所以也还是各不相通，并且连自己的手也几乎不懂自己的足。我虽然竭力想摸索人们的魂灵，但时时总自憾有些隔膜。在将来，围在高墙里面的一切人众，该会自己觉醒，走出，都来开口的罢，而现在还少见，所以我也只得依了自己的觉察，孤寂地姑且将这些写出，作为在我的眼里所经过的中国的人生。

我的小说出版之后，首先收到的是一个青年批评家的谴责。后来，也有以为是病的，也有以为滑稽的，也有以为讽刺的，或者还以为冷嘲，至于使我自己也要疑心自己的心里真藏着可怕的冰块。然而我又想，看人生是因作者而不同，看作品又因读者而不同，那么，这一篇在毫无"我们的传统思想"的俄国读者的眼中，也许又会照见别样的情景的罢，这实在是使我觉得很有意味的。

一九二五年五月二十六日，于北京，鲁迅

著者自叙传略

我于一八八一年生在浙江省绍兴府城里的一家姓周的家里。父亲是读书的；母亲姓鲁，乡下人，她以自修得到能够看书的学力。听人说，在我幼小时候，家里还有四五十亩水田，并不很愁生计。但到我十三岁时，我家忽而遭了一场很大的变故，几乎什么也没有了，我寄住在一个亲戚家，有时还被称为乞食者。我于是决心回家，而我的父亲又生了重病，约有三年多，死去了。我渐至于连极少的学费也无法可想；我底母亲便给我筹办了一点旅费，教我去寻无需学费的学校去，因为我总不肯学做幕友或商人——这是我乡衰落了的读书人家子弟所常走的两条路。

其时我是十八岁，便旅行到南京，考入水师学堂了，分在机关科。大约过了半年，我又走出，改进矿路学堂去学开矿，毕业之后，即被派往日本去留学。但待到在东京的预备学校毕业，我已经决意要学医了，原因之一是因为我确知道了新的医学对于日本的维新有很大的助力。我于是进了仙台（Sendai）医学专门学校，学了两年。这时正值俄日战争，我偶然在电影上看见一个中国人因做侦探而将被斩，因此又觉得在中国还应该先提倡新文艺。我便弃了学籍，再到东京，和几个朋友立了些小计画，但都陆续失败了。我又想往德国去，也失败了。终于，因为我的母亲和几个别的人很希望我有经济上的帮助，我便回到中国来。这时我是二十九岁。

我一回国，就在浙江杭州的两级师范学堂做化学和生理学教员，第二年就走出，到绍兴中学堂去做教务长，第三年又走出，没有地方可去，想在一个书店去做编译员，到底被拒绝了。但革命也就发生，绍兴光复后，我做了师范学校的校长。革命政府在南京成立，教育部长招我去做部员，移入北京，一直到现在。近几年，我还兼做北京大学，师范大学，女子师范大学的国文系讲师。

我在留学时候，只在杂志上登过几篇不好的文章。初做小说是一九一八年，因了我的朋友钱玄同的劝告，做来登在《新青年》上的，这时才用“鲁迅”的笔名（Pen name），也常用别的名字做一点短论。现在汇印成书的只有一本短篇小说集《呐喊》，其余还散在几种杂志上。别的，除翻译不计外，印成的又有一本《中国小说史略》。

"田园思想"

白波先生：

我所憎恶的所谓"导师"，是自以为有正路、有捷径，而其实却是劝人不走的人。倘有领人向前者，只要自己愿意，自然也不妨追踪而往，但这样的前锋，怕中国现在还找不到罢。所以我想，与其找胡涂导师，倒不如自己走，可以省却寻觅的工夫，横竖他也什么都不知道。至于我那"遇见森林，可以辟成平地……"这些话，不过是比方，犹言可以用自力克服一切困难，并非真劝人都到山里去。

一九二五年六月十二日《莽原》第八期

【备考】：

来信

鲁迅先生：

上星期偶然到五马路一爿小药店里去看我一个小表弟——他现在是店徒——走过亚东书馆，顺便走了进去。在杂乱的书报堆里找到了几期《语丝》，便买来把它读。在广告栏中看见了有所谓《莽原》的广告和目录，说是由先生主编的，定神一想，似乎刚才在亚东书馆也乱置在里面，便懊悔的什么似的。要再乘电车出去，时钱两缺，暂时把它丢开了。可是当我把《语丝》读完的时候，想念《莽原》的心思却忽然增高万倍，急中生智，马上写了一封信给我的可爱的表弟。下二天，我居然能安安逸逸的读《莽原》了。三期中最能引起我的兴致的，便是先生的小杂感。

上面不过要表明对于《莽原》的一种渴望，不是存心要耗费先生的时间。今天，我的表弟又把第四期的《莽原》寄给我了，白天很热，所以没有细读，现在是半夜十二时多了，在寂静的大自然中，洋烛光前，细读《编完写起》，一字一字的。尤其使我百读不厌的，是第一段关于"青年与导师"的话。因为这个念头近来把我扰的头昏，时时刻刻想找一些文章来读，借以得些解决。

先生："你们所多的是生力，遇见深林，可以开成平地的，遇见旷野，可以栽种树木的……寻什么乌烟瘴气的鸟导师！"可真痛快之至了！

先生，我不愿对你说我是怎么烦闷的青年啦，我是多么孤苦啦，因为这些无聊的形容词非但不能引人注意，反生厌恶。我切急要对先生说的，是我正在找个导师呵！我所谓导师，不是说天天把书讲给我听，把道德……等指示我的，乃是正在找一个能给我一些真实的人生观的师傅！

大约一月前，我把嚣俄的《哀史》念完了。当夜把它的大意仔细温习一遍，觉得嚣俄之所以写了这么长的一部伟著，其用意也不过是指示某种人的人生观。他写《哀史》是在流放于Channel Island[1] 时，所以他所指示的人是一种被世界、人类、社会、小人……甚至一个侦探所舍弃的人，但同时也是被他们监视的人。一个无辜的农夫，偷了一点东西来养母亲，卒至终生做了罪犯，逃了一次监，罪也加重一层。后来，竟能化名办实

1　即"海峡群岛"。——编者注

业，做县知事，乐善好施，救出了无数落难的人。而他自己则布衣素食，保持着一副沉毅的态度，还在夜间明灯攻读，以补少年失学之缺憾（这种处所，正是浪漫作家最得意之笔墨）。可是他终被一个侦探（社会上实有这种人的！）怀疑到一个与他同貌的农夫，及至最后审判的一天，他良心忍不住了，投案自首，说他才是个逃犯。至此，他自己知道社会上决不能再容他存在了。于是他一片赤诚救世之心，却无人来接受！这是何等的社会！可是他的身体可以受种种的束缚，他的心却是活的！所以他想出了以一个私生女儿为终生的安慰！他可为她死！他的生也是为了她。试看 Cosett 与人家发生了爱，他老人家终夜不能入睡，是多么的烦闷呵！最后，她嫁了人，他老人家觉得责任已尽，人生也可告终了，于是也失踪了。

我以为嚣俄是指导被社会压迫与弃置的人，尽可做一些实在的事，其中未始没有乐趣。正如先生所谓"遇见深林……"，虽则在动机上彼此或有些不同。差不多有一年之久，我终日想自己去做一些工作，不倚靠别人，总括一句，就是不要做知识阶级的人了，自己努力去另辟一新园地。后来又读托尔斯泰小说 Anna Karenina[2]，看到主人[3]Vronsky[4] 的田园生活，更证明我前念之不错。及至后来读了 Hardy[5] 的悲观色彩十分浓厚的 Tess[6]，对于乡村实在有些入魔了！不过以 Hardy 的生活看来，勤勤恳恳的把 Wessex[7] 写给了世人，自己孜孜于文学生涯，觉得他的生活，与嚣俄或托尔斯泰所写的有些两样，一是为了他事失败

---

2 即"安娜·卡列尼娜"。——编者注
3 现代汉语常用"主人公"。——编者注
4 即"渥伦斯基"。——编者注
5 即"哈代"。——编者注
6 即"苔丝"。——编者注
7 即"威塞克斯"。——编者注

而才从事的，而哈代则生来愿意如此（虽然也许是我妄说，但不必定是哈代，别的人一定很多）。虽然结果一样，其"因"却大相径庭。一是进化的，前者却是退化了。

因为前天在某文上见引用一句歌德的话："做是容易的，想却难了！"于是从前种种妄想，顿时消灭的片屑不存。因为照前者的入田园，只能算一种"做"，而"想"却绝对谈不到，平心而论，一个研究学问或作其他事业的人一旦遭了挫折，便去归返自然，只能算"做"一些简易的工作，和我国先前的隐居差不多，无形中已陷于极端的消极了！一个愚者而妄想"想"，自然痴的可怜，但一遇挫折已便反却，却是退化了。

先生的意思或许不是这些，但现今田园思想充斥了全国青年的头脑中，所以顺便写了一大堆无用的话，但不知先生肯否给我以稍为明了一些的解释呢？

先生虽然万分的憎恶所谓"导师"，我却从心坎里希望你做一些和厨川白村相像的短文（这相像是我虚拟的），给麻木的中国人一些反省。

白波，上海同文书院　六月

一九二五年六月十二日，《莽原周刊》所载

流言和谎话

这一回编辑《莽原》时，看见论及北京女子师范大学风潮的投稿里，还有用"某校"字样和几个方匡 [1] 子的，颇使我觉得中国实在还很有存心忠厚的君子，国事大有可为。但其实，报章上早已明明白白地登载过许多次了。

今年五月，为了"同系学生同时登两个相反的启事已经发现了……"那些事，已经使"喜欢怀疑"的西滢先生有"好像一个臭毛厕"之叹（见《现代评论》二十五期《闲话》），现在如果西滢先生已回北京，或者要更觉得"世风日下"了罢，因为三个相反，或相成的启事已经发现了：一是"女师大学生自治会"；二是"杨荫榆"；三是单叫作"女师大"。

报载对于学生"停止饮食茶水"，学生亦云"既感饥荒之苦，复虑生命之危"，而"女师大"云"全属子虚"，是相反的。而杨荫榆云"本校原望该生等及早觉悟自动出校并不愿其在校受生活上种种之不便也"，则似乎确已停止，和"女师大"说相反，与报章及学生说相成。

学生云"杨荫榆突以武装入校，勒令同学全体即刻离校，嗣复命令军警肆意毒打侮辱……"而杨荫榆云"荫榆于八月一日到校……暴劣学生肆行滋扰……故不能不请求警署拨派巡警保护……"是因为"滋扰"才请派警，与学生说相反的。而"女师大"云"不料该生等非特不肯遵命竟敢任情谩骂极端侮辱……幸先经内右二区派拨警士在校防护……"是派警在先，"滋扰"在后，和杨荫榆说相反的。至于京师警察厅行政处公布，则云"查本厅于上月

---

1 现代汉语常用"框"。——编者注

三十一日准国立北京女子师范大学函……请准予八月一日照派保安警察三四十名来校……"乃又与学生及"女师大"说相成了。杨荫榆确是先期准备了"武装入校",而自己竟不知道,以为临时叫来,真是离奇。

杨先生大约真如自己的启事所言,"始终以培植人才恪尽职守为素志……服务情形为国人所共鉴"的罢。"素志"我不得而知,至于"服务情形",则不必再说别的,只要一看本月一日至四日的"女师大"和她自己的两启事之离奇闪烁就尽够了!撒谎造谣,即在局外者也觉得。如果是严厉的观察和批评者,即可以执此而推论其他。

但杨先生却道:"所以勉力维持至于今日者非贪恋个人之地位为彻底整饬学风计也",窃以为学风是决非造谣撒谎所能整饬的,地位自然不在此例。

且住,我又来说话了,或者西滢先生们又许要听到许多"流言"。然而请放心,我虽然确是"某籍",也做过国文系的一两点钟的教员,但我并不想谋校长,或仍做教员以至增加钟点,也并不为子孙计,防她们在女师大被诬被革,挨打挨饿,我借一句Lermontov[2]的愤激的话告诉你们:"我幸而没有女儿!"

八月五日
《莽原》第十六期

2　即"莱蒙托夫"。——编者注

通信（复霉江）

霉江先生：

　　如果"叛徒"们造成战线而能遇到敌人，中国的情形早已不至于如此，因为现在所遇见的并无敌人，只有暗箭罢了。所以想有战线，必须先有敌人，这事情恐怕还辽远得很，若现在，则正如来信所说，大概连是友是仇也不大容易分辨清楚的。

　　我对于《语丝》的责任，只有投稿，所以关于刊载的事，不知其详。至于江先生的文章，我得到来信后，才看见了一点。我的意见，以为先生太认真了，大约连作者自己也未必以为他那些话有这么被人看得值得讨论。

　　先生大概年纪还青¹，所以竟这样愤慨，而且推爱及我，代我发愁，我实在不胜感谢。这事其实是不难的，只要打听大学教授陈源（即西滢）先生，也许能够知道章士钊是否又要"私禀执政"，因为陈教授那里似乎常有"流言"飞扬。但是，这不是我的事。

　　　　　　　　　　　　　　　　　　鲁迅　九月一日
　　　　　　　　　　　　　　　　　　《莽原》第二十期

1　现代汉语常用"轻"。——编者注

一九二六年

《痴华鬘》题记

　　尝闻天竺寓言之富，如大林深泉，他国艺文，往往蒙其影响。即翻为华言之佛经中，亦随在可见，明徐元太辑《喻林》，颇加搜录，然卷帙繁重，不易得之。佛藏中经，以譬喻为名者，亦可五六种，惟《百喻经》最有条贯。其书具名《百句譬喻经》《出三藏记集》云，天竺僧伽斯那从《修多罗藏》十二部经中钞[1]出譬喻，聚为一部，凡一百事，为新学者，撰说此经。萧齐永明十年九月十日，中天竺法师求那毗地出。以譬喻说法者，本经云，"如阿伽陀药，树叶而裹之，取药涂毒竟，树叶还弃之，戏笑如叶裹，实义在其中"也。王君品青爱其设喻之妙，因除去教诫，独留寓言，又缘经末有"尊者僧伽斯那造作《痴华鬘》竟"语，即据以回复原名，仍印为两卷。尝称百喻，而实缺二者，疑举成数，或并以卷首之引，卷末之偈为二事也。尊者造论，虽以正法为心，譬故事于树叶，而言必及法，反多拘牵，今则已无阿伽陀药，更何得有药裹，出离界域，内外洞然，智者所见，盖不惟佛说正义而已矣。

　　　　　　　　　　中华民国十五年五月十二日，鲁迅

1　现代汉语常用"抄"。——编者注

《穷人》小引

千八百八十年，是陀思妥耶夫斯基完成了他的巨制之一《卡拉马佐夫兄弟》这一年。他在手记上说："以完全的写实主义在人中间发见[1]人。这是彻头彻尾俄国底特质。在这意义上，我自然是民族的[2]……人称我为心理学家（Psychologist），这不得当。我但是在高的意义上的写实主义者，即我是将人的灵魂的深，显示于人的。"第二年，他就死了。

显示灵魂的深者，每要被人看作心理学家，尤其是陀思妥耶夫斯基那样的作者。他写人物，几乎无须描写外貌，只要以语气、声音，就不独将他们的思想和感情，便是面目和身体也表示着。又因为显示着灵魂的深，所以一读那作品，便令人发生精神的变化。灵魂的深处并不平安，敢于正视的本来就不多，更何况写出？因此有些柔软无力的读者，便往往将他只看作"残酷的天才"。

陀思妥耶夫斯基将自己作品中的人物们，有时也委实太置之万难忍受的、没有活路的、不堪设想的境地，使他们什么事都做不出来。用了精神的苦刑，送他们到那犯罪、痴呆、酗酒、发狂、自杀的路上去。有时候，竟至于似乎并无目的，只为了手造的牺牲者的苦恼，而使他受苦，在骇人的卑污的状态上，表示出人们的心来。这确凿是一个"残酷的天才"，人的灵魂的伟大的审问者。

然而，在这"在高的意义上的写实主义者"的实验室里，所处理的乃是人的全灵魂。他又从精神底苦刑，送他们到那反省、矫

1　现代汉语常用"发现"。——编者注
2　此处原文为"我自然是民族底的"疑为原为多字，故更正。——编者注

正、忏悔、苏生的路上去，甚至于又是自杀的路。到这样，他的"残酷"与否，一时也就难于断定，但对于爱好温暖或微凉的人们，却还是没有什么慈悲的气息的。

相传陀思妥耶夫斯基不喜欢对人述说自己，尤不喜欢述说自己的困苦，但和他一生相纠结的却正是困难和贫穷。便是作品，也至于只有一回是并没有预支稿费的著作。但他掩藏着这些事。他知道金钱的重要，而他最不善于使用的又正是金钱，直到病得寄养在一个医生的家里了，还想将一切来诊的病人当作佳客。他所爱、所同情的是这些贫病的人们，所记得的是这些，所描写的是这些，而他所毫无顾忌地解剖、详检，甚而至于鉴赏的也是这些。不但这些，其实，他早将自己也加以精神底苦刑了，从年青时候起，一直拷问到死灭。

凡是人的灵魂的伟大的审问者，同时也一定是伟大的犯人。审问者在堂上举劾着他的恶，犯人在阶下陈述他自己的善；审问者在灵魂中揭发污秽，犯人在所揭发的污秽中阐明那埋藏的光耀。这样，就显示出灵魂的深。

在甚深的灵魂中，无所谓残酷，更无所谓慈悲，但将这灵魂显示于人的，是"在高的意义上的写实主义者"。

陀思妥耶夫斯基的著作生涯一共有三十五年，虽那最后的十年很偏重于正教的宣传了，但其为人，却不妨说是始终一律。即作品，也没有大两样。从他最初的《穷人》起，最后的《卡拉马佐夫兄弟》止，所说的都是同一的事，即所谓"捉住了心中所实验的事实，使读者追求着自己思想的径路，从这心的法则中，自然显示出伦理的观念来。"

这也可以说，穿掘着灵魂的深处，使人受了精神底苦刑而得到创伤，又即从这得伤和养伤和愈合中，得到苦的涤除，而上了苏生的路。

《穷人》是作于千八百四十五年，到第二年发表的，是第一部，也是使他即刻成为大家的作品。格里戈罗维奇和涅克拉索夫为之狂喜，别林斯基曾给他公正的褒辞。自然，这也可以说，是显示着"谦逊之力"的。然而，世界竟是这么广大，而又这么狭窄；穷人是这么相爱，而又不得相爱；暮年是这么孤寂，而又不安于孤寂。他晚年的手记说："富是使个人加强的，是器械底和精神底满足。因此也将个人从全体分开。"富终于使少女从穷人分离了，可怜的老人便发了不成声的绝叫。爱是何等地纯洁，而又何其有搅扰咒诅[3]之心呵！

而作者其时只有二十四岁，却尤是惊人的事。天才的心诚然是博大的。

中国的知道陀思妥耶夫斯基将近十年了，他的姓已经听得耳熟，但作品的译本却未见。这也无怪，虽是他的短篇，也没有很简短，便于急就的。这回丛芜才将他的最初的作品，最初绍介到中国来，我觉得似乎很弥补了些缺憾。这是用 Constance Garnett[4] 的英译本为主，参考了 Modern Library[5] 的英译本译出的，歧异之处，便由我比较了原白光的日文译本以定从违，又经素园用原文加以校定。在《陀思妥耶夫斯基全集》十二巨册中，这虽然不过是一小分，但在我们这样只有微力的人，却很用去许多工作了。藏稿经年，才得印出，便借了这短引，将我所想到的写出，如上文。陀思妥耶夫斯基的人和他的作品，本是一时研究不尽的，统论全般，决非我的能力所及，所以这只好算作管窥之说，也仅仅略翻了三本书：

3　现代汉语常用"诅咒"。——编者注
4　即"康斯坦斯·迦内特"。——编者注
5　即"现代图书馆"。——编者注

Dostoievsky[6]'s *Literarsche Schriften*, Mereschkovsky[7]'s *Dostoievsky und Tolstoy*, 昇曙梦的《露西亚文学研究》。

俄国人姓名之长，常使中国的读者觉得烦难[8]，现在就在此略加解释。那姓名全写起来，是总有三个字的：首先是名，其次是父名，第三是姓。例如这书中的解屋斯金，是姓，人却称他马加尔亚列舍维奇，意思就是亚列舍的儿子马加尔，是客气的称呼。亲昵的人就只称名，声音还有变化。倘是女的，便叫她"某之女某"。例如瓦尔瓦拉亚列舍夫那，意思就是亚列舍的女儿瓦尔瓦拉，有时叫她瓦兰加，则是瓦尔瓦拉的音变，也就是亲昵的称呼。

一九二六年六月二日之夜，鲁迅记于东壁下

6　即"托思妥耶夫斯基"。——编者注

7　即"梅列日科夫斯基"。——编者注

8　现代汉语常用"繁难"。——编者注

通信（复未名）

鲁迅先生：

我们学校里也有一个小小的图书馆，虽说不到国内的报章刊物杂志一切尽有，大概也有一二种，而办学者虽说不到以全副力量在这里办学，总算得是出了一点狗力在这里厮闹。

有一天，一位同学要求图书馆主任订购《莽原》，主任把这件事提交教授会议——或者是评议会，经神圣的教授会审查，说《莽原》是谈社会主义的，不能订。然而主任敌不过那同学的要求，终究订了。

我自从听到《莽原》是谈社会主义的以后，便细心的从第一期起，重行翻阅一回，始终一点几证据也找不着。不知他们所说的根据在何处？恐怕他们的见解独到罢。这是要问你的一点。

因为我喜欢看《莽原》，忽然听到教授老爷们说它谈社会主义，像我这样的学生小子，自然是要起恐慌的。因为"社会主义"这四字是不好的名词，像洪水猛兽的一般——在他们看起来。因为现在谈社会主义的书，就像从前"有图画的本子，就要被塾师，就是当时的'引导青年的前辈'禁止、呵斥，甚而至于打手心"一样。因为恐怕他们禁止我读我爱读的《莽原》，而要我去读"人之初，性本善"，至于呵斥，打手心，所以害怕得要死。这也是要问你的一点，要问你一个明白的一点。

有此两点，所以要问你，因为大学教授说的话，比较的真确——不是放屁，所以要问你，要问你《莽原》到底是不是谈社会主义。

六，一，未名于武昌

　　我并不是姓未名名，也不是名未名，未名也不是我的别号，也不是像你们未名社没有取名字的意义。我的名二十一年前已经取好了，只是怕你把它宣布出来，那末他们教授老爷就要加害于我，所以不写出来。因为没有写出自己的真名字，就名之曰未名。

未名先生：

　　多谢你的来信，使我们知道，知道我们的《莽原》原来是"谈社会主义"的。

　　这也不独武昌的教授为然，全国的教授都大同小异。一个已经足够了，何况是聚起来成了"会"。他们的根据，就在"教授"，这是明明白白的。我想他们的话在"会"里也一定不会错。为什么呢？就因为他们是教授。我们的乡下评定是非，常是这样："赵太爷说对的，还会错么？他田地就有二百亩！"

　　至于《莽原》，说起来实在惭愧，正如武昌的C先生来信所说，不过"是些废话和大部分的文艺作品"。我们倒也并不是看见"社会主义"四个字就吓得两眼朝天，口吐白沫，只是没有研究过，所以也没有谈，自然更没有用此来宣传任何主义的意思。"为什么要办刊物？一定是要宣传什么主义。为什么要宣传主义？一定是在得某国的钱"这一类的教授逻辑，在我们的心里还没有。所以请你尽可放心看去，总不至于因此会使教授化为白痴，富翁变成乞丐的——但保险单我可也不写。

　　你的名字用得不错，在现在的中国，这种"加害"的确要防的。北京大学的一个学生因为投稿用了真名，已经被教授老爷谋害了。《现代评论》上有人发议论道："假设我们把知识阶级完全打倒后一百年，世界成个什么世界呢？"你看他多么"心上有杞天之虑"？

鲁迅 六,九

顺便答复 C 先生：来信已到，也就将上面那些话作为回答罢。

文艺与政治的歧途

——十二月二十一日在上海暨南大学讲

　　我是不大出来讲演 [1] 的，今天到此地来，不过因为说过了好几次，来讲一回也算了却一件事。我所以不出来讲演，一则没有什么意见可讲，二则刚才这位先生说过，在座的很多读过我的书，我更不能讲什么。书上的人大概比实物好一点，《红楼梦》里面的人物，像贾宝玉、林黛玉这些人物，都使我有异样的同情。后来，考究一些当时的事实，到北京后，看看梅兰芳、姜妙香扮的贾宝玉、林黛玉，觉得并不怎样高明。

　　我没有整篇的鸿论，也没有高明的见解，只能讲讲我近来所想到的。我每每觉到文艺和政治时时在冲突之中，文艺和革命原不是相反的，两者之间，倒有不安于现状的同一。惟政治是要维持现状，自然和不安于现状的文艺处在不同的方向。不过不满意现状的文艺，直到十九世纪以后才兴起来，只有一段短短历史。政治家最不喜欢人家反抗他的意见，最不喜欢人家要想，要开口。而从前的社会也的确没有人想过什么，又没有人开过口。且看动物中的猴子，它们自有它们的首领，首领要它们怎样，它们就怎样。在部落里，他们有一个酋长，他们跟着酋长走，酋长的吩咐，就是他们的标准。酋长要他们死，也只好去死。那时没有什么文艺，即使有，也不过赞美上帝（还没有后人所谓 God 那么玄妙）罢了！那里会有自由思想？后来，一个部落一个部落你吃我吞，渐渐扩大起来，所

1　现代汉语常用"演讲"。——编者注

谓大国，就是吞吃那多多少少的小部落。一到了大国，内部情形就复杂得多，夹着许多不同的思想，许多不同的问题。这时，文艺也起来了，和政治不断地冲突。政治想维系现状使它统一，文艺催促社会进化使它渐渐分离。文艺虽使社会分裂，但是社会这样才进步起来。文艺既然是政治家的眼中钉，那就不免被挤出去。外国许多文学家，在本国站不住脚，相率亡命到别个国度去，这个方法，就是"逃"。要是逃不掉，那就被杀掉，割掉他的头。割掉头那是最好的方法，既不会开口，又不会想了。俄国许多文学家，受到这个结果，还有许多充军到冰雪的西伯利亚去。

有一派讲文艺的，主张离开人生，讲些月呀花呀鸟呀的话（在中国又不同，有国粹的道德，连花呀月呀都不许讲，当作别论），或者专讲"梦"，专讲些将来的社会，不要讲得太近。这种文学家，他们都躲在象牙之塔里面，但是"象牙之塔"毕竟不能住得很长久的呀！象牙之塔总是要安放在人间，就免不掉还要受政治的压迫。打起仗来，就不能不逃开去。北京有一班文人，顶看不起描写社会的文学家，他们想，小说里面连车夫的生活都可以写进去，岂不把小说应该写才子佳人一首诗生爱情的定律都打破了吗？现在呢，他们也不能做高尚的文学家了，还是要逃到南边来。"象牙之塔"的窗子里，到底没有一块一块面包递进来的呀！

等到这些文学家也逃出来了，其他文学家早已死的死，逃的逃了。别的文学家，对于现状早感到不满意，又不能不反对，不能不开口，"反对""开口"就是有他们的下场。我以为文艺大概由于现在生活的感受，亲身所感到的，便影印到文艺中去。挪威有一文学家，他描写肚子饿，写了一本书，这是依他所经验的写的。对于人生的经验，别的且不说，"肚子饿"这件事，要是欢喜，便可以试试看，只要两天不吃饭，饭的香味便会是一个特别的诱惑。要是走过街上饭铺子门口，更会觉得这个香味一阵阵冲到鼻子来。我们有钱的时候，用几个钱不算什么；直到没有钱，一个钱都有它的意味。那本描写肚子饿的书里，它说起那人饿得久了，看见路人个个是仇人，即是[2]穿一件单褂子的，在他眼里也见得那是骄傲。我记起我自己曾经写过这样一个人，他身边什么都光了，时常抽开抽屉看看，看角上边上可以找到什么，路上一处一处去找，看有什么可以找得到。这个情形，我自己是体验过来的。

从生活窘迫过来的人，一到了有钱，容易变成两种情形：一种是理想世界，替处同一境遇的人着想，便成为人道主义；一种是什么都是自己挣起来，从前的遭遇，使他觉得什么都是冷酷，便流为个人主义。我们中国大概是变成个人主义者多。主张人道主义的，要想替穷人想想法子，改变改变现状，在政治家眼里，倒还不如个人主义的好，所以人道主义者和政治家就有冲突。俄国文学家托尔斯泰讲人道主义，反对战争，写过三册很厚的小说——那部《战争与和平》，他自己是个贵族，却是经过战场的生活，他感到战争是怎么一个惨痛。尤其是他一临到长官的铁板前（战场上重要军官都有铁板挡住枪弹），更有刺心的痛楚。而他又眼见他的朋友们，很多在战场上牺牲掉。战争的结果，也可以变成两种态度：一种是英雄，他见别人死的死，伤的伤，只有他健存，自己就觉得怎样了不得，这么那么夸耀战场上的威雄。一种是变成反对战争的，希望世界上不要再打仗了。托尔斯泰便是后一种，主张用无抵抗主义来消灭战争。他这么主张，政府自然讨厌他。反对战争，和俄皇的侵掠欲望冲突；主张无抵抗主义，叫兵士不替皇帝打仗，警察不替皇帝执法，审判官不替皇帝裁判，大家都不去捧皇帝；皇帝是全要人捧的，没有人捧，还成什么皇帝？更和政治相冲突。这种文学家出

2　现代汉语常用"即使"。——编者注

来，对于社会现状不满意，这样批评，那样批评，弄得社会上个个都自己觉到，都不安起来，自然非杀头不可。

但是，文艺家的话其实还是社会的话，他不过感觉灵敏，早感到，早说出来（有时，他说得太早，连社会也反对他，也排轧他）。譬如我们学兵式体操，行举枪礼，照规矩口令是"举……枪"这般叫，一定要等"枪"字令下，才可以举起。有些人却是一听到"举"字便举起来，叫口令的要罚他，说他做错。文艺家在社会上正是这样，他说得早一点，大家都讨厌他。政治家认定文学家是社会扰乱的煽动者，心想杀掉他，社会就可平安。殊不知杀了文学家，社会还是要革命，俄国的文学家被杀掉的充军的不在少数，革命的火焰不是到处燃着吗？文学家生前大概不能得到社会的同情，潦倒地过了一生，直到死后四五十年，才为社会所认识，大家大闹起来。政治家因此更厌恶文学家，以为文学家早就种下大祸根。政治家想不准大家思想，而那野蛮时代早已过去了。在座诸位的见解，我虽然不知道，据我推测，一定和政治家是不相同。政治家既永远怪文艺家破坏他们的统一，偏见如此，所以我从来不肯和政治家去说。

到了后来，社会终于变动了。文艺家先时讲的话，渐渐大家都记起来了，大家都赞成他，恭维他是先知先觉。虽是他活的时候，怎样受过社会的奚落。刚才我来讲演，大家一阵子拍手，这拍手就见得我并不怎样伟大。那拍手是很危险的东西，拍了手或者使我自以为伟大不再向前了，所以还是不拍手的好。上面我讲过，文学家是感觉灵敏了一点，许多观念，文学家早感到了，社会还没有感到。譬如今天衣萍先生穿了皮袍，我还只穿棉袍：衣萍先生对于天寒的感觉比我灵。再过一月，也许我也感到非穿皮袍不可，在天气上的感觉，相差到一个月，在思想上的感觉就得相差到三四十年。这个话，我这么讲，也有许多文学家在反对。我在广东，曾经批评一个革命文学家——现在的广东，是非革命文学不能算做文学的，是非"打打打，杀杀杀，革革革，命命命"，不能算做革命文学的——我以为革命并不能和文学连在一块儿，虽然文学中也有文学革命。但做文学的人总得闲定一点，正在革命中，那有功夫做文学？我们且想想：在生活困乏中，一面拉车，一面"之乎者也"，倒底不大便当。古人虽有种田做诗的，那一定不是自己在种田，雇了几个人替他种田，他才能吟他的诗，真要种田，就没有功夫做诗。革命时候也是一样，正在革命，那有功夫做诗？我有几个学生，在打陈炯明时候，他们都在战场。我读了他们的来信，只见他们的字与词一封一封生疏下去。俄国革命以后，拿了面包票排了队一排一排去领面包。这时，国家既不管你什么文学家艺术家雕刻家。大家连想面包都来不及，那有功夫去想文学？等到有了文学，革命早成功了。革命成功以后，闲空了一点，有人恭维革命，有人颂扬革命，这已不是革命文学。他们恭维革命、颂扬革命，就是颂扬有权力者，和革命有什么关系？

这时，也许有感觉灵敏的文学家，又感到现状的不满意，又要出来开口。从前文艺家的话，政治革命家原是赞同过。直到革命成功，政治家把从前所反对那些人用过的老法子重新采用起来，在文艺家仍不免于不满意，又非被排轧出去不可，或是割掉他的头。割掉他的头，前面我讲过，那是顶好的法子咾——从十九世纪到现在，世界文艺的趋势，大都如此。

十九世纪以后的文艺，和十八世纪以前的文艺大不相同。十八世纪的英国小说，它的目的就在供给太太小姐们的消遣，所讲的都是愉快风趣的话。十九世纪的后半世纪，完全变成和人生问题发生密切关系。我们看了，总觉得十二分的不舒服，可是我们还得气也不透地看下去。这因为以前的文艺，好像写别一个社会，我们只要鉴赏；现在的文艺，就在写我们自己的社会，连我们自己也写进去，在小说里可以发见社会，也可以发见我们自己。以前的文艺，如隔岸观火，没有什么切身关系；现在的文艺，连自己也烧在这里面，自己一定深深感觉到。一到自己感觉到，一定要参加到社会去！

十九世纪，可以说是一个革命的时代。所谓革命，那不安于现在，不满意于现状的都是。文艺催促旧的渐渐消灭的也是革命（旧的消灭，新的才能产生），而文学家的命运并不因自己参加过革命而有一样改变，还是处处碰钉子。现在革命的势力已经到了徐州，在徐州以北，文学家原站不住脚；在徐州以南，文学家还是站不住脚，即共了产，文学家还是站不住脚。革命文学家和革命家竟可说完全两件事。诋斥军阀怎样怎样不合理，是革命文学家；打倒军阀是革命家。孙传芳所以赶走，是革命家用炮轰掉的，决不是革命文艺家做了几句"孙传芳呀，我们要赶掉你呀"的文章赶掉的。在革命的时候，文学家都在做一个梦，以为革命成功将有怎样怎样一个世界；革命以后，他看看现实全不是那么一回事，于是他又要吃苦了。照他们这样叫、啼、哭都不成功，向前不成功，向后也不成功，理想和现实不一致，这是注定的运命，正如你们从《呐喊》上看出的鲁迅和讲坛上的鲁迅并不一致，或许大家以为我穿洋服头发分开，我却没有穿洋服，头发也这样短短的。所以以革命文学自命的，一定不是革命文学，世间那有满意现状的革命文学？除了吃麻醉药！苏俄革命以前，有两个文学家，叶赛宁和梭波里，他们都讴歌过革命，直到后来，他们还是碰死在自己所讴歌希望的现实碑上，那时，苏维埃是成立了！

不过，社会太寂寞了，有这样的人，才觉得有趣些。人类是欢喜看看戏的，文学家自己来做戏给人家看，或是绑出去砍头，或是在最近墙脚下枪毙，都可以热闹一下子。且如上海巡捕用棒打人，大家围着去看，他们自己虽然不愿意挨打，但看见人家挨打，倒觉得颇有趣的。文学家便是用自己的皮肉在挨打的啦！

今天所讲的，就是这么一点点，给它一个题目，叫做……《文艺与政治的歧途》。

一九二七年。十二，廿六

一九二九年

《近代世界短篇小说集》小引

一时代的纪念碑底的文章，文坛上不常有，即有之，也什[1]九是大部著作。以一篇短的小说而成为时代精神所居的大宫阙者，是极其少见的。

但至今，在巍峨灿烂的巨大的纪念碑底的文学之旁，短篇小说也依然有着存在的充足的权利。不但巨细高低，相依为命，也譬如身入大伽蓝中，但见全体非常宏丽，眩人眼睛，令观者心神飞越，而细看一雕阑一画础，虽然细小，所得却更为分明，再以此推及全体，感受遂愈加切实，因此那些终于为人所注重了。

在现在的环境中，人们忙于生活，无暇来看长篇，自然也是短篇小说的繁生的很大原因之一。只顷刻间，而仍可借一斑略知全豹，以一目尽传精神，用数顷刻，遂知种种作风，种种作者，种种所写的人和物和事状，所得也颇不少的。而便捷、易成、取巧……这些原因还在外。

中国于世界所有的大部杰作很少译本，翻译短篇小说的却特别的多者，原因大约也为此。我们——译者的汇印这书，则原因就为此。贪图用力少，绍介多，有些不肯用尽呆气力的坏处，是自问恐怕也在所不免的。但也有一点只要能培一朵花，就不妨做做会朽的腐草的近于不坏的意思。还有，是要将零星小品，聚在一本里，较不容易于散亡。

我们——译者，都是一面学习，一面试做的人，虽于这一点小

1　现代汉语常用"十"。——编者注

事，力量也还很不够，选的不当和译的错误，想来是一定不免的。我们愿受读者和批评者的指正。

一九二九年四月十六日，朝花社同人识

关于《关于红笑》

今天收到四月十八日的《华北日报》，副刊上有鹤西先生的半篇《关于红笑》的文章。《关于红笑》，我是有些注意的，因为自己曾经译过几页，那预告，就登在初版的《域外小说集》上，但后来没有译完，所以也没有出版。不过也许是有些旧相识之故罢，至今有谁讲到这本书，大抵总还喜欢看一看。可是看完这《关于红笑》，却令我大觉稀奇了，也不能不说几句话。为要头绪分明，先将原文转载些在下面——

　　昨天到寒君家去，看见第二十卷第一号的《小说月报》，上边有梅川君译的《红笑》，这部书，因为我和骏祥也译过，所以禁不住要翻开看看，并且还想来说几句关于《红笑》的话。

　　自然，我不是要说梅川君不该译《红笑》，没有这样的理由也没有这样的权力。不过我对于梅川君的译文有一点怀疑的地方，固然一个人原不该随便地怀疑别个，但世上偏就是这点奇怪，尽有是让人意想不到的事情。不过也许我底过虑是错的，而且在梅川君看来也是意想不到的事，那么，这错处就在我，而这篇文字也就只算辩明我自己没有抄袭别人。现在我先讲讲事实的经过。

　　《红笑》，是我和骏祥，在去年暑假中一个多星期内赶完的……赶完之后就给北新寄去。过了许久才接到小峰君十一月七日的信，说是因系两人所译，前后文不连贯，托石民君校阅，又说稿费在月底准可寄来。以后我一连写了几封信去催问，均未得到回信……所以年假中就将底稿寻出，又改译了一遍。文气是重新顺了一遍（特别是后半部），错误及不妥的地方一共改了几十处，交岐山书局印行。稿子才交出不久，却接到小峰二月十九日的信，钱是寄来了，虽然被抹去一点零头，因为稿子并未退回，所以支票我也暂时存着，没有退去，以后小峰君又来信说，原书、译稿都可退还，叫我将支票交给袁家骅先生。我回信说已照办，并请将稿子退了回来。但如今，书和稿子，始终还没有见面！

　　这初次的译稿，我不敢一定说梅川君曾经见过，虽然我想梅川君有见到的可能。自然梅川君不一定会用我们底译文作蓝本来翻译，但是第一部的译文，句法神情都很相似的这一点，不免使我有一点怀疑。因为原来我们底初译是第一部比第二部流畅得多，同时梅川君的译文也是第一部比第二部好些，而彼此神似的又就是这九个断片[1]。在未有更确切的证明时，我也不愿将抄袭这样的字眼，加于别人底头上，但我很希望对这点，梅川君能高兴给一个答复。假如一切真是我想错了呢，前边已经说过，这些话就作为我们就要出版的单行本并非抄袭的证明。

文词[2]虽然极婉委[3]曲折之致，但主旨却很简单的，就是：我们的将出版的译本和你的已出版的译本，很相类似，而我曾将译稿寄给北新书局过，你有见到的可能，所以我疑心是你抄袭我们的，假如不然，那么“这些话就作为我们就要出版的单行本并非抄袭的证明”。

　　其实是，照原文的论法，则假如不然之后，就要成为“我们抄

1　现代汉语常用“片段”。——编者注
2　现代汉语常用“文辞”。——编者注
3　现代汉语常用“委婉”。——编者注

袭"你的了的，然而竟这么一来，化为神妙的"证明"了。但我并不想研究这些，仅要声明几句话，对于两方面——北新书局，尤其是小说月报社——声明几句话，因为这篇译稿，是由我送到小说月报社去的。

梅川君这部译稿，也是去年暑假时候交给我的，要我介绍出售，但我很怕做中人，就压下了。这样压着的稿件，现在还不少。直到十月，小说月报社拟出增刊，要我寄稿，我才记得起来，据日本二叶亭四迷的译本改了二三十处，和我译的《竖琴》一并送去了。另外有一部《红笑》在北新书局吃苦，我是一点都不知道的。至于梅川，他在离上海七八百里的乡下，那当然更不知道。

那么，他可有鹤西先生的译稿一到北新，便立刻去看的"可能"呢？我想，是不"能"的，因为他和北新中人一个不认识，倘跑进北新编辑部去翻稿件，那罪状是不止"抄袭"而已的。我却是"可能"的，不过我从去年春天以后，一趟也没有去过编辑部，这要请北新诸公谅察。

那么，为什么两本的好处有些相像呢？我虽然没有见过那一译本，也不知所据的是谁的英译，但想来，大约所据的是同一英译，而第二部也比第一部容易译，彼此三位的英文程度又相仿佛，所以去年是相像的，而鹤西先生们的译本至今未出，英文程度也大有进步了，改了一回，于是好处就多起来了。

因为鹤西先生的译本至今未出，所以也无从知道类似之度，究竟如何。倘仅有彼此神似之处，我以为那是因为同一原书的译本，并不足异的，正不必如此神经过敏，只因"疑心"，而竟想入非非，根据"世上偏就是这点奇怪，尽有是让人意想不到的事情"的理由，而先发制人，诬别人为"抄袭"，而且还要被诬者"给一个答复"，这真是"世上偏就是这点奇怪"了。

但倘若很是相同呢？则只要证明了梅川并无看见鹤西先生们的译稿的"可能"以后，即不用"世上偏就是这点奇怪"的论法，嫌疑也总要在后出这一本了。

北平的日报，我不寄去，梅川是决不会看见的。我就先说几句，俟印出时一并寄去，大约这也就够了，阿弥陀佛。

四月二十日

写了上面这些话之后，又陆续看到《华北日报》副刊上《关于红笑》的文章，其中举了许多不通和误译之后，以这样的一段作结：

> 此外或者还有些，但我想我们或许总要比梅川君错得少点，而且也较为通顺，好在是不是，我们底译稿不久自可以证明。

那就是我先前的话都多说了。因为鹤西先生已在自己切实证明了他和梅川的两本之不同。他的较好，而"抄袭"都成了"不通"和错误的较坏，岂非奇谈？倘说是改掉的，那就是并非"抄袭"了。倘说鹤西译本原也是这样地"不通"和错误的，那不是许多刻薄话，都是"今日之我"在打"昨日之我"的嘴巴么？总之，一篇《关于红笑》的大文，只证明了焦躁的自己广告和参看先出译本，加以修正，而反诬别人为"抄袭"的苦心。这种手段，是中国翻译界的第一次。

四月二十四日，补记

这一篇还未在《语丝》登出，就收到小说月报社的一封信，里面是剪下的《华北日报》副刊,就是那一篇鹤西先生的《关于红笑》。据说是北平寄来,给编辑先生的。我想,这大约就是作者所玩的把戏。倘使真的,盖未免恶辣一点。同一著作有几种译本,又何必如此惶惶上诉?但一面说别人不通,自己却通,别人错多,自己错少。而一面又要证明别人抄袭自己之作,则未免恶辣得可怜可笑。然而在我,乃又颇叹绍介译作之难于今为甚也。为刷清和报答起见,我确信我也有将这篇送给《小说月报》编辑先生,要求再在本书上发表的义务和权利,于是乎亦寄之。

五月八日

通讯（复张逢汉）

编者先生：

　　我从均风兄处借来《奔流》第九期一册，看见孙用先生自世界语译的莱蒙托夫几首诗，我发觉有些处与原本不合。孙先生是由世界语转译的，想必经手许多，有几次是失掉了原文的精彩的。孙先生第一首译诗《帆》原文是：

　　（原文从略——编者。）

　　按着我的意思应当译为（曾刊登于《语丝》第五卷第三期）：

　　　　孤独发白的船帆，

　　　　在云雾中蔚蓝色的大海里……

　　　　他到很远的境域去寻找些什么？

　　　　他在故土里留弃着什么？

　　　　波涛汹涌，微风吼啸，

　　　　船桅杆怒愤着而发着嘎吱吱的音调……

　　　　喂！他不寻找幸福，

　　　　也不是从幸福中走逃！

　　　　他底下是一行发亮光的苍色水流，

　　　　他顶上是太阳的金色的光芒；

　　　　可是他，反叛的，希求着巨风[1]，

1　现代汉语常用"飓风"。——编者注

好像在巨风中有什么安宁!

第二首《天使》,孙先生译的有几处和我译的不同。(原文从略——编者。)我是这样的译:

夜半天使沿着天空飞翔,
寂静的歌曲他唱着;
月、星、和乌云一起很用心听那神的歌曲。

他歌着在天堂花园里树叶子的底上那无罪
灵魂的幸福,
他歌咏着伟大的上帝,
真实的赞美着他。

他抱拢了年青们的心灵,
为的是这悲苦和泪的世界;
歌曲的声音,留在青年人的灵魂里是——
没有只字,但却是活着。

为无边的奇怪的希望,
在这心灵,长久的于世界上不得安静,
人间苦闷的乐曲,
是不能够代替天上的歌声。

其余孙先生所译两首《我出来》和《三棵棕榈树》,可惜原本现时不在我手里,以后有工夫时可向俄国朋友处借看。我对孙先生的

译诗，并不是来改正，乃本着真挚的心情，随便谈谈，请孙先生原谅！此请

撰安。

张逢汉。一九二九，五，七，于哈尔滨灿星社

逢汉先生：

接到来信，我们很感谢先生的好意。

大约凡是译本，倘不标明"并无删节"或"正确的翻译"，或鼎鼎大名的专家所译的，欧美的本子也每不免有些节略或差异。译诗就更其难，因为要顾全音调和协韵，就总要加添或减去些原有的文字。世界语译本大约也如此，倘若译出来的还是诗的格式而非散文。但我们因为想介绍些名家所不屑道的东欧和北欧文学，而又少懂得原文的人，所以暂时只能用重译本，尤其是巴尔干诸小国的作品。原来的意思，实在不过是聊胜于无，且给读书界知道一点所谓文学家，世界上并不止几个受奖的泰戈尔和漂亮的曼殊斐儿之类。但倘有能从原文直接译出的稿子见寄，或加以指正，我们自然是十分愿意领受的。

这里有一件事很抱歉，就是我们所交易的印刷所里没有俄国字母，所以来信中的原文，只得省略，仅能将译文发出，以供读者的参考了。希见谅为幸。

鲁迅　六月二十五日，于上海

一九三二年

《淑姿的信》序

　　夫嘉葩失荫，薄寒夺其芳菲，思士陵天，骄阳毁其羽翮。盖幽居一出，每仓皇于太空，坐驰无穷，终陨颠于实有也。爰有静女，长自山家，林泉陶其慧心，峰嶂隔兹尘俗，夜看朗月，觉天人之必圆，春撷繁花，谓芳馨之永住。虽生旧第，亦溅新流，既苗爰萌，遂通佳讯，排微波而径逝，矢坚石以偕行，向曼远之将来，构辉煌之好梦。然而年华春短，人海澜翻。远瞩所至，始见来日之大难，修眉渐颦，终敛当年之巧笑，衔深哀于不答，铸孤愤以成辞，远人焉居，长途难即。何期忽逢二竖，遽释诸纷，闷绮颜于一棺，腐芳心于抔土。从此西楼良夜，凭槛无人，而中国韶年，乐生依旧。呜呼，亦可悲矣，不能久也。逝者如是，遗简廑存，则有生人，付之活字。文无雕饰，呈天真之纷纶，事具悲欢，露人生之鳞爪，既骧娱以善始，遂凄恻而令终。诚足以分追悼于有情，散馀悲于无著者也。属为小引，愧乏长才，率缀芜词，聊陈涯略云尔。

　　　　　　　　　　　　一九三二年七月二十日，鲁迅撰

一九三三年

选本

今年秋天，在上海的日报上有一点可以算是关于文学的小小的辩论，就是为了一般的青年，应否去看《庄子》与《文选》以作文学上的修养之助。不过这类的辩论，照例是不会有结果的，往复几回之后，有一面一定拉出"动机论"来，不是说反对者"别有用心"，便是"哗众取宠"，客气一点，也就"彼亦一是非，此亦一是非"，而问题于是呜呼哀哉了。

但我因此又想到"选本"的势力。孔子究竟删过《诗》没有，我不能确说，但看它先"风"后"雅"而末"颂"，排得这么整齐，恐怕至少总也费过乐师的手脚，是中国现存的最古的诗选。由周至汉，社会情形太不同了，中间又受了《楚辞》的打击，晋宋文人如二陆、束皙、陶潜之流，虽然也做四言诗以支持场面，其实都不过是每句省去一字的五言诗，"王者之迹熄而《诗》亡"了。不过选者总是层出不穷的，至今尚存，影响也最广大者，我以为一部是《世说新语》，一部就是《文选》。

《世说新语》并没有说明是选者，好像刘义庆或他的门客所搜集，但检唐宋类书中所存裴启《语林》的遗文，往往和《世说新语》相同，可见它也是一部钞撮故书之作，正和《幽明录》一样。它的被清代学者所宝重，自然因为注中多有现今的逸书，但在一般读者，却还是为了本文，自唐迄今，拟作者不绝，甚至于自己兼加注解。袁宏道在野时要做官，做了官又大叫苦，便是中了这书的毒，误明为晋的缘故。有些清朝人却较为聪明，虽然辫发胡服，厚禄高官,他也一声不响,只在倩人写照的时候,在纸上改作斜领方巾,或芒鞋竹笠,聊过"世说"式瘾罢了。

《文选》的影响却更大。从曹宪至李善加五臣,音训注释书类之多,远非拟《世说新语》可比。那些烦难字面,如草头诸字,水旁山旁诸字,不断的被摘进历代的文章里面去,五四运动时虽受奚落,得"妖孽"之称,现在却又很有复辟的趋势了。而《古文观止》也一同渐渐的露了脸。

以《古文观止》和《文选》并称,初看好像是可笑的,但是,在文学上的影响,两者却一样的不可轻视。凡选本,往往能比所选各家的全集或选家自己的文集更流行,更有作用。册数不多,而包罗诸作,固然也是一种原因,但还在近则由选者的名位,远则凭古人之威灵,读者想从一个有名的选家,窥见许多有名作家的作品。所以自汉至梁的作家的文集,并残本也仅存十余家,《昭明太子集》只剩一点辑本了,而《文选》却在的。读《古文辞类纂》者多,读《惜抱轩全集》的却少。凡是对于文术,自有主张的作家,他所赖以发表和流布自己的主张的手段,倒并不在作文心、文则、诗品、诗话、而在出选本。

选本可以借古人的文章,寓自己的意见。博览群籍,采其合于自己意见的为一集,一法也,如《文选》是。择取一书,删其不合于自己意见的为一新书,又一法也,如《唐人万首绝句选》是。如此,则读者虽读古人书,却得了选者之意,意见也就逐渐和选者接近,终于"就范"了。

读者的读选本,自以为是由此得了古人文笔的精华的,殊不知却被选者缩小了眼界。即以《文选》为例罢,没有嵇康《家诫》,使读者只觉得他是一个愤世嫉俗,好像无端活得不快活的怪人;不收陶潜《闲情赋》,掩去了他也是一个既取民间《子夜歌》意,而又拒以圣道的迂士。选本既经选者所滤过，就总只能吃他所给与的糟或醨。况且有时还加以批评，提醒了他之以为然，而默杀了他之以为不然处。纵使选者非常胡涂，如《儒林外史》所写的马二先生，游西湖漫无准备，须问路人，吃点心又不知选择，要每样都买一点，由此可见其衡文之毫无把握罢，然而他是处州人，一定要吃"处片"，又可见虽是马二先生，也自有其"处片"式的标准了。

评选的本子，影响于后来的文章的力量是不小的，恐怕还远在名家的专集之上。我想，这许是研究中国文学史的人们也该留意的罢。

十一月二十四日记

诗

一九一二年

哭范爱农

把酒论天下，先生小酒人。

大圜犹酩酊，微醉合沉沦。

幽谷无穷夜，新宫自在春。

旧朋云散尽，余亦等轻尘。

一九三一年

送 O. E. 君携兰归国

椒焚桂折佳人老，独托幽岩展素心。
岂惜芳馨遗远者，故乡如醉有荆榛。

二月十二日

无题

大野多钩棘，长天列战云。

几家春袅袅，万籁静愔愔。

下土惟秦醉，中流辍越吟。

风波一浩荡，花树已萧森。

三月

赠日本歌人

春江好景依然在，远国征人此际行。
莫向遥天望歌舞，西游演了是封神。

三月

湘灵歌

昔闻湘水碧如染，今闻湘水胭脂痕。
湘灵妆成照湘水，皎如皓月窥彤云。
高丘寂寞竦中夜，芳荃零落无馀春。
鼓完瑶瑟人不闻，太平成象盈秋门。

三月

自嘲

运交华盖欲何求，未敢翻身已碰头。
破帽遮颜过闹市，漏船载酒泛中流。
横眉冷对千夫指，俯首甘为孺子牛。
躲进小楼成一统，管它冬夏与春秋。

十月十二日

无题

洞庭木落楚天高，眉黛猩红浣战袍。
泽畔有人吟不得，秋波渺渺失离骚。

十二月

一九三三年

二十二年元旦

云封高岫护将军，霆击寒村灭下民。
到底不如租界好，打牌声里又新春。

一月二十六日

题《彷徨》

寂寞新文苑，平安旧战场。
两间馀一卒，荷戟独彷徨。

三月

题三义塔

三义塔者，中国上海闸北三义里遗鸠埋骨之塔也，在日本，农人共建之。

奔霆飞熛歼人子，败井颓垣剩饿鸠。
偶值大心离火宅，终遗高塔念瀛洲。
精禽梦觉仍衔石，斗士诚坚共抗流。
度尽劫波兄弟在，相逢一笑泯恩仇。

六月二十一日

悼丁君

如磐夜气压重楼，剪柳春风导九秋。
瑶瑟凝尘清怨绝，可怜无女耀高丘。

六月

阻郁达夫移家杭州

钱王登假仍如在,伍相随波不可寻。
平楚日和憎健翮,小山香满蔽高岑。
坟坛冷落将军岳,梅鹤凄凉处士林。
何似举家游旷远,风波浩荡足行吟。

十二月

赠人

其一

明眸越女罢晨装，荇水荷风是旧乡。
唱尽新词欢不见，旱云如火扑晴江。

其二

秦女端容理玉筝，梁尘踊跃夜风轻。
须臾响急冰弦绝，但见奔星劲有声。

七月

《奔流》编校后记

一

创作自有他本身证明，翻译也有译者已经解释的。现在只将编后想到的另外的事，写上几句——

Iwan Turgenjew 早因为他的小说为世所知，但论文甚少。这一篇《Hamlet und Don Quichotte》是极有名的，我们可以看见他怎样地观察人生。*Hamlet* 中国已有译文，无须多说，*Don Quichotte* 则只有林纾的文言译，名《魔侠传》，仅上半部，又是删节过的。近两年来，梅川君正在大发 *Don Quixote* 翻译热，但愿不远的将来，中国能够得到一部可看的译本，即使不得不略去其中的闲文也好。

Don Quixote 的书虽然将近一千来页，事迹却很简单，就是他爱看侠士小说，因此发了游侠狂，硬要到各处去除邪惩恶，碰了种种钉子，闹了种种笑话，死了，临死才回复了他的故我。所以 Turgenjew 取毫无烦闷，专凭理想而勇往直前去做事的为 "Don Quixote type"，来和一生瞑想[1]、怀疑，以致什么事也不能做的 Hamlet 相对照。后来又有人和这专凭理想的 "Don Quixoteism 式" 相对，称看定现实而勇往直前去做事的为 "Marxism 式"。中国现在也有人嚷些什么 "Don Quixote" 了，但因为实在并没有看过这一部书，所以和实际是一点不对的。

1　现代汉语常用"冥想"。——编者注

《大旱的消失》是 Essay²，作者的底细我不知道，只知道是 1902年死的。Essay 本来不容易译，在此只想绍介一个格式。将来倘能得到这一类的文章，也还想登下去。

跋司珂 (Vasco) 族是古来住在西班牙和法兰西之间的 Pyrenees³山脉两侧的大家视为世界之谜的人种。巴罗哈 (Pio Barojay Nessi)就禀有这族的血液，以一八七二年十二月廿八日生于靠近法境的圣舍跋斯丁市。原是医生，也做小说，两年后便和他的哥哥 Ricardo⁴到马德里开面包店去了，一共开了六年。现在 Ricardo 是有名的画家，他是最独创底的作家，早和 Vicente Blasco Ibañez⁵ 并称现代西班牙文坛的巨擘。他的著作至今大约有四十种，多是长篇。这里的小品四篇是从日本的《海外文学新选》第十三编《跋司珂牧歌调》内，永田宽定的译文重翻的，原名《Vidas Sombrias》，因为所写的是跋司珂族的性情，所以仍用日译的题目。

今年一说起"近视眼看匾"来，似乎很有几个自命批评家郁郁不乐，又来大做其他的批评。为免去蒙冤起见，只好特替作者在此声明几句：这故事原是一种民间传说，作者取来编作"狂言"样子，还在前年的秋天，本预备登在《波艇》上的。倘若其中仍有冒犯了批评家的处所，那实在是老百姓的眼睛也很亮，能看出共通的暗病的缘故，怪不得传述者的。

俄国的关于文艺的争执，曾有《苏俄的文艺论战》介绍过，这里的《苏俄的文艺政策》实在可以看作那一部的续编。如果看过前一书，则看起这篇来便更为明了。序文上虽说立场有三派的不同，然而约减起来，不过是两派。即对于阶级文艺，一派偏重文艺，如

2　即"论文"。——编者注
3　即"比利牛斯"。——编者注
4　即"里卡多"。——编者注
5　即"森威特·布拉斯科·伊巴涅斯"。——编者注

瓦浪斯基等，一派偏重阶级，是《那巴斯图》的人们。Bukharin 们
自然也主张支持劳动阶级作家的，但又以为最要紧的是要有创作。
发言的人们之中，几个是委员，如 Voronsky, Bukharin[6], Iakovlev,
Trotsky[7], Lunacharsky[8] 等；也有"锻冶厂"一派，如 Pletnijov；最多
的是《那巴斯图》的人们，如 Vardin, Lelevitch, Averbach, Rodov,
Besamensky 等，译载在《苏俄的文艺论战》里的一篇《文学与艺术》
后面，都有署名在那里。

　　《那巴斯图》派的攻击，几乎集中于一个 Voronsky，《赤色新地》
的编辑者。对于他的《作为生活认识的艺术》，Lelevitch 曾有一篇
《作为生活组织的艺术》，引用布哈林的定义，以艺术为"感情的普
遍化"的方法，并且指摘 Voronsky 的艺术论乃是超阶级底的。这意
思在评议会的论争上也可见。但到后来，藏原惟人在《现代俄国的
批评文学》中说，他们两人之间的立场似乎有些接近了，Voronsky
承认了艺术的阶级性之重要，Lelevitch 的攻击也较先前稍为和缓
了。现在是 Trotsky, Radek 都已放逐，Voronsky 大约也退职，状况
也许又很不同了罢。

　　从这记录中，可以看见在劳动阶级文学大本营的俄国的文学
的理论和实际，于现在的中国，恐怕是不为无益的。其中有几个空
字，是原译本如此，因无别国译本，不敢妄补，倘有备着原书，通函
见教，或指正其错误的，必当随时补正。

　　一九二八年六月五日，鲁迅。

6　即"布哈林"。——编者注
7　即"托洛茨基"。——编者注
8　即"卢那察尔斯基"。——编者注

二

Rudolf Lindau 的《幸福的摆》，全篇不过两章，因为纸数的关系，只能分登两期了。篇末有译者附记，以为"小说里有一种 Kosmopolitisch[9] 的倾向，同时还有一种厌世的东洋色彩"，这是极确凿的。但作者究竟是德国人，所以也终于不脱日耳曼气，要绘图立说，来发明"幸福的摆"，自视为生路，而其实又是死因。我想，东洋思想的极致，是在不来发明这样的"摆"，不但不来，并且不想；不但不想到"幸福的摆"，并且连世间有所谓"摆"这一种劳什子也不想到。这是令人长寿平安、使国古老拖延的秘法。老聃作五千言，释迦有恒河沙数说，也还是东洋人中的"好事之徒"也。

奥国人 René Fueloep-Miller 的叙述苏俄状况的书，原名不知道是什么，英译本曰 *The Mind and Face of Bolshevism*，今年上海似乎到得很不少。那叙述虽说是客观的，然而倒是指摘缺点的地方多，惟有插画二百余，则很可以供我们的参考，因为图画是人类共通的语言，很难由第三者从中作梗的。可惜有些"艺术家"，先前生吞"琵亚词侣"，活剥蕗谷虹儿，今年突变为"革命艺术家"，早又顺手将其中的几个作家撕碎了。这里翻印了两张，都是 I. Annenkov 所作的画像。关于这画像，著者这样说——

……其中主要的是画家 Iuanii Annenkov。他依照未来派艺术家的原则工作，且爱在一幅画上将各刹那并合于一件事物之中，但他设法寻出一个为这些原质的综合。他的画像即意在'由一个人的传记里，抄出脸相的各种表现来'。俄国的批评家特别

9　即"大都会"。——编者注

称许他的才能在于将细小微末的详细和画中的实物发生关连，而且将这些制成更加恳切地显露出来的性质。他并不区别有生和无生，对于他的题目的周围的各种琐事，他都看作全体生活的一部分。他爱一个人的所有物，这生命的一切细小的碎片。一个脸上的各个抓痕、各条皱纹，或一个赘疣，都自有它的意义的。

那 Maxim Gorky[10] 的画像便是上文所讲的那些的好例证。他背向西欧的机械文明，面对东方，佛像表印度，磁器[11] 表中国，赤色的地方，旗上明写着"R. S. F. S. R."，当然是"俄罗斯苏维埃联邦社会主义共和国"了，但那颜色只有一点连到 Gorky 的脑上，也许是含有不满之意的罢——我想。这像是一九二〇年作，后三年，Gorky 便往意大利去了，今年才大家嚷着他要回去。

N. Evreinov 的画像又是一体，立方派的手法非常浓重的。Evreinov 是俄国改革戏剧的三大人物之一，我记得画室先生译的《新俄的演剧和跳舞》里曾略述他的主张。这几页"演剧杂感"论人生应该以意志修改自然，虽然很豪迈，但也仍当看如何的改法，例如中国女性的修改其足，便不能和胡蝶结[12] 相提并论了。

这回登载了 Gorky 的一篇小说，一篇关于他的文章一半还是由那一张画像所引起的，一半是因为他今年六十岁。听说在他的本国，为他所开的庆祝会是热闹极了。我原已译成了一篇昇曙梦的《最近的 Gorky》说得颇详细，但也还因为纸面关系，不能登载，且待下几期的余白罢。

一切事物，虽说以独创为贵，但中国既然是世界上的一国，则受点别国的影响，即自然难免；似乎倒也无须如此娇嫩，因而脸红。

10　即"马克西姆·高尔基"。——编者注
11　现代汉语常用"瓷器"。——编者注
12　现代汉语常用"蝴蝶结"。——编者注

单就文艺而言，我们实在还知道得太少，吸收得太少。然而一向迁延，现在单是绍介也来不及了。于是我们只好这样：旧的呢，等他五十岁、六十岁大寿，生后百年阴寿，死后 N 年忌辰时候来讲；新的呢，待他得到诺贝尔奖金。但是还是来不及，倘是月刊，专做庆吊的机关也不够。那就只好挑几个于中国较熟悉，或者较有意义的来说说了。

生后一百年的大人物，在中国又较耳熟的，今年就有两个：Leov Tolstoy[13] 和 Henrik Ibsen[14]。Ibsen 的著作，因潘家洵先生的努力，中国知道的较多。本刊下期就想由语堂、达夫、梅川、我译上几篇关于他的文章，如 H.Ellis，G.Brandes，E.Roberts，L.Aas，有岛武郎之作，并且加几幅图像，自年青的 Ibsen 起，直到他的死尸，算作一个纪念。

一九二八年七月四日，鲁迅。

三

前些时，偶然翻阅日本青木正儿的《支那 [15] 文艺论丛》，看见在一篇《将胡适漩在中心的文学革命》里有云：

民国七年（1918）六月，《新青年》突然出了《易卜生号》。这是文学底革命军进攻旧剧的城的鸣镝。那阵势，是以胡将军的《易卜生主义》为先锋，胡适罗家伦共译的《娜拉》（至第三

13　即"列夫·托尔斯泰"。——编者注
14　即"亨利克·易卜生"。——编者注
15　此为鲁迅原译，原文并无贬义。"支那"一词是古代印度梵文中支那（China）的音译，也是古代欧亚大陆诸国对中国最流行的称呼。一般认为，中日签订《马关条约》后，日本侵略者开始使用"支那"称呼中国，并带有蔑视和贬义。——编者注

幕），陶履恭的《国民之敌》和吴弱男的《小爱友夫》（各第一幕）为中军，袁振英的《易卜生传》为殿军，勇壮地出阵。他们的进攻这城的行动，原是战斗的次序，非向这里不可的，但使他们至于如此迅速地成为奇兵底的原因，却似乎是这样——因为其时恰恰昆曲在北京突然盛行，所以就有对此叫出反抗之声的必要了。那真相，征之同的这的翌月号上钱玄同君之所说（随感录十八），漏着反抗底口吻，是明明白白的……

但何以大家偏要选出 Ibsen 来呢？如青木教授在后文所说，因为要建设西洋式的新剧，要高扬戏剧到的真的文学底地位，要以白话来兴散文剧，还有，因为事已亟矣，便只好先以实例来刺戟天下读书人吟直感。这自然都确当的，但我想，也还因为 Ibsen 敢于攻击社会，敢于独战多数，那时的绍介者恐怕是颇有以孤军而被包围于旧垒中之感的罢，现在细看墓碣，还可以觉到悲凉，然而意气是壮盛的。

那时的此后虽然颇有些纸面上的纷争，但不久也就沉寂，戏剧还是那样旧，旧垒还是那样坚。当时的《时事新报》所斥为"新偶像"者，终于也并没有打动一点中国的旧家子的心。后三年，林纾将 Gengangere 译成小说模样，名曰《梅孽》——但书尾校者的按语却偏说"此书曾由潘家洵先生编为戏剧，名曰《群鬼》"——从译者看来，Ibsen 的作意还不过是这样的——

此书用意甚微：盖劝告少年，勿作浪游，身被隐疾，肾宫一败，生子必不永年……余恐读者不解，故弁以数言。

然而这还不算不幸。再后几年，则恰如 Ibsen 名成身退，向大众伸出和睦的手来一样，先前欣赏那汲 Ibsen 之流的剧本《终身大事》的英年，也多拜倒于《天女散花》《黛玉葬花》的台下了。

不知是有意呢还是偶然，潘家洵先生的 *Hedda Gabler* 的译本今年突然在《小说月报》上发表了，计算起来，距作者的诞生是一百年，距《易卜生号》的出版已经满十年。我们自然并不是要继《新青年》的遗踪，不过为追怀这曾经震动一时的巨人起见，也翻了几篇短文，聊算一个记念。因为是短文的杂集，系统是没有的。但也略有线索可言：第一篇可略知 Ibsen 的生平和著作；第二篇叙述得更详明；第三篇将他的后期重要著作当作一大篇剧曲看，而作者自己是主人；第四篇是通叙他的性格，著作的琐屑的来由和在世界上的影响的，是只有他的老友 G. Brandes 才能写作的文字；第五篇则说他的剧本所以为英国所不解的缘故，其中有许多话，也可移赠中国的。可惜他的后期著作，惟 Brandes 略及数言，没有另外的详论，或者有岛武郎的一篇《卢勃克和伊里纳的后来》可以稍弥缺憾的罢。这曾译载在本年一月的《小说月报》上，那意见和 Brandes 的相同。

"人"第一，"艺术底工作"第一呢？这问题是在力作一生之后才会发生，也才能解答。独战到底，还是终于向大家伸出和睦之手来呢？这问题是在战斗一生之后才能发生，也才能解答。不幸 Ibsen 将后一问解答了，他于是尝到"胜者的悲哀"。

世间大约该还有从集团主义的观点来批评 Ibsen 的论文罢，无奈我们现在手头没有这些，所以无从绍介。这种工作，以待"革命的知识阶级"及其"指导者"罢。

此外，还想将校正《文艺政策》时所想到的说几句：

托罗兹基是博学的，又以雄辩著名，所以他的演说恰如狂涛，声势浩大，喷沫四飞。但那结末的预想，其实是太过于理想底的——据我个人的意见。因为那问题的成立，几乎是并非提出而是袭来，不在将来而在当面。文艺应否受党的严紧的指导的问题，我们且不问，我觉得耐人寻味的是在"那巴斯图"派因怕主义变质而主严，托罗兹基因文艺不能孤生而主宽的问题，许多言辞其实不过是装饰的枝叶。这问题看去虽然简单，但倘以文艺为政治斗争的一翼的时候，是很不容易解决的。

一九二八年八月十一日，鲁迅。

四

有岛武郎是学农学的，但一面研究文艺，后来就专心从事文艺了。他的《著作集》在生前便陆续辑印，《叛逆者》是第四辑，内收关于三个文艺家的研究，译印在这里的是第一篇。

以为中世纪在文化上不能算黑暗和停滞，以为罗丹的出现是再兴戈谛克的精神：都可以见作者的史识。当这第四辑初出时候，自己也曾翻译过，后来渐觉得作者的文体移译颇难，又念中国留心艺术史的人还很少，印出来也无用，于是没有完工，放下了。这回金君却勇决地完成了这工作，是很不易得的事，就决计先在《奔流》上发表，顺次完成一本书。但因为对于许多难译的文句，先前也曾用过心，所以遇有自觉较妥的，便参酌了几处，出版期迫，不及商量，这是希望译者加以原宥的。

要讲罗丹的艺术，必须看罗丹的作品——至少，是作品的影片。然而中国并没有这一种书。所知道的外国文书，图画尚多，定价较廉，在中国又容易入手的，有下列的二种——

The Art of Rodin.64 Reproductions.Introduction by Louis Weinberg.*Modern Library* 第 41 本。95 cents net. 美 国 纽 约 Boni and Liveright, Inc. 出版。

Rodin. 高村光太郎著。《Ars 美术丛书》第二十五编。特制本一圆八十钱，普及版一圆。日本东京 Ars 社出版。

罗丹的雕刻虽曾震动了一时，但和中国却并不发生什么关系地过去了。后起的有 Ivan Mestrovic[16]（1883年生），称为塞尔维亚的罗丹，则更进，而以太古底情热和酷烈的人间苦为特色的，曾见英国和日本，都有了影印的他的雕刻集。最近，更有 Konenkov，称为俄罗斯的罗丹，但与罗丹所代表是西欧的有产者不同，而是东欧的劳动者。可惜在中国也不易得到资料，我只在昇曙梦编辑的《新露西亚美术大观》里见过一种木刻，是装饰全俄农工博览会内染织馆的《女工》。

一九二八年九月十五夜，鲁迅。

五

本月中因为有印刷局的罢工，这一本的印成，大约至少要比前四本迟十天了。

《她的故乡》是从北京寄来的，并一封信，其中有云：

这篇小文是我在二年前，从 *World's Classics* 之 "Selected Modern English Essays" 里无意中译出的，译后即搁在书堆下。

16　即"伊万·梅斯特罗维奇"。——编者注

前日在北海图书馆看到 W. H. Hudson 的集子十多大本，觉得很惊异。然而他的大著我仍然没有细读过，虽然知道他的著作有四种很著名……

作者的事情，想必已知？我是不知道，只能从那选本的名下，知他生于一八四一，死于一九二二而已。

末了，还有一极其微小的事要问：《大旱之消失》的作者，《编校后记》上说是一九〇二年死的，然而我看 World's Classics 关于他的生死之注是：1831—1913，这不知究竟怎样？

W.H.Hudson 的事情，我也不知道。新近得到一本 G.Sampson 增补的 S.A.Brooke 所编 Primer of English Literature，查起来，在第九章里有下文那样的几句——

Hudson 在 Far Away and Long Ago 中，讲了在南美洲的他的青年时代事，但于描写英国的鸟兽研究，以及和自然界最为亲近的农夫等，他也一样地精工。仿佛从丰饶的心中，直接溢出似的他的美妙而平易的文章，在同类中，最为杰出。Green Mansions, The Naturalist in LaPlata, The Purple Land, A Shepherd's Life 等，是在英文学中各占其地位的。

再查《蔷薇》的作者 P.Smith，没有见，White 却有的，在同章中的"后期维多利亚朝的小说家"条下，但只有这几句，就是——

Mark Rutherford（即 Wm. Hale White）的描写非国教主义者生活的阴郁的小说，是有古典之趣的文章，表露着英国人心的一面的。

至于生卒之年，那是 *World's Classics* 上的对，我写后记时，所据的原也是这一本书，不知怎地却弄错了。

近来时或收到并不连接的期刊之类，其中往往有关于我个人或和我有关的刊物的文章，但说到《奔流》者很少，只看见两次。一，是说译著以个人的趣味为重，所以不行，这是真的。《奔流》决定底地没有这力量，会每月选定全世界上有世界的意义的文章，汇成一本，或者满印出有世界的意义的作品来。说到"趣味"，那是现在确已算一种罪名了，但无论人类底也罢，阶级底也罢，我还希望总有一日弛禁，讲文艺不必定要"没趣味"。又其一，是说《奔流》的"执事者都是知名的第一流人物"，"选稿也许是极严吧？而于著、译也分得极为明白，不仅在《奔流》中目录，公布着作译等字样，即是在《北新》《语丝》……以及一切旁的广告上，也是如此。"但

> 汉君作的《一握泥土》，实实在在道道地地的的确确是"道地"地从翻译而来的……原文不必远求西版书，即在商务出版的 *College English Reading* 中就有。
>
> 题目是：
>
> "A Handful of Clay"
>
> 作者是 Henry Van Dyke。这种小错误其实不必吹毛求疵般斤斤计较，不过《奔流》既然如此地分得明白，那末译而曰作，似乎颇有掠美之嫌，故敢代为宣布，此或可使主编《奔流》的先生小心下一回耳。

其实，《奔流》之在目录及一切广告上声明译作，倒是小心之过，因为恐怕爱读创作而买时未暇细看内容的读者，化了冤钱，价又不便宜，便定下这一种办法，竟不料又弄坏了。但这回的译作不

分，却因编者的"浅薄"，一向没有读过那一种"Reading"之类，也未见别的译文，投稿上不写原作者名，又不称译，便以为是做的，简直当创作看了，"掠美"的坏意思，自以为倒并没有的。不过无论如何小心，此后也难保再没有这样的或更大的错误，那只好等读者的指摘，检切要的在次一本中订正了。

顺便还要说几句别的话。诸位投稿者往往因为一时不得回信，给我指示，说编辑者应负怎样的责任。那固然是的，不过所谓奔流社的"执事者"，其实并无和这一种堂皇名号相副[17]的大人物，就只有两三个人，来译，来做，来看，来编，来校，搜材料，寻图画，于是信件收送，便只好托北新书局代办。而那边人手又少，十来天送一次，加上本月中邮局的罢工积压，所以催促和训斥的信，好几封是和稿件同到的，无可补救。各种惠寄的文稿及信件，也因为忙，未能壹壹[18]答复，这并非自恃被封为"知名的第一流人物"之故，乃是时光有限，又须谋生，若要周到，便没有了性命，也编不成《奔流》了。这些事，倘肯见谅，是颇望见谅的，因为也曾想过许多回，终于没有好方法，只能这样的了。

一九二八年十月二十六日，鲁迅。

六

编目的时候，开首的四篇诗就为难，因为三作而一译，真不知用怎样一个动词好。幸而看见桌上的墨，边上印着"曹素功监制"字样，便用了这"制"字，算是将"创作"和"翻译"都包括在内，含

---

17 现代汉语常用"相符"。——编者注
18 现代汉语常用"——"。——编者注

混过去了。此外，能分清的，还是分清。

这一本几乎是三篇译作的天下，中间夹着三首译诗，不过是充充配角的。而所以翻译的原因，又全是因为插画，那么，诗之不关重要，也就可想而知了。第一幅的作者 Arthur Rackham[19] 是英国作插画颇颇有名的人，所作的有 *A Esops' Fables* 的图画等多种，这幅从 *The Springtide of Life* 里选出，原有彩色，我们的可惜没有了。诗的作者 Algernon Charles Swinburne[20]（1837—1909）是维多利亚朝末期的诗人，世称他最受欧洲大陆的影响，但从我们亚洲人的眼睛看来，就是这一篇，也还是英国气满满的。

《跳蚤》的木刻者 R. Dufy[21] 有时写作 Dufuy，是法国有名的画家，也擅长装饰，而这《禽虫吟》的一套木刻尤有名，集的开首就有一篇诗赞美他的木刻的线的崇高和强有力。

L. Pichon 在《法国新的书籍图饰》中也说：

……G. Apollinaire[22] 所著 *Le Bestiaire au Cortege d'Orphee* 的大的木刻，是令人极意称赞的。是美好的画因的丛画，作成各种殊别动物的相沿的表象，由它的体的分布和线的玄妙，以成最佳的装饰的全形。

这书是千九百十一年，法国 Deplanch 出版，日本有堀口大学译本，名《动物诗集》，第一书房（东京）出版的，封余的译文，即从这本转译。

蒋谷虹儿的画，近一两年曾在中国突然造成好几个时行的书籍

---

19 即"亚瑟·拉克姆"。——编者注
20 即"阿尔加侬·查尔斯·斯温伯恩"。——编者注
21 即"杜菲"。——编者注
22 即"阿波利奈尔"。——编者注

装饰画家。这一幅专用白描，而又简单，难以含胡，所以也不被模仿，看起来较为新鲜一些。

一九二八年十一月十八日，鲁迅。

七

生存八十二年，作文五十八年，今年将出全集九十三卷的托尔斯泰，即使将一本《奔流》都印了关于他的文献的目录，恐怕尚且印不下，更何况登载记念的文章。但只有这样的材力便只能做这样的事，所以虽然不过一本小小的期刊，也还是趁一九二八年还没有全完的时候，来作一回托尔斯泰诞生后百年的记念。

关于这十九世纪的俄国的巨人，中国前几年虽然也曾经有人介绍，今年又有人叱骂，然而他于中国的影响其实也还是等于零。他的三部大著作中，《战争与和平》至今无人翻译，传记是只有 Ch.Sarolea 的书的文言译本和一小本很不完全的《托尔斯泰研究》。前几天因为要查几个字，自己和几个朋友走了许多外国书的书店，终竟寻不到一部横文的他的传记。关于他的著作，在中国是如此的。说到行为，那是更不相干了。我们有开书店造洋房的革命文豪，没有分田给农夫的地主——因为这也是"浅薄的人道主义"；有软求"出版自由"的"著作家"兼店主，没有写信直斥皇帝的胡涂虫——因为这是没有用的，倒也并非怕危险。至于"无抵抗"呢，事实是有的，但并非由于主义，因事不同，因人不同，或打人的嘴巴，或将嘴巴给人打，倘以为会有俄国的许多"灵魂的战士"（Doukhobor）似的，宁死不当兵卒，那实在是一种"杞忧"。

所以这回是意在介绍几篇外国人——真看过托尔斯泰的作品，

明白那历史底背景的外国人——的文字，可以看看先前和现在，中国和外国，对于托尔斯泰的评价是怎样的不同。但自然只能从几个译者所见到的书报中取材，并非说惟这几篇是现在世间的定论。

首先当然要推 Gorky 的《回忆杂记》，用极简洁的叙述，将托尔斯泰的真诚底和粉饰的两面都活画出来，仿佛在我们面前站着，而作者 Gorky 的面目亦复跃如。一面可以见文人之观察文人，一面可以见劳动出身者和农民思想者的隔膜之处。达夫先生曾经提出一个小疑问，是第十一节里有 Nekassov 这字，也许是错的，美国版的英书往往有错误。我因为常见俄国文学史上有 Nekrassov，便于付印时候改了，一面则寻访这书的英国印本，来资印证，但待到三校已完，而英国本终于得不到，所以只得暂时存疑，如果所添的 "r" 是不对的，那完全是编者的责任。

第一篇通论托尔斯泰的一生和著作的，是我所见的一切中最简洁明了的文章，从日本井田孝平的译本《最新露西亚文学研究》重译，书名的英译是 *Sketches for the History of Recent Russian Literature*，但不知全书可有译本。原本在一九二三年出版，著者先前是一个社会民主党员，屡被拘囚，终遭放逐，研究文学便是在狱中时的工作。一九〇九年回国，渐和政治离开，专做文笔劳动和文学讲义的事了。这书以 Marxism 为依据，但侧重文艺方面，所以对于托尔斯泰的思想，只说了 "反对这极端底无抵抗主义而起的，是 Korolienko 和 Gorki，以及革命底俄国" 这几句话。

从思想方面批评托尔斯泰，可以补前篇之不足的，是 A.Lunacharski 的讲演。作者在现代批评界地位之重要，已可以无须多说了。这一篇虽讲在五年之前，其目的多在和政敌 "少数党战斗，但在那里面，于非有产阶级底唯物主义（Marxism）和非有产阶级底精神主义（Tolstoism）的不同和相碍，以及 Tolstoism 的缺陷及何以有害于革命之点，说得非常分明，这才可以照见托尔斯泰，而且也照见那以托尔斯泰为"卑污的说教者"的中国创造社旧旗下的"文化批判"者。

Lvov-Rogachevski 以托尔斯泰比卢梭，Lunacharski 的演说里也这样。近来看见 Plekhanov[23] 的一篇论文《Karl Marx 和 Leo Tolstoi》的附记里，却有云，"现今开始以托尔斯泰来比卢梭了，然而这样的比较，不过得到否定底的结论。卢梭是辩证论者（十八世纪少数的辩证论者之一人），而托尔斯泰则到死为止，是道地[24]的形而上学者（十九世纪的典型底形而上学者的一人）。敢于将托尔斯泰和卢梭并列者，是没有读过那有名的《人类不平等起原论》或读而不懂的人所做的事。在俄国文献里，卢梭的辩证法底特质，在十二年前，已由札思律支弄明白了。"三位都是马克思学者的批评家，我则不但"根本不懂唯物史观，且未曾研究过卢梭和托尔斯泰的书，所以无从知道那一说对，但能附载于此，以供读者的参考罢了。"

小泉八云在中国已经很有人知道，无须绍介了。他的三篇讲义为日本学生而讲，所以在我们看去，也觉得很了然。其中含有一个很够研究的问题，是句子为一般人所不懂，是否可以算作好文学。倘使为大众所不懂而仍然算好，那么这文学也就决不是大众的东西了。托尔斯泰所论及的这一层，确是一种卓识。但是住在都市里的小资产阶级实行是极难的，先要"到民间去"，用过一番苦功。否则便会像创造社的革命文学家一样，成仿吾刚大叫到劳动大众间去安慰指导他们（见本年《创造月刊》），而"诗人王独清教授"又来减价，只向"革命的印贴利更追亚"说话（见《我们》一号）。但过了

23　即"普列汉诺夫"。——编者注
24　现代汉语常用"地道"。——编者注

半年,居然已经悟出,修善寺温泉浴场和半租界洋房中并无"劳动大众",这是万分可"喜"的。

Maiski 的讲演也是说给外国人听的,所以从历史说起,直到托尔斯泰作品的特征,非常明了。日本人的办事真敏捷,前月底已有一本《马克思主义者之所见的托尔斯泰》出版,计言论九篇,但大抵是说他的哲学有妨革命,而技术却可推崇。这一篇的主意也一样,我想,自然也是依照"苏维埃艺术局"的纲领书的,所以做法纵使万殊,归趣却是一致。奖其技术,贬其思想,是一种从新估价运动,也是廓清运动。虽然似乎因此可以引出一个问题,是照此推论起来,技术的生命,长于内容,"为艺术的艺术",于此得到苏甦的消息。然而这还不过是托尔斯泰诞生一百年后的托尔斯泰论。在这样的世界上,他本国竟以记念观念相反的托尔斯泰的盛典普示世界,以他的优良之点讲给外人,其实是十分寂寞的事。到了将来,自然还会有不同的言论的。

托尔斯泰晚年的出奔,原因很复杂,其中的一部,是家庭的纠纷。我们不必看别的记录,只要看《托尔斯泰自己的事情》一篇,便知道他的长子 L.L.Tolstoi 便是一个不满于父亲的亲母派。《回忆杂记》第二十七节说托尔斯泰喜欢盘问人家,如"你想我的儿子莱阿,是有才能的么?"的莱阿,便是他。末尾所记的 To the doctor he would say:"All my arrangements must be destroyed." 尤为奇特,且不易解。托尔斯泰死掉之前,他的夫人没有进屋里去,作者又没有说这是医生所传述,所以令人觉得很可疑怪的。

末一篇是没有什么大关系的,不过可以知道一点前年的 Iasnaia Poliana 的情形。

这回的插图,除卷面的一幅是他本国的印本,卷头的一幅从 J.Drinkwater 编的 *The Outline of Literature*,他和夫人的一幅从

Sphered 取来的之外，其余七幅都是出于德人 Julius Hart 的《托尔斯泰论》和日本译的《托尔斯泰全集》里的。这全集共六十本，每本一图，倘使挑选起来，该可以得到很适宜的插画，可惜我只有六本，因此其中便不免有所迁就了。卷面的像上可以看见 Gorky 看得很以为奇的手。耕作的图是 Riepin 于一八九二年所作，颇为有名，本期的 Lvov-Rogachevski 和藏原惟人的文章里，就都提起它，还有一幅坐像，也是 Riepin 之作，也许将来可以补印。那一张谑画（Caricature），不知作者，我也看不大懂，大约是以为俄国的和平，维持只靠兵警，而托尔斯泰却在拆掉这局面罢。一张原稿，是可以印证他怎样有闲，怎样细致，和 Dostoievsky 的请女速记者做小说怎样两路的：一张稿子上，改了一回，删了两回，临末只剩了八行半了。

至于记念日的情形，在他本国的，中国已有记事登在《无轨列车》上。日本是由日露艺术协会电贺全苏维埃对外文化联络协会，一面在东京读卖新闻社讲堂上开托尔斯泰记念讲演会，有 Maiski 的演说，有 Napron 女士的 Esenin 诗的朗吟。同时又有一个记念会，大约是意见和前者相反的人们所办的，仅看见《日露艺术》上有对于这会的攻击，不知其详。

欧洲的事情，仅有赵景深先生写给我一点消息——

顷阅《伦敦麦考莱》十一月号，有这样几句话："托尔斯泰研究会安排了各种百年纪念的庆祝。十月末《黑暗的势力》和《教育之果》在艺术剧院上演。Anna Stannard 将 *Anna Karenina* 改编剧本，亦将于十一月六日下午三时在皇家剧院上演。同日下午八时 P. E. N. 会将为庆祝托尔斯泰聚餐，Galsworthy[25] 亦在

25　即"高尔斯·华绥"。——编者注

席云。"

　　又阅《纽约时报》十月七号的《书报评论》，有法国纪念托尔斯泰的消息。大意说，托尔斯泰游历欧洲时，不大到法国去，因为他是主张为人生的艺术的，所以不大欢喜法国的文学。他在法国文学中最佩服三个人，就是 Stendhal[26]，Balzac[27] 和 Flauberto[28] 对于他们的后辈 Maupassant[29]，Mirbeau[30] 等，也还称赞。法国认识托尔斯泰是很早的，一八八四年即有《战争与和平》的法译本，一八八五年又有 Anna Karenina 和《忏悔》的法译本。Bienstock[31] 曾译过他的全集，可惜没有完。自从 Eugene Melchior de Vogiie 在一八八六年作了一部有名的《俄国小说论》，法国便普遍的知道托尔斯泰了。今年各杂志上更大大的著论介绍，其中有 M.Rappoport 很反对托尔斯泰的无抵抗主义，说他是个梦想的社会主义者。但大致说来，对于他还都是很崇敬的，罗曼·罗兰对他依旧很是忠心，与以前做《托尔斯泰传》时一样。

　　在中国，有《文学周报》和《文化战线》，都曾为托尔斯泰出了记念号。十二月的《小说月报》上，有关于他的图画八幅和译著三篇。

　　一九二八年十二月二十三日，鲁迅记。

26　即"司汤达"。——编者注
27　即"巴尔扎克"。——编者注
28　即"福楼拜"。——编者注
29　即"莫泊桑"。——编者注
30　即"米尔博"。——编者注
31　即"宾斯托克"。——编者注

八

这一本校完之后，自己觉得并没有什么话非说不可。

单是，忽然想起，在中国的外人，译经书、子书的是有的，但很少有认真地将现在的文化生活——无论高低，总还是文化生活——绍介给世界。有些学者，还要在载籍里竭力寻出食人风俗的证据来。这一层，日本比中国幸福得多了，他们常有外客将日本的好的东西宣扬出去，一面又将外国的好的东西循循善诱地输运进来。在英文学方面，小泉八云便是其一，他的讲义是多么简要清楚，为学生们设想。中国的研究英文，并不比日本迟，所接触的是英文书籍多，学校里的外国语又十之八九是英语，然而关于英文学的这样讲义，却至今没有出现。现在登载它几篇，对于看看英文，而未曾留心到史底关系的青年，大约是很有意义的。

先前的北京大学里，教授俄、法文学的伊万诺夫（Ivanov）和特列季亚科夫 (Tretiakov) 两位先生，我觉得却是善于诱掖的人，我们之有《苏俄的文艺论战》和《十二个》的直接译本而且是译得可靠的，就出于他们的指点之赐。现在是，不但俄文学系早被"正人君子"们所击散，连译书的青年也不知所往了。

大约是四五年前罢，伊万诺夫先生向我说过："你们还在谈Sologub[32]之类，以为新鲜，可是这些名字，从我们的耳朵听起来，好像已经是一百来年以前的名字了。"我深信这是真的，在变动、进展的地方，十年的确可以抵得我们的一世纪或者还要多。然而虽然对于这些旧作家，我们也还是不过"谈谈"，他的作品的译本，终于只有几篇短篇，那比较长些的有名的《小鬼》，至今并没有出版。

32　即"索洛古勃"，——编者注

这有名的《小鬼》的作者索洛古勃，就于去年在列宁格勒去世了，活了六十五岁。十月革命时，许多文人都往外国跑，他却并不走，但也没有著作，那自然，他是出名的"死的赞美者"，在那样的时代和环境里，当然做不出东西来的，做了也无从发表。这回译载了他的一篇短篇——也许先前有人译过的——并非说这是他的代表作，不过借此作一点记念。那所描写，我想，凡是不知道集团主义的饥饿者，恐怕多数是这样的心情。

一九二九年一月十八日，鲁迅。

九

这算是第一卷的末一本了，此后便是第二卷的开头。别的期刊不敢妄揣，但在《奔流》，却不过是印了十本，并无社会上所珍重的"夏历"过年一样，有必须大放爆竹的神秘的玄机。惟使内容有一点小小的结束，以便读者购阅的或停或续的意思，却是有的。然而现在还有《炸弹和征鸟》未曾完结，不过这是在重要的时代，涉及广大的地域，描写多种状况的长篇，登在期刊上需要一年半载，也正是必然之势，况且每期所登也必有两三章，大概在大度的读者是一定很能够谅解的罢。

其次，最初的计画是想，倘若登载将来要印成单行本的译作，便须全部在这里发表，免得读者再去买一本一部份[33]曾经看过的书籍。但因为译作者的生活关系，这计画恐怕办不到，纵有匿名的"批评家"以先在期刊上横横直直发表而后来集印成书为罪状，也没有法子确是全部登完了的只有两种：一是《叛逆者》，一是《文艺

33　现代汉语常用"部分"。——编者注

政策》。

《叛逆者》本文三篇，是有岛武郎最精心结撰的短论文，一对于雕刻，二对于诗，三对于画；附录一篇，是译者所作；插画二十种，则是编者加上去的，原本中并没有。《文艺政策》原译本是这样完结了，但又见过另外几篇关于文艺政策的文章，倘再译了出来，一切大约就可以知道得更清楚。此刻正在想：再来添一个附录，如何呢？但一时还没有怎样的决定。

《文艺政策》另有画室先生的译本，去年就出版了。听说照例的创造社革命文学诸公又在"批判"，有的说鲁迅译这书是不甘"落伍"，有的说画室居然捷足先登。其实我译这书，倒并非救"落"，也不在争先，倘若译一部书便免于"落伍"，那么，先驱倒也是轻松的玩意。我的翻译这书不过是使大家看看各种议论，可以和中国的新的批评家的批评和主张相比较。与翻刻王羲之真迹，给人们可以和自称王派的草书来比一比，免得胡里胡涂的意思是相仿佛的，借此也到"修善寺"温泉去洗澡，实非所望也。

又其次，是原想每期按二十日出版，没有迟误的，但竟延误了一个月。近时得到几位爱读者的来信，责以迟延，勉以努力。我们也何尝不想这样办？不过一者其中有三回增刊，共加添二百页，即等于十个月内，出了十一本的平常刊；二者这十个月中，是印刷局的两次停工和举国同珍的一回"夏历"岁首，对于这些大事，几个《奔流》同人除跳黄浦江之外，是什么办法也没有的。譬如要办上海居民所最爱看的"大出丧"，本来算不得乌托邦的空想，但若脚色[34]都回家拜岁去了，就必然底地出不来的。所以，据去年一年所积的经验，是觉得"凡例"上所说的"倘无意外障碍，定于每月中旬出版"的上一句的分量，实在着重起来了。

34　现代汉语常用"角色"。——编者注

孙用先生寄来译诗之后，又寄一篇作者《Lermontov 小记》来。可惜那时第九本已经印好，不及添上了，现在补录在这里：

米哈伊尔·尤里耶维奇·莱蒙托夫（Mikhail Gurievitch Lermontov）在一八一四年十月十五日生于莫斯科，死于一八四一年七月廿七日。是一个俄国的诗人及小说家，被称为"高加索的诗人"的，他曾有两次被流放于高加索（1837，1840），也在那儿因决斗而死。他的最有名的著作是小说《我们的时代的英雄》和诗歌《俄皇伊凡·华西里维支之歌》*Ismail-Bey* 及《魔鬼》等。

韦素园先生有一封信，有几处是关于 Gorky 的《托尔斯泰回忆杂记》的，也摘录于下：

读《奔流》七号上达夫先生译文，所记有两个疑点，现从城里要来一本原文的 Gorky 回忆托尔斯泰，解答如下：

1.《托尔斯泰回忆记》第十一节 Nekassov 确为 Nekrassov 之误。涅克拉梭夫是俄国十九世纪有名的国民诗人。

2."Volga 宣教者"的 Volga 是河名，中国地理书上通译为涡瓦河，在俄国农民多呼之为"亲爱的母亲"，有人译为"卑汗的说教者"，当系错误。不过此处，据 Gorky《回忆杂记》第三十二节原文似应译为"涡瓦河流域"方合，因为这里并不只 Volga 一个字，却在前面有一前置词（za）故也。

以上系根据彼得堡一九一九年格尔热宾出版部所印行的本子作答的，当不致有大误，不过我看信比杂记写得还要好。

说到那一封信，我的运动达夫先生一并译出，实在也不只[35]一次了。有几回，是诱以甘言，说快点译出来，可以好好的合印一本书，上加好看的图像；有一回，是特地将读者称赞译文的来信寄去，给看看读书界的期望是怎样地热心。见面时候谈起来，倒也并不如那跋文所说，暂且不译了，但至今似乎也终于没有动手，这真是无可如何。现在索性将这情形公表出来，算是又一回猛烈的"恶毒"的催逼。

一九二九年三月二十五日，鲁迅记。

十

E. Dowden 的关于法国的文学批评的简明扼要的论文，在这一本里已经终结了，我相信于读者会有许多用处，并且连类来看英国的批评家对于批评的批评。

这回译了一篇野口米次郎的《爱尔兰文学之回顾》，以译文而论，自然简直是续貂。但也很简明扼要，于爱尔兰文学运动的来因去果，是说得了了分明的。中国前几年，于 Yeats[36]，Synge[37] 等人的事情和作品曾经屡有绍介了，现在有这一篇，也许更可以帮助一点理解罢。

但作者是诗人，所以那文中有许多诗底的辞句，是无须赘说的。只有一端，当翻译完毕时，还想添几句话，那就是作者的"无论那一国的文学，都必须知道古代的文化和天才，和近代的时代精神有怎样的关系，而从这处所，来培养真生命的"的主张。这自然

35　现代汉语常用"不止"。——编者注
36　即"叶芝"。——编者注
37　即"辛格"。——编者注

也并非作者一人的话，在最近，虽是最革命底国度里，也有搬出古典文章来之势，编印托尔斯泰全集还是小事，如 Trotsky，且明说可以读 Dante[38] 和 Pushkin[39]，Lunacharski 则以为古代一民族兴起时代的文艺胜于近来十九世纪末的文艺。但我想，这是并非中国复古的两派——遗老的神往唐虞、遗少的归心元代——所能引为口实的。那两派的思想虽然和 Trotsky 等截然不同，但觉得于自己有利时，我可以保证他们也要引为口实。现在的幻想中的唐虞，那无为而治之世，不能回去的乌托邦，那确实性，比到"阴间"去还稀少。至于元，那时东取中国，西侵欧洲，武力自然是雄大的，但他是蒙古人，倘以这为中国的光荣，则现在也可以归降英国，而自以为本国的国旗——但不是五色的——"遍于日所出人处"了。

要之，倘若先前并无可以师法的东西，就只好自己来开创。拉旧来帮新，结果往往只差一个名目，拖《红楼梦》来附会十九世纪式的恋爱，所造成的还是宝玉，不过他的姓名是"少年威德"，说《水浒传》里有革命精神，因风而起者便不免是涂面剪径的假李逵——但他的雅号也许却叫作"突变"。

卷末的一篇虽然不过是对于 Douglas Percy Bliss 的 *A History of Wood-Engraving* 的批评，但因为可以知道那一本书——欧洲木刻经过的大略，所以特地登载了。本卷第一、二两册上还附有木刻的插图，作为参考，以后也许还要附载，以见各派的作风。我的私见，以为在印刷术未曾发达的中国，美术家倘能兼作木刻，是颇为切要的，因为容易印刷而不至于很失真，因此流布也能较广远，可以不再如巨幅或长卷固定一处，仅供几个人的鉴赏了。又，如果刻印章的人，以铁笔兼刻绘画，大概总也能够开一新生面的。

38　即"但丁"。——编者注
39　即"普希金"。——编者注

但虽是翻印木刻，中国现在的制版术和印刷术也还是不行，偶而[40]看看，倒也罢了，如要认真研究起来，则几张翻印的插图真是贫窭到不足靠，归根结蒂，又只好说到去看别国的书了。Bliss 的书，探究历史是好的，倘看作品，却不合宜，因为其中较少近代的作品。为有志于木刻的人们起见，另举两种较为相宜的书在下面——

The Modern Woodcut by Herbert Furst, published by John Lane, London. 42s. 1924.

The Woodcut of To-day at Home and Abroad, commentary by M. C. Talaman, published by The Studio Ltd., London. 7s. 6d, 1927.

上一种太贵，下一种原是较为便宜，可惜今年已经卖完，旧本增价到 21s. 了。但倘若随时留心着欧美书籍广告，大概总有时可以遇见新出的相宜的本子。

一九二九年五月十日，鲁迅记。

十一

A Mickiewicz[41]（1798—1855）是波兰在异族压迫之下的时代的诗人，所鼓吹的是复仇，所希求的是解放，在二三十年前，是很足以招致中国青年的共鸣的。我曾在《摩罗诗力说》里讲过他的生涯和著作，后来收在论文集《坟》中。记得《小说月报》很注意于被压迫民族的文学的时候，也曾有所论述，但我手头没有旧报，说不出

40　现代汉语常用"偶尔"。——编者注
41　即"密茨凯维奇"。——编者注

在那一卷那一期了。最近，则在《奔流》本卷第一本上登过他的两篇诗。但这回绍介的主意，倒在巴黎新成的雕像。《青春的赞颂》一篇，也是从法文重译的。

I. Matsa 是匈牙利的出亡在外的革命者，现在以科学底社会主义的手法来解剖西欧现代的艺术，著成一部有名的书，曰《现代欧洲的艺术》。这《艺术及文学的诸流派》便是其中的一篇，将各国的文艺，在综合底把握之内加以检查。篇页也并不多，本应该一期登毕，但因为后半篇有一幅图表，一时来不及制版，所以只好分为两期了。

这篇里所举的新流派，在欧洲虽然多已成为陈迹，但在中国，有的却不过徒闻其名，有的则连名目也未经介绍。在这里登载这一篇评论，似乎颇有太早，或过时之嫌。但我以为是极有意义的，这是一种预先的消毒，可以"打发"掉只偷一些新名目以自夸耀，而其实毫无实际的"文豪"。因为其中所举的各主义，倘不用科学之光照破，则可借以藏拙者还是不少的。

Lunacharski 说过，文艺上的各种古怪主义是发生于楼顶房上的文艺家，而旺盛于贩卖商人和好奇的富翁的。那些创作者，说得好，是自信很强的不遇的才人，说得坏，是骗子。但此说嵌在中国，却只能合得一半，因为我们能听到某人在提倡某主义——如成仿吾之大谈表现主义，高长虹之以未来派自居之类——而从未见某主义的一篇作品，大吹大擂地挂起招牌来，孪生了开张和倒闭，所以欧洲的文艺史潮，在中国毫未开演，而又像已经一一演过了。

得到汉口来的一封信，是这样写着的：

　　昨天接到北新寄来的《奔流》二卷二期，我于匆匆流览[42]了

42　现代汉语常用"浏览"。——编者注

三幅插画之后，便去读《编辑后记》——这是我的老脾气。在这里面有一句话使我很为奋兴[43]，那便是："……又，如果刻印章的人，以铁笔兼刻绘画，大概总也能够开一新生面的。"我在学校的最后一年和离校后的失业时期颇曾学学过刻印[44]，虽然现在已有大半年不亲此道了。其间因偶然尝试，曾刻过几颗绘画的印子，但是后来觉得于绘画没有修养，很少成功之望，便不曾继续努力。不过所刻的这几颗印子，却很想找机会在什么地方发表一下。因此曾寄去给编《美育》的李金髪先生，然而没有回音。第二期《美育》又增了价，要二元一本，不知里面有否刊登。此外亦曾寄到要出画报的汉口某日报去，但是画报没有出，自然更是石沉大海了。倒是有一家小报很承他们赞赏，然而据说所刻的人物大半是"俄国人"，不妥，劝我刻几个党国要人的面像，可恨我根本就不曾想要刻要人们的尊容。碰了三次壁，我只好把这几枚印子塞到箱子底里去了。现在见到了你这句话，怎不令我奋兴呢？兹特冒盛暑在蒸笼般的卧室中找出这颗印子钤奉一阅。如不笑其拙劣，能在《奔流》刊登，则不胜大欢喜也。

                                 🏛谨上　七月十八日

　　从远远的汉口来了这样的一个响应，对于寂寞的我们，自然也给以很可感谢的兴奋的。《美育》第二期我只在日报上见过目录，不记得有这一项。至于憾不刻要人的小报，则大约误以版画家为照相店了，只有照相店是专挂要人的放大像片[45]的，现在隐然有取以相比之意，所以也恐怕并非真赏。不过这次可还要碰第四次的壁的

43　现代汉语常用"兴奋"。——编者注
44　此处原文为"我在学校的最后一年和离校后的失业时期颇曾学学过刻印"，疑为原文多字，故更正。——编者注
45　现代汉语常用"相片"。——编者注

罢。《奔流》版心太大而图版小，所以还是不相宜，或者就寄到《朝花旬刊》去。但希望刻者告诉我一个易于认识的名字。

还有，《子见南子》在山东曲阜第二师范学校排演，引起了一场"圣裔"控告、名人震怒的风潮。曾经搜集了一些公文之类，想作一个附录来发表，但这回为了页数的限制，已经不能排人，只好等别的机会或别的处所了，这或者就寄到《语丝》去。

读者诸君，再见罢。

鲁迅。八月十一日。

十二

预计这一本的出版，和第四本当有整三个月的距离，读者也许要觉得生疏了。这迟延的原因，其一，据出版所之说，是收不回成本来，那么，这责任只好归给各地贩卖店的乾没……但现在总算得了一笔款，所以就尽其所有，来出一本译文的增刊。

增刊偏都是译文，也并无什么深意，不过因为所有的稿件偏是译文多，整理起来容易成一个样子。去年挂着革命文学大旗的"青年"名人，今年已很有些化为"小记者"，有一个在小报上鸣不平道："据书业中人说，今年创作的书不行了，翻译的而且是社会科学的那才好销。上海一般专靠卖小说吃饭的大小文学家那才倒霉呢！如果这样下去，文学家便非另改行业不可了。小记者的推测，将来上海的文学家怕只留着一班翻译家了。"这其实只在说明"革命文学家"之所以化为"小记者"的原因。倘若只留着一班翻译家——认真的翻译家，中国的文坛还不算堕落。但《奔流》如果能出下去，还是要登创作的，别一小报说："白薇女士近作之《炸弹与征鸟》，连刊《奔流》二卷各期中，近闻北新书局即拟排印单行本发卖，自二卷五期起，停止续刊。"编者却其实还没有听见这样的新闻，也并未奉到北新书局饬即"停止续刊"的命令。

对于这一本的内容，编者也没有什么话可说，因为世界上一切文学的好坏，即使是"鸟瞰"，恐怕现在只有"赵景深氏"知道。况且译者在篇末大抵附有按语，便无须编者来多谈。但就大体而言，全本是并无一致的线索的，首先是五个作家的像、评传和作品，或先有作品而添译一篇传，或有了评传而搜求一篇文或诗。这些登载以后，便将陆续积存，以为可以绍介的译文，选登几篇在下面，到本子颇有些厚了才罢。

收到第一篇《彼得斐行状》时，很引起我青年时的回忆，因为他是我那时所敬仰的诗人。在满洲 [46] 政府之下的人，共鸣于反抗俄皇的英雄，也是自然的事。但他其实是一个爱国诗人，译者大约因为爱他，便不免有些掩护，将"nation"译作"民众"，我以为那是不必的。他生于那时，当然没有现代的见解，取长弃短，只要那"斗志"能鼓动青年战士的心就尽够了。

绍介彼得斐最早的，有半篇译文叫《裴象飞诗论》，登在二十多年前在日本东京出版的杂志《河南》上，现在大概是消失了。其次，是我的《摩罗诗力说》里也曾说及，后来收在《坟》里面。一直后来，则《沉钟》月刊上有冯至先生的论文，《语丝》上有 L.S. 的译诗和这里的诗有两篇相重复。近来孙用先生译了一篇叙事诗《勇敢的约翰》，是十分用力的工作，可惜有一百页之多，《奔流》为篇幅所限，竟容不下，只好另出单行本子了。

契诃夫要算在中国最为大家所熟识的文人之一，他开手创作，

---

46 该词的使用并无贬义，共有两种含义。一是满族的旧称。1635 年，皇太极改女真为满洲，辛亥革命后称满族。二是旧时指我国东北一带，清末日俄势力入侵，称东三省为满洲。——编者注

距今已五十年，死了也满二十五年了。日本曾为他开过创作五十
年纪念会，俄国也出了一本小册子，为他死后二十五年纪念，这里
的插画便是其中的一张。我就译了一篇觉得很平允的论文，接着是
他的两篇创作。《爱》是评论中所提及的，可作参考，倘再有《草原》
和《谷间》，就更好了，然而都太长，只得作罢。《熊》这剧本，是从
日本米川正夫译的《契诃夫戏曲全集》里译出的，也有曹靖华先生
的译本，名《蠢货》，在《未名丛刊》中。俄国称蠢人为"熊"，盖和
中国之称"笨牛"相类。曹译语气简捷，这译本却较曲折，互相对
照，各取所长，恐怕于扮演时是很有用处的。米川的译本有关于这
一篇的解题，译载于下：

> 一八八八年冬，契诃夫在墨斯科[47]的珂尔修剧场看法国喜
> 剧的翻案《对胜利者无裁判》的时候，心折于扮演粗暴的女性
> 征服者这脚色的演员梭罗孚卓夫的本领，便觉到一种诱惑，要
> 给他写出相像的脚色来。于是一任如流的创作力的动弹，乘兴
> 而真是在一夜中写成的，便是这轻妙无比的《熊》一篇。不久，
> 这喜剧便在珂尔修剧场的舞台上由梭罗孚卓夫之手开演了，果
> 然得到非常的成功。为了作这成功的记念，契诃夫便将这作品
> （的印本上，题了）献给梭罗孚卓夫。

J. Aho 是芬兰的一个幽婉凄艳的作家，生长于严酷的天然物的
环境中，后来是受了些法国文学的影响。《域外小说集》中曾介绍过
一篇他的小说《先驱者》，写一对小夫妇怀着希望去开辟荒林，而不
能战胜天然之力，终于灭亡。如这一篇中的艺术家，感得天然之美
而无力表现，正是同一意思。Aho 之前的作家 Päivärinta 的《人生

47　现译"莫斯科"。——编者注

图录》（有德译本在 *Reclam's Universal Bibliothek* 中），也有一篇写一个人因为失恋而默默地颓唐到老，至于作一种特别的跳舞供人玩笑，来换取一杯酒，待到他和旅客（作者）说明原因之后，就死掉了。这一种 Type 大约芬兰是常有的。那和天然的环境的相关，看 F. Poppenberg 的一篇《阿河的艺术》就明白。这是很好的论文，虽然所讲的偏重在一个人的一部书，然而芬兰自然的全景和文艺思潮的一角都描写出来了。达夫先生译这篇时，当面和通信里都有些不平，连在本文的附记上，也还留着"怨声载道"的痕迹，这苦楚我很明白，也很抱歉的，因为当初原想自己来译，后来觉得麻烦，便推给他了，一面也预料他会"好，好，可以，可以"的担当去。虽然这种方法很像"革命文学家"的自己浸在温泉里，却叫别人去革命一样，然而若还要做几天编辑，这些"政策"且留着不说破它罢。

Kogan 教授的关于 Gorky 的短文也是很简要的，所说的他的作品内容的出发点和变迁大约十分中肯。早年所作的《鹰之歌》有韦素园先生的翻译，收在《未名丛刊》之一的《黄花集》中。这里的信却是近作，可以看见他的坦白和天真也还很盛气。"机械的市民"其实也是坦白的人们，会照他心里所想的说出，并不涂改招牌，来做"狮子身中虫"。若在中国，则一派握定政权以后，谁还来明白地唠叨自己的不满。眼前的例，就如张勋在时，盛极一时的"遗老""遗少"气味，现在表面上已经销声匿迹；《醒狮》之流，也只要打倒"共产党"和"共产党的走狗"，而遥向首都虔诚地进"忠告"了。至于革命文学指导者成仿吾先生之逍遥于巴黎，"左翼文艺家"蒋光Y 先生之养疴于日本（or 青岛？）盖犹其小焉者耳。

V. Lidin 只是一位"同路人"，经历是平常的，如他的自传。别的作品，我曾译过一篇《竖琴》，载在去年一月的《小说月报》上。

东欧的文艺经七手八脚弄得糊七八遭了之际，北欧的文艺恐怕先要使读书界觉得新鲜,在事实上,也渐渐看见了作品的绍介和翻译,虽然因为近年诺贝尔奖金屡为北欧作者所得,于是不胜佩服之至,也是一种原因。这里绍介丹麦思潮的是极简要的一篇,并译了两个作家的作品,以供参考,别的作者,我们现在还寻不到可作标本的文章。但因为篇中所讲的是限于最近的作家,所以出现较早的如 Jacobsen,Bang 等,都没有提及。他们变迁得太快,我们知道得太迟,因此世界上许多文艺家,在我们这里还没有提起他的姓名的时候,他们却早已在他们那里死掉了。

跋佐夫在《小说月报》上,还是由今年不准提起姓名的茅盾先生所编辑的时候,已经绍介过。巴尔干诸国作家之中,恐怕要算中国最为熟识的人了,这里便不多赘。确木努易的小品是从《新兴文学全集》第二十五本中横泽芳人的译本重译的,作者的生平不知道,查去年出版的 V. Lidin 所编的《文学的俄国》,也不见他的姓名,这篇上注着“遗稿”,也许是一个新作家,而不幸又早死的罢。

末两篇不过是本卷前几本中未完译文的续稿。最后一篇的下半,已在《文艺与批评》中印出,本来可以不必再印,但对于读者,这里也得有一个结束,所以仍然附上了。《文艺政策》的附录,原定四篇,中二篇是同作者的《苏维埃国家与艺术》和《关于科学底文艺批评之任务的提要》,也已译载《文艺与批评》中。末一篇是 Maisky 的《文化,文学和党》,现在关于这类理论的文籍,译本已有五六种,推演起来,大略已不难揣知,所以拟不再译,即使再译,也将作为独立的一篇,这《文艺政策》的附录,就算即此完结了。

一九二九年十一月二十日,鲁迅。

集外集拾遗

一九一二年

怀旧

周逴

吾家门外有青桐一株，高可三十尺，每岁实如繁星。儿童掷石落桐子，往往飞入书窗中，时或正击吾案。一石入，吾师秃先生辄走出斥之。桐叶径大盈尺，受夏日微瘁，得夜气而苏，如人舒其掌。家之阍人王叟，时汲水沃地去暑热，或掇破几椅，持烟筒，与李妪谈故事，每月落参横，仅见烟斗中一星火，而谈犹弗止。

彼辈纳晚凉时，秃先生正教予属对，题曰："红花。"予对曰："青桐。"则挥曰："平仄弗调。"令退。时予已九龄，不识平仄为何物，而秃先生亦不言，则姑退。思久弗属，渐展掌拍吾股使发大声如扑蚊，冀秃先生知吾苦，而先生仍弗理，久之久之，始作摇曳声曰："来。"余健进。便书绿草二字曰："红平声，花平声，绿入声，草上声。去矣。"余弗遑听，跃而出。秃先生复作摇曳声曰："勿跳。"余则弗跳而出。

予出，复不敢戏桐下，初亦尝扳王翁膝，令道山家故事。而秃先生必继至，作厉色曰："孺子勿恶作剧，食事既耶？盍归就尔夜课矣。"稍迮，次日便以界尺击吾首曰："汝作剧何恶，读书何笨哉？我秃先生盖以书斋为报仇地者？遂渐弗去。况明日复非清明端午中秋，予又何乐？设清晨能得小恙，映午而愈者，可借此作半日休息亦佳；否则，秃先生病耳，死尤善。弗病弗死。吾明日又上学读《论语》矣。

明日，秃先生果又按吾《论语》，头摇摇然释字义矣。先生又近视，故唇几触书，作欲啮状。人常咎吾顽，谓读不半卷，篇页便大零落；不知此咻咻然之鼻息，日吹拂是纸，能弗破烂，字能弗漫漶耶！予纵极顽！亦何至此极耶！秃先生曰："孔夫子说，我到六十便耳顺；耳是耳朵。到七十便从心所欲，不逾这个矩了。"……余都不之解，字为鼻影所遮，余亦不之见，但见《论语》之上，载先生秃头，烂然有光，可照我面目；特颇模糊臃肿，远不如后圃古池之明晰耳。

先生讲书，久战其膝，又大点其头，似自有深趣。予则大不耐，盖头光虽奇，久观亦自厌倦，势胡能久。

"仰圣先生！仰圣先生！"幸门外突作怪声，如见雠而呼救者。

"耀宗兄耶？……进可耳。"先生止论语不讲，举其头，出而启门，且作礼。

予初殊弗解先生何心，敬耀宗竟至是。耀宗金氏，居左邻，拥巨资；而敝衣破履，日日食菜，面黄肿如秋茄，即王翁亦弗之礼。尝曰："彼自蓄多金耳！不以一文见赠，何礼为？"故翁爱予而对耀宗特傲，耀宗亦弗恤，且聪慧不如王翁，每听谈故事，多不解，唯唯而已。李媪亦谓，彼人自幼至长，但居父母膝下如囚人，不出而交际，故识语殊聊聊。如语及米，则竟曰米，不可别粳糯；语及鱼，则竟曰鱼，不可分鲂鲤。否则不解，须加注几百句，而注中又多不解语，须更用疏，疏又有难词，则终不解而止，因不好与谈。惟秃先生特优遇，王翁等甚讶之。予亦私揣其故，知耀宗曾以二十一岁无子，急蓄妾三人，而秃先生亦云以不孝有三，无后为大，故尝投赠赠以三十一金。购如夫人一，则优礼之故，自因耀宗纯孝，王翁虽贤，学终不及先生，不测高深，亦无足怪；盖即予亦经覃思多日，始得其故者。

"先生，闻今朝消息耶？"

"消息？……未之闻……甚消息耶？"

"长毛且至矣！"

"长毛！……哈哈。安有是者……"

耀宗所谓长毛，即仰圣先生所谓发逆；而王翁亦谓之长毛，且云。时正三十岁。今王翁已越七十，距四十余年矣，即吾亦知无是。

"顾消息得自何墟三大人，云不日且至矣……"

"三大人耶？……则得自府尊者矣。是亦不可不防。"先生之仰三大人也，甚于圣，遂失色绕案而踱。

"云可八百人，已已遣底下人复至何墟探听。问究以何日来。"

"八百？……然安有是，哦，殆山贼或近地之赤巾党耳。"

秃先生智慧胜，立悟非是。不知耀宗固不论山贼海盗白帽赤巾，皆谓之长毛；故秃先生所言，耀宗亦弗解。

"来时当须备饭。我家厅事小，拟借张睢阳庙庭飨其半。彼辈既得饭，其出示安民耶。"耀宗禀性鲁，而箪食壶浆以迎王师之术，则有家训。王翁曾言其父尝遇长毛，伏地乞命，叩额赤肿如鹅，得弗杀。为之治庖侑食，因获殊宠，得多金。逮长毛败，以术逃归，渐为富室，居芜市云。时欲以一饭博安民，殊不如父智。

"此种乱人，运必弗长，试搜尽《纲鉴易知录》，岂见有成者？……特特亦间不无成功者。饭之，亦可也。虽然，耀宗兄！足下切勿自列名，委诸地甲可耳。"

"然！先生能为书顺民二字乎。"

"且勿且勿，此种事殊弗宜急，万一竟来，书之未晚。且耀宗兄！尚有一事奉告，此种人之怒，固不可撄，然亦不可太与亲近。昔髪[1]逆反时，户贴顺民字样者，间亦无效；贼退后，又窘于官军，

1　现代汉语常用"发"。——编者注

故此事须待贼薄芜市时再议。惟尊眷却宜早避,特不必过远耳。"

"良是良是,我且告张睢阳庙道人去耳。"

耀宗似解非解,大感佩而去。人谓遍搜芜市,当以我秃先生为第一智者,语良不诬。先生能处任何时世,而使己身无几微之疵,故虽自盘古开辟天地后,代有战争杀伐治乱兴衰,而仰圣先生一家,独不殉难而亡,亦未从贼而死,绵绵至今,犹巍然拥皋比为予顽弟子讲七十而从心所欲不逾矩。若由今日天演家言之,或曰由宗祖之遗传;顾自我言之,则非从读书得来,必不有是。非然,则我与王翁李媪,岂独不受遗传,而思虑之密,不如此也。

耀宗既去,秃先生亦止书不讲,状颇愁苦,云将返其家,令予废读。予大喜,跃出桐树下,虽夏日炙吾头,亦弗恤,意桐下为我领地,独此一时矣。少顷,见秃先生急去,挟衣一大缚。先生往日,惟遇令节或年暮一归,归必持《八铭塾钞》数卷;今则全帙俨然在案,但携破篑中衣履去耳。

予窥道上,人多于蚁阵,而人人悉函惧意,惘然而行。手多有挟持,或徒其手,王翁语予,盖图逃难者耳。中多何墟人,来奔芜市,而芜市居民,则争走何墟。王翁自云前经患难,止吾家勿仓皇。李媪亦至金氏问讯,云仆犹弗归,独见众如夫人,方检脂粉芎泽纨扇罗衣之属,纳行篑中。此富家姨太太,似视逃难亦如春游,不可废口红眉黛者。予不暇问长毛事,自扑青蝇诱蚁出,践杀之,又舀水灌其穴,以窘蚁禹。未几见日脚遽去木末,李媪呼予饭。予殊弗解今日何短,若在平日,则此时正苦思属对,看秃先生作倦面也。饭已,李媪挈予出。王翁亦已出而纳凉,弗改常度。惟环而立者极多,张其口如睹鬼怪,月光娟娟,照见众齿,历落如排朽琼,王翁吸烟,语甚缓。

"……当时,此家门者,为赵五叔,性极憨。主人闻长毛来,令逃，则曰：'主人去，此家虚，我不留守，不将为贼占耶？'……"

"唉，蠢哉！……"李媪斗作怪叫，力斥先贤之非。

"而司爨之吴妪亦弗去，其人盖七十余矣，日日伏厨下不敢出。数日以来，但闻人行声，犬吠声，入耳惨不可状。既而人行犬吠亦绝，阴森如处冥中。一日远远闻有大队步声，经墙外而去。少顷少顷，突有数十长毛入厨下，持刀牵吴妪出，语格磔不甚可辨，似曰：'老妇！尔主人安在？趣将钱来！'吴妪拜曰：'大王，主人逃矣。老妇饿已数日，且乞大王食我，安有钱奉大王。'一长毛笑曰：'若欲食耶？当食汝。'斗以一圆物掷吴妪怀中，血模糊不可视，则赵五叔头也……"

"啊，吴妪不几吓杀耶？"李媪又大惊叫，众目亦益瞠，口亦益张。

"盖长毛叩门，赵五叔坚不启，斥曰：'主人弗在，若辈强欲入盗耳。'长……"

"将得真消息来耶？……"则秃先生归矣。予大窘，然察其颜色，颇不似前时严厉，因亦弗逃。思倘长毛来，能以秃先生头掷李媪怀中者，余可日日灌蚁穴，弗读《论语》矣。

"未也。长毛遂毁门，赵五叔亦走出，见状大惊，而长毛……"

"仰圣先生！我底下人返矣。"耀宗竭全力作大声，进且语。

"如何？"秃先生亦问且出，睁其近眼，逾于余常见之大。余人亦竞向耀宗。

"三大人云长毛者谎，实不过难民数十人，过何墟耳。所谓难民，盖犹常来我家乞食者。"耀宗虑人不解难民二字，因尽其所知，为作界说，而界说只一句。

"哈哈！难民耶！……呵……"秃先生大笑，似自嘲前此仓皇之愚，且嗤难民之不足惧。众亦笑，则见秃先生笑，故助笑耳。

众既得三大人确消息，一哄而散，耀宗亦自归，桐下顿寂，仅留王翁辈四五人。秃先生踱良久，云："又须归慰其家人，以明晨返。"遂持其《八铭塾钞》去。临去顾余曰："一日不读，明晨能熟背否？趣去读书。勿恶作剧。"余大忧，目注王翁烟火不能答，王翁则吸烟不止。余见火光闪闪，大类秋萤堕草丛中、因忆去年扑萤误堕芦荡事、不复虑秃先生。

"唉，长毛来，长毛来，长毛初来时良可恐耳，顾后则何有。"王翁辍烟，点其首。

"翁盖曾遇长毛者？其事奈何？"李媪随急询之。

"翁曾作长毛耶？"余思长毛来而秃先生去，长毛盖好人，王翁善我，必长毛耳。

"哈哈！未也。李媪，时尔年几何？我盖二十余矣。"

"我才十一，时吾母挈我奔平田，故不之遇。"

"我则奔幌山。当长毛至吾村时，我适出走。邻人牛四，及我两族兄稍迟，已为小长毛所得，牵出太平桥上，一一以刀斫其颈，皆不殊，推入水，始毙。牛四多力，能负米二石五升走半里，今无如是人矣。我走及幌山，已垂暮，山颠乔木，虽略负日脚，而山跌之田禾，已受夜气，色较白日为青。既达山跌，后顾幸无追骑，心稍安。而前瞻不见乡人，则凄寂悲凉之感，亦与并作。久之神定，夜渐深，寂亦弥甚，入耳绝无人声，但有吱吱！哐哐哐！……"

"哐哐？"吾大惑，问题不觉脱口。李媪则力握余手禁余，一若余之怀疑，能贻大祸于媪者。

"蛙鸣耳。此外则猫头鹰，鸣极惨厉……唉，李媪，尔知孤木立黑暗中，乃大类人耶？……哈哈，顾后则何有，长毛退时，我村人皆操锹锄逐之，逐者仅十余人，而彼虽百人不敢返斗。此后每日必去打宝，何墟三大人，不即因此发财者耶。"

"打宝何也？"余又惑。

"唔，打宝打宝……凡我村人穷追，长毛必投金银珠宝少许，令村人争拾，可以缓追。余曾得一明珠，大如戎菽，方在惊喜，牛二突以棍击吾脑，夺珠去；不然纵不及三大人，亦可作富家翁矣。彼三大人之父何狗保，亦即以是时归何墟、见有打大辫子之小长毛，伏其家破柜中……"

"啊！雨矣，归休乎。"李媪见雨，便生归心。

"否否，且住。"余殊弗愿，大类读小说者，见作惊人之笔后，继以欲知后事如何且听下回分解，则偏欲急看下回，非尽全卷不止，而李媪似不然。

"咦！归休耳，明日晏起，又要吃先生界尺矣。"

雨益大，打窗前芭蕉巨叶，如蟹爬沙，余就枕上听之，渐不闻。

"啊！先生！我下次用功矣……"

"啊！甚事？梦耶？……我之噩梦，亦为汝吓破矣……梦耶？何梦？"李媪趋就余榻，拍余背者屡。

"梦耳！……无之……媪何梦？"

"梦长毛耳！……明日当为汝言，今夜将半，睡矣，睡矣。"

实处可致力，空处不能致力，然初步不误，灵机人所固有、非难事也。曾见青年才解握管，便讲词章，卒致满纸短钉，无有是处，亟宜以此等文字药之。（焦木附志）

（文中旁点、批语，当系登载《小说月报》时恽铁樵先生所加。兹仍其旧，以见当时杂志编辑的体例。——编者）

一九一九年

对于《新潮》一部分的意见

孟真先生：

　　来信收到了。现在对于《新潮》没有别的意见，倘以后想到什么，极愿意随时通知。

　　《新潮》每本里面有一二篇纯粹科学文，也是好的。但我的意见，以为不要太多，而且最好是无论如何总要对于中国的老病刺他几针，譬如说天文忽然骂阴历，讲生理终于打医生之类。现在老先生听人说"地球椭圆"，"元素七十七种"，是不反对的了。《新潮》里装满了这些文章，他们或者还暗地里高兴（他们有许多很鼓吹少年专讲科学，不要议论，《新潮》三期通信内有史志元先生的信，似乎也上了他们的当）。现在偏要发议论，而且讲科学，讲科学而仍发议论，庶几乎他们依然不得安稳，我们也可告无罪于天下了。总而言之，从三皇五帝时代的眼光看来，讲科学和发议论都是蛇，无非前者是青梢蛇，后者是蝮蛇罢了，一朝有了棍子，就都要打死的。既然如此，自然还是毒重的好——但蛇自己不肯被打，也自然不消说得。

　　《新潮》里的诗写景叙事的多，抒情的少，所以有点单调。此后能多有几样作风很不同的诗就好了。翻译外国的诗歌也是一种要事，可惜这事很不容易。

　　《狂人日记》很幼稚，而且太逼促，照艺术上说，是不应该的。来信说好，大约是夜间飞禽都归巢睡觉，所以单见蝙蝠能干了。我自己知道实在不是作家，现在的乱嚷，是想闹出几个新的创作家来——我想中国总该有天才，被社会挤倒在底下——破破中国的寂寞。

　　《新潮》里的《雪夜》《这也是一个人》《是爱情还是苦痛》（起首有点小毛病），都是好的。上海的小说家梦里也没有想到过。这样下去，创作很有点希望。《扇误》译的很好,《推霞》实在不敢恭维。

鲁迅　四月十六日

一九一九年五月,《新潮》一卷五号所载

一九二〇年

"查拉图斯特拉"的序言

〔德〕尼采

一

查拉图斯特拉三十岁的时候，他离了他的乡里和他乡里的湖，并且走到山间。他在那里受用他的精神和他的孤寂，十年没有倦。但他的心终于变了——一天早晨，他和曙光一齐起，进到太阳面前，对他这样说：

"你这大星！倘使你没有那个，那你所照的，你有什么幸福呵！

十年来你总到我的石窟[1]，你的光和你的路，早会倦了，倘没有我，我的鹰和我的蛇。

但我们每早晨等候你，取下你的盈溢而且为此祝福你。

喂！我餍足了我的智慧，有如蜜蜂，聚蜜过多的似的，我等候伸出来的手了。

我要赠，我要分了，直到人间的贤人又欣喜他的愚和穷人又欣喜他的富。

所以我应该升到深处去了，像你晚间所做的，倘你到了海后面也还将光辉给与下界一样，你这太富了的星！

我该，像你，下去了，就如这些人所称的，我要下到这些里去。

然则祝福我，你这静眼睛，能看着最大幸福而不妒的！

1　此处原文为"十个年来你总到我的石窟"，疑为原文多字，故更正。——编者注

祝福这杯子，那要盈溢的，水会金闪闪的从他涌出，而且处处都带着你欢喜的反照！

喂！这杯子又要空了，查拉图斯特拉又要做人了。"

——这样开始了查拉图斯特拉的下去。

二

查拉图斯特拉独自下了山，没有人和他遇见。但他走到树林时候，在他面前忽然站着一个老人，那是离开了他的圣舍，到树林里寻觅树根的。于是这老人对查拉图斯特拉这样说：

"这游子于我并非生人，许多年前他经过这里了的。他名查拉图斯特拉，但他变了。

先前你背了你的灰上山，现在你要带着你的火入谷么？你不怕放火犯的罚么？

是的，我认得查拉图斯特拉洁净的是他的眼睛，他嘴里也没有藏着惹厌。他不是舞蹈者似的走着么？

查拉图斯特拉变了，查拉图斯特拉成了孩子了，查拉图斯特拉是一个醒的了：你到睡着的那里要做甚么？

在海里似的你生活在孤寂里，那海也担着你。咦，你要上陆了么？咦，你又要自己拖着你的身体了么？"

查拉图斯特拉对答说："我爱人。"

"我为什么，"圣者说，"要走到树林和荒地里？这岂不是，因为我太爱了人么？

现在我爱神，人却不爱。人之于我是一件太不完全的东西。对于人的爱，会把我糟了。"

查拉图斯特拉对答说："我怎样说是爱呢！我是将赠品给于人。"

"不要给他们，"圣者说，"反不如从他们取下一些，和他们一同负担着——这是于他们最舒服的，倘于你也有些舒服！

如果你要给他们，便不要比布施给的多，而且还须使他们来乞！"

"不然，"查拉图斯特拉答，"我不是给一点布施。我还不至于穷到怎地。"

圣者笑查拉图斯特拉并且这样说："便试看吧，他们会爱你的宝！他们对于孤独者有疑心而且也不相信，我们的来，是为着馈赠的。

我们的足音度过他们的街，响的[2]太孤寂。他们夜间在他们的床上听到一个人走，还在太阳出山之前，总要自己问着说：'这偷儿要到那里去呢？'

不要去到人间，住在树林子里！还不如到禽兽里去罢！你怎不要学着我，——做熊队里的熊，鸟队里的鸟呢？"

"圣者住在树林里做甚么呢？"查拉图斯特拉问。

圣者答："我作歌并且唱他，我倘若作了歌，我笑、哭，而且吟：我这样地赞美神。

我用唱、笑、哭和吟以赞美神，赞美我的神。但你又给我们什么做赠品呢？"

查拉图斯特拉听了这句话，他对圣者行一个礼并且说："我有什么给你们呢！但不如使我赶快走罢，趁我从你们只取了一个无有！"——于是他们作了别，一个老人和一个男子，笑着，像两个童子的笑。

查拉图斯特拉剩了一个人的时候，他这样对他的心说："这怎么能呵！这老圣人在他的树林里还没有听到这件事，神是死了！"

2　现代汉语常用"得"。——编者注

三

查拉图斯特拉来到接着树林的、最近的市集的时候，他看见许多群众，聚在市场里，这就因为传扬之后，都要看一个走索的人。于是查拉图斯特拉这样说：

"我教你们超人！人是一件东西，该被超越的，你们为要超越他，可曾做过什么了？

"一切事物历来都做一点东西胜过自己，然而你们却要做这大潮的退潮，并且与其超过人，倒不如回到禽兽么？

"猴子于人算什么？一场笑话或一件伤心的耻辱罢了。人于超人也正如此，一场笑话或一件伤心的耻辱罢了。

"你们已经走了从虫豸到人的路，在你们里面还有许多份是虫豸。你们做过猴子，到了现在，人还尤其猴子，无论比那一个猴子。

"谁是你们里的最聪明的，那也不过草木和游魂的不合和杂种罢了。但我岂教你们做游魂或草木么？

"喂，我教你们超人！

"超人是地的意义。你们的意志说罢：超人须是地的意义！

"我恳愿你们，我的兄弟，忠于地并且不要相信那个，那对你们说些出世的希望的！这是下毒者，无论他故意不是。

"这是生命的侮蔑者、溃烂者和自己中毒者，地也倦于这些了：他们就该去了！

"从前亵渎神是最大的亵渎，但神死了，这亵渎也跟着死了。现在的最可怕的是亵渎地，以及尊敬那无从研究的内脏甚于地的意义！

"从前魂灵傲然的看着肉体，那时这侮蔑要算最高——他要肉体瘦削、可怕、饥饿。他以为这样可以脱离了肉体和地。

"阿，这魂灵自己才是瘦削、可怕、饥饿哩，残酷是这魂灵的娱乐！

"但你们现在，我的兄弟们，对我说，你们的肉体怎样说你们的魂灵？你们的魂灵不是穷乏和污秽和可怜的满足么？

"真的，人间是污秽的浪。人早该是海了，能容下这污秽的浪而没有不净。

"喂，我教你们超人，这便是海，在他这里能容下你们的大侮蔑。

"你们所能体验的，什么为最大？那便是大侮蔑之时。在这时候，不但你们的幸福讨厌，而且连着你们的理性和你们的道德。

"这时候，你们说：'在我的幸福有什么！单是穷乏和污秽和可怜的满足罢了。但我的幸福该自己纠正了存在！'

"这时候，你们说：'在我的理性有什么！他追求智识能像狮子追求食物么？他单是穷乏和污秽和可怜的满足罢了！'

"这时候，你们说：'在我的道德有什么！他还没有使我猛烈。我倦极了我的善和我的恶！一切都是穷乏和污秽和可怜的满足罢了！'

"这时候，你们说：'在我的正义有什么！我并不见得我是猛火和煤。然而正义是猛火和煤！'

"这时候，你们说：'在我的同情有什么！这同情岂不是十字架，那爱人的，钉在上面的么！但我的同情并非钉杀。'

"你们这样说了么？你们这样叫了么？唉唉，我愿听到你们这样叫了！

"不是你们的罪恶——却是你们的自满向天叫，是对于你们罪恶上的你们的吝啬向天叫！

"用他的舌尖舐你们的闪电在那里呢？应该种在你们里的风狂在那里呢？

"喂，我教你们超人，这便是这闪电，这便是这风狂！"

"查拉图斯特拉这样说了的时候，一个人从群众中叫喊说："我们听够了说走索者的话了，现在将他给我们瞧罢！"于是所有群众都笑查拉图斯特拉。但那走索者，以为这话是提着他的，便开始了他的技艺。

四

"但查拉图斯特拉注视群众而且惊讶。他便这样说：

"人是一条索子，结在禽兽和超人的中间——一条索子横在潭上。

"是危险的经过，危险的在中途，危险的回顾，危险的战栗和站住。

"在人有什么伟大，那便是，为了他是桥梁不是目的；于人能有什么可爱，那便是，因为他是经过又是下去。

"我爱那，除却做那下去者之外，不要生活者，这也便是经过者。

"我爱大侮蔑者，因为他是大崇拜者而且是到彼岸的热望的箭。

"我爱那，不先在星的那边寻了根底，下去做牺牲，却牺牲在地上，只为这地总有时候当属于超人者。

"我爱那，只为认识，才活着，而且只为超人总有时候当来活着，才要认识者。这便是他要他的下去。

"我爱那，劳动和发明，都只为超人建造房子和为他准备土地。动物和植物者。这便是他要他的下去。

"我爱那，自爱他的道德者，因为道德是至于下去的意志与热望的箭。

"我爱那，自己不留下一点精神，却要精神全属于他的道德者。

这样他便作为精神而过了桥梁。

"我爱那，从他的道德造出他的脾气和他的运命者。这样他便要为着他的道德活着或不再活着。

"我爱那，不要太多的道德者。一个道德是多于两个，因为那是更多的结，在这上头挂着运命。

"我爱那，对于精神的浪费，不要感谢，也不报偿者。这便是他只有馈赠而不要藏着。

"我爱那，倘骰子掷下于他有利，便自羞耻者，这时他问：'我不是欺诈的赌客么？'这便是他要到底里去。

"我爱那，在他的行为以前，先撒出了金言，以及比他约言，总是做得更多者。这便是他要他的下去。

"我爱那，纠正将来，而且补救已往者。这便是他要过了现在而到底里去。

"我爱那，惩办他的神，就因为爱他的神者。这便是他须为着他的神的愤怒而到底里去。

"我爱那，便是受了伤，灵魂也深深地，并且为着小事件也能到底里去者。这样他便欣然的过了桥梁。

"我爱那，灵魂很充满，至于自己忘了，而且一切事物都在他这里者。这样便是一切事物都是他的下去。

"我爱那，自由的精神和自由的心者。这样便是他的头单是他的心的内脏，但他的心赶着他至于下去。

"我爱那一切，沉重的水滴似的，从挂在人上面的黑云，点滴下落者。他宣示说，闪电来哩，并且作为宣示者而到底里去。

"喂，我是闪电的宣示者，是云里来的沉重的一滴，但这闪电便名超人——"

五

查拉图斯特拉说了这话的时候，又看着群众而且沉默了。"他们在这里站着。"他对他的心说，"他们在这里笑，他们不懂我，我不是合于这些耳朵的嘴。

"人于他们，应该先打碎了耳朵，使他们学，用着眼听么？应该像罐鼓和街道说教师似的格格的闹么？或者他们只相信吃嘴么？

"他们有一点东西，借此高傲着。使他们高傲的，名为什么呢？这便名教育，这便使他们赛过了牧羊儿。

"因此他们不乐听对于自己的'侮蔑'这一句话。那么我便要将高傲说给他们。

"那么我便要对他们说最可侮蔑的事，但这便是末人。"

"于是查拉图斯特拉对群众这样说：

"到这时候了，人自己竖起他的目的。到这时候了，人种下他最高希望的萌芽。

"你们的土壤还很肥。但你们的土壤也会贫瘠的，至于再不能从他这里长出高大的树。

"咦！这时候会来的，人再不能从人上头射出他的热望的箭，而且他的弓弦也忘却了发响了！

"我说给你们：人该在自己里有一点浑沌³，为能够生出一个舞蹈的星。我说给你们：你们在你们里还有着浑沌。

"咦！这时候会来的，再不能生出什么星了。咦！这时候会来的，都成了自己再也不能侮蔑的，最可侮蔑的人了。

"喂！我示给你们末人。

---

3 现代汉语常用"混沌"。——编者注

"甚么是爱？甚么是创造？甚么是热望？甚么是星？"——末人这样问，眨着眼。

地也就小了，在这上面跳着末人，就是那做小了一切的。他的种族是跳蚤似的除灭不完。末人活得最长久。

"我们发见了幸福了。"末人说而且眨着眼。

他们离开了那些地方，凡是难于生活的，因为人要些温暖。人也还爱邻人而且大家挤擦着，因为人要些温暖。

生病和怀疑的，在他们算有罪：大家小心着走。还有在石子或人里绊了脚的呵，一个呆子！

加减一点毒：会做舒服的梦。终于许多毒：便是舒服的死。

人也还劳动，因为劳动便是娱乐。但人都用了心，想这劳动不会损。

人再没有穷的和富的了：两样都太烦厌。谁还要统治呢？谁还来服从呢？两样都太烦厌。

没有牧人，一个羊群！个个要一样，个个是一样：谁有想到别的，是自己要进狂人院去。

"从前是全世界都错了"——最伶俐的人说而且眨着眼。

人都聪明而且知道一切，现出什么事，所以揶揄没有了期。人也还纷争，但也就和睦——否则毁了胃。

人都为白昼寻一点他的小高兴，又为晚上寻一点他的小高兴，但人都尊重健康。

"我们发见了幸福了。"末人说而且眨着眼。

这里完结了查拉图斯特拉的开首的说话，人也称作"序言"的，因为这时候，众人的叫喊和嘲笑将他打断了。"给我们这末人，阿，查拉图斯特拉——他们这样叫——造我们成为这末人！我们便赠给你超人！"所有的群众欢呼而且鼓舌。查拉图斯特拉却愀然的，对他的心说：

"他们不懂我：我不是合于这些耳朵的嘴。

"或者我生活在山间太长久，我听那流水和树木也太多了。现在对了他们说，不异对着牧羊儿。

"不动的是我的灵魂而且朗然如上午的山。但他们想，我是冷的，是一个讥刺家正在吓人的嘲骂。

"现在他们瞥视我而且笑，而且他们正在笑，他们也仍嫌忌我。这有冰在他们的笑里。"

六

但这里发生一件事，使所有的嘴都堵住，所有的眼都睁大了。这时走索者已经开始了他的艺：他跨出小门便在索子上走，索子系在两塔之间，这模样，横亘在市场和群众上面的。但他刚在他的中途，小门又开一次，一个花绿小子，小丑似的，跳了出来而且用快步去追赶那第一个。"前去，羊脚，"他的怕人的声音叫喊说，"前去，懒畜生，私贩子，病脸！不要教我用我的脚跟搔痒你！你在两塔中间干甚么？你属于塔里面，人应该监禁你，一个更好的，比你更好，你阻了他自由的道！"——每一句话，他便一步一步的只是逼近，但到他在他后面只剩了一步时候，便现出可怕的事，至于所有的嘴都堵住所有的眼都睁大了——他发一声喊，恶鬼一般，跳过了这人，这正在路上的。当他看见他竞争者这样的得了胜，便失了他的头和他的索子。他抛却竿子，直射下来比竿子还迅速，一阵手和脚的风车似的，直向着深处。市场和群众有如海，正当涛头内卷时的，都腾跳推挤着奔逃，而且最甚的，是该当落下那身体来的所在。

但查拉图斯特拉却站着，紧靠着他，落下了身体，变样而且损伤，只是没有死。过一刻，神识回到这破烂者这里，他并且看见查拉图斯特拉跪在自己的旁边。"你在这里做甚么？"他终于说，"我早知道，恶鬼会从我这里偷去一条腿。现在他拉我到地狱去，你肯拦阻他么？"

"凭我的名誉，朋友，"查拉图斯特拉答，"全是没有的事，凡是你所说的，没有鬼也没有地狱，你的灵魂会比你的肉体死得更迅速。现在再不要怕了！"

这人疑疑惑惑的一抬眼。"倘若你是说真理，"他于是说，"我如果失了生命，便什么都没有失了。我差不多一匹动物，人教他跳舞，用了鞭挞和一点食料的了。"

"那不然，"查拉图斯特拉说，"你拿危险做你的职业，这是无可侮蔑的。现在你于你的职业到了底了，所以我要用我的手埋葬你。"

查拉图斯特拉说了的时候，这临终者已经没有答了，但他动一动手，仿佛因为感谢，要寻查拉图斯特拉的手似的——

七

这时到了晚上，市场藏在昏暗里，群众都散开，因为新奇和吃惊也自困倦了。查拉图斯特拉却傍着死尸坐在地上而且沉在思想里：他这样的忘了时候。但终于到了夜，一阵寒风吹过这孤独者。于是查拉图斯特拉站起身并且对他的心说：

"真的，查拉图斯特拉做了一场好渔猎！他没有渔到人，却渔了一个死尸。

"无聊的是人的存在而且总还是无意义，一个小丑便能完结了他的运命。

"我要教给人以他们的存在的意义，这便是超人，是从人的黑云里出来的闪电。

"但我于他们还辽远，我的意思说不到他们的意思。我于人们还是一个中间物在傻子和死尸之间。

"暗的是夜，暗的是查拉图斯特拉的路。来呵，你又冷又硬的伙伴呵！我搬你走罢，到那用我的手埋葬你的所在去。"

八

查拉图斯特拉将这些说给他的心的时候，他扛死尸在他背上并且上了路。他还没有走到一百步，有一个人，暗地走近他而且接着他耳朵窃窃的说——而且看哪！那人，那说话的，正是搭的小丑。"出了这市，阿，查拉图斯特拉，"他说，"嫌忌你的太多了。善人和正人都嫌忌你，他们称你为他们的仇人和侮蔑者；正当信仰的信徒也嫌忌你，他们称你为大众的危险者。你所侥幸的，是那些人都哄笑你，而且真的，你是小丑一般的说。你所侥幸的，是你结识了死狗子，你这样卑下的时候，你将你自己在今天救出了。但离开了这市——否则明天早晨我会跳过你，一个活的超过一个死的。"他说了这些的时候，这人便消失了，但查拉图斯特拉依然在暗的小路上向前走。

在市门口，他遇见了掘坟人。他们用火把照在他脸上，认识查拉图斯特拉而且对于他很嘲骂。"查拉图斯特拉背了死狗去了。很好，查拉图斯特拉做了坟匠！因为我们的手对于这炙肉太干净了。查拉图斯特拉要从恶鬼偷他的食料么？好哩！晚餐平安罢！只要恶鬼不是一个更高的偷儿，比着查拉图斯特拉！他会两个都偷，他会两个都吃！"他们大家都哄笑而且将头凑在一处。

查拉图斯特拉对于这些没有答一句话，只是走他的路。他走了两小时，经过树林和薮泽时候，他听得许多豺狼的饥饿的吼声，在自己便也觉着饥饿。他于是站在一所寂寞的屋面前，在里面点着灯火的。

"饥饿侵袭于我，"查拉图斯特拉说，"盗贼似的，在树林薮泽间，我的饥饿侵袭我，而且在深夜。

"我的饥饿有怪脾气。他到我这里常在饮食之后，而且现在是终日没有来。他留在那里了？"

于是查拉图斯特拉叩这家的门，现出一个老人，他拿着灯火并且问："谁到我和我的难睡这里来呢？"

"一个活的和一个死的，"查拉图斯特拉说，"给我吃和喝罢，我在白昼都忘了。有人，饲养饿人的，是爽快他自己的灵魂：智者曾这样说。"

老人去了，但便回来并且给查拉图斯特拉面包和酒。"为饿人计，这是坏地方，"他说，"我因此住在这里。禽兽和人都到我这里，到独居者这里来。但也教你的伙伴吃喝罢，他比你还乏呢。"查拉图斯特拉回答说："死的是我的伙伴，我向他难于说妥哩。""这不关我的事，"老人快快的说，"谁叩我的家，便也应该取，凡我所给的。吃罢并愿你们平安呵！"

此后查拉图斯特拉又走了两小时，靠着道路和星的光，因为他是久惯的夜行人而且所爱的是，看一切睡着者的脸。但到东方发白的时候，查拉图斯特拉知道在深林中间，于他再没有路。他于是将死尸横在空洞树里，当作枕头——因为他要对于豺狼保护他——自己也卧在地面和苔上。他即刻熟睡了，这疲乏的身体，但有着不动的灵魂的。

九

查拉图斯特拉睡的很长久，非独曙光经过了他的脸上，而且连着上午，但终于睁开他的眼，他骇然的看着树林和寂静，他骇然的看进自己的里面。他于是急忙站起，有如水夫，忽然望见陆地的，并且欢呼，因为他见到了新真理了。他便这样对他的心说：

"在我发出了一道光：我要伙伴，并且活的——不是死伙伴和死尸，由我背着，到我要去的所在的。

"我倒是要活伙伴，那随着我，因为自己要随着——并且到我要去的所在的。

"在我发出了一道光：查拉图斯特拉不必对群众说，却对伙伴说！查拉图斯特拉不该做羊群的牧人和狗！

"要从羊群里诱出他许多——因此我来了。群众和羊群该愤恨我，在牧人要叫查拉图斯特拉是盗贼。

"我说牧人，他们却自称是善人和正人。我说牧人，他们却自称是正当信仰的信徒。

"看这善人和正人罢！他们甚么最嫌忌？那弄碎他们的价目的表册的破坏者、犯法者——但这正是创造者。

"看一切信仰的信徒罢！他们甚么最嫌忌？是那，那弄碎他们的价目的表册的破坏者、犯法者——但这正是创造者。

"创造者寻求伙伴，不是死尸，也不是羊群和信徒。创造者寻求同创造者，是那将新价目写上新表册的。

"创造者寻求伙伴，是同收获者，因为他周围一切都成熟，可以收获了。但在他缺少一百把镰刀，他才拔着穗子而且烦恼。

"创造者寻求伙伴，而且是那，那知道镰刀的。人会叫他们是毁灭者，善和恶的侮蔑者。但这正是收获者和祝贺者。

"查拉图斯特拉寻求伙伴，查拉图斯特拉寻求同收获者和同祝贺者，他同羊群和牧人和死尸能做什么！

"现在你，我的第一伙伴呵，平安罢！我将你在你的空树里好好的埋了，我将你在豺狼面前好好的防了。

"但我告别于你，时光回转了。在曙光和曙光之间我这里来了一个新真理。

"我不该做牧人，做坟匠。我再不要对群众说，这是我对死尸说的末一回。

"我要结识创造者、收获者、祝贺者，我要指示他们虹霓，和所有超人的阶级。

"我将唱我的歌给独居者以及并居者，有谁对于未闻的事还有耳朵的，我要弄重他的心，用了我的幸福。

"我要向我的目的，我走我的路，我跳过迁延和怠慢。这样但愿我的走便是他们的下去！"

十

查拉图斯特拉将这些说给他的心，太阳刚到正午。他疑问模样的看向天空——因为他听得一只鸟的尖利的叫声在他上面。看哪！一只鹰在空中转着大圈，而且一条蛇挂在他这里，不像饵食，却是一个女友，因为伊牢牢的缠在他的脖颈。

"这是我的动物！"查拉图斯特拉说并且从心里欢喜着。

"太阳下最高傲的动物和太阳下最聪明的动物——他们出来侦察的。

"他们要侦察，查拉图斯特拉是否还活着。真的，我还活着么？

"我在人间比在禽兽里更危险。查拉图斯特拉走着危险的路。愿我的动物引导我！"

"查拉图斯特拉说了这话的时候，他想到树林里的圣者的话，叹息，并且这样的对他的心说：

"我愿更聪明些！我愿从根底里聪明，如我的蛇！

"但我希求着不能的事：我希求我的高傲，总和我的聪明一同去！

"倘使一旦我的聪明离开我——唉，他总爱这事，飞去！——愿我的高傲也和我的愚昧一齐飞了罢！"

这样开始了查拉图斯特拉的下去。

《察拉图斯式拉这样说》（*Also Sprach Zarathustra*）是尼采的重要著作之一，总计四篇，另外《序言》（*Zarathustra's Vorrede*）一篇，是一八八三至一八八六年作的。因为只做了三年，所以这本书并不能包括尼采思想的全体。因为也经过了三年，所以里面又免不了矛盾和参差。

序言一总十节，现在译在前面。译文不妥当的处所很多，待将来译下去之后，再回上来改定。尼采的文章既太好，本书又用箴言（Sprueche）集成，外观上常见矛盾，所以不容易了解。现在但就含有意思的名词和隐晦的句子略加说明如下：

第一节叙 Zarathustra 入山之后，又大悟下山，而他的下去（Untergang），就是上去。Zarathustra 是波斯拜火教的教主，中国早知道，古来译作苏鲁支的就是。但本书只是用他名字，与教义无关，惟上山下山及鹰蛇，却根据着火教的经典（Avesta）和神话。

第二节叙认识的圣者（Zarathustra）与信仰的圣者在林中会见。

第三节 Zarathustra 说超人（Uebermensch）。走索者指旧来的英雄以冒险为事业的。群众对于他，也会麋集观览，但一旦落下，便都走散。游魂（Gespenst）指一切幻想的观念：如灵魂、神、鬼、永生等。不是你们的罪恶——却是你们的自满向天叫……意即你们之所以万劫不复者，并非因为你们的罪恶，却因为你们的自满，你们的怕敢犯法。何谓犯法，见第九节。

第四节 Zarathustra 说怎样预备超人出现。星的那边谓现世之外。

第五节 Zarathustra 说末人（Deor Letzte Mensch）。

第六节 Zarathustra 出山之后，只收获了一个死尸，小丑（Possenreisser）有两样意思：一是乌托邦思想的哲学家，说将来的一切平等自由，使走索者坠下；一是尼采自况，因为他亦是理想家（G.Naumann 说），但或又谓不确（O.Gramzow）。用脚跟搔痒你是跑在你前面的意思。失了他的头是张皇失措的意思。

第七节 Zarathustra 验得自己与群众太辽远。

第八节 Zarathustra 被小丑恐吓，坟匠嘲骂，隐士怨望。坟匠（Totengraben）是专埋死尸的人，指陋劣的历史家，只知道收拾故物，没有将来的眼光。他不但嫌忌 Zarathustra，并且嫌忌走索者，然而只会诅咒。老人也是一种信仰者，但与林中的圣者截然不同，只知道布施不管死活。

第九节 Zarathustra 得到新真理，要寻求活伙伴，埋去死尸。我（Zarathustra）的幸福谓创造。

第十节 鹰和蛇引导 Zarathustra 开始下去。鹰与蛇都是标征：蛇表聪明，表永远轮回（Ewige wiederkunst）；鹰表高傲，表超人。聪明和高傲是超人；愚昧和高傲便是群众。而这愚昧的高傲是教育（Bildung）的结果。

一九二〇年六月，《新潮》二卷五号所载

一九二四年

又是“古已有之”

太炎先生忽然在教育改进社年会的讲坛上“劝治史学”以“保存国性”，真是慨乎言之。但他漏举了一条益处，就是一治史学，就可以知道许多“古已有之”的事。

衣萍先生大概是不甚治史学的，所以将多用惊叹符号应该治罪的话，当作一个“幽默”。其意盖若曰，如此责罚，当为世间之所无有者也，而不知“古已有之”矣。

我是毫不治史学的，所以于史事很生疏。但记得宋朝大闹党人的时候，也许是禁止元祐学术的时候罢，因为党人中很有几个是有名的诗人，便迁怒到诗上面去，政府出了一条命令，不准大家做诗，违者笞二百！

而且我们应该注意，这是连内容的悲观和乐观都不问的，即使乐观，也仍然笞一百！

那时大约确乎因为胡适之先生还没有出世的缘故罢，所以诗上都没有用惊叹符号，如果用上，那可就怕要笞一千了，如果用上而又在“唉”“呵呀”的下面，那一定就要笞一万了，加上“缩小像细菌，放大像炮弹”的罪名，只少[1]也得笞十万。衣萍先生所拟的区区打几百、关几年，未免过于从轻发落，有姑容之嫌，但我知道他如果去做官，一定是一个很宽大的“民之父母”，只是想学心理学是不很相宜的。

然而做诗又怎么开了禁呢？听说是因为皇帝先做了一首，于是大家便又动手做起来了。

1　现代汉语常用“至少”。——编者注

可惜中国已没有皇帝了，只有并不缩小的炮弹在天空里飞，那有谁来用这还未放大的炮弹呢？

呵呀！还有皇帝的诸大帝国皇帝陛下呀，你做几首诗，用些惊叹符号，使敝国的诗人不至于受罪罢！唉！

这是奴隶的声音，我防爱国者要这样说。

诚然，这是对的，我在十三年之前，确乎是一个他族的奴隶，国性还保存着，所以"今尚有之"，而且因为我是不甚相信历史的进化的，所以还怕未免"后仍有之"。旧性是总要流露的，现在有几位上海的青年批评家，不是已经在那里主张"取缔文人"，不许用"花呀""吾爱呀"了么？但还没有定出"笞令"来。

倘说这不定"笞令"，比宋朝就进化。那么，我也就可以算从他族的奴隶进化到同族的奴隶，臣不胜屏营欣忭之至！

一九二四年九月二十八日，北京《晨报副刊》所载

高尚生活

〔荷〕Multatuli[1]

一

高远地，高远地在天空中翱翔着一只蛱蝶。他自己得意着他的美和他的自由，而尤其是在享用那些横在他下面的一切的眺望。

"同到上面来，这里来！"他大声叫唤，向了一直在他下面的，绕着地上的树木飞舞着的他的弟兄们。

"阿，不的，我们吸蜜而且停在这底下！"

"倘使你们知道这里多少好看，一切都在眼中呵！阿，来罢，来！"

"在那上面，是否也有花，可以吸养活我们的蜜的么？"

"可以从这里看见一切花，而且这享用……"

"你在那上面可有蜜么？"

没有，这是真的，蜜在那上面是没有的！

这反对住在下面的可怜的蛱蝶，乏了……

然而他想要停在天空里。

他以为能够俯视一切，一切都在眼中，很美。

然而蜜呢……蜜？没有，蜜在那上面是没有。

他衰弱了，这可怜的蛱蝶。他的翅子的鼓动只是迟钝起来。他向下面走而且眼界只是减少……

但是还努力……

不，还不行，他低下去了！……

1　即"穆尔塔图里"。——编者注

"唉,你终于到这里来了,"弟兄们叫喊说,"我们对你怎么说的呢? 现在你来罢,你来吸蜜,像我们一样。我们很知道的花里!"

弟兄们这样叫喊而且得意,以为他们是对的,也不但因为他们对于上面的美并没有必要的缘故。

"来罢,并且像我们似的吸蜜!"

这蛱蝶只是低下去……他还要……这里是一丛花卉……他到了这里么? 他早不是低下去……他落下去了! 他落在花丛旁边,在路上,在车道上……

他在这里被一匹驴子踏烂了。

二

高远地,高远地在天空中翱翔着一只蛱蝶。他自己得意着他的美和他的自由,而尤其是在享用那些横在他下面的一切的眺望。

他向着他的弟兄们叫唤,教他们应该上来,然而他们反对了,因为他们不肯离开了在下面的蜜。

他却不愿意在下面了,因为他怕被得得的蹄子踏得稀烂。

这其间,他也如别的蛱蝶们,对于蜜有同样的必要,他便飞到一坐山[2]上去,那里是生着美丽的花,而且在驴子是过于高峻的。

而且他倘若望见,在下面的他的弟兄们中的一个,太走近了路上的辙迹,曾经踏烂过许多落下的蛱蝶们的地方去,他便尽了他的能力,用翅子的鼓动来警告。

然而这并没有得到注意。他的弟兄们在下面毫没有看见这山上的蛱蝶,因为他们只对于蜜的采集在谷底里忙,而不知道山上也生着花卉。

译自"Ideen"1862

一九二四年十二月八日,《京报副刊》所载

---

2 现代汉语常用"一座山"。——编者注

无礼与非礼

［荷］Multauli

在萨木夜提——我不知道，这地方可是这样称呼的，然而这是我们的言语上的缺点，我们应该来弥缝——在萨木夜提有一种礼教，是从头到脚，满涂上臭烂的柏油。

一个年青的萨木夜提人没有照办。他全不涂，不涂柏油也不涂别的什么。

"他不尊我们的礼教，"一个萨木夜提的老师说，"他没有礼……他是无礼。"

这话都以为很对。那少年自然就被重罚了。他其实比别的人都捉得更多的海豹，然而也无益。人们夺下他的海豹来，分给了顺从地涂着柏油的萨木夜提人，而使他挨着饿。

但是来得更坏了。这年青的萨木夜提人在这不涂状态中生活了若干时之后，终于开手，用香油来洗了……

"他违背了礼教做，"这时老师说，"他是非礼！好，我们要更其收没他的海豹，而且另外还打他……"

这事情就实现了。但因为在萨木夜提还没有知道谗谤演说以及压制法律，以及诬告法，以及胡涂的正教义或虚伪的自由说，还没有腐败的政治以及腐败的官僚，以及朽烂的下议院……于是人们打这病人，就用了他自己捉来的海豹的多下来的骨头。

译自"Ideen"1862

一九二四年十二月十六日，《京报副刊》所载

通讯（致郑孝观）

孝观先生：

我的无聊的小文，竟引出一篇大作，至于将记者先生打退，使其先"敬案"而后"道歉"，感甚，佩甚。

我幼时并没有见过《涌幢小品》，回想起来，所见的似乎是《西湖游览志》及《志馀》，明嘉靖中田汝成作。可惜这书我现在没有了，所以无从覆案。我想，在那里面，或者还可以得到一点关于雷峰塔的材料罢。

鲁迅　二十四日

一九二四年十二月二十八日 《京报副刊》所载

案：我在《论雷峰塔的倒掉》中，说这就是保俶塔，而伏园以为不然。郑孝观先生遂作《雷峰塔与保俶塔》一文，据《涌幢小品》等书，证明以这为保俶塔者盖近是。文载二十四日副刊中，甚长，不能具引。

一九三五年二月十三日，补记

一九二五年

诗歌之敌

　　大大前天第十次会见"诗孩",谈话之间,说到我可以对于《文学周刊》投一点什么稿子。我暗想倘不是在文艺上有伟大的尊号如诗歌、小说、评论等,多少总得装一些门面,使与尊号相当,而是随随便便近于杂感一类的东西,那总该容易的罢,于是即刻答应了。此后玩了两天,食粟而已,到今晚才向书桌坐下来预备写字,不料连题目也想不出,提笔四顾,右边个书架,左边一口衣箱,前面是墙壁,后面也是墙壁,都没有给我少许灵感之意。我这才知道:大难已经临头了。

　　幸而因"诗孩"而联想到诗,但不幸而我于诗又偏是外行,倘讲些什么"义法"之流,岂非"鲁般[1]门前掉大斧"。记得先前见过一位留学生,听说是大有学问的。他对我们喜欢说洋话,使我不知所云,然而看见洋人却常说中国话。这记忆忽然给我一种启示,我就想在《文学周刊》上论打拳。至于诗呢?留待将来遇见拳师的时候再讲。但正在略略踌躇之际,却又联想到较为妥当的,曾在《学灯》——不是上海出版的《学灯》——上见过的一篇春日一郎的文章来了,于是就将他的题目直抄下来:《诗歌之敌》。

　　那篇文章的开首说,无论什么时候,总有"反诗歌党"的。编成这一党派的分子:一,是凡要感得专诉于想象力的或种艺术的魅力,最要紧的是精神的炽烈的扩大,而他们却已完全不能扩大了的固执的智力主义者;二,是他们自己曾以媚态奉献于艺术神女,但

1　现代汉语常用"鲁班"。——编者注

终于不成功，于是一变而攻击诗人，以图报复的著作者；三，是以为诗歌的热烈的感情的奔进，足以危害社会的道德与平和的那些怀着宗教精神的人们，但这自然是专就西洋而论。

诗歌不能凭仗了哲学和智力来认识，所以感情已经冰结的思想家，即对于诗人往往有谬误的判断和隔膜的揶揄。最显著的例是洛克，他观作诗，就和踢球相同。在科学方面发扬了伟大的天才的巴士凯尔，于诗美也一点不懂，曾以几何学者的口吻断结说："诗者，非有少许稳定者也。"凡是科学底的人们，这样的很不少，因为他们精细地研钻[2]着一点有限的视野，便决不能和博大的诗人的感得全人间世，而同时又领会天国之极乐和地狱之大苦恼的精神相通。近来的科学者虽然对于文艺稍稍加以重视了，但如意大利的龙勃罗梭一流总想在大艺术中发见疯狂，奥国的佛罗特一流专一用解剖刀来分割文艺，冷静到入了迷，至于不觉得自己的过度的穿凿附会者，也还是属于这一类。中国的有些学者，我不能妄测他们于科学究竟到了怎样高深，但看他们或者至于诧异现在的青年何以要绍介被压迫民族文学，或者至于用算盘来算定新诗的乐观或悲观，即以决定中国将来的运命，则颇使人疑是对于巴士凯尔的冷嘲。因为这时可以改篡他的话："学者，非有少许稳定者也。"

但反诗歌党的大将总要算柏拉图。他是艺术否定论者，对于悲剧喜剧，都加攻击，以为足以灭亡我们灵魂中崇高的理性，鼓舞劣等的情绪，凡有艺术，都是模仿的模仿，和"实在"尚隔三层；又以同一理由，排斥荷马。在他的《理想国》中，因为诗歌有能鼓动民心的倾向，所以诗人是看作社会的危险人物的，所许可者，只有足供教育资料的作品，即对于神明及英雄的颂歌。这一端，和我们中国古今的道学先生的意见，相差似乎无几。然而柏拉图自己却是一

2　现代汉语常用"钻研"。——编者注

个诗人，著作之中，以诗人的感情来叙述的就常有，即《理想国》，也还是一部诗人的梦书。他在青年时，又曾委身于艺圃的开拓，待到自己知道胜不过无敌的荷马，却一转而开始攻击、仇视诗歌了。但自私的偏见，仿佛也不容易支持长久似的，他的高足弟子亚里士多德做了一部《诗学》，就将为奴的文艺从先生的手里一把抢来，放在自由独立的世界里了。

第三种是中外古今触目皆是的东西。如果我们能够看见罗马法皇宫中的禁书目录，或者知道旧俄国教会里所诅咒的人名，大概可以发见许多意料不到的事罢[3]，然而我现在所知道的却都是耳食之谈，所以竟没有写在纸上的勇气。总之，在普通的社会上，历来就骂杀了不少的诗人，则都有文艺史实来作证的了。中国的大惊小怪，也不下于过去的西洋，绰号似的造出许多恶名，都给文人负担，尤其是抒情诗人。而中国诗人也每未免感得太浅太偏，走过宫人斜就做一首"无题"，看见树桠[4]又就赋一篇"有感"。和这相应，道学先生也就神经过敏之极了：一见"无题"就心跳，遇"有感"则立刻满脸发烧，甚至于必以学者自居，生怕将来的国史将他附入文苑传。

说文学革命之后而文学已有转机，我至今还未明白这话是否真实。但戏曲尚未萌芽，诗歌却已奄奄一息了，即有几个人偶然呻吟，也如冬花在严风中颤抖。听说前辈老先生，还有后辈而少年老成的小先生，近来尤厌恶恋爱诗，可是说也奇怪，咏叹恋爱的诗歌果然少见了。从我似的外行人看起来，诗歌是本以发抒自己的热情的，发讫即罢，但也愿意有共鸣的心弦，则不论多少，有了也即罢，对于老先生的一颦蹙，殊无所用其惭惶。纵使稍稍带些杂念，即所

3　此处原文为"大概可以发见许多意料不到的事的罢"，疑为原文多字，故更正。——编者注
4　现代汉语常用"树丫"。——编者注

谓意在撩拨爱人或是"出风头"之类，也并非大悖人情，所以正是毫不足怪，而且对于老先生的一颦蹙，即更无所用其惭惶。因为意在爱人，便和前辈老先生尤如[5]风马牛之不相及，倘因他们一摇头而慌忙辍笔，使他高兴，那倒像撩拨老先生，反而失敬了。

倘我们赏识美的事物，而以伦理学的眼光来论动机，必求其"无所为"，则第一先得与生物离绝。柳阴[6]下听黄鹂鸣，我们感得天地间春气横溢，见流萤明灭于丛草里，使人顿怀秋心。然而鹂歌萤照是"为"什么呢？毫不客气，那都是所谓"不道德"的，都正在大"出风头"，希图觅得配偶。至于一切花，则简直是植物的生殖机关了。虽然有许多披着美丽的外衣，而目的则专在受精，比人们的讲神圣恋爱尤其露骨。即使清高如梅菊，也逃不出例外——而可怜的陶潜、林逋，却都不明白那些动机。

一不小心，话又说得不甚驯良了，倘不急行检点，怕难免真要拉到打拳。但离题一远，也就很不容易勒转，只好再举一种近似的事，就此收场罢。

豢养文士仿佛是赞助文艺似的，而其实也是敌。宋玉、司马相如之流，就受着这样的待遇，和后来的权门的"清客"略同，都是位在声色狗马之间的玩物。查理九世的言动，更将这事十分透彻地证明了的。他是爱好诗歌的，常给诗人一点酬报，使他们肯做一些好诗，而且时常说："诗人就像赛跑的马，所以应该给吃一点好东西。但不可使他们太肥，太肥，他们就不中用了。"这虽然对于胖子而想兼做诗人的，不算一个好消息，但也确有几分真实在内。匈牙利最大的抒情诗人裴多菲（A. Petöfi）有题 B. Sz. 夫人照像[7]的诗，大旨说"听说你使你的丈夫很幸福，我希望不至于此，因为他是苦恼的

5　现代汉语常用"犹如"。——编者注
6　现代汉语常用"柳荫"。——编者注
7　现代汉语常用"照相"。——编者注

夜莺，而今沉默在幸福里了。苛待他罢，使他因此常常唱出甜美的歌来。"也正是一样的意思。但不要误解，以为我是在提倡青年要做好诗，必须在幸福的家庭里和令夫人天天打架，事情也不尽如此的，相反的例并不少，最显著的是勃朗宁和他的夫人。

一九二五年一月一日

一九二五年一月十七日，《京报》附设之《文学周刊》所载

关于《苦闷的象征》

王铸先生：

我很感谢你远道而至的信。

我看见厨川氏关于文学的著作的时候，已在地震之后，《苦闷的象征》是第一部，以前竟没有留心他。那书的末尾有他的学生山本修二氏的短跋，我翻译时，就取跋文的话做了几句序。跋的大意是说这书的前半部原在《改造》杂志上发表过，待到地震后掘出遗稿来，却还有后半，而并无总名，所以自己便依据登在《改造》杂志上的端绪，题为《苦闷的象征》，付印了。

照此看来，那书的经历已经大略可以明了。（1）作者本要做一部关于文学的书——未题总名的——先成了《创作论》和《鉴赏论》两篇，便登在《改造》杂志上，《学灯》上明权先生的译文，当即从《改造》杂志翻出。（2）此后他还在做下去，成了第三、第四两篇，但没有发表，到他遭难之后，这才一起发表出来，所以前半是第二次公开，后半是初次。（3）四篇的稿子本是一部书，但作者自己并未定名，于是他的学生山本氏只好依了第一次公表时候的端绪，给他题为《苦闷的象征》。至于怎样的端绪，他却并未说明，或者篇目之下，本有这类文字，也说不定的，但我没有《改造》杂志，所以无从查考。

就全体的结构看起来，大约四篇已算完具，所缺的不过是修饰补缀罢。我翻译的时候，听得丰子恺先生也有译本，现则闻已付印，为《文学研究会丛书》之一。上月看见《东方杂志》第二十号，有仲云先生译的厨川氏一篇文章，就是《苦闷的象征》的第三篇。现得先生来信，才又知道《学灯》上也早经登载过，这书之为我国人所爱重，居然可知。现在我所译的也已经付印，中国就有两种全译本了。

鲁迅　一月九日

【备考】：

给鲁迅先生的一封信

鲁迅先生：

　　我今天写这封信给你，也许像你在《杨树达君的袭来》中所说的，"我们并不曾认识了哪"，但是我这样的意见，忍耐得好久了，终于忍不住的说出来，这在先生也可以原谅的罢。

　　先生在《晨报副镌》上所登的《苦闷的象征》，在这篇的文字的前面，有了你的自序，记不切了，也许是像这样的说吧！"它本是厨川君劫后的作品，由了烧失的故纸堆中，发出来的，是一包未定稿。本来没有甚么名字，他的友人，径直的给他定下了——叫作《苦闷的象征》。"先生这样的意见，或者是别有所见而云然。但以我在大前年的时候，所见到的这篇东西的译稿，像与这里所说的情形，稍有出入。先生，让我在下面说出了吧。

　　在《学灯》上，有了一位叫明权的，曾译载过厨川君的一篇东西，叫作《苦闷的象征》。我曾经拿了他的译文与先生的对照，觉得与先生所译的一毫不差。不过他只登了《创作论》与《鉴赏论》，下面是甚么也没有了，大约原文是这样的罢。这篇译文，是登在一九二一年的，那时日本还没地震，厨川君也还健在。这篇东西，既然有了外国人把它翻译过，大概原文也已揭载过了罢。这篇东西的命名，自然也是厨川君所定的，不是外国人所能杜撰出来的。若然，先生在自序上所说的，他友人给他定下了这个名字——《苦闷的象征》——至少也有了部分的错误了罢。

这个理由，是很明白的，因为那时候日本还没有地震，厨川君也还没有死，这篇名字，已经出现过而且发表的了。依我的愚见，这篇东西，是厨川君的未定稿，大约是靠底[1]住的。厨川君先前有了《创作论》和《鉴赏论》，又已发表过，给他定下了名字，叫作《苦闷的象征》。后来《文艺上的几个根本问题的考察》《文艺的起源》，又先后的做成功了。或者也已发表过，这在熟于日本文坛事实的，自然知道，又把它摒集在一块去。也许厨川君若没有死，还有第五第六的几篇东西，也说不定呢！但是不幸厨川君是死了，而且是死于地震的了。他的友人，就把他这一包劫后的遗稿，已经命名过的——《苦闷的象征》——发表出来，这个名字，不是他的友人——编者——所臆定的，是厨川君自己定下的，这个假定大约不至有了不对了罢。

以上几则，是我的未曾作准的见解，先生看见了它，可以给我个明白而且彻底的指导么？

先生，我就在这里止住了罢？

王铸

一九二五年一月十三日《京报副刊》所载

1　现代汉语常用"得"。——编者注

"忽然想到"附记

　　我是一个讲师,略近于教授。照江震亚先生的主张,似乎也是不当署名的,但我也曾用几个假名发表过文章,后来却有人诘责我逃避责任,况且这回又带些攻击态度,所以终于署名了。但所署的也不是真名字,但也近于真名字,仍有露出讲师马脚的弊病,无法可想,只好这样罢。又为避免纠纷起见,还得声明一句,就是:我所指摘的中国古今人,乃是一部分,别的许多很好的古今人不在内!然而这么一说,我的杂感真成了最无聊的东西了,要面面顾到,是能够这样使自己变成无价值。

一月十五日

一九二五年一月十六日《京报副刊》所载

《陶元庆氏西洋绘画展览会目录》序

陶璇卿君是一个潜心研究了二十多年的画家，为艺术上的修养起见，去年才到这暗赭色的北京来的。到现在，就是有携来的和新制的作品二十余种藏在他自己的卧室里，谁也没有知道——但自然除了几个他熟识的人们。

在那黯然埋藏着的作品中，却满显出作者个人的主观和情绪，尤可以看见他对于笔触、色采和趣味，是怎样的尽力与经心，而且，作者是夙擅中国画的，于是固有的东方情调，又自然而然地从作品中渗出，融成特别的丰神了，然而又并不由于故意的。

将来，会当更进于[1]神化之域罢，但现在他已经要回去了。几个人惜其独往独来，因将那不多的作品，作一个小结构的短时期的展览会，以供有意于此的人的一览。但是，在京的点缀和离京的纪念，当然也都可以说得的罢。

一九二五年二月十六日，鲁迅

一九二五年二月十八日，《京报副刊》所载

1　现代汉语常用"近于"。——编者注

聊答"……"

柯先生：

我对于你们一流人物，退让得够了。我那时的答话，就先不写在"必读书"栏内，还要一则曰"若干"，再则曰"参考"，三则曰"或"，以见我并无指导一切青年之意。我自问还不至于如此之昏，会不知道青年有各式各样。那时的聊说几句话，乃是但以寄几个曾见和未见的或一种改革者，愿他们知道自己并不孤独而已。如先生者，倘不是"喂"的指名叫了我，我就毫没有和你扳谈的必要的。

照你大作的上文看来，你的所谓"……"，该是"卖国"。到我死掉为止，中国被卖与否未可知，即使被卖，卖的是否是我也未可知，这是未来的事，我无须对你说废话。但有一节要请你明鉴：宋末，明末，送掉了国家的时候，清朝割台湾、旅顺等地的时候，我都不在场，在场的也不如你所"尝听说"似的，"都是留学外国的博士硕士"。达尔文的书还未介绍，罗素也还未来华，而"老子、孔子、孟子、荀子辈"的著作却早经行世了。钱能训扶乱则有之，却并没有要废中国文字，你虽然自以为"哈哈！我知道了"，其实是连近时近地的事都很不了了的。

你临末，又说对于我的经验，"真的百思不得其解"。那么，你不是又将自己的判决取消了么？判决一取消，你的大作就只剩了几个"啊""哈""唉""喂"了。这些声音，可以吓洋车夫，但是无力保存国粹的，或者倒反更丢国粹的脸。

鲁迅

【备考】：

偏见的经验
柯柏森

我自读书以来，就很信"开卷有益"这句话是实在话，因为不论什么书，都有它的道理，有它的事实，看它总可以增广些智识，所以《京副》上发表"青年必读书"的征求时，我就发生"为什么要分青年必读的书"的疑问，到后来细思几次，才得一个"假定"的回答，就是说：青年时代，"血气未定，经验未深"，分别是非能力，还没有充足，随随便便买书来看，恐怕引导人于迷途。有许多青年最爱看情书，结果坠入情网的不知多少，现在把青年应该读的书选出来，岂不很好吗？

因此，看见胡适之先生选出"青年必读书"后，每天都要先看"青年必读书"，才看"时事新闻"，不料二月二十一日看到鲁迅先生选的，吓得我大跳。鲁迅先生说他"从来没有留心过，所以现在说不出"，这也难怪。但是，他附注中却说"要趁这机会，略说自己的经验，以供若干读者的参考"云云，他的经验怎样呢？他说：

> 我看中国书时，总觉得就沉静下去，与实人生离开；读外国书时（但除了印度），往往就与人生接触，想做点事。
>
> 中国书中虽有劝人入世的话，也多是僵尸的乐观，外国书即使是颓唐和厌世的，但却是活人的颓唐和厌世。
>
> 我以为要少——或者竟不——看中国书，多看外国书。
>
> 少看中国书，其结果不过不能作文而已，但现在的青

年最要紧的是"行",不是"言",只要是活的,不能作文算什么大不了的事呢。

啊!的确,他的经验真巧妙,"看中国书就沉静下去,与实人生离开;读外国书,就与人生接触,想做点事。中国书虽有劝人入世的话,也多是僵尸的乐观,外国书即使是颓唐和厌世的,但却是活人的颓唐和厌世。"这种经验,虽然钱能训要废中国文字不得专美于前,却是"万绿丛中一点红"的经验了。

唉!是的!"看中国书就沉静下去,与实人生离开,读外国书,就与人生接触,想做点事",所谓"人生",究竟是什么的人生呢?"欧化"的人生哩?抑"美化"的人生呢?尝听说:卖国贼们,都是留学外国的博士硕士。大概鲁迅先生看了活人的颓唐和厌世的外国书,就与人生接触,想做点……事吗?

哈哈!我知道了,鲁迅先生是看了达尔文、罗素等外国书,即忘了梁启超胡适之等的中国书了。不然,为什么要说中国书是僵死的?假使中国书僵死的,为什么老子、孔子、孟子、荀子辈,尚有他的著作遗传到现在呢?

喂!鲁迅先生!你的经验……你自己的经验,我真的百思不得其解,无以名之,名之曰:"偏见的经验"。

十四,二,二十三日(自警官高等学校寄)

一九二五年三月五日,《京报副刊》所载

报《奇哉所谓……》

有所谓熊先生者，以似论似信的口吻，惊怪我的"浅薄无知识"和佩服我的胆量。我可是大佩服他的文章之长。现在只能略答几句。

一，中国书都是好的，说不好即不懂。这话是老得生了锈的老兵器。讲《易经》的就多用这方法："易"，是玄妙的，你以为非者，就因为你不懂。我当然无凭来证明我能懂得任何中国书，和熊先生比赛，也没有读过什么特别的奇书。但于你所举的几种，也曾略略一翻，只是似乎本子有些两样，例如我所见的《抱朴子》外篇，就不专论神仙的。杨朱的著作我未见，《列子》就有假托的嫌疑，而况他所称引。我自愧浅薄，不敢据此来衡量杨朱先生的精神。

二，"行要学来辅助"，我知道的。但我说：要学，须多读外国书。"只要行，不要读书"，是你的改本，你虽然就此又发了一大段牢骚，我可是没有再说废话的必要了。但我不解青年何以就不准做代表、当主席，否则就是"出锋头[1]"。莫非必须老头子如赵尔巽者，才可以做代表当主席么？

三，我说，"多看外国书"，你却推演为将来都说外国话，变成外国人了。你是熟精古书的，现在说话的时候就都用古文，并且变了古人，不是中华民国国民了么？你也自己想想去。我希望你一想就通，这是只要有常识就行的。

四，你所谓"五胡中国化……满人读汉文，现在都读成汉人了"这些话，大约就是因为懂得古书而来的。我偶翻几本中国书时，也

---

1 现代汉语常用"出风头"。——编者注

常觉得其中含有类似的精神——或者就是足下之所谓"积极"。我或者"把根本忘了"也难说，但我还只愿意和外国以宾主关系相通，不忍见再如五胡乱华以至满洲[2]入关那样，先以主奴关系而后有所谓"同化"！假使我们还要依据"根本"的老例，那么，大日本进来，被汉人同化，不中用了，大美国进来，被汉人同化，又不中用了……以至黑种红种进来，都被汉人同化，都不中用了。此后没有人再进来，欧、美、非、澳和亚洲的一部都成空地，只有一大堆读汉文的杂种挤在中国了。这是怎样的美谈！

五，即如大作所说，读外国书就都讲外国话罢，但讲外国话却也不即变成外国人。汉人总是汉人，独立的时候是国民，覆亡之后就是"亡国奴"，无论说的是那一种话。因为国的存亡是在政权，不在语言文字的。美国用英文，并非英国的隶属；瑞士用德法文，也不被两国所瓜分；比国用法文，没有请法国人做皇帝。满洲人是"读汉文"的，但革命以前，是我们的征服者，以后，即五族共和，和我们共存同在，何尝变了汉人。但正因为"读汉文"，传染上了"僵尸的乐观"，所以不能如蒙古人那样，来蹂躏一通之后就跑回去，只好和汉人一同恭候别族的进来，使他同化了。但假如进来的又像蒙古人那样，岂不又折了很大的资本么？

大作又说我"大声急呼"之后，不过几年，青年就只能说外国话。我以为是不省人事之谈。国语的统一鼓吹了这些年了，不必说一切青年，便是在学校的学生，可曾都忘却了家乡话？即使只能说外国话了，何以就"只能爱外国的国"？蔡松坡反对袁世凯，因为他们国语不同之故么？满人入关，因为汉人都能说满洲话，爱了他们之故么？清末革命，因为满人都忽而不读汉文了，所以我们就不爱

2　该词的使用并无贬义，共有两种含义。一是满族的旧称。1635年，皇太极改女真为满洲，辛亥革命后称满族。二是旧时指我国东北一带，清末日俄势力入侵，称东三省为满洲。——编者注

他们了之故么？浅显的人事尚且不省，谈什么光荣，估什么价值。

六，你也同别的一两个反对论者一样，很替我本身打算利害，照例是应该感谢的。我虽不学无术，而于相传"处于才与不才之间"的不死不活或入世妙法，也还不无所知，但我不愿意照办。所谓"素负学者声名"，"站在中国青年前面"这些荣名，都是你随意给我加上的，现在既然觉得"浅薄无知识"了，当然就可以仍由你随意革去。我自愧不能说些讨人喜欢的话，尤其是合于你先生一流人的尊意的话。但你所推测的我的私意，是不对的，我还活着，不像杨朱墨翟们的死无对证，可以确定为只有你一个懂得。我也没有做什么《阿鼠传》，只做过一篇《阿Q正传》。

到这里，就答你篇末的诘问了："既说'从来没有留心过'"者，指"青年必读书"，写在本栏内；"何以果决地说这种话"者，以供若干读者的参考，写在"附记"内。虽然自歉句子不如古书之易懂，但也就可以不理你最后的要求，而且也不待你们论定。纵使论定，不过空言，决不会就此通行天下，何况照例是永远论不定，至多不过是"中虽有坏的，而亦有好的；西虽有好的，而亦有坏的"之类的微温说而已。我即至愚，亦何至呈书目于如先生者之前乎？

临末，我还要"果决地"说几句：我以为如果外国人来灭中国，是只教你略能说几句外国话，却不至于劝你多读外国书，因为那书是来灭的人们所读的。但是还要奖励你多读中国书，孔子也还要更加崇奉，像元朝和清朝一样。

一九二五年三月八日，《京报副刊》所载

【备考】：

奇哉！所谓鲁迅先生的话
熊以谦

奇怪！真的奇怪！奇怪素负学者声名，引起青年瞻仰的鲁迅先生说出这样浅薄无知识的话来了！鲁迅先生在《京报副刊》征求青年必读书里面说：

> 我看中国书时，总觉得就沉静下去，与实人生离开；读外国书——但除了印度——书时，往往就与人生接触，想做点事。

鲁先生！这不是中国书贻误了你，是你糟踏³了中国书。我不知先生平日读的中国书，是些甚么书？或者先生所读的中国书——使先生沉静下去，与实人生离开的书——是我们一班人所未读到的书。以我现在所读到的中国书，实实在在没有一本书是和鲁先生所说的那样。鲁先生！无论古今中外，凡是能够著书立说的，都有他一种积极的精神，他所说的话，都是现世人生的话。他如若没有积极的精神，他决不会作千言万语的书，决不会立万古不磨的说。后来的人读他的书，不懂他的文辞，不解他的理论则有之，若说他一定使你沉静，一定使你与人生离开，这恐怕太冤枉中国书了，这恐怕是明白说不懂中国书，不解中国书。不懂就不懂，不解就不解，何以要

3　现代汉语常用"糟蹋"。——编者注

说这种冤枉话、浅薄话呢？古人的书，贻留到现在的，无论是经、是史、是子、是集，都是说的实人生的话。舍了实人生，再没有话可说了。不过各人对于人生的观察点有不同。因为不同，说他对不对（？）是可以的，说他离开了实人生是不可以的。鲁先生！请问你，你是爱做小说的人，不管你做的是写实的也好，是浪漫的也好，是《狂人日记》也好，是《阿鼠传》也好，你离开了实人生做根据，你能说出一句话来吗？所以我读中国书——外国书也一样，适与鲁先生相反。我以为鲁先生只管自己不读中国书，不应教青年都不读，只能说自己不懂中国书，不能说中国书都不好。

鲁迅先生又说：

> 中国书中虽有劝人入世的话，也多是僵尸的乐观；外国书即使是颓唐和厌世的，但却是活人的颓唐和厌世。

我承认外国书即是颓唐和厌世的，也是活人的颓唐和厌世。但是，鲁先生，你独不知道中国书也是即是颓唐和厌世的，也是活人的颓唐和厌世吗？不有活人，那里会有书？既有书，书中的颓唐和厌世，当然是活人的颓唐和厌世。难道外国的书，是活人的书，中国的书，是死人的书吗？死人能著书吗？鲁先生！说得通吗？况且中国除了几种谈神谈仙的书之外，没有那种有价值的书不是入世的。不过各人入世的道路不同，所以各人说的话不同。我不知鲁先生平日读的甚么书，使他感觉虽有劝人入世的话，也多是僵尸的乐观。我想除了葛洪的《抱朴子》这类的书，像关于儒家的书，没有一本书，每本书里没有一句话不是入世的。墨家不用说，积极入世的精神更显而易见。道家的学说以老子《道德经》及《庄子》为主，而这两部书更有它们积极的精神、入世的精神，可惜后人学他们学错了，学得像鲁先生所说的颓唐和厌世了。然而即就学错了的人说，也怕不是死人的颓唐和厌世吧！杨朱的学说似乎是鲁先生所说的"虽有劝人入世的话，也多是僵尸的乐观"。但是果真领略到杨朱的精神，也会知道杨朱的精神是积极的，是入世的，不过他积极的方向不同、入世的道路不同就是了。我不便多引证了，更不便在这篇短文里实举书的例。我只要请教鲁先生！先生所读的是那类中国书，这些书都是僵尸的乐观，都是死人的颓唐和厌世。

我佩服鲁先生的胆量！我佩服鲁先生的武断！鲁先生公然有胆子武断这样说：

> 我以为要少——或者竟不——看中国书，多看外国书。

鲁先生所以有这胆量武断的理由是：

> 少看中国书，其结果不过不能作文而已。但现在的青年最要紧的是"行"，不是"言"……

鲁先生，你知道青年最要紧的是行，但你也知道行也要学来辅助么？古人已有"不学无术"的讥言。但古人做事——即使做国家大事——有一种家庭和社会的传统思想做指导，纵不从书本子上学，误事的地方还少。时至今日，世界大变，人事大改，漫说家庭社会里的传统思想多成了过去的，即圣经贤传上的嘉言懿行，我们也要从新估定他的价值，然后才可以拿来做我们的指导。夫有古人的嘉言懿行做指导，犹恐行有不当，要从新估定，今鲁先生一口抹煞[4]了中国书，只要行，不要读书，那种行，明白点说，怕不是糊闹[5]，就是横闯吧！鲁先生也看见现在不爱读书专爱出锋头的青年么？这种青年，做代表、当主席是有余，要他拿出见解、揭明理由就见鬼了。倡破坏、倡捣乱就有余，想他有什么建设、有什么成功就失望了。青年出了这种流弊，鲁先生乃青年前面的人，不加以挽救，还要推波助澜的说要少或竟不读中国书，因为要紧的是行，不是言。这种贻误青年的话，请鲁先生再少说吧！鲁先生尤其说得不通的是"少看中国书，其结果不过不能作文而已"。难道中国古今所有的书都是教人作文，没有教人做事的吗？鲁先生！我不必多说，请你自己想，你的说话通不通？

好的鲁先生虽教青年不看中国书，还教青年看外国书。以鲁先生最推尊的外国书，当然也就是人们行为的模范。读了外国书，再来做事，当然不是胸无点墨，不是不学无术。不过鲁先生要知道，一国有一国的国情，一国有一国的历史。你既是中国人，你既想替中国做事，那么，关于中国的书，还是请你要读吧！你是要做文学家的人，那么，请你还是要做中国的文学家吧！即使先生之志不在中国，欲做世界的文学家，那么，也请你做个中国的世界文学家吧！莫从大处希望，就把根本忘了吧！从前的五胡人不读他们五胡的书，要读中国书，五胡的人都中国化了。回纥人不读他们回纥的书，要读中国书，回纥人也都中国化了。满洲人不读他们的满文，要入关来读汉文，现在把满人也都读成汉人了。日本要灭朝鲜，首先就要朝鲜人读

4　现代汉语常用"抹杀"。——编者注
5　现代汉语常用"胡闹"。——编者注

日文。英国要灭印度，首先就要印度人读英文。好了，现在外国人都要灭中国，外国人方挟其文字作他们灭中国的利器，惟恐一时生不出急效，现在站在中国青年前面的鲁迅先生来大声急呼[6]，中国青年不要读中国书，只多读外国书，不过几年，所有青年，字只能认外国的字，书只能读外国的书，文只能作外国的文，话只能说外国的话，推到极点，事也只能做外国的事，国也只能爱外国的国。古先圣贤都只知尊崇外国的，学理主义都只知道信仰外国的，换句话说，就是外国的人不费丝毫的力，你自自然然会变成一个外国人，你不称我们大日本，就会称我们大美国，否则就大英国、大德国、大意国的大起来，这还不光荣吗？不做弱国的百姓，做强国的百姓？

我最后要请教鲁先生一句：鲁先生既说"从来没有留心过"，何以有这样果决说这种话？既说了这种话，可不可以把先生平日看的中国书明白指示出来，公诸大家评论，看到底是中国书误害了先生呢，还是先生冤枉了中国书？

十四,二,二十一，北京

一九二五年三月八日,《京报副刊》所载

---

6 现代汉语常用"疾呼"。——编者注

这是这么一个意思

从赵雪阳先生的通信（三月三十一日本刊）里，知道对于我那篇"青年必读书"的答案曾有一位学者向学生发议论，以为我"读得¹中国书非常的多……如今偏不让人家读……这是什么意思呢！"

我的确是读过一点中国书，但没有"非常的多"，也并不"偏不让人家读"。有谁要读，当然随便。只是倘若问我的意见，就是：要少——或者竟不——看中国书，多看外国书。

这是这么一个意思——

我向来是不喝酒的，数年之前，带些自暴自弃的气味地喝起酒来了，当时倒也觉得有点舒服。先是小喝，继而大喝，可是酒量愈增，食量就减下去了，我知道酒精已经害了肠胃。现在有时戒除，有时也还喝，正如还要翻翻中国书一样。但是和青年谈起饮食来，我总说："你不要喝酒。"听的人虽然知道我曾经纵酒，而都明白我的意思。

我即使自己出的是天然痘，决不因此反对牛痘；即使开了棺材铺，也不来讴歌瘟疫的。

就是这么一个意思。

还有一种顺便而不相干的声明。一个朋友告诉我，《晨报副刊》上有评玉君的文章，其中提起我在《民众文艺》上所载的《战士和苍蝇》的话。其实我做那篇短文的本意，并不是说现在的文坛。所谓战士者，是指中山先生和民国元年前后殉国而反受奴才们讥笑糟蹋的先烈，苍蝇则当然是指奴才们。至于文坛上，我觉得现在似乎还

---

1 现代汉语常用"的"。——编者注

没有战士，那些批评家虽然其中也难免有有名无实之辈，但还不至于可厌到像苍蝇。现在一并写出，庶几乎免于误会。

一九二五年四月三日，《京报副刊》所载

【备考】：

青年必读书

伏园先生：

青年必读十部书的征求，先生费尽苦心为青年求一指导。各家所答，依各人之主观，原是当然的结果，富于传统思想的，贻误青年匪浅。鲁迅先生缴白卷，在我看起来，实比选十部书得的教训多，不想竟惹起非议。发表过的除掉副刊上熊以谦先生那篇文章，我还听说一位学者关于这件事向学生发过议论，则熊先生那篇文章实在不敢过责为浅薄，不知现在青年多少韫藏那种思想而未发呢！兹将那位学者的话录后，多么令人可惊呵！

他们弟兄（自然连周二先生也在内了）读得中国书非常的多。他家中藏的书很多，家中又便易，凡想着看而没有的书，总要买到。中国书好的很多，如今他们偏不让人家读，而自家读得那么多，这是什么意思呢！

这真是什么意思呢！试过的此路不通行，宣告了还有罪么？鲁迅先生那一点革命精神，不觳他这几句话扑灭，这是多么可悲呵！

这几年以来，各种反动的思想，影响于青年，实在不堪设想，其腐败较在《新青年》杂志上思想革命以前还甚，腐朽之上，还加以麻木的外套，这比较的要难于改革了。偏僻之地还不晓得"新"是什么，譬如弹簧之一伸，他们永远看那静的故态吧。请不要动气，不要自饰，不要闭户空想，实地去观察，看看得的结果惊人不惊？（下略）

赵雪阳　三月二十七日

一九二五年三月三十一日,《京报副刊》所载

《苏俄的文艺论战》前记

俄国既经一九一七年十月的革命，遂入战时共产主义时代，其时的急务是铁和血，文艺简直可以说在麻痹状态中。但也有Imaginist（想象派）和Futurist（未来派）试行活动，一时执了文坛的牛耳。待到一九二一年，形势就一变了，文艺顿有生气，最兴盛的是左翼未来派，后有机关杂志曰《烈夫》，即连结Levy Front Iskustva的头字的略语，意义是艺术的左翼战线，就是专一猛烈地宣传Constructism（构成主义）的艺术和革命底内容的文学的。

但《烈夫》的发生，也很经过许多波澜和变迁。一九〇五年第一次革命的反动，是政府和工商阶级的严酷的迫压[1]，于是特殊的艺术也出现了：象征主义、神秘主义、变态性欲主义。又四五年，为改革这一般的趣味起见，印象派终于出面开火，在战斗状态中三整年，末后成为未来派，对于旧的生活组织更加以激烈的攻击，第一次的杂志在一九一四年出版，名曰《批社会趣味的嘴巴》！

旧社会对于这一类改革者，自然用尽一切手段，给以骂詈和诬谤，政府也出面干涉，并禁杂志的刊行，但资本家，却其实毫未觉到这批颊的痛苦。然而未来派依然继续奋斗，至二月革命后，始分为左右两派。右翼派与民主主义者共鸣了。左翼派则在十月革命时受了波尔雪维艺术的洗礼，于是编成左翼队，守着新艺术的左翼战线，以十月二十五日开始活动，这就是"烈夫"的起原[2]。

但"烈夫"的正式除幕——机关杂志的发行，是在一九二三年

---

1 现代汉语常用"压迫"。——编者注
2 现代汉语常用"起源"。——编者注

二月一日，此后即动作日加活泼了。那主张的要旨，在推倒旧来的传统，毁弃那欺骗国民的耽美派和古典派的已死的资产阶级艺术，而建设起现今的新的活艺术来。所以他们自称为艺术即生活的创造者，诞生日就是十月，在这日宣言自由的艺术，名之曰无产阶级的革命艺术。

不独文艺，中国至今于苏俄的新文化都不了然，但间或有人欣幸他资本制度的复活。任国桢君独能就俄国的杂志中选译文论三篇，使我们借此稍稍知道他们文坛上论辩的大概，实在是最为有益的事——至少是对于留心世界文艺的人们。别有《蒲力汗诺夫与艺术问题》一篇，是用 Marxism 于文艺的研究的，因为可供读者连类的参考，也就一并附上了。

一九二五年四月十二日之夜，鲁迅记。

通讯（复高歌）

高歌兄：

来信收到了。

你的消息，长虹告诉过我几句，大约四五句罢，但也可以说是知道大概了。

"以为自己抢人是好的，抢我就有点不乐意"，你以为这是变坏了的性质么？我想这是不好不坏，平平常常。所以你终于还不能证明自己是坏人。看看许多中国人罢，反对抢人，说自己愿意施舍，我们也毫不见他去抢，而他家里有许许多多别人的东西。

迅　四月二十三日

一九二五年五月六日，《豫报副刊》所载

通讯（复吕蕴儒）

蕴儒兄：

　　得到来信了。我极快慰于开封将有许多骂人的嘴张开来，并且祝你们"打将前去"的胜利。

　　我想，骂人是中国极普通的事，可惜大家只知道骂而没有知道何以该骂、谁该骂，所以不行。现在我们须得指出其可骂之道，而又继之以骂。那么，就很有意思了，于是就可以由骂而生出骂以上的事情来的罢。

　　（下略。）

迅　四月二十三日

一九二五年五月六日，《豫报副刊》所载

通讯（致向培良）

培良兄：

　　我想，河南真该有一个新一点的日报了，倘进行顺利，就好。我们的《莽原》于明天出版，统观全稿，殊觉未能满足。但我也不知道是真不佳呢，还是我的希望太奢。

　　"琴心"的疑案揭穿了，这人就是欧阳兰。以这样手段为自己辩护，实在可鄙，而且"听说雪纹的文章也是他做的"。想起孙伏园当日被红信封绿信纸迷昏，深信一定是"一个新起来的女作家"的事来，不觉发一大笑。

　　《莽原》第一期上，发了《槟榔集》两篇。第三篇斥朱湘的，我想可以删去，而移第四为第三。因为朱湘似乎也已掉下去，没人提他了——虽然是中国的济慈。我想你一定很忙，但仍极希望你常常有作品寄来。

迅　四月二十三日

一九二五年五月六日，《豫报副刊》所载

通讯（致孙伏园）

伏园兄：

今天接到向培良兄的一封信，其中的几段，是希望公表的，现在就粘在下面：

我来开封后，觉得开封学生智识不大和时代相称，风气也锢蔽，很想尽一点力，而不料竟有《晨报》造谣生事，作槽蹋女生之新闻！

《晨报》二十日所载开封军士，在铁塔奸污女生之事，我可以下列二事证明其全属子虚。

一，铁塔地处城北，隔中州大学及省会不及一里，既有女生登临，自非绝荒僻。军士奸污妇女，我们贵国本是常事，不必讳言，但绝不能在平时，在城中，在不甚荒僻之地行之。况且我看开封散兵并不很多，军纪也不十分混乱。

二，《晨报》载军士用刺刀割开女生之衣服，但现在并无逃兵，外出兵士，非公干不得带刺刀。说是行这事的是外出公干的兵士，我想谁也不肯信的。

其实，在我们贵国，杀了满城人民，烧了几十村房子，兵大爷高兴时随便干干，并不算什么大不了的事。但是，号为有名的报纸，却不应该这样无风作浪。本来女子在中国并算不了人，新闻记者随便提起笔来写一两件奸案、逃案，或者女学生拆白等等，以娱读者耳目，早已视若当然，我也不过就耳目之所及，说说罢了。报馆为销行计，特约访员为稿费计，都是所谓饭的问题，神圣不可侵犯的。我其奈之何？

其实，开封的女学生也太不应该了。她们只应该在深闺绣房，到学校里已经十分放肆，还要"出校散步，大动其登临之兴"，怪不得《晨报》的访员要警告她们一下了，说："你看，只要一出门，就有兵士要来奸污你们了！赶快回去，躲在学校里，不妥，还是躲到深闺绣房里去罢。"

其实，中国本来是撒谎国和造谣国的联邦，这些新闻并不足怪。即在北京，也层出不穷：什么"南下洼的大老妖"，什么"借尸还魂"，什么"拍花"，等等。非"用刺刀割开"他们的魂灵，用净水来好好地洗一洗，这病症是医不好的。

但他究竟是好意，所以我便将它寄奉了。排了进去，想不至于像我去年那篇打油诗《我的失恋》一般，恭逢总主笔先生白眼，赐以驱除，而且至于打破你的饭碗的罢。但占去了你所赏识的琴心女士的"阿呀体"诗文的纸面，却实在不胜抱歉之至，尚祈恕之。不宣。请了。

鲁迅　四月二十七日于灰棚

一九二五年五月四日，《京报副刊》所载

【备考】：

并非《晨报》造谣
素昧

昨日本刊《来信》的标题之下，叙及开封女生被兵士怎么的新闻，因系《晨报》之所揭载，似疑《晨报》造谣，或《晨报》

访员报告不实,其实皆不然的,我可以用事实来证明。

上述开封女学生被兵士〇〇的新闻,是一种不负责任的捏名投稿,这位投稿的先生,大约是同时发两封信,一给《京报》,一给《晨报》(或者尚有他报),我当时看了这封信,用观察新闻的眼光估量,似乎有些不对,就送他到字纸篓中去了。《晨报》所揭载的,一字不差,便是这样东西,我所以说并不是《晨报》造谣,也不是《晨报》访员报告不实,至多可以说他发这篇稿欠郑重斟酌罢了。

一九二五年五月五日,《京报副刊》所载

一个"罪犯"的自述

《民众文艺》虽说是民众文艺，但到现在印行的为止，却没有真的民众的作品，执笔的都还是所谓"读书人"。民众不识字的多，怎会有作品，一生的喜怒哀乐，都带到黄泉里去了。

但我竟有了介绍这一类难得的文艺的光荣。这是一个被获的"抢犯"做的，我无庸[1]说出他的姓名，也不想借此发什么议论。总之，那篇的开首是说不识字之苦，但怕未必是真话，因为那文章是说给教他识字的先生看的；其次，是说社会如何欺侮他，使他生计如何失败；其次，似乎说他的儿子也未必能比他更有多大的希望。但关于抢劫的事，却一字不提。

原文本有圈点，今都仍旧，错字也不少，则将猜测出来的本字用括弧注在下面。

　　　　　　四月七日，附记于没有雅号的屋子里

　　我们不认识字的，吃了好多苦。光绪二十九年，八月十二日，我进京来，卖猪，走平字们（则门）外。我说大庙堂们口（门口）。多坐一下，大家都见我笑，人家说我事（是）个王八但（蛋），我就不之到（知道），人上头写折（着）。清真里白四（礼拜寺），我就不之到（知道），人打骂。后来我就打猪，白（把）猪都打，不吃东西了。西城郭九猪店，家里。人家给，一百八十大洋元，不卖，我说进京来卖，后来卖了，一百四十元

1　现代汉语常用"毋庸"。——编者注

钱，家里都说我不好。后来我的，曰（岳）母，他只有一个女，他没有学生（案谓儿子），他就给我钱，给我一百五十大洋元。他的女，就说买地，买了十一母（亩）地，（原注：一个六母一个五母洪县元年十。三月二十四日）白（把）六个母地文曰（又白？）丢了。后来他又给钱，给了二百大洋。我万（同？）他说，做个小买卖（原注：他说好我也说好。你就给钱）。他就（案脱一字）了一百大洋元。我上集买卖（面）子。买了十石（担）。我就卖白面（麹）。长新店，有个小买卖，他吃白面，吃来吃去吃了，一千四百三十七斤（原注：中华民国六年卖白面）。算一算，五十二元七毛。到了年下，一个钱也没有。长新店，人家后来白都给了露娇、张十石头。他吃的，白面钱，他没有给钱，三十六元五毛。他的女说："你白（把）钱都丢了，你一个字也不认的。"他说我没有处（？）后来。我们家里的，他说等到他的儿子大了，你看一看，我的学生大了，九岁，上学，他就万（同？）我一个样的。

一九二五年五月五日，《民众文艺》所载

启事

我于四月二十七日接到向君来信后，以为造谣是中国社会上的常事，我也亲见过厌恶学校的人们，用了这一类方法来中伤各方面的，便写好一封信，寄到《京副》去。次日，两位C君来访，说这也许并非谣言，而本地学界中人为维持学校起见，倒会虽然受害，仍加隐瞒，因为倘一张扬，则群众不责加害者，而反指摘被害者，从此学校就会无人敢上。向君初到开封，或者不知底细，现在切实调查去了。我便又发一信，请《京副》将前信暂勿发表。五月二日Y君来，通知我开封的信已转，那确乎是事实。这四位都是我所相信的诚实的朋友，我又未曾亲自调查，现既所闻不同，自然只好姑且存疑，暂时不说什么。但当我又写信，去抽回前信时，则已经付印，来不及了。现在只得在此声明我所续得的矛盾的消息，以供读者参考。

鲁迅　五月四日

一九二五年五月六日，《京报副刊》所载

【备考】：

那几个女学生真该死
荫棠

开封女师范的几个学生被奸致命的事情，各报上已经登载了。而开封教育界对于此毫无一点表示，大概为的是她们真该死吧！

她们的校长钦定的规则，是在平常不准她们出校门一步，到星期日与纪念日也只许她们出门两点钟。她们要是恪守规则，在闷的时候就该在校内大仙楼上凭览一会，到后操场内散散步，谁教她们出门？即令出门了，去商场买东西是可以的，去朋友家瞧一瞧是可以的，是谁教她们去那荒无人迹的地方游铁塔？铁塔虽则是极有名的古迹，只可让那督军省长去凭览，只可让名人学士去题名，说得低些，只让那些男学生们去顶上大呼小叫，她们女人那有游览的资格？以无资格去游的人，而竟去游，实属僭行非分，岂不该死？

"饿死事小，失节事大"，她们虽非为吃饭而失节，其失节则一，也是该死的！她们不幸遭到丘八的凌辱，即不啻她们的囟门上打上了"该死"的印子。回到学校，她们的师长，也许在表面上表示可怜的样子，而他们的内眼中便不断头的映着那"该死"的影子，她们的同学也许规劝她们别生气，而在背后未必不议着她们"该死"。设若她们不死，父母就许不以为女，丈夫就许不以为妻，仆婢就许不以为主，一切，一切的人，就许不以为人。她们处在这样的环境之中，抬头一看，是"该死"，低头一想，是"该死"。"该死"的空气使她们不能出气，她们打算好了，唯有一死干净，唯有一死方可涤滤耻辱。所以，所以，就用那涩硬的绳子束在她们那柔软的脖颈上，结果了她们的性命。当她们的舌头伸出，眼睛僵硬，呼吸断绝时，社会的群众便鼓掌大呼曰："好，好！巾帼丈夫！"

可怜的她们竟死了！而她们是"该死"的！但不有丘八，她们怎能死？她们一死倒落巾帼好汉。是她们的名节，原是丘八们成就的。那么，校长先生就可特别向丘八们行三鞠躬礼了，那还有为死者雪耻涤辱的勇气呢？校长先生呵！我们的话都气得说不出了，你也扭着你那两缕胡子想一想么？你以前在学校中所读过的教育书上，就是满印着"吃人，吃人""该死，该死"么？或者你所学的只有"保饭碗"的方子么？不然，你为什么不把这项事情宣诸全国，激起舆论，攻击军阀，而为死者鸣冤呢？想必是为的她们该死吧！

末了，我要问河南的掌兵权的人。禹县的人民，被你们的兵士所焚掠、屠杀，你们推到土匪军队憨玉琨的头上，这铁塔上的奸杀案，难道说也是憨的土匪兵跑到那里所办的么？伊洛间人民所遭的灾难你们可以委之于未见未闻，这发见在你们的眼皮底下，耳朵旁边的事情，你们还可以装聋卖哑么？而此事发生了十余日了，未闻你们斩一兵，杀一卒，我想着你们也是为的她们该死吧！呀！

一九二五年五月六日，《京报》《妇女周刊》第二十一期

谣言的魔力

编辑先生：

前为河南女师事，曾撰一文，贵刊慨然登载，足见贵社有公开之态度，感激，感激。但据近数日来调查，该事全属子虚，我们河南留京学界为此事，牺牲光阴与金钱，皆此谣言之赐与[1]。刻我接得友人及家属信四五封，皆否认此事。有个很诚实的老师的信中有几句话颇扼要：

……平心细想，该校长岂敢将三个人命秘而不宣！

1　现代汉语常用"赐予"。——编者注

被害学生的家属岂能忍受？兄在该校兼有功课，岂能无一点觉察？此事本系'是可忍孰不可忍'之事，关系河南女子教育，全体教育，及住家的眷属俱甚大，该校长胆有多大，岂敢以一手遮天？……

我们由这几句话看起来，河南女师没有发生这种事情，已属千真万确，我的女人在该校上学，来信中又有两个反证：

> 我们的心理教员周调阳先生闻听此事，就来校暗察。而见学生游戏的游戏，看书的看书，没有一点变异，故默默而退。历史教员王钦斋先生被许多人质问，而到校中见上堂如故，人数不差，故对人说绝无此事，这都是后来我们问他们他们才对我们说的。

据她这封信看来，河南女师并无发生什么事，更足征信。

现在谣言已经过去，大家都是追寻谣言的起源。有两种说法：一说是由于恨军界而起的。就是我那位写信的老师也在那封信上说：

> 近数月来，开封曾发生无根的谣言，求其同一之点，皆不利于军事当局。

我们由此满可知道河南的军人是否良善，要是"基督将军"在那边，决不会有这种谣言，就是有这种谣言，人也不会信它。

又有一说，这谣言是某人为争饭碗起见，并且他与该校长有隙，而造的。信此说者甚多。昨天河南省议员某君新从开封来，他说开封教育界许多人都是这样的猜度。

但在京的同乡和别的关心河南女界的人，还是在半信半疑的态度。有的还硬说实在真有事，有的还说也许是别校的女生被辱了。咳，这种谣言，在各处所发生的真数见不鲜了。到末后，无论怎样证实它的乌有，而有一部分人总还要信它，它的魔力，真正不少！

我为要使人明白真象²，故草切的写这封信。不知先生还肯登载贵刊之末否？

即颂

著安！

弟赵荫棠上八日

一九二五年五月十三日，《京报》《妇女周刊》第二十二期

铁塔强奸案的来信
S. M.

丁人：

……你说军队奸杀女生案，我们国民党更应游行示威，要求惩办其团长、营长等。我们未尝不想如此，当此事发生以后，我们即质问女师校长有无此事，彼力辩并无此事。敝校地理教员王钦斋先生，亦在女师授课，他亦说没有，并言该校既有自杀女生二人，为何各班人数皆未缺席，灵柩停于何处？于是这个提议，才取消了。后来上海大学河南学生亦派代表到汴探听此事，女师校长，又力白其无，所以开封学生会亦不便与

---

2 现代汉语常用"真相"。——编者注

留京学生通电，于是上海的两个代表回去了。关于此事，我从各方面调查，确切已成事实，万无疑议，今将调查的结果，写在下面：

A. 铁塔被封之铁证

我听了这事以后，于是即往铁塔调查，铁塔在冷静无人的地方，宪兵营稽查是素不往那里巡查的，这次我去到那里一看，宪兵营稽查非常多，并皆带手枪。看见我们学生，很不满意，又说："你们还在这里游玩呢！前天发生那事您不知道么？你没看铁塔的门，不是已封了么？还游什么？"丁人！既没这事，铁塔为何被封？宪兵营为何说出这话？这不是一个确实证据么？

B. 女师学生之自述

此事发生以后，敝班同学张君即向女师询其姑与嫂有无此事，他们总含糊不语。再者我在刷绒街王仲元处，遇见霍君的妻，Miss W. T. Y.（女师的学生），我问她的学校有"死人"的事否？她说死二人，系有病而死，亦未说系何病。她说话间，精神很觉不安，由此可知确有此事。你想彼校长曾言该校学生并未缺席，王女士说该校有病死者二人，这不是自相矛盾吗？这不是确有此事的又一个铁证么？

总而言之，军队奸杀女生，确切是有的，至于详情，由同学朱君在教育厅打听得十分详细，今我略对你叙述一下：

四月十二号（星期日），女师学生四人去游铁塔，被六个丘八看见，等女生上塔以后，他们就二人把门，四人上塔奸淫，并带有刺刀威吓，使她们不敢作声，于是轮流行污，并将女生的裙，每人各撕一条以作纪念。淫毕复将女生之裤放至塔之最高层。乘伊等寻裤时，丘八才趁隙逃走……然还有一个证据：从前开封齐鲁花园，每逢星期，女生往游如云，从此事发生后，各花园，就连龙亭等处再亦不睹女生了。关于此事的真实，已不成问题，所可讨论的就是女师校长对于此事，为什么谨守秘密？据我所知，有几种原因：

1. 女师校长头脑之顽固

女师校长系武昌高师毕业，头脑非常顽固。对于学生，全用压迫手段，学生往来通信，必经检查，凡收到的信，皆交与教务处，若信无关系时，才交本人，否则立时焚化，或质问学生。所以此事发生，他恐丑名外露，禁止职员学生关于此事泄露一字。假若真无此事，他必在各报纸力白其无。那么，开封男生也不忍摧残女界同胞。

2. 与国民军的密约

此事既生，他不得不向督署声明，国民军一听心内非常害怕，以为此事若被外人所知，对于该军的地盘军队很受影响，于是极力安慰女师校长，使他不要发作，他自尽力去办，于两边面子都好看。听说现在铁塔下正法了四人，其余二人，尚未查出，这亦是他谨守秘密的一种原因。

我对于此事的意见，无论如何，是不应守秘密的。况女生被强奸，并不是什么可耻，与她们人格上、道德上，都没有什么损失，应极力宣传，以表白豺狼丘八之罪恶，女同胞或者因此觉悟，更可使全国军队、官僚……知道女性的尊严，那么女界的前途才有一线光明。我对于这个问题，早已骨鲠在喉，不得不吐，今得痛痛快快全写出来，我才觉着心头很舒宁。

S. M. 十四，五，九，夜十二点，开封一中

一九二五年五月二十一日，《旭光周刊》所载

铁塔强奸案中之最可恨者

我于女师学生在铁塔被奸之次日离开开封，当时未闻此事，所以到了北京，有许多人问我这件事确否，我仅以"不知道"三个字回答。停了几天旅京同学有欲开会讨论要求当局查办的提议，我说："警告他们一下也好。这件事已经无法补救了，不过防备将来吧。"后来这个提议就无声无息的消灭了。我很疑惑。不久看见报纸上载有与此事相反的文字，我说，无怪，本来没有，怎么能再开会呢。心里却很怨那些造谣者的多事。现在 S. M. 君的信发表了（五月二十一日的《旭光》和五月二十七的《京报》附设之《妇女周刊》）。别说一般人看了要相信，恐怕就是主张绝对没有的人也要相信了。

呀！何等可怜呵！被人骂一句，总要还一句。被人打一下，还要复一拳。甚至猫狗小动物，无故踢一脚，它也要喊几声表示它的冤枉。这几位女生呢？被人奸污以后忍气含声以至于死了，她们的冤枉不能曝露一点！这都是谁的罪过呢？

唉！女师校长的头脑顽固，我久闻其名了。以前我以为他不过检查检查学生的信件和看守着校门罢了。那知道，别人不忍做的事，他竟做了出来！他掩藏这件事，如果是完全为他的头脑顽固的牵制，那也罢了。其实按他守秘密的原因推测起来：（一）恐丑名外露——这却是顽固的本态——受社会上盲目的批评，影响到学校和自己。（二）怕得罪了军人，于自己的位置发生关系。

总而言之，是为保守饭碗起见。因为保守饭碗，就昧没了天良，那也是应该的。天良那有生活要紧呢？现在社会上像这样的事情还少吗？但是那无知识的动物做出那无知识的事情，却是很平常的。可是这位校长先生系武昌高等师范毕业，受过高等国民之师表的教育，竟能做出这种教人忍无可忍的压迫手段！我以为他的罪恶比那六个强奸的丘八还要重些！呀！女师同学们住在这样专制的学校里边！

　　　　　　　　　　　　唯亭。十四，五，二十七，北京

　　一九二五年五月三十一日，《京报副刊》所载

我才知道

时常看见些讣文[1]，死的不是"清封什么大夫"便是"清封什么人"。我才知道中华民国国民一经死掉，就又去降了清朝了。

时常看见些某封翁某太夫人几十岁的征诗启，儿子总是阔人或留学生。我才知道一有这样的儿子，自己就像"中秋无月""花下独酌大醉"一样，变成做诗的题目了。

一九二五年六月九日，《民众文艺》所载

---

1 现代汉语常用"讣闻"。——编者注

女校长的男女的梦

我不知道事实如何，从小说上看起来，上海洋场上恶虔婆的逼勒良家妇女，都有一定的程序：冻饿、吊打。那结果，除被虐杀或自杀之外，是没有一个不讨饶从命的。于是乎她就为所欲为，造成黑暗的世界。

这一次杨荫榆的对付反抗她的女子师范大学学生们，听说是先以率警殴打，继以断绝饮食的，但我却还不为奇，以为还是她从哥伦比亚大学学来的教育的新法，待到看见今天报上说杨氏致书学生家长，使再填入学愿书，"不交者以不愿再入学校论"，这才恍然大悟，发生无限的哀感，知道新妇女究竟还是老妇女，新方法究竟还是老方法，去光明非常辽远了。

女师大的学生，不是各省的学生么？那么故乡就多在远处，家长们怎么知道自己的女儿的境遇呢？怎么知道这就是威逼之后的勒令讨饶乞命的一幕呢？自然，她们可以将实情告诉家长的，然而杨荫榆已经以校长之尊，用了含胡的话向家长们撒下网罗了。

为了"品性"二字问题，曾有六个教员发过宣言，证明杨氏的诬妄。这似乎很触着她的致命伤了，"据接近杨氏者言"，她说"风潮内幕，现已暴露，前如北大教员□□诸人之宣言……近如所谓'市民'之演说……"（六日《晨报》）直到现在，还以诬蔑学生的老手段，来诬蔑教员们。但仔细看来，是无足怪的，因为诬蔑是她的教育法的根源，谁去摇动它，自然就要得到被诬蔑的恶报。

最奇怪的是杨荫榆请警厅派警的信，"此次因解决风潮改组各班学生诚恐某校男生来校援助恳请准予八月一日照派保安警察三四十名来校借资防护”云云，发信日是七月三十一日。入校在八月初，而她已经在七月底做着“男生来帮女生”的梦，并且将如此梦话，叙入公文，倘非脑里有些什么贵恙，大约总该不至于此的罢。我并不想心理学者似的来解剖思想，也不想道学先生似的来诛心，但以为自己先设立一个梦境，而即以这梦境来诬人，倘是无意的，未免可笑，倘是有意，便是可恶、卑劣，“学笈重洋，教鞭十载”，都白糟蹋了。

我真不解何以一定是男生来帮女生。因为同类么？那么，请男巡警来帮的，莫非是女巡警？给女校长代笔的，莫非是男校长么？

“对于学生品性学业，务求注重实际”，这实在是很可佩服的。但将自己夜梦里所做的事，都诬栽在别人身上，却未免和实际相差太远了。可怜的家长，怎么知道你的孩子遇到了这样的女人呢！

我说她是梦话，还是忠厚之辞，否则，杨荫榆便一钱不值，更不必说一群躲在黑幕里的一班无名的蛆虫！

八月六日

一九二五年八月十日，《京报副刊》所载

一九二六年

中山先生逝世后一周年

中山先生逝世后无论几周年，本用不着什么纪念的文章，只要这先前未曾有的中华民国存在，就是他的丰碑，就是他的纪念。

凡是自承为民国的国民，谁有不记得创造民国的战士，而且是第一人的？但我们大多数的国民实在特别沉静，真是喜怒哀乐不形于色，而况吐露他们的热力和热情。因此就更应该纪念了，因此也更可见那时革命有怎样的艰难，更足以加增这纪念的意义。

记得去年逝世后不很久，甚至于就有几个论客说些风凉话。是憎恶中华民国呢，是所谓"责备贤者"呢，是卖弄自己的聪明呢，我不得而知。但无论如何，中山先生的一生历史具在，站出世间来就是革命，失败了还是革命，中华民国成立之后，也没有满足过，没有安逸过，仍然继续着进向近于完全的革命的工作。直到临终之际，他说道："革命尚未成功，同志仍须努力！"

那时新闻上有一条琐载，不下于他一生革命事业地感动过我，据说当西医已经束手的时候，有人主张服中国药了，但中山先生不赞成，以为中国的药品固然也有有效的，诊断的知识却缺如。不能诊断，如何用药？毋须服。人当濒危之际，大抵是什么也肯尝试的，而他对于自己的生命，也仍有这样分明的理智和坚定的意志。

他是一个全体，永远的革命者。无论所做的那一件，全都是革命。无论后人如何吹求他、冷落他，他终于全都是革命。

为什么呢？托洛茨基曾经说明过什么是革命艺术。是：即使主题不谈革命，而有从革命所发生的新事物藏在里面的意识一贯着者是。否则，即使以革命为主题，也不是革命艺术。中山先生逝世已经一年了，"革命尚未成功"，仅在这样的环境中作一个纪念。然而这纪念所显示，也还是他终于永远带领着新的革命者前行，一同努力于进向近于完全的革命的工作。

三月十日晨

一九二六年三月十二日，

《国民新报》"孙中山先生逝世周年纪念特刊"所载

《何典》题记

《何典》的出世，至少也该有四十七年了，有光绪五年的《申报馆书目续集》可证。我知道那名目，却只在前两三年，向来也曾访求，但到底得不到。现在半农加以校点，先示我印成的样本，这实在使我很喜欢。只是必须写一点序，却正如阿Q之画圆圈，我的手不免有些发抖。我是最不擅长于此道的，虽然老朋友的事，也还是不会捧场，写出洋洋大文，俾于书、于店、于人，有什么涓埃之助。

我看了样本，以为校勘有时稍迁，空格令人气闷，半农的士大夫气似乎还太多。至于书呢？那是，谈鬼物正像人间，用新典一如古典。三家村的达人穿了赤膊大衫向大成至圣先师拱手，甚而至于翻筋斗，吓得"子曰店"的老板昏厥过去，但到站直之后，究竟都还是长衫朋友。不过这一个筋斗，在那时，敢于翻的人的魄力，可总要算是极大的了。

成语和死古典又不同，多是现世相的神髓，随手拈掇，自然使文字分外精神，又即从成语中，另外抽出思绪：既然从世相的种子出，开的也一定是世相的花。于是作者便在死的鬼画符和鬼打墙中，展示了活的人间相，或者也可以说是将活的人间相，都看作了死的鬼画符和鬼打墙。便是信口开河的地方，也常能令人仿佛有会于心，禁不住不很为难的苦笑。

够了。并非博士般角色，何敢开头？难违旧友的面情，又该动手。应酬不免，圆滑有方，只作短文，庶无大过云尔。

中华民国十五年五月二十五日，鲁迅谨撰

《十二个》后记

　　俄国在一九一七年三月的革命，算不得一个大风暴。到十月，才是一个大风暴，怒吼着，震荡着，枯朽的都拉杂崩坏，连乐师画家都茫然失措，诗人也沉默了。

　　就诗人而言，他们因为禁不起这连底的大变动，或者脱出国界，便死亡，如安得列夫；或者在德、法做侨民，如梅垒什珂夫斯奇、巴理芒德；或者虽然并未脱走，却比较的失了生动，如阿尔志跋绥夫。但也有还是生动的，如勃留索夫和戈理奇、勃洛克。

　　但是，俄国诗坛上先前那样盛大的象征派的衰退，却并不只是革命之赐。从一九一一年以来，外受未来派的袭击，内有实感派、神秘底虚无派、集合底主我派们的分离，就已跨进了崩溃时期了。至于十月的大革命，那自然，也是额外的一个沉重的打击。

　　梅垒什珂夫斯奇们既然作了侨民，就常以痛骂苏俄为事。别的作家虽然还有创作，然而不过写些"什么"，颜色很黯淡，衰弱了。象征派诗人中，收获最多的，就只有勃洛克。

　　勃洛克名亚历山大，早就有一篇很简单的自叙传——

　　一八八〇年生在彼得堡。先学于古典中学，毕业后进了彼得堡大学的言语科。一九〇四年才作《美的女人之歌》这抒情诗，一九〇七年又出抒情诗两本，曰《意外的欢喜》，曰《雪的假面》。抒情悲剧《小游览所的主人》《广场的王》《未知之女》，不过才脱稿。现在担当着《梭罗忒亚卢拿》的批评栏，也和别的几种新闻杂志关系着。

此后，他的著作还很多：《报复》《文集》《黄金时代》《从心中涌出》《夕照是烧尽了》《水已经睡着》《运命之歌》。当革命时，将最强烈的刺戟给与俄国诗坛的，是《十二个》。

他死时是四十二岁，在一九二一年。

从一九〇四年发表了最初的象征诗集《美的女人之歌》起，勃洛克便被称为现代都会诗人的第一人了。他之为都会诗人的特色，是在用空想，即诗底幻想的眼，照见都会中的日常生活，将那朦胧的印象，加以象征化。将精气吹入所描写的事象里，使它苏生，也就是在庸俗的生活，尘嚣的市街中，发见诗歌底要素。所以勃洛克所擅长者，是在取卑俗、热闹、杂沓的材料，造成一篇神秘底写实的诗歌。

中国没有这样的都会诗人。我们有馆阁诗人、山林诗人、花月诗人……没有都会诗人。

能在杂沓的都会里看见诗者，也将在动摇的革命中看见诗。所以勃洛克做出《十二个》，而且因此"在十月革命的舞台上登场了"。但他的能上革命的舞台，也不只因为他是都会诗人，乃是，如托罗兹基言，因为他"向着我们这边突进了，突进而受伤了。"

《十二个》于是便成了十月革命的重要作品，还要永久地流传。

旧的诗人沉默、失措、逃走了，新的诗人还未弹他的奇颖的琴。勃洛克独在革命的俄国中，倾听"咆哮狞猛，吐着长太息的破坏的音乐"。他听到黑夜白雪间的风、老女人的哀怨、教士和富翁和太太的彷徨、会议中的讲嫖钱、复仇的歌和枪声、卡基卡的血。然而他又听到癞皮狗似的旧世界:他向着革命这边突进了。

然而他究竟不是新兴的革命诗人,于是虽然突进,却终于受伤,他在十二个之前,看见了戴着白玫瑰花圈的耶稣基督。

但这正是俄国十月革命"时代的最重要的作品"。

呼唤血和火的,咏叹酒和女人的,赏味幽林和秋月的,都要真的神往的心,否则一样是空洞。人多是"生命之川"之中的一滴,承着过去,向着未来,倘不是真的特出到异乎寻常的,便都不免并含着向前和反顾。诗《十二个》里就可以看见这样的心:他向前,所以向革命突进了,然而反顾,于是受伤。

篇末出现的耶稣基督,仿佛可有两种的解释:一是他也赞同,一是还须靠他得救。但无论如何,总还以后解为近是。故十月革命中的这大作品《十二个》,也还不是革命的诗。

然而也不是空洞的。

这诗的体式在中国很异样,但我以为很能表现着俄国那时(!)的神情。细看起来,也许会感到那大震撼、大咆哮的气息。可惜翻译最不易,我们曾经有过一篇从英文的重译本,因为还不妨有一种别译,胡成才君便又从原文译出了。不过诗是只能有一篇的,即使以俄文改写俄文,尚且决不可能,更何况用了别一国的文字,然而我们也只能如此。至于意义,却是先由伊万诺夫先生校勘过的,后来,我和韦素园君又酌改了几个字。

前面《勃洛克论》是我译添的,是《文学与革命》(*Literatura i Revolutzia*)的第三章,从茂森唯士氏的日本文译本重译。韦素园君又给对校原文，增改了许多。

在中国人的心目中，大概还以为托洛茨基是一个喑呜叱咤的革命家和武人，但看他这篇，便知道他也是一个深解文艺的批评者。他在俄国，所得的俸钱，还是稿费多。但倘若不深知他们文坛的情形，似乎不易懂。我的翻译的拙涩，自然也是一个重大的原因。

书面和卷中的四张画，是玛修丁（V. Masiutin）所作的，他是版画的名家。这几幅画，即曾被称为艺术底版画的典型，原本是木刻。卷头的勃洛克的画像，也不凡，但是从《新俄罗斯文学的曙光期》转载的，不知道是谁作。

俄国版画的兴盛，先前是因为照相版的衰颓和革命中没有细致的纸张，倘要插图，自然只得应用笔路分明的线画。然而只要人民有活气，这也就发达起来，在一九二二年弗罗连斯的万国书籍展览会中，就得了非常的赞美了。

一九二六年七月二十一日，鲁迅记于北京。

《争自由的波浪》小引

俄国大改革之后，我就看见些游览者的各种评论。或者说贵人怎样惨苦，简直不像人间；或者说平民究竟抬了头，后来一定有希望。或褒或贬，结论往往正相反。我想，这大概都是对的。贵人自然总要较为苦恼，平民也自然比先前抬了头。游览的人各照自己的倾向，说了一面的话。近来虽听说俄国怎样善于宣传，但在北京的报纸上，所见的却相反，大抵是要竭力写出内部的黑暗和残酷来。这一定是很足使礼教之邦的人民惊心动魄的罢。但倘若读过专制时代的俄国所产生的文章，就会明白即使那些话全是真的，也毫不足怪。俄皇的皮鞭和绞架，拷问和西伯利亚，是不能造出对于怨敌也极仁爱的人民的。

以前的俄国的英雄们，实在以种种方式用了他们的血。使同志感奋，使好心肠人堕泪，使刽子手有功，使闲汉得消遣。总是有益于人们，尤其是有益于暴君、酷吏、闲人们的时候多，餍足他们的凶心，供给他们的谈助。将这些写在纸上，血色早已轻淡得远了，如但兼珂的慷慨、托尔斯多的慈悲，是多么柔和的心。但当时还是不准印行。这做文章，这不准印，也还是使凶心得餍足，谈助得加添。英雄的血，始终是无味的国土里的人生的盐，而且大抵是给闲人们作生活的盐，这倒实在是很可诧异的。

这书里面的梭斐亚的人格还要使人感动，戈理基笔下的人生也还活跃着，但大半也都要成为流水帐簿[1]罢。然而翻翻过去的血的流水帐簿，原也未始不能够推见将来，只要不将那帐目来作消遣。

1　现代汉语常用"账簿"。——编者注

有些人到现在还在为俄国的上等人鸣不平，以为革命的光明的标语，实际倒成了黑暗，这恐怕也是真的。改革的标语一定是较光明的。做这书中所收的几篇文章的时代，改革者大概就很想普给一切人们以一律的光明。但他们被拷问、被幽禁、被流放、被杀戮了。要给，也不能。这已经都写在帐上，一翻就明白。假使遏绝革新，屠戮改革者的人物，改革后也就同浴改革的光明，那所处的倒是最稳妥的地位。然而已经都写在帐上了，因此用血的方式，到后来便不同，先前似的时代在他们已经过去。

中国是否会有平民的时代，自然无从断定。然而，总之，平民总未必会舍命改革以后，倒给上等人安排鱼翅席，是显而易见的，因为上等人从来就没有给他们安排过杂合面。只要翻翻这一本书，大略便明白别人的自由是怎样挣来的前因，并且看看后果，即使将来地位失坠，也就不至于妄鸣不平，较之失意而学佛，切实得多多了。所以，我想，这几篇文章在中国还是很有好处的。

一九二六年十一月十四日风雨之夜，鲁迅记于厦门。

一九二七年

老调子已经唱完

——一九二七年二月十九日在香港青年会讲演

今天我所讲的题目是"老调子已经唱完",初看似乎有些离奇,其实是并不奇怪的。

凡老的、旧的,都已经完了! 这也应该如此。虽然这一句话实在对不起一般老前辈,可是我也没有别的法子。

中国人有一种矛盾思想,即是:要子孙生存,而自己也想活得很长久,永远不死。及至知道没法可想,非死不可了,却希望自己的尸身永远不腐烂。但是,想一想罢,如果从有人类以来的人们都不死,地面上早已挤得密密的,现在的我们早已无地可容了,如果从有人类以来的人们的尸身都不烂,岂不是地面上的死尸早已堆得比鱼店里的鱼还要多,连掘井,造房子的空地都没有了么?所以,我想,凡是老的、旧的,实在倒不如高高兴兴的死去的好。

在文学上,也一样,凡是老的和旧的,都已经唱完,或将要唱完。举一个最近的例来说,就是俄国。他们当俄皇专制的时代,有许多作家很同情于民众,叫出许多惨痛的声音,后来他们又看见民众有缺点,便失望起来,不很能怎样歌唱,待到革命以后,文学上便没有什么大作品了。只有几个旧文学家跑到外国去,作了几篇作品,但也不见得出色,因为他们已经失掉了先前的环境了,不再能照先前似的开口。

在这时候,他们的本国是应该有新的声音出现的,但是我们还没有很听到。我想,他们将来是一定要有声音的。因为俄国是活的，虽然暂时没有声音，但他究竟有改造环境的能力，所以将来一定也会有新的声音出现。

再说欧美的几个国度罢。他们的文艺是早有些老旧了，待到世界大战时候，才发生了一种战争文学。战争一完结，环境也改变了，老调子无从再唱，所以现在文学上也有些寂寞。将来的情形如何，我们实在不能预测。但我相信，他们是一定也会有新的声音的。

现在来想一想我们中国是怎样。中国的文章是最没有变化的，调子是最老的，里面的思想是最旧的。但是，很奇怪，却和别国不一样。那些老调子，还是没有唱完。

这是什么缘故呢？有人说，我们中国是有一种"特别国情"。中国人是否真是这样"特别"，我是不知道，不过我听得有人说，中国人是这样。倘使这话是真的，那么，据我看来，这所以特别的原因，大概有两样。

第一，是因为中国人没记性，因为没记性，所以昨天听过的话，今天忘记了，明天再听到，还是觉得很新鲜。做事也是如此，昨天做坏了的事，今天忘记了，明天做起来，也还是"仍旧贯"的老调子。

第二，是个人的老调子还未唱完，国家却已经灭亡了好几次了。何以呢？我想，凡有老旧的调子，一到有一个时候，是都应该唱完的。凡是有良心，有觉悟的人，到一个时候，自然知道老调子不该再唱，将它抛弃。但是，一般以自己为中心的人们，却决不肯以民众为主体，而专图自己的便利，总是三翻四复[1]的唱不完。于是，自己的老调子固然唱不完，而国家却已被唱完了。

宋朝的读书人讲道学，讲理学，尊孔子，千篇一律。虽然有几个革新的人们，如王安石，等等，行过新法，但不得大家的赞同，失败了。从此大家又唱老调子，和社会没有关系的老调子，一直到宋

1　现代汉语常用"三番四复"。——编者注

朝的灭亡。

宋朝唱完了，进来做皇帝的是蒙古人——元朝。那么，宋朝的老调子也该随着宋朝完结了罢，不，元朝人起初虽然看不起中国人，后来却觉得我们的老调子，倒也新奇，渐渐生了羡慕，因此元人也跟着唱起我们的调子来了，一直到灭亡。

这个时候，起来的是明太祖。元朝的老调子，到此应该唱完了罢，可是也还没有唱完。明太祖又觉得还有些意趣，就又教大家接着唱下去。什么八股咧，道学咧，和社会、百姓都不相干，就只向着那条过去的旧路走，一直到明亡。

清朝又是外国人。中国的老调子，在新来的外国主人的眼里又见得新鲜了，于是又唱下去，还是八股、考试、做古文、看古书。但是清朝完结，已经有十六年了，这是大家都知道的。他们到后来，倒也略略有些觉悟，曾经想从外国学一点新法来补救，然而已经太迟，来不及了。

老调子将中国唱完，完了好几次，而它却仍然可以唱下去。因此就发生一点小议论。有人说："可见中国的老调子实在好，正不妨唱下去。试看元朝的蒙古人，清朝的满洲[2]人，不是都被我们同化了么？照此看来，则将来无论何国，中国都会这样地将他们同化的。"原来我们中国就如生着传染病的病人一般，自己生了病，还会将病传到别人身上去，这倒是一种特别的本领。

殊不知这种意见，在现在是非常错误的。我们为甚么能够同化蒙古人和满洲人呢？是因为他们的文化比我们的低得多。倘使别人的文化和我们的相敌或更进步，那结果便要大不相同了。他们倘比我们更聪明，这时候，我们不但不能同化他们，反要被他们利用

2　该词的使用并无贬义，共有两种含义。一是满族的旧称。1635 年，皇太极改女真为满洲，辛亥革命后称满族。二是旧时指我国东北一带，清末日俄势力入侵，称东三省为满洲。——编者注

了我们的腐败文化,来治理我们这腐败民族。他们对于中国人,是毫不爱惜的,当然任凭你腐败下去。现在听说又很有别国人在尊重中国的旧文化了,那里是真在尊重呢?不过是利用!

从前西洋有一个国度,国名忘记了,要在非洲造一条铁路。顽固的非洲土人很反对,他们便利用了他们的神话来哄骗他们道:"你们古代有一个神仙,曾从地面造一道桥到天上。现在我们所造的铁路,简直就和你们的古圣人的用意一样。"非洲人不胜佩服,高兴,铁路就造起来。中国人是向来排斥外人的,然而现在却渐渐有人跑到他那里去唱老调子了,还说道:"孔夫子也说过,'道不行,乘桴浮于海',所以外人倒是好的。"外国人也说道:"你家圣人的话实在不错。"

倘照这样下去,中国的前途怎样呢?别的地方我不知道,只好用上海来类推。上海是:最有权势的是一群外国人,接近他们的是一圈中国的商人和所谓读书的人,圈子外面是许多中国的苦人,就是下等奴才。将来呢,倘使还要唱着老调子,那么,上海的情状会扩大到全国,苦人会多起来。因为现在是不像元朝、清朝时候,我们可以靠着老调子将他们唱完,只好反而唱完自己了。这就因为,现在的外国人,不比蒙古人和满洲人一样,他们的文化并不在我们之下。

那么,怎么好呢?我想,唯一的方法,首先是抛弃了老调子。旧文章、旧思想,都已经和现社会毫无关系了,从前孔子周游列国的时代,所坐的是牛车,现在我们还坐牛车么?从前尧舜的时候,吃东西用泥碗,现在我们所用的是甚么?所以,生在现今的时代,捧着古书是完全没有用处的了。

但是,有些读书人说,我们看这些古东西,倒并不觉得于中国怎样有害,又何必这样决绝地抛弃呢?是的。然而古老东西的可怕就正在这里。倘使我们觉得有害,我们便能警戒了,正因为并不觉得怎样有害，我们这才总是觉不出这致死的毛病来。因为这是"软刀子"。这"软刀子"的名目，也不是我发明的，明朝有一个读书人，叫做贾凫西的，鼓词里曾经说起纣王，道："几年家软刀子割头不觉死，只等得太白旗悬才知道命有差。"我们的老调子，也就是一把软刀子。

中国人倘被别人用钢刀来割，是觉得痛的，还有法子想；倘是软刀子，那可真是"割头不觉死"，一定要完。

我们中国被别人用兵器来打，早有过好多次了。例如，蒙古人满洲人用弓箭，还有别国人用枪炮。用枪炮来打的后几次，我已经出了世了，但是年纪青。我仿佛记得那时大家倒还觉得一点苦痛的，也曾经想有些抵抗，有些改革。用枪炮来打我们的时候，听说是因为我们野蛮。现在，倒不大遇见有枪炮来打我们了，大约是因为我们文明了罢。现在也的确常常有人说，中国的文化好得很，应该保存。那证据，是外国人也常在赞美，这就是软刀子。用钢刀，我们也许还会觉得的，于是就改用软刀子。我想，叫我们用自己的老调子唱完我们自己的时候，是已经要到了。

中国的文化，我可是实在不知道在那里。所谓文化之类，和现在的民众有甚么关系，甚么益处呢？近来外国人也时常说，中国人礼仪好，中国人肴馔好，中国人也附和着。但这些事和民众有甚么关系？车夫先就没有钱来做礼服，南北的大多数的农民最好的食物是杂粮，有什么关系？

中国的文化，都是侍奉主子的文化，是用很多的人的痛苦换来的。无论中国人、外国人，凡是称赞中国文化的，都只是以主子自居的一部份。

以前，外国人所作的书籍，多是嘲骂中国的腐败。到了现在，不大嘲骂了，或者反而称赞中国的文化了。常听到他们说："我在中国住得很舒服呵！"这就是中国人已经渐渐把自己的幸福送给外国人享受的证据。所以他们愈赞美，我们中国将来的苦痛要愈深的！

这就是说，保存旧文化，是要中国人永远做侍奉主子的材料，苦下去，苦下去。虽是现在的阔人富翁，他们的子孙也不能逃。我曾经做过一篇杂感，大意是说："凡称赞中国旧文化的，多是住在租界或安稳地方的富人，因为他们有钱，没有受到国内战争的痛苦，所以发出这样的赞赏来。殊不知将来他们的子孙，营业要比现在的苦人更其贱，去开的矿洞，也要比现在的苦人更其深。"这就是说，将来还是要穷的，不过迟一点。但是先穷的苦人，开了较浅的矿，他们的后人，却须开更深的矿了。我的话并没有人注意。他们还是唱着老调子，唱到租界去，唱到外国去。但从此以后，不能像元朝、清朝一样，唱完别人了，他们是要唱完了自己。

这怎么办呢？我想，第一，是先请他们从洋楼、卧室、书房里踱出来，看一看身边怎么样，再看一看社会怎么样，世界怎么样。然后自己想一想，想得了方法，就做一点。"跨出房门，是危险的。"自然，唱老调子的先生们又要说。然而，做人是总有些危险的，如果躲在房里，就一定长寿，白胡子的老先生应该非常多，但是我们所见的有多少呢？他们也还是常常早死，虽然不危险，他们也胡涂死了。

要不危险，我倒曾经发现了一个很合式的地方。这地方，就是牢狱。人坐在监牢里，便不至于再捣乱犯罪了；救火机关也完全，不怕失火；也不怕盗劫，到牢狱里，去抢东西的强盗是从来没有的。坐监是实在最安稳。

但是，坐监却独独缺少一件事，这就是自由。所以，贪安稳就没有自由，要自由就总要历些危险，只有这两条路。那一条好，是明明白白的，不必待我来说了。

现在我还要谢诸位今天到来的盛意。

《游仙窟》序言

  《游仙窟》今惟日本有之，是旧钞本，藏于昌平学，题宁州襄乐县尉张文成作。文成者，张鷟之字。题署著字，古人亦常有，如晋常璩撰《华阳国志》，其一卷亦云常道将集矣。张鷟，深州陆浑人。两《唐书》皆附见《张荐传》，云以调露初登进士第，为岐王府参军，屡试皆甲科，大有文誉，调长安尉迁鸿胪丞。证圣中，天官刘奇以为御史，性躁卞，傥荡无检，姚崇尤恶之。开元初，御史李全交劾鷟讪短时政，贬岭南，旋得内徙，终司门员外郎。《顺宗实录》亦谓鷟博学工文词，七登文学科。《大唐新语》则云，后转洛阳尉，故有《咏燕诗》，其末章云："变石身犹重，衔泥力尚微，从来赴甲第，两起一双飞。"时人无不讽咏。《唐书》虽称其文下笔立成，大行一时，后进莫不传记，日本新罗使至，必出金宝购之，而訾为浮艳少理致，论著亦率诋诮芜秽。鷟书之传于今者，尚有《朝野佥载》及《龙筋凤髓判》，诚亦多诋诮浮艳之辞。《游仙窟》为传奇，又多俳调，故史志皆不载。清杨守敬作《日本访书志》，始著于录，而贬之一如《唐书》之言。日本则初颇珍秘，以为异书，尝有注，似亦唐时人作。河世宁曾取其中之诗十余首入《全唐诗逸》，鲍氏刊之《知不足斋丛书》中，今矛尘将具印之，而全文始复归华土。不特当时之习俗如酬对舞咏，时语如䁹眣婪媛，可资博识，即其始以骈俪之语作传奇，前于陈球之《燕山外史》者千载，亦为治文学史者所不能废矣。

  中华民国十六年七月七日，鲁迅识。

一九二九年

《近代木刻选集》（1）小引

中国古人所发明，而现在用以做爆竹和看风水的火药和指南针，传到欧洲，他们就应用在枪炮和航海上，给本师吃了许多亏。还有一件小公案，因为没有害，倒几乎忘却了，那便是木刻。

虽然还没有十分的确证，但欧洲的木刻，已经很有几个人都说是从中国学去的，其时是十四世纪初，即一三二〇年顷。那先驱者，大约是印着极粗的木版图画的纸牌。这类纸牌，我们至今在乡下还可看见。然而这博徒的道具，却走进欧洲大陆，成了他们文明的利器的印刷术的祖师了。

木版画恐怕也是这样传去的。十五世纪初，德国已有木版的圣母像，原画尚存比利时的勃吕舍勒博物馆中，但至今还未发见过更早的印本。十六世纪初，是木刻的大家丢勒（A. Dürer）和霍尔拜因（H. Holbein）出现了，而丢勒尤有名，后世几乎将他当作木版画的始祖。到十七八世纪，都沿着他们的波流。

木版画之用，单幅而外，是作书籍的插图。然则巧致的铜版图术一兴，这就突然中衰，也正是必然之势。惟英国输入铜版术较晚，还在保存旧法，且视此为义务和光荣。一七七一年，以初用木口雕刻，即所谓"白线雕版法"而出现的，是比尤伊克（Th. Bewick）。这新法进入欧洲大陆，又成了木刻复兴的动机。

但精巧的雕镂，后又渐偏于别种版式的模仿，如拟水彩画、蚀铜版、网铜版等，或则将照相移在木面上，再加绣雕，技术固然极精熟了，但已成为复制底木版。至十九世纪中叶，遂大转变，而创作底木刻兴。

所谓创作底木刻者，不模仿，不复刻，作者捏刀向木，直刻下去——记得宋人，大约是苏东坡罢，有请人画梅诗，有句云："我有一匹好东绢，请君放笔为直干！"这放刀直干，便是创作底版画首先所必须，和绘画的不同，就在以刀代笔，以木代纸或布，中国的刻图，虽是所谓"绣梓"，也早已望尘莫及，那精神，惟以铁笔刻石章者，仿佛近之。

因为是创作底，所以风韵技巧，因人不同，已和复制木刻离开，成了纯正的艺术，现今的画家，几乎是大半要试作的了。

在这里所绍介的，便都是现今作家的作品，但只这几枚，还不足以见种种的作风，倘为事情所许，我们逐渐来输运罢。木刻的回国，想来决不致于[1]像别两样的给本师吃苦的。

一九二九年一月二十日，鲁迅记于上海。

《艺苑朝华》第一期第一辑所载

1　现代汉语常用"不至于"。——编者注

《近代木刻选集》(1) 附记

本集中的十二幅木刻，都是从英国的 *The Bookman*, *The Studio*, *The Wood-cut of Today*（Edited by G. Holme）中选取的，这里也一并摘录几句解说。

惠勃（C. C. Webb）是英国现代著名的艺术家，从一九二二年以来，都在毕明翰[1]（Birmingham）中央学校教授美术。第一幅《高架桥》是圆满的大图画，用一种独创的方法所刻，几乎可以数出他雕刻的笔数来。统观全体，则是精美的发光的白色标记，在一方纯净的黑色地子上。《农家的后园》刀法也多相同。《金鱼》更可以见惠勃的作风，新近在"Studio"上，曾大为 George Sheringham[2] 所称许。

斯蒂芬·博恩（Stephen Bone）的一幅，是 George Bourne 的 *A Farmer's Life* 的插图之一。论谓英国南部诸州的木刻家无出作者之右，散文得此，而妙想愈明云。

达格力秀（E. Fitch Daglish）是伦敦动物学会会员，木刻也有名，尤宜于作动植物书中的插画，能显示最严正的自然主义和纤巧敏慧的装饰的感情。《田凫》是 E. M. Nicholson 的 *Birds in England* 中插画之一，《淡水鲈鱼》是 Izaak Walton and Charles Cotton 的 *The Complete Angler* 中的。观这两幅，便可知木刻术怎样有裨于科学了。

哈曼·普耳（Herman Paul），法国人，原是作石版画的，后改木刻，后又转通俗（Popular）画。曾说"艺术是一种不断的解放"，

1　现译"伯明翰"。——编者注
2　即"乔治·谢林汉姆"。——编者注

于是便简单化了。本集中的两幅，已很可窥见他后来的作风。前一幅是 Rabelais 著书中的插画，正当大雨时，后一幅是装饰 André marty 的诗集 *Le Doctrin ales Preux*（《勇士的教义》）的，那诗的大意是——

> 看残废的身体和面部的机轮，
> 染毒的疮疤红了面容，
> 少有勇气与丑陋的人们，传闻
> 以千辛万苦获得了好的名声。

迪绥尔多黎（Benvenuto Disertori），意大利人，是多才的艺术家，善于刻石、蚀铜，但木刻更为他的特色。*La Musadel Loreto* 是一幅具有律动的图像，那印象之自然，就如本来在木上所创生的一般。

麦格努斯·拉该兰支（S. Magnus-Lagercranz）夫人是瑞典的雕刻家，尤其擅长花卉。她的最重要的工作，是一册瑞典诗人 Atterbom 的诗集《群芳》的插图。

富耳斯（C. B. Falls）在美国，有最为多才的艺术家之称。他于诸艺术无不尝试，而又无不成功。集中的《岛上的庙》是他自己选出的得意的作品。

华惠克（Edward Warwick）也是美国的木刻家。《会见》是装饰与想象的版画，含有强烈的中古风味的。

书面和首叶[3]的两种小品，是法国画家拉图（Alfred Latour）之作，自 *The Wood-cut of Today* 中取来，目录上未列，附记于此。

《艺苑朝华》所载

---

3 现代汉语常用"首页"。——编者注

《蕗谷虹儿画选》小引

中国的新的文艺的一时的转变和流行，有时那主权是简直大半操于外国书籍贩卖者之手的。来一批书，便给一点影响。*Modern Library* 中的 A. V. Beardsley 画集一入中国，那锋利的刺戟力，就激动了多年沉静的神经，于是有了许多表面的摹仿[1]。但对于沉静而又疲弱的神经，Beardsley[2] 的线究竟又太强烈了，这时适有蕗谷虹儿的版画运来中国，是用幽婉之笔，来调和了 Beardsley 的锋芒，这尤合中国现代青年的心，所以他的模仿就至今不绝。

但可惜的是，将他的形和线任意的破坏——不过不经比较，是看不出底细来的。现在就从他的画谱《睡莲之梦》中选取六图，《悲凉的微笑》中五图，《我的画集》中一图，大约都是可显现他的特色之作，虽然中国的复制，不能高明，然而究竟较可以窥见他的真面目了。

至于作者的特色之所在，就让他自己来说罢——

我的艺术，以纤细为生命，同时以解剖刀一般的锐利的锋芒为力量。

我所引的描线，必需小蛇似的敏捷和白鱼似的锐敏。

我所画的东西，单是'如生'之类的现实的姿态，是不够的。

于悲凉，则画彷徨湖畔的孤星的水妖（Nymph），于欢乐，则画在春林深处，和地祇（Pan）相谑的月光的水妖罢。

---

1 现代汉语常用"模仿"。——编者注
2 即"比亚兹莱"。——编者注

描女性，则选多梦的处女，且备以女王之格，注以星姬之爱罢。

描男性，则愿探求神话，拉出阿波罗（Apollo）来，给穿上漂泊的旅鞋去。

描幼儿，则加以天使的羽翼，还于此被[3]上五色的文绫。

而为了孕育这些爱的幻想的模特儿们，我的思想，则不可不如深夜之黑暗，清水之澄明。（《悲凉的微笑》自序）

这可以说，大概都说尽了。然而从这些美点的别一面看，也就令人所以评他为倾向少年男女读者的作家的原因。

作者现在是往欧洲留学去了，前途正长，这不过是一时期的陈迹，现在又作为中国几个作家的秘密宝库的一部份，陈在读者的眼前，就算一面小镜子——要说得堂皇一些，那就是，这才或者能使我们逐渐认真起来，先会有小小的真的创作。

从第一到十一图，都有短短的诗文的，也就逐图译出，附在各图前面了，但有几篇是古文，为译者所未曾研究，所以有些错误，也说不定的。首页的小图也出《我的画集》中，原题曰《瞳》，是作者所爱描的大到超于现实的眸子。

一九二九年一月二十四日，鲁迅在上海记。

《艺苑朝华》第一期第二辑所载

3　现代汉语常用"披"。——编者注

《近代木刻选集》（2）小引

我们进小学校时，看见教本上的几个小图画，倒也觉得很可观，但到后来初见外国文读本上的插画，却惊异于它的精工，先前所见的就几乎不能比拟了。还有英文字典里的小画，也细巧得出奇。凡那些，就是先回说过的"木口雕刻"。

西洋木版的材料，固然有种种，而用于刻精图者大概是柘木。同是柘木，因锯法两样，而所得的板片，也就不同。顺木纹直锯，如箱板或桌面板的是一种，将木纹横断，如砧板的又是一种。前一种较柔，雕刻之际，可以挥凿自如，但不宜于细密，倘细，是很容易碎裂的。后一种是木丝之端，攒聚起来的板片，所以坚，宜于刻细，这便是"木口雕刻"。这种雕刻，有时便不称 wood-cut，而别称为 wood-engraving 了。中国先前刻木细，便曰"绣梓"，是可以作这译语的。和这相对，在箱板式的板片上所刻的则谓之"木面雕刻"。

但我们这里所绍介的，并非教科书上那样的木刻，因为那是意在逼真，在精细，临刻之际，有一张图画作为底子的，既有底子，便是以刀拟笔，是依样而非独创，所以仅仅是"复刻板画"。至于"创作板画"，是并无别的粉本的，乃是画家执了铁笔，在木板上作画，本集中的达格力秀的两幅、永濑义郎的一幅，便是其例。自然也可以逼真，也可以精细，然而这些之外有美、有力，仔细看去，虽在复制的画幅上，总还可以看出一点"有力之美"来。

但这"力之美"大约一时未必能和我们的眼睛相宜。流行的装饰画上，现在已经多是削肩的美人、枯瘦的佛子，解散了的构成派绘画了。

　　有精力弥满的作家和观者，才会生出"力"的艺术来。"放笔直干"的图画，恐怕难以生存于颓唐、小巧的社会里的。

　　附带说几句，前回所引的诗，是将作者记错了。季黻来信道："我有一匹好东绢……"系出于杜甫《戏韦偃为双松图》，末了的数句，是"重之不减锦绣段，已令拂拭光凌乱，请君放笔为直干"。并非苏东坡诗。

一九二九年三月十日，鲁迅记

《艺苑朝华》第一期第三辑所载

《近代木刻选集》（2）附记

木集中的十二幅木刻大都是从英国的 *The Wood-cut of Today*，*The Smdo*，*The Smaller Beasts* 中选取的，这里也一并摘录几句解说。

格斯金（Arthur J. Gaskin），英国人。他不是一个始简单后精细的艺术家，他早懂得立体的黑色之浓淡关系。这幅《大雪》的凄凉和小屋底景致是很动人的。雪景可以这样比其他种种方法更有力地表现，这是木刻艺术的新发见。《童话》也具有和《大雪》同样的风格。

杰平（Robort Gibbings）早是英国木刻家中一个最丰富而多方面的作家。他对于黑白的观念常是意味深长而且独创的。E.Powys Mathers 的《红的智慧》插画在光耀的黑白相对中有东方的艳丽和精巧的白线底律动。他的令人快乐的《闲坐》，显示他在有意味的形式里黑白对照的气质。

达格力秀（Eric Fitch Daglish）在我们的《近代木刻选集》（1）里已曾叙述了。《伯劳》见 J. H. Fabre 的 *Animal Life in Field and Garden* 中。《海狸》见达格力秀自撰的 *Animal in Black and White* 丛书第二卷 *The Smaller Beasts* 中。

凯亥勒（Emile Charles Corlègle）原籍瑞士，现入法国籍。木刻于他是种直接的表现的媒介物，如绘画，蚀铜之于他人。他配列光和影，指明颜色的浓淡，他的作品颤动着生命。他没有什么美学理论，他以为凡是有趣味的东西能使生命美丽。

奥力克（Emil Orlik）是最早将日本的木刻方法传到德国去的人。但他却将他自己本国的种种方法融合起来刻木的。

　　陀蒲晋司基（M. Dobuzinski）的窗，我们可以想象无论何人站在那里，如那个人站着的，张望外面的雨天，想念将要遇见些什么。俄国人是很想到站在这个窗下的人的。

　　左拉赫（William Zorach）是俄国种的美国人。他注意于有趣的在黑底子上的白块，不斤斤于用意的深奥。《游泳的女人》由游泳的眼光看来，是有些眩目[1]的。这看去像油漆布雕刻，不大像木刻。游泳是美国木刻家所好的题材，各人用各人的手法创造不同的风格。

　　永濑义郎，曾在日本东京美术学校学过雕塑，后来颇尽力于版画，著《给学版画的人》一卷。《沉钟》便是其中的插画之一，算作"木口雕刻"的作例，更经有名的刻手菊地武嗣复刻的。现在又经复制，但还可推见黑白配列的妙处。

《艺苑朝华》第一期第三辑所载

1　现代汉语常用"炫目"。——编者注

《比亚兹莱画选》小引

比亚兹莱（Aubrey Beardsley，1872—1898）生存只有二十六年，他是死于肺病的。生命虽然如此短促，却没有一个艺术家，作黑白画的艺术家，获得比他更为普遍的名誉，也没有一个艺术家影响现代艺术如他这样的广阔。比亚兹莱少时的生活底第一个影响是音乐，他真正的嗜好是文学。除了在美术学校两月之外，他没有艺术的训练，他的成功完全是由自习获得的。

以《阿赛王之死》的插画他才涉足文坛，随后他为 The Studio 作插画，又为《黄书》（The Yellow Book）的艺术编辑。他是由《黄书》而来，由 The Savoy 而去的。无可避免地，时代要他活在世上。这九十年代就是世人所称的世纪末（fin de siècle）。他是这年代底独特的情调底唯一的表现者。九十年代底不安的、好考究的、傲慢的情调呼他出来的。

比亚兹莱是个讽刺家，他只能如 Baudelaire 描写地狱，没有指出一点现代的天堂底反映。这是因为他爱美而美的堕落才困制他，这是因为他如此极端地自觉美德而败德才有取得之理由。有时他的作品达到纯粹的美，但这是恶魔的美，而常有罪恶底自觉，罪恶首受美而变形又复被美所暴露。

视为一个纯然的装饰艺术家，比亚兹莱是无匹的。他把世上一切不一致的事物聚在一堆，以他自己的模型来使他们织成一致。但比亚兹莱不是一个插画家，没有一本书的插画至于最好的地步——不是因为较伟大而是不相称，甚且不相干。他失败于插画者，因为他的艺术是抽象的装饰，它缺乏关系性底律动——恰如他自身缺乏在他前后十年间底关系性。他埋葬在他的时期里有如他的画吸收在它自己的坚定的线里。

比亚兹莱不是印象主义者，如 Manet[1] 或 Renoir[2]，画他所"看见"的事物；他不是幻想家，如 William Blake[3]，画他所"梦想"的事物；他是个有理智的人，如 George Frederick Watts[4]，画他所"思想"的事物。虽然无日不和药炉为伴，他还能驾御[5]神经和情感，他的理智是如此的强健。

比亚兹莱受他人影响却也不少，不过这影响于他是吸收而不是被吸收。他时时能受影响，这也是他独特的地方之一。Burne-Jones[6]有助于他在作《阿赛王之死》的插画的时候；日本的艺术，尤其是英泉的作品，助成他脱离在 The Rape of the Lock 底 Eisen 和 Saint-Aubin 所显示给他的影响。但 Burne-Jones 底狂喜的疲弱的灵性变为怪诞的脾睨[7]的肉欲——若有疲弱的，罪恶的疲弱的话。日本底凝冻的实在性变为西方的热情底焦灼的影像表现在黑白底锐利而清楚的影和曲线中，暗示即在彩虹的东方也未曾梦想到的色调。

他的作品，因为翻印了 Salomè 的插画，还因为我们本国时行艺术家的摘取，似乎连风韵也颇为一般所熟识了。但他的装饰画，却未经诚实地介绍过。现在就选印这十二幅，略供爱好比亚兹莱者看看他未经撕剥的遗容，并摘取 Arthur Symons[8] 和 Holbrook Jackson[9]的话，算作说明他的特色的小引。

一九二九年四月二十日，朝花社识

《艺苑朝华》第一期第四辑所载

1　即"莫奈"。——编者注
2　即"雷诺阿"。——编者注
3　即"威廉·布莱克"。——编者注
4　即"乔治·费德里科·沃茨"。——编者注
5　现代汉语常用"驾驭"。——编者注
6　即"伯恩·琼斯"。——编者注
7　现代汉语常用"睥睨"。——编者注
8　即"西蒙斯·阿瑟"。——编者注
9　即"霍尔布鲁克·杰克逊"。——编者注

哈谟生的几句话

《朝花》六期上登过一篇短篇的瑙威[1]作家哈谟生，去年日本出版的《国际文化》上，将他算作左翼的作家，但看他几种作品，如《维多利亚》和《饥饿》里面，贵族的处所却不少。

不过他在先前，很流行于俄国。二十年前罢，有名的杂志 *Nieva* 上，早就附印他那时为止的全集了。大约他那尼采和陀思妥耶夫斯基气息，正能得到读者的共鸣。十月革命后的论文中，也有时还在提起他，可见他的作品在俄国影响之深，至今还没有忘却。

他的许多作品，除上述两种和《在童话国里》——俄国的游记——之外，我都没有读过。去年，在日本片山正雄作的《哈谟生传》里，看见他关于托尔斯泰和易卜生的意见，又值这两个文豪的诞生百年纪念，原是想绍介的，但因为太零碎，终于放下了。今年搬屋理书，又看见了这本传记，便于三闲时译在下面。

那是在他三十岁时之作《神秘》里面的，作中的人物那该尔的人生观和文艺论，自然也就可以看作作者哈谟生的意见和批评。他跺着脚骂托尔斯泰——

> 总之，叫作托尔斯泰的汉子，是现代的最为活动底的蠢才……那教义，比起救世军的唱 Halleluiah（上帝赞美歌——译者）来，毫没有两样。我并不觉得托尔斯泰的精神比蒲斯大将（那时救世军的主将——译者）深。两个都是宣教者，却不是思想家。是买卖现成的货色的，是弘布原有的思想的，是给人

1　现译"挪威"。——编者注

民廉价采办思想的，于是掌着这世间的舵。但是，诸君，倘做买卖，就得算算利息，而托尔斯泰却每做一回买卖，就大折其本……不知沉默的那多嘴的品行，要将愉快的人世弄得铁盘一般平坦的那努力，老嬉客似的那道德的唠叨，像煞雄伟一般不识高低地胡说的那坚决的道德，一想到他，虽是别人的事，脸也要红起来……

说也奇怪，这简直好像是在中国的一切革命底和遵命底的批评家的暗疮上开刀。至于对同乡的文坛上的先辈易卜生——尤其是后半期的作品——是这样说——

　　易卜生是思想家。通俗的讲谈和真的思索之间，放一点小小的区别，岂不好么？诚然，易卜生是有名人物呀。也不妨尽讲易卜生的勇气，讲到人耳朵里起茧罢。然而，论理底勇气和实行底勇气之间，舍了私欲的不羁独立的革命底勇猛心和家庭底的煽动底勇气之间，莫非不见得有放点小小的区别的必要么？其一，是在人生上发着光芒，其一，不过是在戏园里使看客咋舌……要谋叛的汉子，不带软皮手套来捏钢笔杆这一点事，是总应该做的，不应该是能做文章的一个小畸人，不应该仅是为德国人的文章上的一个概念，应该是名曰人生这一个热闹场里的活动底人物。易卜生的革命底勇气，大约是确不至于陷其人于危地的。箱船之下，敷设水雷之类的事，比起活的，燃烧似的实行来，是贫弱的桌子上的空论罢了。诸君听见过撕开苎麻的声音么？嘻嘻嘻，是多么盛大的声音呵。

这于革命文学和革命，革命文学家和革命家之别，说得很露

骨，至于遵命文学，那就不在话下了。也许因为这一点，所以他倒
是左翼底罢，并不全在他曾经做过各种的苦工。

最颂扬的，是易卜生早先文坛上的敌对，而后来成了儿女亲家
的毕伦存（B. Björnson）。他说他活动着、飞跃着、有生命。无论胜
败之际，都贯注着个性和精神。是有着灵感和神底闪光的瑙威惟一
的诗人。但我回忆起看过的短篇小说来，却并没有看哈谟生作品那
样的深的感印。在中国大约并没有什么译本，只记得有一篇名叫
《父亲》的，至少翻过了五回。

哈谟生的作品我们也没有什么译本。五四运动时候，在北京的
青年出了一种期刊叫《新潮》，后来有一本《新著绍介号》，预告上
似乎是说罗家伦先生要绍介《新地》（Neue Erde）。这便是哈谟生做
的，虽然不过是一种倾向小说，写些文士的生活，但也大可以借来
照照中国人。所可惜的是这一篇绍介至今没有印出罢了。

三月三日，于上海

一九二九年三月十四日《朝花旬刊》第十一期所载

《新俄画选》小引

　　大约三十年前，丹麦批评家乔治·勃兰兑斯（Georg Brandes）游帝制俄国，作《印象记》，惊为"黑土"。果然，他的观察证实了。从这"黑土"中，陆续长育了文化的奇花和乔木，使西欧人士震惊，首先为文学和音乐，稍后是舞蹈，还有绘画。

　　但在十九世纪末，俄国的绘画是还在西欧美术的影响之下的，一味追随，很少独创，然而握美术界的霸权，是为学院派（Academismus）。至九十年代，"移动展览会派"出现了，对于学院派的古典主义，力加掊击，斥模仿，崇独立，终至收美术于自己的掌中，以鼓吹其见解和理想。然而排外则易倾于慕古，慕古必不免于退婴，所以后来，艺术遂见衰落，而祖述法国色彩画家绥珊的一派（Cezannist）兴。同时，西南欧的立体派和未来派，也传入而且盛行于俄国。

　　十月革命时，是左派（立体派及未来派）全盛的时代，因为在破坏旧制——革命这一点上，和社会革命者是相同的，但问所向的目的，这两派却并无答案。尤其致命的是虽属新奇，而为民众所不解，所以当破坏之后，渐入建设，要求有益于劳农大众的平民易解的美术时，这两派就不得不被排斥了。其时所需要的是写实一流，于是右派遂起而占了暂时的胜利。但保守之徒，新力是究竟没有的，所以不多久，就又以自己的作品证明了自己的破灭。

　　这时候，是对于美术和社会底建设相结合的要求，左右两派，同归失败，但左翼中实已先就起了分崩。离合之后，别生一派曰"产业派",以产业主义和机械文明之名,否定纯粹美术,制作目的,专在工艺上的功利。更经和别派的斗争,反对者的离去,终成了以塔特林(Tatlin)和罗直兼珂(Rodschenko)为中心的"构成派"(Konstruotivismus)。他们的主张不在 Komposition 而在 Konstruktion,不在描写而在组织,不在创造而在建设。罗直兼珂说:"美术家的任务,非色和形的抽象底认识,而在解决具体底事物的构成上的任何的课题。"这就是说,构成主义上并无永久不变的法则,依着其时的环境而将各个新课题,从新加以解决,便是它的本领。既是现代人,便当以现代的产业底事业为光荣,所以产业上的创造,便是近代天才者的表现。汽船、铁桥、工厂、飞机,各有其美,既严肃,亦堂皇。于是构成派画家遂往往不描物形,但作几何学底图案,比立体派更进一层了。如本集所收 Krinsky 的三幅中的前两幅,便可作显明的标准。

Gastev 是主张善用时间、别树一帜的,本集只收了一幅。

又因为革命所需要,有宣传、教化、装饰和普及,所以在这时代,版画——木刻、石版、插画、装画、蚀铜版——就非常发达了。左翼作家之不甘离开纯粹美术者,颇遁入版画中,如玛修丁(有《十二个》中的插画四幅,在《未名丛刊》中),央南珂夫(本集有他所作的《小说家萨弥亚丁像》)是。构成派作家更因和产业结合的目的,大行活动,如罗直兼珂和力锡兹基所装饰的现代诗人的诗集,也有典型的艺术底版画之称,但我没有见过一种。

木版作家,以法孚尔斯基(本集有《莫斯科》)为第一,古泼略诺夫(本集有《熨衣的妇女》)、保里诺夫(本集有《培林斯基像》)、玛修丁是都受他的影响的。克鲁格里珂跋女士本是蚀铜版画(Etching)名家,这里所收的两幅是影画,《奔流》曾经介绍的一幅(《索洛古勃像》),是雕镂画,都是她的擅长之作。

新俄的美术,虽然现在已给世界上以甚大的影响,但在中国,记述却还很聊聊。这区区十二页，又真是实不符名，毫不能尽绍介的重任，所取的又多是版画，大幅杰构，反成遗珠，这是我们所十分抱憾的。

但是，多取版画，也另有一些原因：中国制版之术，至今未精，与其变相，不如且缓，一也；当革命时，版画之用最广，虽极匆忙，顷刻能办，二也。《艺苑朝华》在初创时，即已注意此点，所以自一集至四集，悉取黑白线图，但竟为艺苑所弃，甚难继续，今复送第五集出世，恐怕已是晌午之际了，但仍愿若干读者们，由此还能够得到多少裨益。

本文中的叙述及五幅图，是摘自昇曙梦的《新俄美术大观》的，其余八幅，则从 R. Fueloep-Miller 的 *The Mind and Face of Bolshevism* 所载者复制，合并声明于此。

一九三〇年二月二十五夜，鲁迅。

《艺苑朝华》第一期第五辑所载

文艺的大众化

文艺本应该并非只有少数的优秀者才能够鉴赏，而是只有少数的先天的低能者所不能鉴赏的东西。

倘若说，作品愈高，知音愈少。那么，推论起来，谁也不懂的东西，就是世界上的绝作了。

但读者也应该有相当的程度。首先是识字，其次是有普通的大体的知识，而思想和情感，也须大抵达到相当的水平线。否则，和文艺即不能发生关系。若文艺设法俯就，就很容易流为迎合大众、媚悦大众。迎合和媚悦，是不会于大众有益的——什么谓之"有益"，非在本问题范围之内，这里且不论。

所以在现下的教育不平等的社会里，仍当有种种难易不同的文艺，以应各种程度的读者之需。不过应该多有为大众设想的作家，竭力来作浅显易解的作品，使大家能懂、爱看，以挤掉一些陈腐的劳什子。但那文字的程度，恐怕也只能到唱本那样。

因为现在是使大众能鉴赏文艺的时代的准备，所以我想，只能如此。

倘若此刻就要全部大众化，只是空谈。大多数人不识字；目下通行的白话文，也非大家能懂的文章；言语又不统一，若用方言，许多字是写不出的，即使用别字代出，也只为一处地方人所懂，阅读的范围反而收小了。

总之，多作或一程度的大众化的文艺，也固然是现今的急务。若是大规模的设施，就必须政治之力的帮助，一条腿是走不成路的，许多动听的话，不过文人的聊以自慰罢了。

一九三〇年三月一日，《大众文艺》第二卷第三期所载

《浮士德与城》后记

　　这一篇剧本，是从英国 L. A. Magnus 和 K. Walter 所译的 *Three Plays of A. V. Lunacharski* 中译出的。原书前面，有译者们合撰的导言，与本书所载尾濑敬止的小传，互有详略之处，着眼之点，也颇不同。现在摘录一部分在这里，以供读者的参考——

　　"Anatoli Vasilievich Lunacharski" 以一八七六年生于 Poltava 省，他的父亲是一个地主，Lunacharski 族本是半贵族的大地主系统，曾经出过很多的知识者。他在 Kiew[1] 受中学教育，然后到 Zurich[2] 大学去，在那里和许多俄国侨民以及 Avenarius[3] 和 Axelrod[4] 相遇，决定了未来的状态。从这时候起，他的光阴多费于瑞士、法兰西、意大利，有时则在俄罗斯。

　　他原先便是一个布尔什维克，那就是说，他是属于俄罗斯社会民主党的马克思派的。这派在第二次及第三次会议占了多数，布尔塞维克这字遂变为政治上的名词，与原来的简单字义不同了。他是第一种马克思派报章 Krylia（翼）的撰述人，是一个属于特别一团的布尔塞维克，这团在本世纪初，建设了马克思派的杂志 Vperëd（前进），并且为此奔走，他同事中有 Pokrovski, Bogdánov 及 Gorki 等，设讲演及学校课程，一般地说，是从事于革命的宣传工作的。他是莫斯科社会民主党结社的社员，被流放到 Vologda[5]，又由此逃往意大利。在瑞士，他是 Iskra（火花）的一向的编辑，直到一九〇六年被门维克所封禁。一九一七年革命后，他终于回了俄罗斯。

这一点事实即以表明 Lunacharski 的灵感的创生，他极通晓法兰西和意大利，他爱博学的中世纪底本乡，许多他的梦想便安放在中世纪上。同时他的观点是绝对属于革命底俄国的，在思想中的极端现代主义也一样显著地不同，连系[6]着半中世纪的城市，构成了"现代"莫斯科的影子。中世纪主义与乌托邦在十九世纪后的媒介物上相遇——极像在《无何有乡的消息》里——中世纪的郡自治战争便在苏维埃俄罗斯名词里出现了。

社会改进的浓厚的信仰，使 Lunacharski 的作品著色，又在或一程度上，使他和他的伟大的革命底同时代人不同。Blok，是无匹的、可爱的抒情诗人，对于一个佳人，就是俄罗斯或新信条，怀着 Sidney 式的热诚，有一切美，然而纤弱，恰如 Shelley[7] 和他的伟大；Esènin，对于不大分明的理想，更粗鲁而热情地叫喊，这理想，在俄国的人们，是能够看见，并且觉得其存在和有生活的力量的；Demian Bedny 是通俗的讽刺家；或者别一派，大家知道的 LEF（艺术的左翼战线），这法兰西的 Esprit Noveau（新精神），在作新颖的大胆的诗，这诗学的未来派和立体派。凡这些，由或一意义说，是较纯粹的诗人，不甚切于实际的。Lunacharski 常常梦想建设，将人类建设得更好，虽然往往还是"复故"（Relapsing）。所以从或一意义说，他的艺术是平凡的，不及同时代人的高翔之超迈，因为他要建设，并不浮进经验主义者里面去。至于 Blok 和 Bely，是经验主义者一流，高超，而无所信仰的。

Lunacharski 的文学底发展大约可从一九〇〇年算起。他最先

---

6 现代汉语常用"联系"。——编者注
7 即"雪莱"。——编者注

的印本是哲学底讲谈。他是著作极多的作家，他的三十六种书，可成十五巨册。早先的一本为《研求》，是从马克思主义者的观点出发的关于哲学的随笔集。讲到艺术和诗，包括 Maeterlinck[8] 和 Korolenko[9] 的评赞，在这些著作里，已经预示出他那极成熟的诗学来。《实证美学的基础》《革命底侧影》和《文学底侧影》都可归于这一类。在这一群的短文中，包含对于知识阶级的攻击、争论，偶然也有别样的文字，如《资本主义下的文化》《假面中的理想》《科学、艺术及宗教》《宗教》《宗教史导言》等。他往往对于宗教感到兴趣，置身于俄国现在的反宗教运动中……

Lunacharski 又是音乐和戏剧的大威权[10]，在他的戏剧里，尤其是在诗剧，人感到里面鸣着未曾写出的伤痕……

十二岁时候，他就写了《诱惑》，是一种未曾成熟的作品，讲一青年修道士有更大的理想，非教堂所能满足，魔鬼诱以情欲（Lust），但那修道士和情欲去结婚时，则讲说社会主义。第二种剧本为《王的理发师》，是一篇淫猥的专制主义的挫败的故事，在监狱里写下来的。其次为《浮士德与城》，是俄国革命程序的预想，终在一九一六年改定，初稿则成于一九〇八年。后作喜剧，总名《三个旅行者和它》。《麦奇》是一九一八年作（它的精华存在一九〇五年所写的论文《实证主义与艺术》中），一九一九年就出了《贤人华西理》及《伊凡在天堂》。于是他试写历史剧 Oliver Cromwell 和 Thomas Campanella；然后又回到喜剧去，一九二一年成《宰相和铜匠》及《被解放的堂·吉诃德》。后一种是一九一六年开手的。《熊的婚仪》则出现于一九二二年。（开时摘译）

就在这同一的英译本上，有作者的小序，更详细地说明着他之

8　即"梅特林克"。——编者注
9　即"柯罗连科"。——编者注
10　现代汉语常用"权威"。——编者注

所以写这本《浮士德与城》的缘故和时期——

> 无论那一个读者，倘他知道 Goethe[11] 的伟大的"Faust"，就不会不知道我的《浮士德与城》，是被"Faust"的第二部的场面所启发出来的。在那里，Goethe 的英雄寻到了一座"自由的城"。这天才的产儿和它的创造者之间的相互关系，那问题的解决，在戏剧的形式上，一方面，是一个天才和他那种开明专制的倾向，别一方面，则是德莫克拉西的——这观念影响了我而引起我的工作。在一九〇六年，我结构了这题材。一九〇八年，在 Abruzzi Introdacque 地方的宜人的乡村中，费一个月光阴，我将剧本写完了。我搁置了很长久。至一九一六年，在特别幽美的环境中，Geneva[12] 湖的 St. Leger 这乡村里，我又作一次最后的修改。那重要的修改即在竭力的剪裁（Cut）。（柔石摘译）

这剧本，英译者以为是"俄国革命程序的预想"，是的确的，但也是作者的世界革命的程序的预想。浮士德死后，戏剧也收场了。然而在《实证美学的基础》里，我们可以发见作者所预期于此后的一部分的情形——

> ……新的阶级或种族，大抵是发达于对于以前的支配者的反抗之中的。而且憎恶他们的文化，是成了习惯。所以文化发达的事实底的步调，大概断断续续。在种种处所，在种种时代，人类开手建设起来。而一达到可能的程度，便倾于衰颓。这并非因为遇到了客观的不可能，乃是主观底的可能性受了害。

---

11 即"歌德"。——编者注
12 即"日内瓦"。——编者注

然而，最为后来的世代，却和精神的发达，即丰富的联想、评价原理的设定、历史底意义及感情的生长一同，愈加学着客观底地来享乐一切的艺术的。于是吸雅片者的呓语似的华丽而奇怪的印度人的伽蓝，压人地、沉重地施了烦腻的色彩的埃及人的庙宇、希腊人的雅致、戈谛克的法悦、文艺复兴期的暴风雨似的享乐性，在他，都成为能理解、有价值的东西。为什么呢，因为是新的人类的这完人，于人类底的东西，什么都是无所关心的。将或种联想压倒，将别的联想加强，完人在自己的心理的深处，唤起印度人和埃及人的情绪来。能够并无信仰，而感动于孩子们的祷告，并不渴血，而欣然移情于亚契莱斯的破坏底的愤怒，能够沉潜于浮士德的无底的深的思想中，而以微笑凝眺着欢娱底的笑剧和滑稽的喜歌剧。（鲁迅译《艺术论》，一六五至一六六页）

因为新的阶级及其文化，并非突然从天而降，大抵是发达于对于旧支配者及其文化的反抗中，亦即发达于和旧者的对立中，所以新文化仍然有所承传，于旧文化也仍然有所择取。这可说明卢那卡尔斯基当革命之初，仍要保存农民固有的美术，怕军人的泥靴踏烂了皇宫的地毯。在这里也使开辟新城而倾于专制的——但后来是悔悟了的——天才浮士德死于新人们的歌颂中的原因。这在英译者们的眼里，我想就被看成叫作"复故"的东西了。

所以他之主张择存文化底遗产，是因为"我们继承着人的过去，也爱人类的未来"的缘故；他之以为创业的雄主，胜于世纪末的颓唐人，是因为古人所创的事业中，即含有后来的新兴阶级皆可以择取的遗产，而颓唐人则自置于人间之上，自放于人间之外，于当时及后世都无益处的缘故。但自然也有破坏，这是为了未来的新的建设。新的建设的理想，是一切言动的南针，倘没有这而言破坏，便如未来派，不过是破坏的同路人，而言保存，则全然是旧社会的维持者。

Lunacharski 的文字，在中国，翻译要算比较地多的了。《艺术论》（并包括《实证美学的基础》，大江书店版）之外，有《艺术之社会的基础》（雪峰译，水沫书店版），有《文艺与批评》（鲁迅译，同店版），有《霍善斯坦因论》（译者同上，光华书局版）等，其中所说，可作含在这《浮士德与城》里的思想的印证之处，是随时可以得到的。

编者，一九三〇年六月，上海

《静静的顿河》后记

本书的作者是新近有名的作家，一九二七年珂刚（P. S. Kogan）教授所作的《伟大的十年的文学》中，还未见他的姓名，我们也得不到他的自传。卷首的事略，是从德国辑译的《新俄新小说家三十人集》（*Dressing neue Erxaehler des newen Russland*）的附录里翻译出来的。

这《静静的顿河》的前三部，德国就在去年由 Olga Halpern 译成出版，当时书报上曾有比小传较为详细的介绍的文辞：

> 肖洛霍夫是那群直接出自民间，而保有他们的本源的俄国的诗人之一。约两年前，这年青的哥萨克的名字，才始出现于俄国的文艺界，现在已被认为新俄最有天才的作家们中的一个了。他未到十四岁，便已实际上参加了俄国革命的斗争，受过好几回伤，终被反革命的军队逐出了他的乡里。

> 他的小说《静静的顿河》开手于一九一三年，他用炎炎的南方的色彩，给我们描写哥萨克人（那些英雄的、叛逆的奴隶们 Pugatchov, Stenka Rasin, Bulavin 等的苗裔，这些人们的行为在历史上日见其伟大）的生活。但他所描写，和那部分底地支配着西欧人对于顿河哥萨克人的想象的不真实的罗曼主义，是并无共通之处的。

> 战前的家长制度的哥萨克人的生活，非常出色地描写在这小说中。叙述的中枢是年青的哥萨克人葛利高里和一个邻人的妻阿克西妮亚，这两人被有力的热情所熔接，共尝着幸福与灭

亡。而环绕了他们俩，则俄国的乡村在呼吸、在工作、在歌唱、在谈天、在休息。

有一天，在这和平的乡村里蓦地起了一声惊呼：战争！最有力的男人们都出去了，这哥萨克人的村落也流了血。但在战争的持续间却生长了沉郁的憎恨，这就是逼近目前的革命预兆……

出书不久，华斯珂普（F. K. Weiskopf）也就给以正当的批评：

肖洛霍夫的《静静的顿河》，由我看来好像是一种预约——那青年的俄国文学以法捷耶夫的《溃灭[1]》，班弗罗夫的《贫农组合》，以及巴贝勒的和伊凡诺夫的小说与传奇等对于那倾耳谛听着的西方所定下的预约的完成。这就是说，一种充满着原始力的新文学生长起来了，这种文学，它的浩大就如俄国的大原野，它的清新与不羁则如苏联的新青年。凡在青年的俄国作家们的作品中，不过是一种预示与胚胎的（新的观点，从一个完全反常的、新的方面来观察问题，那新的描写），在肖洛霍夫这部小说里都得到十分的发展了。这部小说为了它那构想的伟大、生活的多样、描写的动人，使我们记起托尔斯泰的《战争与和平》来。我们紧张地盼望着续卷的出现。

德译的续卷，是今年秋天才出现的，但大约总还须再续，因为原作就至今没有写完。这一译本，即出于 Olga Halpern 德译本第一卷的上半，所以"在战争的持续间却生长了沉郁的憎恨"的事，在这里还不能看见。然而风物既殊，人情复异，写法又明朗简洁，绝无旧文人描头画角、宛转抑扬的恶习，华斯珂普所

1　现译"毁灭"。——编者注

说的 "充满着原始力的新文学" 的大概，已灼然可以窥见。 将来倘有全部译本，则其启发这里的新作家之处，一定更为不少。但能否实现，却要看这古国的读书界的魄力而定了。

一九三〇年九月十六日

《梅斐尔德木刻士敏土之图》序言

　　小说《士敏土》为革拉特珂夫所作的名篇，也是新俄文学的永久的碑碣。关于那内容，高更教授在《伟大的十年的文学》里曾有简要的说明。他以为在这书中，有两种社会底要素在相克，就是建设的要素和退婴、散漫、过去的颓唐的力。但战斗却并不在军事的战线上，而在经济底战线上。这时的大题目，已蜕化为人类的意识对于与经济复兴相冲突之力来斗争的心理底的题目了。作者即在说出怎样地用了巨灵的努力，这才能使被破坏了的工厂动弹，沉默了的机械运转的颠末来。然而和这历史一同，还展开着别样的历史——人类心理的一切秩序的蜕变的历史。机械出自幽暗和停顿中，用火焰辉煌了工厂的昏暗的窗玻璃。于是人类的智慧和感情，也和这一同辉煌起来了。

　　这十幅木刻，即表现着工业的从寂灭中而复兴。由散漫而有组织，因组织而得恢复，自恢复而至盛大。也可以略见人类心理的顺遂的变形，但作者似乎不很顾及两种社会底要素之在相克的斗争——意识的纠葛的形象。我想，这恐怕是因为写实底地显示心境，绘画本难于文章，而刻者生长德国，所历的环境也和作者不同的缘故罢。

　　关于梅斐尔德的事情，我知道得极少。仅听说他在德国是一个最革命底的画家，今年才二十七岁，而消磨在牢狱里的光阴倒有八年。他最爱刻印含有革命底内容的版画的连作，我所见过的有《汉堡》《抚育的门徒》和《你的姊妹[1]》，但都还隐约可以看见悲悯的心

1　现代汉语常用"姐妹"。——编者注

情，惟这《士敏土》之图，则因为背景不同，却很示人以粗豪和组织的力量。

小说《士敏土》已有董绍明、蔡咏裳两君合译本，所用的是广东的译音，上海通称水门汀，在先前，也曾谓之三合土。

一九三〇年九月二十七日

一九三一年

《铁流》编校后记

到这一部译本能和读者相见为止,是经历了一段小小的艰难的历史的。

去年上半年,是左翼文学尚未很遭迫压的时候,许多书店为了在表面上显示自己的前进起见,大概都愿意印几本这一类的书。即使未必实在收稿罢,但也极力要发一个将要出版的书名的广告。这一种风气,竟也打动了一向专出碑版书画的神州国光社,肯出一种收罗新俄文艺作品的丛书了,那时我们就选出了十种世界上早有定评的剧本和小说,约好译者,名之为《现代文艺丛书》。

那十种书,是——

1.《浮士德与城》,A. 卢那察尔斯基作,柔石译。

2.《被解放的堂·吉诃德》,同人作,鲁迅译。

3.《十月》,A. 雅各武莱夫作,鲁迅译。

4.《精光的年头》,B. 毕力涅克作,蓬子译。

5.《铁甲列车》,V. 伊凡诺夫作,侍桁译。

6.《叛乱》,P. 孚尔玛诺夫作,成文英译。

7.《火马》,F. 革拉特珂夫作,侍桁译。

8.《铁流》,A. 绥拉菲摩维支作,曹靖华译。

9.《毁灭》,A. 法捷耶夫作,鲁迅译。

10.《静静的顿河》,M. 肖洛霍夫作,侯朴译。

里培进斯基的《一周间》和革拉特珂夫的《士敏土》,也是具有纪念碑性的作品,但因为在先已有译本出版,这里就不编进去了。

这时候实在是很热闹。丛书的目录发表了不多久，就已经有别种译本出现在市场上，如杨骚先生译的《十月》和《铁流》，高明先生译的《克服》其实就是《叛乱》。此外还听说水沫书店也准备在戴望舒先生的指导下，来出一种相似的丛书。但我们的译述却进行得很慢，早早缴了卷的只有一个柔石，接着就印了出来；其余的是直到去年初冬为止，这才陆续交去了《十月》《铁甲列车》和《静静的顿河》的一部分。

然而对于左翼作家的压迫，是一天一天的吃紧起来，终于紧到使书店都骇怕[1]了。神州国光社也来声明，愿意将旧约作废，已经交去的当然收下，但尚未开手或译得不多的其余六种，却千万勿再进行了。那么，怎么办呢？去问译者，都说，可以的。这并不是中国书店的胆子特别小，实在是中国官府的压迫特别凶，所以，是可以的，于是就废了约。

但已经交去的三种，至今早的一年多，迟的也快要一年了，都还没有出版。其实呢，这三种是都没有什么可怕的。

然而停止翻译的事，我们却独独没有通知靖华。因为我们晓得《铁流》虽然已有杨骚先生的译本，但因此反有另出一种译本的必要。别的不必说，即其将贵胄子弟出身的士官幼年生译作"小学生"，就可以引读者陷于极大的错误。小学生都成群的来杀贫农，这世界不真是完全发了疯么？

译者的邮寄译稿，是颇为费力的。中俄间邮件的不能递到，是常有的事，所以他翻译时所用的是复写纸，以备即使失去了一份，也还有底稿存在。后来补寄作者自传、论文、注解的时候，又都先后寄出相同的两份，以备其中或有一信的遗失。但是，这些一切，却都收到了，虽有因检查而被割破的，却并没有失少。

1　现代汉语常用"害怕"。——编者注

为了要译印这一部书，我们信札往来至少也有二十次。先前的来信都弄掉了，现在只钞最近几封里的几段在下面。对于读者，这也许有一些用处的。

五月三十日发的信，其中有云：

《铁流》已于五一节前一日译完，挂号寄出。完后自看一遍，觉得译文很拙笨，而且怕有错字、脱字，望看的时候随笔代为改正一下。

关于插画，两年来找遍了，没有得到。现写了一封给毕斯克列夫的信，向作者自己征求，但托人在莫斯科打听他的住址，却没有探得。今天我到此地的美术专门学校去查，关于苏联的美术家的住址，美专差不多都有，但去查了一遍，就是没有毕氏的……此外还有《铁流》的原本注解，是关于本书的史实，很可助读者的了解，拟日内译成寄上。另有作者的一篇，《我怎么写铁流的》也想译出作为附录。又，新出的原本内有地图一张，照片四张，如能用时，可印入译本内……

毕斯克列夫（N. Piskarev）是有名的木刻家，刻有《铁流》的图若干幅，闻名已久了，寻求他的作品，是想插在译本里面的，而可惜得不到。这回只得仍照原本那样，用了四张照片和一张地图。

七月二十八日信有云：

十六日寄上一信，内附"《铁流》正误"数页，怕万一收不到，那时就重钞了一份，现在再为寄上，希在译稿上即时改正一下，至感。因《铁流》是据去年所出的第五版和廉价丛书的小版翻译的，那两本并无差异。最近所出的第六版上，作者在自序里却道此次是经作者亲自修正，将所有版本的错误改过了。所以我就照着新版又仔细校阅了一遍，将一切错误改正，开出奉寄……

八月十六日发的信里，有云：

前连次寄上之正误，原注，作者自传，都是寄双份的，不知可全收到否？现在挂号寄上作者的论文《我怎么写铁流的》一篇，并第五、六版上的自序两小节，但后者都不关重要，只在第六版序中可以知道这是经作者仔细订正了的。论文系一九二八年在《在文学的前哨》（即先前的《纳巴斯图》）上发表，现在收入去年（一九三〇）所出的二版《论绥拉菲摩维支集》中，这集是尼其廷的礼拜六出版部印行的《现代作家批评丛书》的第八种，论文即其中的第二篇，第一篇则为前日寄上的《作者自传》。这篇论文，和第六版《铁流》原本上之二四三页——二四八页的《作者的话》（编者涅拉陀夫记的），内容大同小异，各有长短，所以就不译了。此外尚有绥氏全集的编者所作对于《铁流》的一篇序文，在原本卷前，名《十月的艺术家》。原也想译它的，奈篇幅较长，又因九月一日就开学，要编文法的课程大纲，要开会等许多事情纷纷临头了，再没有翻译的工夫，《铁流》又要即时出版，所以只得放下，待将来再译，以备第二版时加入罢。

我们本月底即回城去。到苏逸达后，不知不觉已经整两月了，夏天并未觉到，秋天，中国的冬天似的秋天却来了。中国夏天是到乡间或海边避暑，此地是来晒太阳。

毕氏的住址转托了许多人都没有探听到，莫城有一个"人名地址问事处",但必须说出他的年龄履历才能找,这怎么说得出呢?我想来日有机会我能到莫城时自去探访一番,如能找到,再版时加入也好。此外原又想选择两篇论《铁流》的文章如 D. Furmanov 等的,但这些也只得留待有工夫时再说了……

没有木刻的插图还不要紧,而缺乏一篇好好的序文,却实在觉得有些缺憾。幸而,史铁儿竟特地为了这译本而将涅拉陀夫的那篇翻译出来了,将近二万言,确是一篇极重要的文字。读者倘将这和附在卷末的《我怎么写铁流的》都仔细的研读几回,则不但对于本书的理解,就是对于创作、批评理论的理解,也都有很大的帮助的。

还有一封九月一日写的信:

前几天迭连寄上之作者传、原注、论文,《铁流》原本以及前日寄出之绥氏全集卷一,内有数张插图,或可采用:1. 一九三〇年之作者;2. 右边,作者之母及怀抱中之未来的作者,左边,作者之父;3. 一八九七年在马理乌里之作者;4. 列宁致作者信,这些不知均得如数收到否?

毕氏的插图,无论如何找不到。最后,致函于绥拉菲摩维支,绥氏将他的地址开来,现已写信给了毕氏,看他的回信如何再说。

当给绥氏信时,顺便问及《铁流》中无注的几个字,如"普迦奇"等。承作者好意,将书中难解的古班式的乌克兰话依次用俄文注释,打了字寄来,计十一张。这么一来,就发见了译文中的几个错处,除注解的外,翻译时,这些问题,每一字要问过几个精通乌克兰话的人,才敢决定,然而究竟还有解错的,这也是十月后的作品中特有而不可免的钉子。现依作者所注

解，错的改了一下，注的注了起来，快函寄奉，如来得及时，望
费神改正一下，否则，也只好等第二版了……

当第一次订正表寄到时，正在排印，所以能够全数加以改正，
但这一回却已经校完了大半，没法改动了，而添改的又几乎都在上
半部。现在就照录在下面，算是一张《铁流》的订正及添注表罢：

一三页二行　"不晓得吗！"上应加："吓，发昏了吗？"

一三页二〇行　"种瓜的"应改："看瓜的"。

一四页一七行　"你发昏了吗?！"应改："大概是发昏了吧！"

三四页六行　"回子"本页末应加注："回子"是沙皇时代带着大
俄罗斯民族主义观点的人们对于一般非正教的，尤其是对于回民及
土耳其人的一种最轻视、最侮辱的称呼。——作者给中译本特注。

三六页三行　"你要长得好像一个男子呵。"应改："我们将来
要到地里做活的呵。"

三八页三行　"一个头发很稀的"之下应加："蓬乱的"。

四三页二行　"杂种羔子"应改："发疯了的私生子"。

四四页一六行　"喝吗"应改："去糟塌 2 吗"。

四六页八行　"侦缉营"本页末应加注：侦缉营（译者：俄文为
普拉斯东营）：黑海沿岸之哥萨克平卧在草地里、芦苇里、密林里埋
伏着，以等待敌人、戒备敌人。——作者特注。

四九页一四行　"平底的海面"本页末应加注：此处指阿左夫
（Azoph）海，此海有些地方水甚浅，渔人们都给它叫洗衣盆。——
作者特注。

四九页一七行　"接连着就是另一个海"本页末应加注：此处

2　现代汉语常用"糟蹋"。——编者注

指黑海。——作者特注。

　　五〇页四行　"野牛"本页末应加注：现在极罕见的，差不多已经绝种了的颈被龙毛的野牛。——作者特注。

　　五二页七行　"沙波洛塞奇"本页末应加注：自由的沙波洛塞奇：是乌克兰哥萨克的一种组织，发生于十六世纪，在德尼普江的"沙波罗"林岛上。沙波罗人常南征克里木及黑海附近一带，由那里携带许多财物回来。沙波罗人参加于乌克兰哥萨克反对君主专制的俄罗斯的暴动。沙波罗农民的生活，在果戈理（Gogol）的《达拉斯·布尔巴[3]》（*Taras Bulba*）里写的有。——作者特注。

　　五三页六行　"尖肚子奇加"本页末应加注：哥萨克村内骑手们的骂玩的绰号。由土匪奇加之名而来。——作者特注。

　　五三页一一行　"加克陆克"本页末应加注：即土豪。——作者特注。

　　五三页一一行　"普迦奇"本页末应加注：鞭打者；猫头鹰；田园中的干草人（吓雀子用的）。——作者特注。

　　五六页三行　"贪得无厌的东西！"应改："无能耐的东西！"

　　五七页一五行　"下处"应改："鼻子"。

　　七一页五～六行　"它平坦的横亘着一直到海边呢？"应改："它平坦的远远的横亘着一直到海边呢？"

　　七一页八行　"当摩西把犹太人由埃及的奴隶下救出的时候"本页末应加注：据《旧约》，古犹太人在埃及，在埃及王手下当奴隶，在那里建筑极大的金字塔，摩西从那里将他们带了出来。——作者特注。

　　七一页一三行　"他一下子什么都会做好的。"应改："什么法子他一下子都会想出来的。"

3　现译"塔拉斯·布尔巴"。——编者注

七一页一八行　"海湾"本页末应加注：指诺沃露西斯克[4]海湾。——作者特注。

九四页一二行　"加芝利"本页末应加注：胸前衣服上用绳子[5]缝的小袋，作装子弹用的。——作者特注。

一四五页一四行　"小屋"应改："小酒铺"。

一七九页二一行　"妖精的成亲"本页末应加注："妖精的成亲"是乌克兰的俗话，譬如雷雨之前——突然间乌黑起来，电闪飞舞，这叫作"妖女在行结婚礼"了，也指一般的阴晦和湿雨。——译者。

以上，计二十五条。其中的三条，即"加克陆克"，"普迦奇"，"加芝利"是当校印之际，已由校者据日文译本的注，加了解释的，很有点不同，现在也已经不能追改了，但读者自然应该信任作者的自注。

至于《绥拉菲摩维支全集》卷一里面的插图，这里却都未采用。因为我们已经全用了那卷十（即第六版的《铁流》这一本）里的四幅，内中就有一幅作者像，卷头又添了拉迪诺夫（I. Radinov）所绘的肖像，中间又加上了原是大幅油画，法棱支（R. Frenz）所作的《铁流》。毕斯克列夫的木刻画因为至今尚无消息，就从杂志《版画》（Graviora）第四集（一九二九）里取了复制缩小的一幅，印在书面上了，所刻的是"外乡人"在被杀害的景象。

别国的译本，在校者所见的范围内，有德、日的两种。德译本附于涅威罗夫的《粮食充足的城市，达什干德》（A. Neverow: Taschkent, die brotreiche Stadt）后面，一九二九年柏林的新德意

4　现译"诺沃罗西斯克"。——编者注
5　现代汉语常用"呢子"。——编者注

志出版所（Neur Deutscher Verlag）出版，无译者名，删节之处常常遇到，不能说是一本好书。日译本却完全的，即名《铁之流》，一九三〇年东京的丛文阁出版，为《苏维埃作家丛书》的第一种。译者藏原惟人，是大家所信任的翻译家，而且难解之处，又得了苏俄大使馆的康士坦丁诺夫（Konstantinov）的帮助，所以是很为可靠的。但是，因为原文太难懂了，小错就仍不能免，例如上文刚刚注过的"妖精的成亲"，在那里却译作"妖女的自由"，分明是误解。

我们这一本，因为我们的能力太小的缘故，当然不能称为"定本"，但完全实胜于德译，而序跋、注解、地图和插画的周到，也是日译本所不及的。只是，待到攒凑成功的时候，上海出版界的情形早已大异从前了：没有一个书店敢于承印。在这样的岩石似的重压之下，我们就只得宛委曲折，但还是使她在读者眼前开出了鲜艳而铁一般的新花。

这自然不算什么"艰难"，不过是一些琐屑，然而现在偏说了些琐屑者，其实是愿意读者知道：在现状之下，很不容易出一本较好的书，这书虽然仅仅是一种翻译小说，但却是尽三人的微力而成——译的译，补的补，校的校，而又没有一个是存着借此来自己消闲，或乘机哄骗读者的意思的。倘读者不因为她没有《潘彼得⁶》或《安徒生童话》那么"顺"，便掩卷叹气，去喝咖啡，终于肯将她读完，甚而至于再读，而且连那序言和附录，那么我们所得的报酬，就尽够了。

一九三一年十月十日　鲁迅

6　现译"彼得·潘"。——编者注

好东西歌

阿二

南边整天开大会，北边忽地起烽烟，北人逃难南人嚷，请愿打电闹连天。还有你骂我来我骂你，说得自己蜜样甜。文的笑道岳飞假，武的却云秦桧奸。相骂声中失土地，相骂声中捐铜钱，失了土地捐过钱，喊声骂声也寂然。文的牙齿痛，武的上温泉，后来知道谁也不是岳飞或秦桧，声明误解释前嫌，大家都是好东西，终于聚首一堂来吸雪茄烟。

一九三一年二月十一日出版《十字街头》半月刊第一期

公民科歌

阿二

　　何键将军捏刀管教育，说道学校里边应该添什么。首先叫作"公民科"，不知这科教的是什么。但愿诸公勿性急，让我来编教科书，做个公民实在弗容易，大家切莫耶耶乎。第一着，要能受，蛮如猪猡力如牛，杀了能吃活就做，瘟死还好熬熬油。第二着，先要磕头，先拜何大人，后拜孔阿丘，拜得不好就砍头，砍头之际莫讨命，要命便是反革命，大人有刀你有头，这点天职应该尽。第三着，莫讲爱，自由结婚放洋屁，最好是做第十第廿姨太太，如果爹娘要钱化，几百几千可以卖，正了风化又赚钱，这样好事还有吗？第四着，要听话，大人怎说你怎做。公民义务多得很，只有大人自己心里懂，但愿诸公切勿死守我的教科书，免得大人一不高兴便说阿拉是反动。

　　一九三一年十二月十一日出版《十字街头》半月刊第一期

南京民谣

大家去谒灵，强盗装正经。

静默十分钟，各自想拳经。

十二月二十五日出版《十字街头》半月刊第二期

一九三二年

"言词争执"歌

阿二

　　一中全会好忙碌，忽而讨论谁卖国，粤方委员叽哩咕，要将责任归当局。吴老头子老益壮，放屁放屁来相嚷，说道卖的另有人，不近不远在场上。有的叫道对对对，有的吹了嗤嗤嗤，嗤嗤一通不打紧，对对恼了皇太子，一声不响出"新京"，会场旗色昏如死。许多要人夹屁追，恭迎圣驾请重回，大家快要一同"赴国难"，又拆台基何苦来？香槟走气大菜冷，莫使同志久相等。老头自动不出席，再没狐狸来作梗。况且名利不双全，那能推苦只尝甜？卖就大家都卖不都不，否则一方面子太难堪。现在我们再去痛快淋漓喝几巡，酒酣耳热都开心，什么事情就好说，这才能慰在天灵。理论和实际，全都括括叫，点点小龙头，又上火车道。只差大柱石，似乎还在想火并，展堂同志血压高，精卫先生糖尿病，国难一时赴不成，虽然老吴已经受告警。这样下去怎么好，中华民国老是没头脑，想受党治也不能，小民恐怕要苦了。但愿治病统一都容易，只要将那"言词争执"扔在茅厕里，放屁放屁放狗屁，真真岂有之此理。

一九三二年一月五日，《十字街头》第三期

帮忙文学与帮闲文学

——十一月二十二日在北京大学第二院讲

　　我四五年来未到这边，对于这边情形，不甚熟悉，我在上海的情形，也非诸君所知。所以今天还是讲帮闲文学与帮忙文学。

　　这当怎么讲？从五四运动后，新文学家很提倡小说，其故由当时提倡新文学的人看见西洋文学中小说地位甚高，和诗歌相仿佛，所以弄得像不看小说就不是人似的。但依我们中国的老眼睛看起来，小说是给人消闲的，是为酒余茶后之用。因为饭吃得饱饱的，茶喝得饱饱的，闲起来也实在是苦极的事，那时候又没有跳舞场。明末清初的时候，一份人家必有帮闲的东西存在的。那些会念书、会下棋、会画画的人，陪主人念念书，下下棋，画几笔画，这叫做帮闲，也就是篾片！所以帮闲文学又名篾片文学。小说就做着篾片的职务。汉武帝时候，只有司马相如不高兴这样，常常装病不出去。至于究竟为什么装病，我可不知道。倘说他反对皇帝是为了卢布，我想大概是不会的，因为那个时候还没有卢布。大凡要亡国的时候，皇帝无事，臣子谈谈女人，谈谈酒，像六朝的南朝，开国的时候，这些人便做诏令，做敕，做宣言，做电报——做所谓皇皇大文。主人一到第二代就不忙了，于是臣子就帮闲。所以帮闲文学实在就是帮忙文学。

　　中国文学从我看起来，可以分为两大类：（一）廊庙文学。这就是已经走进主人家中，非帮主人的忙，就得帮主人的闲；与这相对的是（二）山林文学。唐诗即有此二种。如果用现代话讲起来，是"在朝"和"下野"。后面这一种虽然暂时无忙可帮，无闲可帮，但身在山林，而"心存魏阙"。如果既不能帮忙，又不能帮闲，那么，心里就甚是悲哀了。

中国是隐士和官僚最接近的。那时很有被聘的希望，一被聘，即谓之征君。开当铺、卖糖葫芦是不会被征的。我曾经听说有人做世界文学史，称中国文学为官僚文学，看起来实在也不错。一方面固然由于文字难，一般人受教育少，不能做文章，但在另一方面看起来，中国文学和官僚也实在接近。

现在大概也如此，惟方法巧妙得多了，竟至于看不出来。今日文学最巧妙的有所谓为艺术而艺术派。这一派在五四运动时代，确是革命的，因为当时是向"文以载道"说进攻的，但是现在却连反抗性都没有了。不但没有反抗性，而且压制新文学的发生。对社会不敢批评，也不能反抗，若反抗，便说对不起艺术。故也变成帮忙柏勒思（plus）帮闲。为艺术而艺术派对俗事是不问的，但对于俗事如主张为人生而艺术的人是反对的，例如现代评论派，他们反对骂人，但有人骂他们，他们也是要骂的。他们骂骂人的人，正如杀杀人的一样——他们是刽子手。

这种帮忙和帮闲的情形是长久的。我并不劝人立刻把中国的文物都抛弃了，因为不看这些，就没有东西看，不帮忙也不帮闲的文学真也太不多。现在做文章的人们几乎都是帮闲帮忙的人物。有人说文学家是很高尚的，我却不相信与吃饭问题无关，不过我又以为文学与吃饭问题有关也不打紧，只要能比较的不帮忙不帮闲就好。

今春的两种感想

——十一月二十二日在北平辅仁大学演讲

我是上星期到北平的，论理应当带点礼物送给青年诸位，不过因为奔忙匆匆未顾得及，同时也没有什么可带的。

我近来是在上海，上海与北平不同，在上海所感到的，在北平未必感到。今天又没预备什么，就随便谈谈吧。

昨年东北事变详情我一点不知道，想来上海事变诸位一定也不甚了然。就是同在上海也是彼此不知，这里死命的逃死，那里则打牌的仍旧打牌，跳舞的仍旧跳舞。

打起来的时候，我是正在所谓火线里面，亲遇见捉去许多中国青年。捉去了就不见回来，是生是死也没人知道，也没人打听，这种情形是由来已久了，在中国被捉去的青年素来是不知下落的。东北事起，上海有许多抗日团体，有一种团体就有一种徽章。这种徽章，如被日军发现死是很难免的。然而中国青年的记性确是不好，如抗日十人团，一团十人，每人有一个徽章，可是并不一定抗日，不过把它放在袋里。但被捉去后这就是死的证据。还有学生军们，以前是天天练操，不久就无形中不练了，只有军装的照片存在，并且把操衣放在家中，自己也忘却了。然而一被日军查出时是又必定要送命的。像这一般青年被杀，大家大为不平，以为日人太残酷。其实这完全是因为脾气不同的缘故，日人太认真，而中国人却太不认真。中国的事情往往是招牌一挂就算成功了。日本则不然。他们不像中国这样只是作戏似的。日本人一看见有徽章，有操衣的，便以为他们一定是真在抗日的人，当然要认为是劲敌。这样不认真的同认真的碰在一起，倒霉是必然的。

中国实在是太不认真，什么全是一样。文学上所见的常有新主义，以前有所谓民族主义的文学也者，闹得很热闹，可是自从日本兵一来，马上就不见了。我想大概是变成为艺术而艺术了吧。中国的政客，也是今天谈财政，明日谈照像，后天又谈交通，最后又忽然念起佛来了。外国不然。以前欧洲有所谓未来派艺术。未来派的艺术是看不懂的东西，但看不懂也并非一定是看者知识太浅，实在是它根本上就看不懂。文章本来有两种：一种是看得懂的，一种是看不懂的。假若你看不懂就自恨浅薄，那就是上当了。不过人家是不管看懂与不懂的——看不懂如未来派的文学，虽然看不懂，作者却是拼命的，很认真的在那里讲。但是中国就找不出这样例子。

还有感到的一点是我们的眼光不可不放大，但不可放的太大。

我那时看见日本兵不打了，就搬了回去，但忽然又紧张起来了。后来打听才知道是因为中国放鞭炮引起的。那天因为是月蚀[1]，故大家放鞭炮来救她。在日本人意中以为在这样的时光，中国人一定全忙于救中国抑救上海，万想不到中国人却救的那样远，去救月亮去了。

我们常将眼光收得极近，只在自身，或者放得极远，到北极，或到天外，而这两者之间的一圈可是绝不注意的，譬如食物吧，近来馆子里是比较干净了，这是受了外国影响之故，以前不是这样。例如某家烧卖好、包子好，好的确是好，非常好吃，但盘子是极污秽的，去吃的人看不得盘子，只要专注在吃的包子烧卖就是，倘使你要注意到食物之外的一圈，那就非常为难了。

在中国做人，真非这样不成，不然就活不下去。例如倘使你讲个人主义，或者远而至于宇宙哲学，灵魂灭否，那是不要紧的。但

1　现代汉语常用"月食"。——编者注

一讲社会问题，可就要出毛病了。北平或者还好，如在上海则一讲社会问题，那就非出毛病不可，这是有验的灵药，常常有无数青年被捉去而无下落了。

在文学上也是如此。倘写所谓身边小说，说苦痛呵，穷呵，我爱女人而女人不爱我呵，那是很妥当的，不会出什么乱子。如要一谈及中国社会，谈及压迫与被压迫，那就不成。不过你如果再远一点，说什么巴黎伦敦，再远些，月界、天边，可又没有危险了。但有一层要注意，俄国谈不得。

上海的事又要一年了，大家好似早已忘掉了，打牌的仍旧打牌，跳舞的仍旧跳舞。不过忘只好忘，全记起来恐怕脑中也放不下。倘使只记着这些，其他事也没工夫记起了，不过也可以记一个总纲。如"认真点"，"眼光不可不放大但不可放的太大"，就是。这本是两句平常话，但我的确知道了这两句话，是在死了许多性命之后。许多历史的教训，都是用极大的牺牲换来的。譬如吃东西罢，某种是毒物不能吃，我们好像全惯了，很平常了。不过，这一定是以前有多少人吃死了，才知道的。所以我想，第一次吃螃蟹的人是很可佩服的，不是勇士谁敢去吃它呢？螃蟹有人吃，蜘蛛一定也有人吃过，不过不好吃，所以后人不吃了。像这种人我们当极端感谢的。

我希望一般人不要只注意在近身的问题，或地球以外的问题，社会上实际问题是也要注意些才好。

（吴昌曾邢新镛记录。民国廿一年十一月廿四日讲，登在同月卅日的《世界日报》的教育栏上。并且据说是由台静农先生转请鲁迅先生改正过。——编者）

一九三三年

英译本《短篇小说选集》自序

中国的诗歌中,有时也说些下层社会的苦痛。但绘画和小说却相反,大抵将他们写得十分幸福,说是"不识不知,顺帝之则",平和得像花鸟一样。是的,中国的劳苦大众,从知识阶级看来,是和花鸟为一类的。

我生长于都市的大家庭里,从小就受着古书和师傅的教训。所以也看得劳苦大众和花鸟一样。有时感到所谓上流社会的虚伪和腐败时,我还羡慕他们的安乐。但我母亲的母家是农村,使我能够间或和许多农民相亲近,逐渐知道他们是毕生受着压迫、很多苦痛,和花鸟并不一样了。不过我还没法使大家知道。

后来我看到一些外国的小说,尤其是俄国、波兰和巴尔干诸小国的,才明白了世界上也有这许多和我们的劳苦大众同一运命的人,而有些作家正在为此而呼号,而战斗。而历来所见的农村之类的景况,也更加分明地再现于我的眼前。偶然得到一个可写文章的机会,我便将所谓上流社会的堕落和下层社会的不幸,陆续用短篇小说的形式发表出来了。原意其实只不过想将这示给读者,提出一些问题而已,并不是为了当时的文学家之所谓艺术。

但这些东西,竟得了一部分读者的注意,虽然很被有些批评家所排斥,而至今终于没有消灭,还会译成英文,和新大陆的读者相见,这是我先前所梦想不到的。

但我也久没有做短篇小说了。现在的人民更加困苦,我的意思也和以前有些不同,又看见了新的文学的潮流,在这景况中,写新的不能，写旧的又不愿。中国的古书里有一个比喻，说：邯郸的步法是天下闻名的，有人去学，竟没有学好，但又已经忘却了自己原先的步法，于是只好爬回去了。

我正爬着。但我想再学下去，站起来。

一九三三年三月二十二日，鲁迅记于上海。

《不走正路的安得伦》小引

现在我被托付为该在这本小说前面写一点小引的脚色。这题目是不算烦难的，我只要分为四节，大略来说一说就够了。

1. 关于作者的经历，我曾记在《一天的工作》的后记里，至今所知道的也没有加增，就照抄在下面：

聂维洛夫(Aleksandr Neverov)的真姓是斯珂培莱夫(Skobelev)，以一八八六年生为萨玛拉¹（Samara）州的一个农夫的儿子。一九〇五年师范学校第二级卒业后，做了村学的教师。内战时候，则为萨玛拉的革命底军事委员会的机关报《赤卫军》的编辑者。一九二〇至二一年大饥荒之际，他和饥民一同从伏尔迦逃往塔什干；二二年到墨斯科，加入文学团体"锻冶厂"；二三年冬，就以心脏麻痹死去了，年三十七。他的最初的小说，在一九〇五年发表，此后所作，为数甚多，最著名的是《丰饶的城塔什干》，中国有穆木天译本。

2. 关于作者的批评，在我所看见的范围内，最简要的也还是要推珂刚教授在《伟大的十年的文学》里所说的话。这回是依据了日本黑田辰男的译本，重译一节在下面：

出于"锻冶厂"一派的最有天分的小说家，不消说，是善于描写崩坏时代的农村生活者之一的亚历山大·聂维洛夫了。

1　现译"萨马拉"。——编者注

他吐着革命的呼吸,而同时也爱人生。他用了爱,以观察活人的个性,以欣赏那散在俄国无边的大平野上的一切缤纷的色彩。他之于时事问题,是远的,也是近的。说是远者,因为他出发于挚爱人生的思想,说是近者,因为他看见那站在进向人生和幸福和完全的路上的力量,觉得那解放人生的力量。聂维洛夫——是从日常生活而上达于人类底的东西之处的作家之一,是观察周到的现实主义者,也是生活描写者的他,在我们面前,提出生活底的,现代底的相貌来,一直上升到人性的所谓'永久底'的性质的描写,用别的话来说,就是更深刻地捉住了展在我们之前的现象和精神状态,深刻地加以照耀,使这些都显出超越了一时底、一处底界限的兴味来了。"

3. 这篇小说,就是他的短篇小说集《人生的面目》里的一篇,故事是旧的,但仍然有价值。去年在他本国还新印了插画的节本,在《初学丛书》中。前有短序,说明着对于苏联的现在的意义:

A. 聂维洛夫是一九二三年死的。他是最伟大的革命的农民作家之一。聂维洛夫在《不走正路的安得伦》这部小说里,号召着毁灭全部的旧式的农民生活,不管要受多么大的痛苦和牺牲。

这篇小说所讲的时代,正是苏维埃共和国结果了白党而开始和平的建设的时候。那几年恰好是黑暗的旧式农村第一次开始改造。安得伦是个不妥协的激烈的战士,为着新生活而奋斗,他的工作环境是很艰难的。这样和富农斗争,和农民的黑暗愚笨斗争——需要细密的心计,谨慎和透澈[2]。稍微一点不正

---

2 现代汉语常用"透彻"。——编者注

确的步骤就可以闯乱子的。对于革命很忠实的安得伦没有估计这种复杂的环境。他艰难困苦地建设起来的东西[3]，就这么坍台了。但是，野兽似的富农虽然杀死了他的朋友，烧掉了他的房屋，然而始终不能够动摇他的坚决的意志和革命的热忱。受伤了的安得伦决心向前走去，走上艰难的道路，去实行社会主义的改造农村。

现在，我们的国家胜利的建设着社会主义，而要在整个区域的集体农场化的基础之上，来消灭富农阶级。因此《不走正路的安得伦》里面说得那么真实，那么清楚的农村里的革命的初步——现在回忆一下也是很有益处的。

4. 关于译者，我可以不必再说。他的深通俄文和忠于翻译，是现在的读者大抵知道的。插图五幅，即从《初学丛书》的本子上取来，但画家蔼支（Ez）的事情，我一点不知道。

一九三三年五月十三夜，鲁迅。

3　此处原文为"他艰难困苦建设起来的东西"，疑为原文漏字，故更正。——编者注

译本高尔基《一月九日》小引

当屠格涅夫、柴霍夫这些作家大为中国读书界所称颂的时候，高尔基是不很有人很注意的。即使偶然有一两篇翻译，也不过因为他所描的人物来得特别，但总不觉得有什么大意思。

这原因，现在很明白了：因为他是"底层"的代表者，是无产阶级的作家。对于他的作品，中国的旧的知识阶级不能共鸣，正是当然的事。

然而革命的导师，却在二十多年以前，已经知道他是新俄的伟大的艺术家，用了别一种兵器，向着同一的敌人，为了同一的目的而战斗的伙伴，他的武器——艺术的言语——是有极大的意义的。

而这先见，现在已经由事实来确证了。

中国的工农，被压榨到救死尚且不暇，怎能谈到教育？文字又这么不容易，要想从中出现高尔基似的伟大的作者，一时恐怕是很困难的。不过人的向着光明，是没有两样的，无祖国的文学也并无彼此之分，我们当然可以先来借看一些输入的先进的范本。

这小本子虽然只是一个短篇，但以作者的伟大、译者的诚实，就正是这一种范本。而且从此脱出了文人的书斋，开始与大众相见，此后所启发的是和先前不同的读者，它将要生出不同的结果来。

这结果，将来也会有事实来确证的。

一九三三年五月二十七日，鲁迅记。

《解放了的堂·吉诃德》后记

假如现在有一个人，以黄天霸之流自居，头打英雄结，身穿夜行衣靠，插着马口铁的单刀，向市镇村落横冲直撞，去除恶霸，打不平，是一定被人哗笑的，决定他是一个疯子或昏人，然而还有一些可怕。倘使他非常孱弱，总是反而被打，那就只是一个可笑的疯子或昏人了，人们警戒之心全失，于是倒爱看起来。西班牙的文豪塞万提斯（Miguel de Cervantes Saavedra, 1547—1616）所作《堂·吉诃德传》（*Vida y hechos del ingenioso Hidalgo Don Quijote de la Mancha*）中的主角，就是以那时的人，偏要行古代游侠之道，执迷不悟，终于困苦而死的资格，赢得许多读者的开心，因而爱读、传布的。

但我们试问：十六十七世纪时的西班牙社会上可有不平存在呢？我想，恐怕总不能不答道：有。那么，吉诃德的立志去打不平，是不能说他错误的，不自量力，也并非错误。错误是在他的打法。因为胡涂的思想，引出了错误的打法。侠客为了自己的"功绩"不能打尽不平，正如慈善家为了自己的阴功，不能救助社会上的困苦一样。而且是"非徒无益，而又害之"的。他惩罚了毒打徒弟的师傅，自以为立过"功绩"，扬长而去了，但他一走，徒弟却更加吃苦，便是一个好例。

但嘲笑吉诃德的旁观者，有时也嘲笑得未必得当。他们笑他本非英雄，却以英雄自命，不识时务，终于赢得颠连困苦。由这嘲笑，自拔于"非英雄"之上，得到优越感，然而对于社会上的不平，却并无更好的战法，甚至于连不平也未曾觉到。对于慈善者、人道主义者，也早有人揭穿了他们不过用同情或财力，买得心的平安，这自然是对的。但倘非战士，而只劫取这一个理由来自掩他的冷酷，那就是用一毛不拔买得心的平安了，他是不化本钱的买卖。

这一个剧本，就将吉诃德拉上舞台来，极明白的指出了吉诃德主义的缺点，甚至于毒害。在第一场上，他用谋略和自己的挨打救出了革命者，精神上是胜利的，而实际上也得了胜利，革命终于起来，专制者入了牢狱。可是这位人道主义者，这时忽又认国公们为被压迫者了，放蛇归壑，使他又能流毒，焚杀淫掠，远过于革命的牺牲。他虽不为人们所信仰——连跟班的山嘉也不大相信——却常常被奸人所利用，帮着使世界留在黑暗中。

国公，傀儡而已。专制魔王的化身是伯爵谟尔却（Craf Muzio）和侍医巴坡的帕波（Pappo del Babbo）。谟尔却曾称吉诃德的幻想为"牛羊式的平等幸福"，而说出他们所要实现的"野兽的幸福来"，道——

O! 堂·吉诃德，你不知道我们野兽。粗暴的野兽，咬着小鹿儿的脑袋，啮断它的喉咙，慢慢的喝它的热血，感觉到自己爪牙底下它的小腿儿在抖动，渐渐的死下去——那真正是非常之甜蜜。然而人是细腻的野兽，统治着，过着奢华的生活，强迫人家对着你祷告，对着你恐惧而鞠躬，而卑躬屈节。幸福就在于感觉到几百万人的力量都集中到你的手里，都无条件的交给了你，他们像奴隶，而你像上帝。世界上最幸福最舒服的人就是罗马皇帝，我们的国公能够像复活的尼罗一样，至少也要和赫里沃哈巴尔一样。可是，我们的宫庭很小，离这个还远哩。毁坏上帝和人的一切法律，照着自己的意旨的法律，替别人打出新的锁链出来！权力！这个字眼里面包含一切：这是个神妙的使人沉醉的字眼。生活要用权力的程度来量它。谁没有权力，他就是个死尸。（第二场）

这个秘密，平常是很不肯明说的，谟尔却诚不愧为"小鬼头"，他说出来了，但也许因为看得吉诃德"老实"的缘故。吉诃德当时虽曾说牛羊应当自己防御，但当革命之际，他又忘却了，倒说"新的正义也不过是旧的正义的同胞姊妹"，指革命者为魔王，和先前的专制者同等。于是德里戈（Drigo Pazz）说——

是的，我们是专制魔王，我们是专政的。你看这把剑——看见罢？——它和贵族的剑一样，杀起人来是很准的，不过他们的剑是为着奴隶制度去杀人，我们的剑是为着自由去杀人。你的老脑袋要改变是很难的了。你是个好人，好人总喜欢帮助被压迫者。现在，我们在这个短期间是压迫者。你和我们来斗争罢。我们也一定要和你斗争，因为我们的压迫，是为着要叫这个世界上很快就没有人能够压迫。（第二场）

这是解剖得十分明白的。然而吉诃德还是没有觉悟，终于去掘坟。他掘坟，他也"准备"着自己担负一切的责任。但是，正如巴勒塔萨（Don Balthazar）所说，这种决心有什么用处呢？

而巴勒塔萨始终还爱着吉诃德，愿意给他去担保，硬要做他的朋友，这是因为巴勒塔萨出身知识阶级的缘故，但是终于改变他不得。到这里，就不能不承认德里戈的嘲笑、憎恶、不听废话，是最为正当的了，他是有正确的战法、坚强的意志的战士。这和一般的旁观者的嘲笑之类是不同的。

不过这里的吉诃德，也并非整个是现实所有的人物。

原书以一九二二年印行，正是十月革命后六年，世界上盛行着反对者的种种谣诼，竭力企图中伤的时候，崇精神的、爱自由的、讲人道的，大抵不平于党人的专横，以为革命不但不能复兴人间，倒是得了地狱。这剧本便是给与这些论者们的总答案。吉诃德即由许多非议十月革命的思想家、文学家所合成的。其中自然有梅垒什珂夫斯基（Merezhkovsky），有托尔斯泰派，也有罗曼·罗兰、爱因斯坦（Einstein）。我还疑心连高尔基也在内，那时他正为种种人们奔走，使他们出国，帮他们安身，听说还至于因此和当局者相冲突。

但这种辩解和预测[1]，人们是未必相信的，因为他们以为一党专政的时候，总有为暴政辩解的文章，即使做得怎样巧妙而动人，也不过一种血迹上的掩饰。然而几个为高尔基所救的文人，就证明了这预测的真实性，他们一出国，便痛骂高尔基，正如复活后的谟尔却伯爵一样了。

而更加证明了这剧本在十年前所预测的真实的是今年的德国。在中国，虽然已有几本叙述希特拉的生平和勋业的书，国内情形，却介绍得很少，现在抄几段巴黎《时事周报》"Vu"的记载（素琴译，见《大陆杂志》十月号）在下面——

　　请允许我不要说你已经见到过我，请你不要对别人泄露我讲的话……我们都被监视了……老实告诉你罢，这简直是一座地狱。"对我们讲话的这一位是并无政治经历的人，他是一位科学家……对于人类命运，他达到了几个模糊而大度的概念，这就是他的得罪之由……

1　此处原文为"但这种的辩解和预测"，疑为原文多字，故更正。——编者注

"倔强的人是一开始就给铲除了的"，在慕尼锡[2]我们底向导者已经告诉过我们……但是别的国社党人则将情形更推进了一步。"那种方法是古典的。我们叫他们到军营那边去取东西回来，于是，就打他们一靶。打起官话来，这叫作：图逃格杀。"

难道德国公民底生命或者财产对于危险的统治是有敌意的么？……爱因斯坦底财产被没收了没有呢？那些连德国报纸也承认的几乎每天都可在空地或城外森林中发现的胸穿数弹身负伤痕的死尸，到底是怎样一回事呢？难道这些也是共产党底挑激所致么？这种解释似乎太容易一点了吧？……

但是，十二年前，作者却早借谟尔却的嘴给过解释了。另外，再抄一段法国的《世界周刊》的记事（博心译，见《中外书报新闻》第三号）在这里——

许多工人政党领袖都受着类似的严刑酷法。在哥伦，社会民主党员沙罗曼所受的真是更其超人想象了！最初，沙罗曼被人轮流殴击了好几个钟头。随后，人家竟用火把烧他的脚。同时又以冷水淋他的身，晕去则停刑，醒来又遭殃。流血的面孔上又受他们许多次数的便溺。最后，人家以为他已死了，把他抛弃在一个地窖里。他的朋友才把他救出偷偷运过法国来，现在还在一个医院里。这个社会民主党右派沙罗曼对于德文《民声报》编辑主任的探问，曾有这样的声明："三月九日，我了解法西主义比读什么书都透澈。谁以为可以在智识言论上制胜法西主义，那必定是痴人说梦。我们现在已到了英勇的战斗的社会主义时代了。"

2　现译"慕尼黑"。——编者注

这也就是这部书的极透澈的解释、极确切的实证，比罗曼·罗兰和爱因斯坦因的转向更加晓畅，并且显示了作者的描写反革命的凶残，实在并非夸大，倒是还未淋漓尽致的了。是的，反革命者的野兽性，革命者倒是会很难推想的。

一九二五年的德国，和现在稍不同，这戏剧曾在国民剧场开演，并且印行了戈支（I. Cotz）的译本。不久，日译本也出现了，收在《社会文艺丛书》里，还听说也曾开演于东京。三年前，我曾根据二译本，翻了一幕，载《北斗》杂志中。靖华兄知道我在译这部书，便寄给我一本很美丽的原本。我虽然不能读原文，但对比之后，知道德译本是很有删节的，几句几行的不必说了，第四场上吉诃德吟了这许多工夫诗，也删得毫无踪影。这或者是因为开演，嫌它累坠[3]的缘故罢。日文的也一样，是出于德文本的。这么一来，就使我对于译本怀疑起来，终于放下不译了。

但编者竟另得了从原文直接译出的完全的稿子，由第二场续登下去，那时我的高兴，真是所谓"不可以言语形容"。可惜的是登到第四场，和《北斗》的停刊一同中止了。后来辗转觅得未刊的译稿，则连第一场也已经改译，和我的旧译颇不同，而且注解详明，是一部极可信任的本子。藏在箱子里，已将一年，总没有刊印的机会。现在有联华书局给它出版，使中国又多一部好书，这是极可庆幸的。

原本有毕斯凯莱夫（I. I. Piskarev）木刻的装饰画，也复制在这里了。剧中人物地方时代表，是据德文本增补的，但《堂·吉诃德传》第一部，出版于一六〇四年，则那时当是十六世纪末，而表作十七世纪，也许是错误的罢，不过这也没什么大关系。

一九三三年十月二十八日，上海。鲁迅。

3　现代汉语常用"累赘"。——编者注

《北平笺谱》序

镂象于木，印之素纸，以行远而及众，盖实始于中国。法人伯希和氏从敦煌千佛洞所得佛像印本，论者谓当刊于五代之末，而宋初施以采色，其先于日耳曼最初木刻者，尚几四百年。宋人刻本，则由今所见医书佛典，时有图形，或以辨物，或以起信，图史之体具矣。降至明代，为用愈宏，小说传奇，每作出相，或拙如画沙，或细于擘发，亦有画谱，累次套印，文彩绚烂，夺人目睛，是为木刻之盛世。清尚朴学，兼斥纷华，而此道于是凌替。光绪初，吴友如据点石斋，为小说作绣像，以西法印行，全像之书，颇复腾踊，然绣梓遂愈少，仅在新年花纸与日用信笺中，保其残喘而已。及近年，则印绘花纸，且并为西法与俗工所夺，老鼠嫁女与静女拈花之图，皆渺不复见，信笺亦渐失旧型，复无新意，惟日趋于鄙倍。北京夙为文人所聚，颇珍楮墨，遗范未堕，尚存名笺。顾迫于时会，苓落将始，吾侪好事，亦多杞忧。于是搜索市廛，拔其尤异，各就原版，印造成书，名之曰《北平笺谱》。于中可见清光绪时纸铺，尚止取明季画谱，或前人小品之相宜者，镂以制笺，聊图悦目，间亦有画工所作，而乏韵致，固无足观。宣统末，林琴南先生山水笺出，似为当代文人特作画笺之始，然未详。及中华民国立，义宁陈君师曾入北京，初为镌铜者作墨合、镇纸画稿，俾其雕镂；既成拓墨，雅趣盎然。不久复廓其技于笺纸，才华蓬勃，笔简意饶，且又顾及刻工，省其奏刀之困，而诗笺乃开一新境。盖至是而画师梓人，神志暗会，同力合作，遂越前修矣。稍后有齐白石、吴待秋、陈半丁、王梦白诸君，皆画笺高手，而刻工亦足以副之。辛未以后，始见数人分画一题，聚以成帙，格新神涣，异乎嘉祥。意者文翰之术将更，则笺素之道随尽，后有作者，必将别辟途径，力求新生，其临睨夫旧乡，当远俟于暇日也。则此虽短书，所识者小，而一时一地，绘画刻镂盛衰之事，颇寓于中，纵非中国木刻史之丰碑，庶几小品艺术之旧苑，亦将为后之览古者所偶涉欤。

一千九百三十三年十月三十日，鲁迅记。

上海所感

一有所感，倘不立刻写出，就忘却，因为会习惯。幼小时候，洋纸一到手，便觉得羊臊气扑鼻，现在却什么特别的感觉也没有了。初看见血，心里是不舒服的，不过久住在杀人的名胜之区，则即使见了挂着的头颅，也不怎么诧异，这就是因为能够习惯的缘故。由此看来，人们——至少，是我一般的人们，要从自由人变成奴隶，怕也未必怎么烦难罢。无论什么，都会惯起来的。

中国是变化繁多的地方，但令人并不觉得怎样变化。变化太多，反而很快的忘却了。倘要记得这么多的变化，实在也非有超人的记忆力就办不到。

但是，关于一年中的所感，虽然淡漠，却还能够记得一些的。不知怎的，好像无论什么，都成了潜行活动，秘密活动了。

至今为止，所听到的是革命者因为受着压迫，所以用着潜行，或者秘密的活动，但到一九三三年，却觉得统治者也在这么办的了。譬如罢，阔佬甲到阔佬乙所在的地方来，一般的人们，总以为是来商量政治的，然而报纸上却道并不为此，只因为要游名胜，或是到温泉里洗澡。外国的外交官来到了，它告诉读者的是也并非有什么外交问题，不过来看看某大名人的贵恙。但是，到底又总好像并不然。

用笔的人更能感到的，是所谓文坛上的事。有钱的人，给绑匪架去了，作为抵押品，上海原是常有的，但近来却连作家也往往不知所往。有些人说，那是给政府那面捉去了，然而好像政府那面的人们，却道并不是。然而又好像实在也还是在属于政府的什么机关里的样子。犯禁的书籍杂志的目录,是没有的,然而邮寄之后,也往往不知所往。假如是列宁的著作罢,那自然不足为奇,但《国木田独步集》有时也不行,还有,是亚米契斯的《爱的教育》。不过,卖着也许犯忌的东西的书店,却还是有的,虽然还有,而有时又会从不知什么地方飞来一柄铁锤,将窗上的大玻璃打破,损失是二百元以上。打破两块的书店也有,这回是合计五百元正[1]了。有时也撒些传单,署名总不外乎什么什么团之类。

平安的刊物上,是登着墨索里尼或希特拉的传记,恭维着,还说是要救中国,必须这样的英雄,然而一到中国的墨索里尼或希特拉是谁呢这一个紧要结论,却总是客气着不明说。这是秘密,要读者自己悟出,各人自负责任的罢。对于论敌,当和苏俄绝交时,就说他得着卢布,抗日的时候,则说是在将中国的秘密向日本卖钱。但是,用了笔墨来告发这卖国事件的人物,却又用的是化名,好像万一发生效力,敌人因此被杀了,他也不很高兴负这责任似的。

革命者因为受压迫,所以钻到地里去,现在是压迫者和他的爪牙,也躲进暗地里去了。这是因为虽在军刀的保护之下,胡说八道,其实却毫无自信的缘故,而且连对于军刀的力量,也在怀着疑。一面胡说八道,一面想着将来的变化,就越加缩进暗地里去,准备着情势一变,就另换一副面孔,另拿一张旗子,从新来一回。而拿着军刀的伟人存在外国银行里的钱,也使他们的自信力更加动摇的,这是为不远的将来计。为了辽远的将来,则愿意在历史上留下一个芳名[2]。中国和印度不同,是看重历史的。但是,并不怎么相信,总以为只要用一种什么好手段,就可以使人写得体体面面。然而对于自己以外的读者,那自然要他们相信的。

1　现代汉语常用"整"。——编者注
2　此处原文为"则在愿意在历史上留下一个芳名",疑为原文多字,故更正。——编者注

　　我们从幼小以来，就受着对于意外的事情、变化非常的事情绝不惊奇的教育。那教科书是《西游记》，全部充满着妖怪的变化。例如牛魔王呀、孙悟空呀……就是。据作者所指示，是也有邪正之分的，但总而言之，两面都是妖怪，所以在我们人类，大可以不必怎样关心。然而，假使这不是书本上的事，而自己也身历其境，这可颇有点为难了。以为是洗澡的美人罢，却是蜘蛛精，以为是寺庙的大门罢，却是猴子的嘴，这教人怎么过？早就受了《西游记》教育，吓得气绝是大约不至的，但总之，无论对于什么，就都不免要怀疑了。

　　外交家是多疑的，我却觉得中国人大抵都多疑。如果跑到乡下去，向农民问路径，问他的姓名，问收成，他总不大肯说老实话。将对手当蜘蛛精看是未必的，但好像他总在以为会给他什么祸祟。这种情形，很使正人君子们愤慨，就给了他们一个徽号，叫作"愚民"。但在事实上，带给他们祸祟的时候却也并非全没有。因了一整年的经验，我也就比农民更加多疑起来，看见显着正人君子模样的人物，竟会觉得他也许正是蜘蛛精了。然而，这也就会习惯的罢。

　　愚民的发生，是愚民政策的结果，秦始皇已经死了二千多年，看看历史，是没有再用这种政策的了，然而，那效果的遗留，却久远得多么骇人呵！

十二月五日

一九三四年

《引玉集》后记

我在这三年中，居然陆续得到这许多苏联艺术家的木刻，真是连自己也没有预先想到的。一九三一年顷，正想校印《铁流》，偶然在《版画》(*Graphika*)这一种杂志上，看见载着毕斯凯来夫刻有这书中故事的图画，便写信托靖华兄去搜寻。费了许多周折，会着毕斯凯来夫，终于将木刻寄来了，因为怕途中会有失落，还分寄了同样的两份。靖华兄的来信说，这木刻版画的定价颇不小，然而无须付，苏联的木刻家多说印画莫妙于中国纸，只要寄些给他就好。我看那印着《铁流》图的纸，果然是中国纸，然而是一种上海的所谓"抄更纸"，乃是集纸质较好的碎纸，第二次做成的纸张，在中国，除了做帐簿[1]和开发票，帐单[2]之外，几乎再没有更高的用处。我于是买了许多中国的各种宣纸和日本的"西之内"和"鸟之子"，寄给靖华，托他转致，倘有余剩，便分送别的木刻家。这一举竟得了意外的收获，两卷木刻又寄来了，毕斯凯来夫十三幅，克拉甫兼珂一幅，法沃尔斯基六幅，保夫理诺夫一幅，冈察洛夫十六幅；还有一卷被邮局所遗失，无从访查，不知道其中是那几个作家的作品。这五个，那时是都住在墨斯科的。

可惜我太性急，一面在搜画，一面就印书，待到《铁流》图寄到时，书却早已出版了，我只好打算另印单张，介绍给中国，以答作者的厚意。到年底，这才付给印刷所，制了版，收回原图，嘱他开印。不料战事就开始了，我在楼上远远地眼看着这印刷所和我的锌

1　现代汉语常用"账簿"。——编者注
2　现代汉语常用"账单"。——编者注

版都烧成了灰烬。后来我自己是逃出战线了，书籍和木刻画却都留在交叉火线下，但我也仅有极少的闲情来想到他们。又一意外的事是待到重回旧寓，检点图书时，竟丝毫也未遭损失，不过我也心神未定，一时不再想到复制了。

去年秋间，我才又记得了《铁流》图，请文学社制版附在《文学》第一期中，这图总算到底和中国的读者见了面。同时，我又寄了一包宣纸去，三个月之后，换来的是法沃尔斯基五幅、毕珂夫十一幅、莫察罗夫二幅、希仁斯基和波查日斯基各五幅、亚历克舍夫四十一幅、密德罗辛三幅，数目比上一次更多了。莫察罗夫以下的五个，都是住在列宁格勒的木刻家。

但这些作品在我的手头，又仿佛是一副重担。我常常想，这一种原版的木刻画，至有一百余幅之多，在中国恐怕只有我一个了，而但秘之箧中，岂不辜负了作者的好意？况且一部分已经散亡，一部分几遭兵火，而现在的人生，又无定到不及薤上露，万一相偕湮灭，在我，是觉得比失了生命还可惜的。流光真快，徘徊间已过新年，我便决计选出六十幅来，复制成书，以传给青年艺术学徒和版画的爱好者。其中的法沃尔斯基和冈察罗夫的作品，多是大幅，但为资力所限，在这里只好缩小了。

我毫不知道俄国版画的历史，幸而得到陈节先生摘译的文章，这才明白一点十五年来的梗概，现在就印在卷首，算作序言，并且作者的次序，也照序中的叙述来排列的。文中说起的名家，有几个我这里并没有他们的作品，因为这回翻印，以原版为限，所以也不再由别书采取，加以补充。读者倘欲求详，则契诃宁印有俄文画集，列培台华且有英文解释的画集的——

Ostraoomova-Ljebedeva by A. Benois and S. Ernst.

State Press, Moscow-Leningrad.

密德罗辛也有一本英文解释的画集——

D. I. Mitrohin by M. Kouzmin and V. Voinoff.

State Editorship, Moscow-Petrograd.

不过出版太早,现在也许已经绝版了,我曾从日本的"Nauka社"买来,只有四圆[3]的定价,但其中木刻却不多。

因为我极愿意知道作者的经历,由靖华兄致意,住在列宁格勒的五个都写来了。我们常看见文学家的自传,而艺术家,并且专为我们而写的自传是极少的,所以我全都抄录在这里,借此保存一点史料。以下是密德罗辛的自传——

密德罗辛(Dmitri Isidorovich Mitrokhin),一八八三年生于耶普斯克(在北高加索)城,在其地毕业于实业学校。后求学于莫斯科之绘画、雕刻、建筑学校和斯特洛干工艺学校,未毕业。曾在巴黎工作一年。从一九○三年起开始展览。对于书籍之装饰及插画工作始于一九○四年。现在主要是给"大学院"和"国家文艺出版所"工作[4]。

七,三○,一九三三。密德罗辛。

在墨斯科的木刻家,还未能得到他们的自传,本来也可以逐渐调查,但我不想等候了。法沃尔斯基自成一派,已有重名,所以在《苏联小百科全书》中,就有他的略传。这是靖华译给我的——

法沃尔斯基(Vladimir Andreevich Favorsky),生于一八八六

3　现代汉语常用"元"。——编者注
4　此处原文为"现在主要的是给'大学院'和'国家文艺出版所'工作",疑为原文多字,故更正。——编者注

年，苏联现代木刻家和绘画家，创木刻派。在形式与结构上显出高尚的匠手，有精细的技术。法沃尔斯基的木刻太带形式派色彩，含着神秘主义的特点，表现革命初期一部分小资产阶级知识分子的心绪。最好的作品是：对于梅里美、普式庚、巴尔扎克、法朗士诸人作品的插画和单形木刻——《一九一七年十月》与《一九一九至一九二一年》。

我极欣幸这一本小集中，竟能收载他见于记录的《一九一七年十月》和《梅里美像》。前一种疑即序中所说的《革命的年代》之一，原是盈尺的大幅，可惜只能缩印了。在我这里的还有一幅三色印的《七个怪物》的插画，并手抄的诗，现在不能复制，也是极可惜的。至于别的四位，目下竟无从稽考。所不能忘的尤其是毕斯凯来夫，他是最先以作品寄与中国的人，现在只好选印了一幅《毕斯凯来夫家的新住宅》在这里，夫妇在灯下作工，床栏上扶着一个小孩子，我们虽然不知道他的身世，却如目睹了他们的家庭。

以后是几个新作家了，序中仅举其名，但这里有为我们而写的自传在——

莫察罗夫（Sergei Mikhailovich Mocharov）以一九〇二年生于阿斯特拉汗城，毕业于其地之美术师范学校。一九二二年到圣彼得堡，一九二六年毕业于美术学院之线画科，一九二四年开始印画。现工作于'大学院'和'青年卫军'出版所。

七，三〇，一九三三。莫察罗夫。

希仁斯基（L. S. Khizhinsky）以一八九六年生于基雅夫。

一九一八年毕业于基雅夫美术学校，一九二二年入列宁格勒美术学院，一九二七年毕业，从一九二七年起开始木刻。

主要作品如下：

1. 保夫罗夫：《三篇小说》。

2. 阿察洛夫斯基：《五道河》。

3. Vergilius: *Aeneid*。

4.《亚历山大戏院（在列宁格勒）百年纪念刊》。

5.《俄国谜语》。

　　　　　　　七，三〇，一九三三。希仁斯基。

最末的两位，姓名不见于"代序"中，我想，大约因为都是线画美术家，并非木刻专家的缘故。以下是他们的自传——

亚历克舍夫（Nikolai Vasilievich Alekseev），线画美术家，一八九四年生于丹堡（Tambovsky）省的莫尔襄斯克（Morshansk）城，一九一七年毕业于列宁格勒美术学院之复写科，一九一八年开始印作品。现工作于列宁格勒诸出版所："大学院"，"Gihl（国家文艺出版部）"和"作家出版所"。

主要作品：陀思妥耶夫斯基的《博徒》、费定的《城与年》、高尔基的《母亲》。

　　　　　　　七，三〇，一九三三。亚历克舍夫。

波查日斯基（Sergei Mikhailovich Pozharsky）以一九〇〇年十一月十六日生于达甫理契省（在南俄，黑海附近）之卡尔巴斯村。在基雅夫中学和美术大学求学。从一九二三年起，工作于列宁格勒，以线画美术家资格参加列宁格勒一切主要展览，参加外国展览——巴黎、克尔普等。一九三〇年起学木刻术。

七，三〇，一九三三。波查日斯基。

亚历克舍夫的作品，我这里有《母亲》和《城与年》的全部，前者中国已有沈端先君的译本，因此全都收入了，后者也是一部巨制，以后也许会有译本的罢，姑且留下，以待将来。

我对于木刻的绍介，先有梅斐尔德（Carl Meffert）的《士敏土》之图；其次，是和西谛先生同编的《北平笺谱》，这是第三本，因为都是用白纸换来的，所以取"抛砖引玉"之意，谓之《引玉集》。但目前的中国，真是荆天棘地，所见的只是狐虎的跋扈和雉兔的偷生，在文艺上，仅存的是冷淡和破坏。而且，丑角也在荒凉中趁势登场，对于木刻的绍介，已有富家赘婿和他的帮闲们的讥笑了。但历史的巨轮是决不因帮闲们的不满而停运的，我已经确切的相信，将来的光明，必将证明我们不但是文艺上的遗产的保存者，而且也是开拓者和建设者。

一九三四年一月二十夜，记。

《城与年》插图本小引

一九三四年一月二十之夜，作《引玉集》的后记时，曾经引用一个木刻家为中国人而写的自传——

亚历克舍夫（Nikolai Vasilievich Alekseev），线画美术家，一八九四年生于丹堡（Tambovsky）省的莫尔襄斯克（Morshansk）城，一九一七年毕业于列宁格勒美术学院之复写科，一九一八年开始印作品，现工作于列宁格勒诸出版所："大学院"，"Gihl（国家文艺出版部）"和"作家出版所"。

主要作品：陀思妥耶夫斯基的《博徒》、费定的《城与年》、高尔基的《母亲》。

七，三〇，一九三三。亚历克舍夫。

这之后，是我的几句叙述——

亚历克舍夫的作品，我这里有《母亲》和《城与年》的全部，前者中国已有沈端先君的译本，因此全都收入了，后者也是一部巨制，以后也许会有译本的罢，姑且留下，以待将来。

但到第二年，捷克京城的德文报上介绍《引玉集》的时候，他的名姓上面，已经加着"亡故"二字了。

我颇出于意外,又很觉得悲哀。自然,和我们的文艺有一段因缘的人的不幸,我们是要悲哀的。

今年二月,上海开"苏联版画展览会",里面不见他的木刻。一看《自传》,就知道他仅仅活了四十岁,工作不到二十年,当然也还不是一个名家,然而在短促的光阴中,已经刻了三种大著的插画,且将两种都寄给中国,一种虽然早经发表,而一种却还在我的手里,没有传给爱好艺术的青年——这也该算是一种不小的怠慢。

费定(Konstantin Fedin)的《城与年》至今还不见有人翻译。恰巧,曹靖华君所作的概略却寄到了。我不想袖手来等待,便将原拓木刻全部,不加删削,和概略合印为一本,以供读者的赏鉴,以尽自己的责任,以作我们的尼古拉·亚历克舍夫君的纪念。

自然,和我们的文艺有一段因缘的人,我们是要纪念的!

一九三六年三月十日,扶病记。

自题小像

灵台无计逃神矢，风雨如磐暗故园。
寄意寒星荃不察，我以我血荐轩辕。

一九一二年

哀范君三章

其一

风雨飘摇日，余怀范爱农。
华颠萎寥落，白眼看鸡虫。
世味秋荼苦，人间直道穷。
奈何三月别，竟尔失畸躬！

其二

海草国门碧，多年老异乡。
狐狸方去穴，桃偶已登场。
故里彤云恶，炎天凛夜长。
独沉清冽水，能否洗愁肠？

其三

把酒论当世，先生小酒人。
大圜犹酩酊，微醉自沉沦。
此别成终古，从兹绝绪言。
故人云散尽，我亦等轻尘！

一九三一年

无题二首

其一

大江日夜向东流，聚义群雄又远游。
六代绮罗成旧梦，石头城上月如钩。

其二

雨花台边埋断戟，莫愁湖里余微波。
所思美人不可见，归忆江天发浩歌。

六月

赠邬其山

廿年居上海，每日见中华：
有病不求药，无聊才读书。
一阔脸就变，所砍头渐多。
忽而又下野，南无阿弥陀。

送增田涉君归国

扶桑正是秋光好，枫叶如丹照嫩寒。
却折垂杨送归客，心随东棹忆华年。

十二月二日

一九三二年

无题

血沃中原肥劲草，寒凝大地发春华。
英雄多故谋夫病，泪洒崇陵噪暮鸦。

一月

偶成

文章如土欲何之，翘首东云惹梦思。
所恨芳林寥落甚，春兰秋菊不同时。

三月

赠蓬子

蓦地飞仙降碧空，云车双辆掣灵童。
可怜蓬子非天子，逃去逃来吸北风。

三月三十一日

一·二八战后作

战云暂敛残春在，重炮清歌两寂然。
我亦无诗送归棹，但从心底祝平安。

七月十一日

教授杂咏

其一

作法不自毙，悠然过四十。
何妨赌肥头，抵当辩证法。

其二

可怜织女星，化为马郎妇。
乌鹊疑不来，迢迢牛奶路。

其三

世界有文学，少女多丰臀。
鸡汤代猪肉，北新遂掩门。

其四

名人选小说，入线云有限。
虽有望远镜，无奈近视眼。

十二月

所闻

华灯照宴敞豪门，娇女严装侍玉樽。
忽忆情亲焦土下，佯看罗袜掩啼痕。

十二月

无题二首

其一

故乡黯黯锁玄云，遥夜迢迢隔上春。
岁暮何堪再惆怅，且持卮酒食河豚。

其二

皓齿吴娃唱柳枝，酒阑人静暮春时。
无端旧梦驱残醉，独对灯阴忆子规。

答客诮

无情未必真豪杰，怜子如何不丈夫。
知否兴风狂啸者，回眸时看小於菟。

十二月

一九三三年

赠画师

风生白下千林暗，雾塞苍天百卉殚。
愿乞画家新意匠，只研朱墨作春山。

一月二十六日

题《呐喊》

弄文罹文网，抗世违世情。
积毁可销骨，空留纸上声。

三月

悼杨铨

岂有豪情似旧时，花开花落两由之。
何期泪洒江南雨，又为斯民哭健儿。

六月二十日

无题

禹域多飞将，蜗庐剩逸民。
夜邀潭底影，玄酒颂皇仁。

无题

一枝清采妥湘灵，九畹贞风慰独醒。
无奈终输萧艾密，却成迁客播芳馨。

酉年秋偶成

烟水寻常事，荒村一钓徒。
深宵沉醉起，无处觅菰蒲。

一九三四年

闻谣戏作

横眉岂夺蛾眉冶,不料仍违众女心。
诅咒而今翻异样,无如臣脑故如冰。

三月十六日

戌年初夏偶作

万家墨面没蒿莱，敢有歌吟动地哀。
心事浩茫连广宇，于无声处听惊雷。

五月

秋夜偶成

绮罗幕后送飞光，柏栗丛边作道场。
望帝终教芳草变，迷阳聊饰大田荒。
何来酪果供千佛，难得莲花似六郎。
中夜鸡鸣风雨集，起然烟卷觉新凉。

九月二十九日

一九三五年

亥年残秋偶作

曾惊秋肃临天下，敢遣春温上笔端。
尘海苍茫沉百感，金风萧瑟走千官。
老归大泽菰蒲尽，梦坠空云齿发寒。
竦听荒鸡偏阒寂，起看星斗正阑干。

十二月

《未名丛刊》与《乌合丛书》广告

所谓《未名丛刊》者，并非无名丛书之意，乃是还未想定名目，然而这就作为名字，不再去苦想他了。

这也并非学者们精选的宝书，凡国民都非看不可。只要有稿子、有印费，便即付印，想使萧索的读者、作者、译者，大家稍微感到一点热闹。内容自然是很庞杂的，因为希图在这庞杂中略见一致，所以又一括而为相近的形式，而名之曰《未名丛刊》。

大志向是丝毫也没有。所愿的：无非（1）在自己，是希望那印成的从速卖完，可以收回钱来再印第二种；（2）对于读者，是希望看了之后，不至于以为太受欺骗了。

以上是一九二十四年十二月间的话。

现在将这分为两部分了。《未名丛刊》专收译本，另外又分立了一种单印不阔气的作者的创作的，叫作《乌合丛书》。

一九二六年八月《彷徨》上所刊的广告

一九二八年

《奔流》凡例五则

1. 本刊揭载关于文艺的著作、翻译，以及绍介，著译者各视自己的意趣及能力著译，以供同好者的阅览。

2. 本刊的翻译及绍介，或为现代的婴儿，或为婴儿所从出的母亲，但也许竟是更先的祖母，并不一定新颖。

3. 本刊月出一本，约一百五十页，间有图画，时亦增刊，倘无意外障碍，定于每月中旬出版。

4. 本刊亦选登来稿，凡有出自心裁，非奉命执笔，如明、清八股者，极望惠寄，稿由北新书局收转。

5. 本刊每本实价二角八分，增刊随时另定。在十一月以前预定者，半卷五本一元二角半，一卷十本二元四角，增刊不加价，邮费在内，国外每半卷加邮费四角。

一九二八年六月二十日《奔流》里封面所载

一九二九年

《艺苑朝华》广告

虽然材力很小，但要绍介些国外的艺术作品到中国来，也选印中国先前被人忘却的还能复生的图案之类。有时是重提旧时而今日可以利用的遗产，有时是发掘现在中国时行艺术家的在外国的祖坟，有时是引入世界上的灿烂的新作。每期十二辑，每辑十二图，陆续出版。每辑实洋四角，预定一期实洋四元四角。目录如下：

1.《近代木刻选集》（1）　　2.《蕗谷虹儿画选》

3.《近代木刻选集》（2）　　4.《比亚兹莱画选》

以上四辑已出版

5.《新俄艺术图录》　　6.《法国插画选集》

7.《英国插画选集》　　8.《俄国插画选集》

9.《近代木刻选集》（3）　　10.《希腊瓶画选集》

11.《近代木刻选集》（4）　　12.《罗丹雕刻选集》

朝花社出版

登在一九二九年出版《近代世界短篇小说集》
《奇剑及其他》等书末的广告

一九三三年

《文艺连丛》

——的开头和现在

投机的风气使出版界消失了有几分真为文艺尽力的人。即使偶然有，不久也就变相，或者失败了。我们只是几个能力未足的青年，可是要再来试一试。首先是印一种关于文学和美术的小丛书，就是《文艺连丛》。为什么"小"，这是能力的关系，现在没有法子想。但约定的编辑，是肯负责任的编辑；所收的稿子，也是可靠的稿子。总而言之，现在的意思是不坏的，就是想成为一种决不欺骗的小丛书。什么"突破五万部"的雄图，我们岂敢，只要有几千个读者肯给以支持，就顶好顶好了。现在已经出版的，是——

1.《不走正路的安得伦》 苏联聂维洛夫作，曹靖华译，鲁迅序。作者是一个最伟大的农民作家，描写动荡中的农民生活的好手，可惜在十年前就死掉了。这一个中篇小说，所叙的是革命开初，头脑单纯的革命者在乡村里怎样受农民的反对而失败，写得又生动，又诙谐。译者深通俄国文字，又在列宁格拉的大学里教授中国文学有年，所以难解的土话，都可以随时询问，其译文的可靠，是早为读书界所深悉的，内附蔼支的插画五幅，也是别开生面的作品。现已出版，每本实价大洋二角半。

2.《解放了的堂·吉诃德》 苏联卢那察尔斯基作，易嘉译。这是一大篇十幕的戏剧，写着这胡涂固执的堂·吉诃德，怎样因游侠而大碰钉子，虽由革命得到解放，也还是无路可走。并且衬以奸雄和美人，写得又滑稽，又深刻。前年曾经鲁迅从德文重译一幕，登

《北斗》杂志上，旋因知道德译颇有删节，便即停笔。续登的是易嘉直接译出的完全本，但杂志不久停办，仍未登完，同人今居然得到全稿，实为可喜，所以特地赶紧校刊，以公同好。每幕并有毕斯凯莱夫木刻装饰一帧，大小共十三帧，尤可赏心悦目，为德译本所不及。每本实价五角。

正在校印中的，还有——

3.《山民牧唱》 西班牙巴罗哈作，鲁迅译。西班牙的作家，中国大抵只知道伊本纳兹，但文学的本领，巴罗哈实远在其上。日本译有《选集》一册，所记的都是山地住民，跋司珂族的风俗习惯，译者曾选译数篇登《奔流》上，颇为读者所赞许。这是《选集》的全译。不日出书。

4. *Noa Noa* 法国高更作，罗怃译。作者是法国画界的猛将，他厌恶了所谓文明社会，逃到野蛮岛泰息谛去，生活了好几年。这书就是那时的纪录，里面写着所谓"文明人"的没落，和纯真的野蛮人被这没落的"文明人"所毒害的情形，并及岛上的人情风俗，神话等。译者是一个无名的人，但译笔却并不在有名的人物之下。有木刻插画十二幅。现已付印。

一九三五年

《译文》终刊号前记

《译文》出版已满一年了。也还有几个读者。现因突然发生很难继续的原因,只得暂时中止。但已经积集的材料,是费过译者、校者、排者的一番力气的,而且材料也大都不无意义之作,从此废弃,殊觉可惜,所以仍然集成一册,算作终刊,呈给读者,以尽贡献的微意,也作为告别的纪念罢。

译文社同人公启　二十四年九月十六日

一九三六年

绍介《海上述林》上卷

本卷所收，都是文艺论文，作者既系大家，译者又是名手，信而且达，并世无两。其中《写实主义文学论》与《高尔基论文选集》两种，尤为煌煌巨制[1]。此外论说，亦无一不佳，足以益人，足以传世。全书六百七十余页，玻璃板插画九幅。仅印五百部，佳纸精装，内一百部皮脊麻布面，金顶，每本实价三元五角；四百部全绒面，蓝顶，每本实价二元五角，函购加邮费二角三分。好书易尽，欲购从速。下卷亦已付印，准于本年内出书。上海北四川路底内山书店代售。

一九三六年十月刊载于各出版物上。

1　现代汉语常用"皇皇巨制"。——编者注